혈의 누

"우리 나라 사람들이 짐승같이 제 몸이나 알고 제 계집 제 새끼나 알고, 나라를 위하기는 고사하고 나라 재물을 도둑질하여 먹으려고 눈이 벌겋게 뒤집혀서 돌아다니는 것이 다 어려서 학문을 배우지 못한 연고라.우리가 이 같은 문명한 세상에 나서 나라에 유익하고 사회에 명예 있는 큰 사업을 하자 하는 목적으로 만리 타국에 와서 쇠공이를 갈아 바늘 만드는 성력(誠力)을 가지고 공부하여 남과 같은 학문과 같은 지식이 나날이 달라 가는 이 때에 장가를 들어서 색계상에 정신을 허비하면 유지한 대장부가 아니라."

베스트셀러 한국문학선 34

혈의 누

펴낸날 | 2002년 12월 10일 초판 1쇄
        2011년 8월 16일 중판 10쇄

지은이 | 이인직
펴낸이 | 이태권
펴낸곳 | (주)태일소담
        서울시 성북구 성북동 178-2 (우)136-020
        전화 | 745-8566~7 팩스 | 747-3238
        e-mail | sodam@dreamsodam.co.kr
        등록번호 | 제2-42호(1979년 11월 14일)
        홈페이지 | www.dreamsodam.co.kr

ISBN 89-7381-711-6 03810

베스트셀러한국문학선 34

혈의 누

이인직

소담출판사

책을 펴내며

문학작품이란 한 시대의 삶의 모습이자 당대인의 정신 기록이다. 가장 대표적인 것이 산문과 서사장르라 할 수 있는 바, 이번에 새로운 기획과 편집으로 엮은 〈베스트셀러 한국문학선〉은 오늘의 우리가 읽어야 할 한국의 주요 작품들을 골라 한데 모아본 것이다.

〈베스트셀러 한국문학선〉은 그 분량이나 작품 수준에서나 한국소설의 어제와 오늘을 함께 아우르고 내일의 우리 소설이 가야 할 길을 모색해 보는 뜻깊은 여행이 될 것이다. 또한 이 전집은 지난 한 세기 동안의 우리 소설의 아름다움은 물론 그 사회적 의미를 함께 생각하게 하는, 이른바 읽는 재미와 생각할 수 있는 기회를 함께 제공하는 진정한 독서체험이 될 것이다.

이 전집에는 개화기에서 현대에 이르기까지의 다양한 주제와 형태의 작품들이 수록되어 있으며, 작품의 문학적·시대적 가치는 물론 새로이 읽혀져야 할 작품들의 소개에도 또한 유의하였다. 〈베스트셀러 한국문학선〉이 우리 독자들에게 사고력을 키워주고 정서를 풍부하게 해 줄 뿐만 아니라 우리가 살고 있는 사회, 우리가 참여하지 않으면 안 될 역사에 대한 새로운 자질과 안목을 갖추는 데 유익한 길잡이가 되기를 바란다.

서 종 택

일러두기

1. 선정된 작품은 1920년부터 현대에 이르기까지 한국 근·현대 소설사
   의 대표적 작품들로서 현행 고등학교 검인정 문학 8종 교과서에 실린
   작품 외 개별 작가의 대표적 작품을 중심으로 엮었다.
2. 표기는 원문의 효과를 고려하여 발표 당시의 표기를 중시했으나, 방언
   은 살리되 의미 전달을 위해 되도록 현대표기법을 따랐으며, 한자어나
   인명, 지명 등은 독자의 이해를 돕기 위해 각주를 달아 설명했다.
3. 띄어쓰기는 개정된 한글맞춤법에 따랐다.
4. 외래어는 외래어 표기법을 따랐다.
5. 대화나 인용은 " "로, 생각이나 독백 및 강조하는 말은 ' '로 표시하
   였다.
6. 본 도서는 대입수능시험은 물론 중·고교생의 문학적 소양 및 교양의
   함양을 위해 참고서식 발췌 수록이 아닌 모든 작품의 전문을 수록하였
   음을 밝혀둔다.

차례

책을 펴내며 _ 5

혈의 누 _ 9

모란봉 _ 81

은세계 _ 207

작품 해설 _ 309

작가 연보 _ 322

혈^血의 누^淚

일청전쟁(日靑戰爭)[1]의 총소리는 평양 일경이 떠나가는 듯하더니, 그 총소리가 그치매 사람의 자취는 끊어지고 산과 들에 비린 티끌뿐이라.

평양성 외 모란봉에 떨어지는 저녁볕은 뉘엿뉘엿 넘어가는데, 저 햇빛을 붙들어매고 싶은 마음에 붙들어매지는 못하고 숨이 턱에 닿은 듯이 갈팡질팡하는 한 부인이 나이 삼십이 될락말락하고, 얼굴은 분을 따고 넣은 듯이 흰 얼굴이나 인정 없이 뜨겁게 내리쪼이는 가을 볕에 얼굴이 익어서 선앵두빛이 되고, 걸음걸이는 허둥지둥하는데

---

1) 일청전쟁 : 1894~1895년에 있었던 청나라와 일본의 전쟁으로, 동학란을 계기로 두 나라의 군대가 출병하여 우리 나라에서 대치했음.

옷은 흘러내려서 젖가슴이 다 드러나고 치맛자락은 땅에 질질 끌려서 걸음을 걷는 대로 치마가 밟히니, 그 부인은 아무리 급한 걸음걸이를 하더라도 멀리 가지도 못하고 허둥거리기만 한다.

남이 그 모양을 볼 지경이면 저렇게 어여쁜 젊은 여편네가 술 먹고 한길에 나와서 주정한다 할 터이나, 그 부인은 술 먹었다 하는 말은 고사하고 미쳤다, 지랄한다 하더라도 그 따위 소리는 귀에 들리지 아니할 만하더라.

무슨 소회(所懷)가 그리 대단한지 그 부인더러 물을 지경이면 대답할 여가도 없이 옥련이를 부르면서 돌아다니더라.

"옥련아 옥련아, 옥련아 옥련아, 죽었느냐 살았느냐, 죽었거든 죽은 얼굴이라도 한 번 다시 만나보자. 옥련아 옥련아, 살았거든 어미 애를 그만 쓰이고 어서 바삐 내 눈에 보이게 하여라. 옥련아, 총에 맞아 죽었느냐, 창에 찔려 죽었느냐, 사람에게 밟혀 죽었느냐. 어리고 고운 살에 가시가 박힌 것을 보아도 어미 된 이 내 마음에 내 살이 지겹게 아프던 내 마음이라. 오늘 아침에 집에서 떠나올 때에 옥련이가 내 앞에 서서 아장아장 걸어다니면서, 어머니 어서 갑시다 하던 옥련이가 어디로 갔느냐."

하면서 옥련이를 찾으려고 골몰한 정신에, 옥련이보다 열 갑절 스무 갑절 더 소중하게 생각하는 사람을 잃고도 모르고 옥련이만 부르며 다니다가 목이 쉬고 기운이 탈진하여 산비탈 잔디 풀 위에 털썩 주저 앉았다가, 혼자말로 옥련 아버지는 옥련이 찾으려고 저 건너 산 밑으로 가더니 어디까지 갔누, 하며 옥련이를 찾던 마음이 홀지에[2] 변하여 옥련 아버지를 기다린다.

기다리는 사람은 아니 오고, 인간 사정은 조금도 모르는 석양은 제 빛 다 가지고 저 갈 데로 가니 산빛은 점점 먹장을 갈아 붓는 듯이 검어지고 대동강 물 소리는 그윽한데, 전쟁에 죽은 더운 송장 새 귀신들이 어두운 빛을 타서 낱낱이 일어나는 듯 내 앞에 모여드는 듯하니, 규중에서 생장한 부인의 마음이라, 무서운 마음에 간이 녹는 듯하여 숨도 크게 쉬지 못하고 앉았는데, 홀연히 언덕 밑에서 사람의 소리가 들리거늘, 그 부인이 가만히 들은즉 길 잃고 사람 잃고 애쓰는 소리라.

"에그, 깜깜하여라. 이리 가도 길이 없고 저리 가도 길이 없으니 어디로 가면 길을 찾을까. 나는 사나이라, 다리 힘도 좋고 겁도 없는 사람이언마는 이러한 산비탈에서 이 밤을 새고 사람을 찾아다니려 하면 이 고생이 이렇게 대단하거든, 겁도 많고 다녀 보지 못하던 여편네가 이 밤에 나를 찾아다니느라고 오죽 고생이 될까."
하는 소리를 듣고 부인의 마음에 난리 중에 피난 가다가 부부가 서로 잃고 서로 종적을 모르니 살아 생이별을 한 듯하더니 하늘이 도와서 다시 만나본다 하여 반가운 마음에 소리를 질렀더라.

"여보, 나 여기 있소. 날 찾아다니느라고 얼마나 애를 쓰셨소."
하면서 급한 걸음으로 언덕 밑으로 향하여 내려가다가 비탈에 넘어져 구르니, 언덕 밑에서 올라오던 남자가 달려들어서 그 부인을 붙들

---

2) 홀지에 : 갑작스럽게.

어 일으키니, 그 부인이 정신을 차려 본즉 북두 갈고리 같은 농군의 험한 손이 내 손에 닿으니 별안간에 섬뜩한 마음에 소름이 끼치면서 가슴이 덜컥 내려앉고 겁결에 목소리가 나오지 못한다.

그 남자도 또한 난리 중에 제 계집 찾아다니는 사람인데, 그 계집인즉 피난 갈 때에 팔승 무명을 강풀 한 됫박이나 먹였던지 장작같이 풀센 치마를 입고 나간 터이요, 또 그 계집은 호미자루·절구공이·다듬잇방망이, 그러한 셋궂은[3] 일로 자라난 농군의 계집이라, 그 남자가 언덕에서 소리하고 내려오는 계집이 제 계집으로 알고 붙들었는데, 그 언덕에서 부르던 부인의 손은 명주같이 부드럽고 옷은 십이 승 아랫질 세모시 치마가 이슬에 눅었는데, 그 농군은 제 평생에 그 옷 입은 그런 손길은 만져 보기는 고사하고 쳐다보지도 못하던 위인이러라.

부인은 자기 남편이 아닌 줄 깨닫고 사나이도 제 계집 아닌 줄 알았더라. 부인은 겁이 나서 간이 서늘하고, 남자는 선녀를 만난 듯하여 홍김·겁김에 가슴이 두근거리면서 숨소리는 크고 목소리는 아니 나온다. 그 부인의 마음에, 아까는 호랑이도 무섭고 귀신도 무섭더니 지금은 호랑이나 와서 나를 잡아먹든지 귀신이나 와서 저 놈을 잡아 가든지 그런 뜻밖의 일을 기다리나, 호랑이도 아니 오고 귀신도 아니 오고, 눈에 보이는 것은 말 못하는 하늘의 별 뿐이요, 이 산중에는 죄 없고 힘 없는 이내 몸과 저 몹쓸 놈과 단 두 사람뿐이라.

---

3) 셋궂다 : 매우 궂다, 거칠다.

사람이 겁이 나다가 오래 되면 악이 나는 법이라. 겁이 날 때는 숨도 크게 못 쉬다가 악이 나면 반벙어리 같은 사람도 말이 물 퍼붓 듯 나오는 일도 있는지라.

부인 "여보, 웬 사람이오. 여보, 대답 좀 하오. 여보, 남을 붙들고 떨기는 왜 그리 떠오. 여보, 벙어리요 도둑놈이오? 도둑놈이거든 내 몸의 옷이나 벗어 줄 터이니 다 가져 가오."

그 남자가 못생긴 마음에 어기뚱한[4] 생각이 나서 말 한 마디가 엄두가 아니 나던 위인이 불같은 욕심에 말문이 함부로 열렸더라.

남자 "여보, 웬 여편네가 이 밤중에 여기 와서 있소? 아마 시집살이 마다고 도망하는 여편네지. 도망꾼이라도 붙들어다가 데리고 살면 계집 없느니보다 날 터이니 데리고 갈 일이로구. 데리고 가기는 나중 일이어니와 내가 어젯밤 꿈에 이 산중에서 장가를 들었더니 꿈도 신 통히 맞춘다."

하면서 무지막지한 놈의 행위라 불측한 소리가 점점 심하니, 그 부인 이 죽어서 이 욕을 아니 보리라 하는 마음뿐이나, 어느 틈에 죽을 겨를도 없는지라.

사람이 생목숨을 버리는 것은 사람의 제일 설워하는 일인데, 죽으 려 하여도 죽지도 못하는 그 부인 생각은 어떻다 형용할 수 없는 터 이라.

빌어 보면 좋을까 생각하여 이리 빌고 저리 빌고 각색으로 빌어

---

4) 어기뚱하다 : 말이나 짓이 남달리 교만하고 담대하여 주제넘은 데가 있다.

보나 그 놈의 귀에 비는 소리가 쓸데없고 하릴없을 지경이라. 언덕 위에서 웬 사람이 소리를 지르는데 무슨 소린지는 모르나 부인은 그 소리를 듣고 죽었던 부모가 살아온 듯이 기쁜 마음에 마주 소리를 질렀더라.

　　부인 "사람 좀 살려주오……."

하는 소리가 아무리 부인의 목소리라도 죽을 힘을 다 들여서 지르는 밤 소리라 산골이 울리니 언덕 위의 사람이 또 소리를 지른다. 언덕 위와 언덕 밑이 두 간 길이쯤 되나 지척을 불변하는 칠야에 서로 모양도 못 보고 또 서로 말도 못 알아듣는 터이라, 언덕 위의 사람이 총 한 방을 놓으니 밤중의 총 소리라, 산이·울리면서 사람이 모여드는데 일본 보초병들이러라. 누구는 겁이 많고 누구는 겁이 없다 하는 말도 알 수 없는 말이라. 세상에 죄 있는 사람같이 겁 많은 사람은 없고, 죄 없는 사람같이 다기 있는5) 것은 없다. 부인은 총 소리에도 겁이 없고 도리어 욕을 면한 것만 천행으로 여기는데, 그 남자는 제가 불측한 마음으로 불측한 일을 바라던 차이라, 총 소리를 듣고 저를 죽이러 온 사람으로 알고 달아난다. 밝은 날 같으면 달아날 생각도 못하였을 터이나 깜깜한 밤이라 옆으로 비켜서기만 하여도 알 수 없는 고로 종적 없이 달아났더라. 보초병이 부인을 잡아서 앞세우고 가는데 서로 말은 못하고 벙어리가 소를 몰고 가듯 한다.

　　계엄중(戒嚴中) 총 소리라 평양성 근처에 있던 헌병이 낱낱이 모여

---

5) 다기 있다 : 다기지다, 담력이 세거나 당차다.

들어서 총 놓은 군사와 부인을 데리고 헌병부로 향하여 가니, 그 부인은 어딘지 모르고 가나 성도 보이고 문도 보이는데, 정신을 차려 본즉 평양성 북문이라.

밤은 깊어 사람의 자취도 없고 사면에서 닭은 홰를 치며 울고, 개는 여염집 평대문 개구멍으로 주둥이만 내어놓고 짖는다. 닭소리 개소리에 부인의 발이 땅에서 떨어지지 못하여 걸음을 멈추고 섰는데 오장이 녹는 듯하고 눈물이 앞을 가린다. 개는 명물이라 밤 사람을 알아보고 반가워 뛰어나오다가 헌병이 칼을 빼어 개를 치려 하니 개가 쫓겨 들어가며 짖으나 사람도 말을 통치 못하거든 더구나 짐승이야 오죽하겠는가.

부인 "개야, 너 혼자 집을 지키고 있구나. 우리가 피난 갈 때에 너를 부엌에 가두고 나왔더니 어디로 나왔느냐. 너와 같이 집에 있었다면 이러한 일이 생기지 아니하였을 것을 살 곳 찾아가느라고 죽을 길 고생길로 들어갔다. 나는 살아와서 너를 다시 본다마는 서방님도 아니 계시다, 너를 귀애하던 옥련이도 없다, 내가 너와 같이 다리 힘이 좋으면 방방곡곡이 찾아다닐 터이나, 다리 힘도 없고 세상에 만만하고 불쌍한 것은 여편네라 겁나는 것 많아서 못 다니겠다. 닭도 주인 없는 집에서 혼자 울고, 개도 주인 없는 집에서 혼자 짖는구나. 개야, 이리 나오거라. 나는 어디로 잡혀가는지 내 발로 걸어가나 내 마음으로 가는 것은 아니다."

헌병이 소리를 질러 가기를 재촉하니 부인이 하릴없이 헌병부로 잡혀가는데 개는 멍멍 짖으며 따라오니 그 개 짖고 나오던 집은 부인의 집이러라.

그날은 평양성에서 싸움 결말나던 날이요, 성중의 사람이 진저리 내던 청인이 그림자도 없이 다 쫓겨나가던 날이요, 철환은 공중에서 우박 쏟아지듯 하고 총 소리는 평양성 근처가 사람 하나도 아니 남을 듯하던 날이요, 평양 사람이 일병 들어온다는 소문을 듣고 일병은 어떠한지, 임진 난리에 평양 싸움 이야기하며 별 공론이 다 나고 별 염려 다하던 그 일병이 장마통에 검은 구름 떠들어 오듯 성내 성외에 빈틈없이 들어와 박히던 날이라.

본래 평양성 중에 사는 사람들이 청인의 작폐에 견디지 못하여 산 골로 피난 간 사람이 많더니, 산중에서는 청인 군사를 만나면 호랑이 본 것 같고 원수 만난 것 같다. 어찌하여 그렇게 감정이 사나우냐 할 지경이면, 청인의 군사가 산에 가서 젊은 부녀를 보면 겁탈하고, 돈이 있으면 빼앗아 가고, 제게 쓸데없는 물건이라도 놀부의 심사같 이 장난하니, 산에 피난 간 사람은 난리를 한층 더 겪는다. 그러므로 산에 피난 갔던 사람이 평양성으로 도로 피난 온 사람도 많이 있었더 라.

그 부인은 평양성 북문 안에 사는데 며칠 전에 산에 피난도 갔다가 산에도 있을 수 없고, 촌에 사는 일갓집으로 피난 갔다가 단칸방에서 주인과 손과 여덟 식구가 이틀 밤을 새우고 하릴없이 평양성 내로 도로 온 지가 불과 수일 전이라. 그때 마음에 다시는 죽어도 피난 가지 아니한다 하였더니, 오늘 새벽부터 총 소리는 천지를 뒤집어 놓고, 사면 산꼭대기들 가운데에 불비가 쏟아지니 밝기를 기다려서 피난길을 떠났는데, 아무것도 가진 것 없고 젊은 내외와 어린 딸 옥련이와 단 세 식구 피난이라.

성 중에는 울음 천지요, 성 밖에는 송장 천지요, 산에는 피난민 천지라. 어미가 자식 부르는 소리, 서방이 계집 부르는 소리, 계집이 서방 부르는 소리, 이렇게 사람 찾는 소리뿐이라. 어린아이를 내버리고 저 혼자 달아나는 사람도 있고, 두 내외 손을 맞붙들고 마주 찾는 사람도 있더니, 석양판에는 그 사람이 다 어디로 가고 없던지 보이지 아니하고, 모란봉 아래서 옥련이 부르고 다니는 부인 하나만 남아 있더라.

그 부인의 남편 되는 사람은 나이 스물아홉 살인데, 평양서 돈 잘 쓰기로 이름 있던 김관일이라. 피난길 인해 중에 서로 잃고 서로 찾다가 김관일은 저의 집으로 혼자 돌아와서 그날 밤 빈집에 혼자 있다가 밤중에 개가 하도 몹시 짖거늘 일어나서 대문을 열고 보려 하다가 겁이 나서 열지는 못하고 문틈으로 내다보기도 하였으나 벌써 헌병이 그 부인을 앞세우고 가니, 김관일은 그 부인이 헌병에게 붙들려 가는 줄은 생각 밖이요, 그 부인은 그 남편이 집에 있기는 또한 꿈도 아니 꾸었더라.

김씨는 혼자 빈집에 있어서 밤새도록 잠들지 못하고 별 생각이 다 난다. 북문 밖 넓은 들에 철환 맞아 죽은 송장과 죽으려고 숨넘어가는 반송장들은 제각각 제 나라를 위하여 전장에 나와서 죽은 장수와 군사들이라. 죽어도 제 직분이어니와 엎들어지고 곱들어져서 봄바람에 떨어진 꽃과 같이 간 곳마다 발에 밟히고 눈에 걸리는 피난민들은 나라의 운수런가. 제 팔자 기박하여 평양 백성 되었던가. 땅도 조선 땅이요, 사람도 조선 사람이라. 새우 싸움에 고래 등 터지듯이, 우리 나라 사람들이 남의 나라 싸움에 이렇게 참혹한 일을 당하는가. 우리 마누라는 대문 밖에 한 걸음 나가 보지 못한 사람이요, 내 딸은 일곱 살이 된 어린아이라 어디서 밟혀 죽었는가. 슬프다, 저러한 송장들은 피가 시내 되어 대동강에 흘러들어 여울목 치는 소리 무심히 듣지 말지어다. 평양 백성의 원통하고 설운 소리가 아닌가. 무죄히 죄를 받는 것도 우리 나라 사람이요, 무죄히 목숨을 지키지 못하는 것도 우리 나라 사람이라. 이것은 하늘이 지으신 일이런가. 아마도 사람의 일은 사람이 짓는 것이다. 우리 나라 사람은 제 몸만 위하고 제 욕심 만 채우려 하고, 남은 죽든지 살든지, 나라가 망하든지 흥하든지 제 벼슬만 잘하여 제 살만 찌우면 제일로 아는 사람들이라.

평안도 백성은 염라대왕이 둘이라. 하나는 황천에 있고, 하나는 평 양 선화당에 앉아 있는 감사이라. 황천에 있는 염라대왕은 나이 많고 병들어서 세상이 귀치 않게 된 사람을 잡아가거니와, 평양 선화당에 있는 감사는 몸 성하고 재물 있는 사람은 낱낱이 잡아가니, 인간 염 라대왕으로 집집에 터주까지 겸한 겸관이 되었는지, 고사를 잘 지내 면 탈이 없고 못 지내면 온 집안에 동티가 나서 다 죽을 지경이라. 제 손으로 벌어놓은 제 재물을 마음놓고 먹지 못하고 천생 타고난 제 목숨을 남에게 매어놓고 있는 우리 나라 백성들을 불쌍하다 하겠 거든, 더구나 남의 나라 사람이 와서 싸움을 하느니 지랄을 하느니 그러한 서슬에 우리는 패가하고 사람 죽는 것이 다 우리 나라 강하지 못한 탓이라.

오냐, 죽은 사람은 하릴없다. 살아 있는 사람들이나 이 후에 이러한 일을 또 당하지 아니하게 하는 것이 제일이다. 제 정신 제가 차려서 우리 나라도 남의 나라와 같이 밝은 세상 되고 강한 나라 되어 백성 된 우리들이 목숨도 보전하고, 재물도 보전하고, 각 도 선화당과 각 도 동헌 위에 아귀 귀신 같은 산 염라대왕과 산 터주도 못 오게 하고, 범 같고 곰 같은 타국 사람들이 우리 나라에 와서 감히 싸움할 생각도 아니하도록 한 후이라야 사람도 사람인 듯싶고 살아도 산 듯싶고, 재물 있어도 제 재물인 듯하리로다.

처량하다, 이 밤이여. 평양 백성은 어디 가서 사생 중에 들었으며, 아귀 같은 염라대왕은 어느 구석에 박혔으며, 우리 처자는 어떻게 되었는고. 우리 내외 금실이 유명하게 좋던 사람이요, 옥련이를 남다르게 귀애하던 가정이라. 그러하나 세상에 뜻이 있는 남자 되어 처자만 구구히 생각하면 나라의 큰일을 못하는지라. 나는 이 길로 천하 각국을 다니면서 남의 나라 구경도 하고 내 공부 잘한 후에 내 나라 사업을 하리라 하고 밝기를 기다려서 평양을 떠나가니, 그 발길 가는 데는 만리 타국이라.

그 부인은 일본군 헌병부로 잡혀갔으나 규중에서 생장한 부인이 그러한 난리 중에 그러한 풍파를 겪었다 하는 말을 듣는 자 누가 불쌍타 하지 아니하리요. 통변(通辯)6)이 말을 전하는 대로 헌병장이 고

---

6) 통변 : 통역.

개를 기울이고 불쌍하다 가이없다 하더니, 그 밤에는 군중에서 보호하고 그 이튿날 제 집으로 돌려보내니, 부인은 하룻밤 동안에 세상 풍파를 다 지내고 본집으로 돌아왔더라.

아침날 서늘한 기운에 빈집같이 쓸쓸한 것은 없는데 그 부인이 그 집에 들어와 보더니 처참한 마음이 새로이 나서 이 집구석에서 나 혼자 살아 무엇하리, 하면서 마루 끝에 털썩 걸터앉더니 정신없이 모로 쓰러졌다.

어젯날 피난 갈 때에 급하고 겁나는 마음에 밥도 먹지 아니하고 나섰다가 하룻날 하룻밤에 고생한 일은 인간에 나 하나뿐인가 싶은 마음에 배가 고픈지 다리가 아픈지 모르고 지냈더니, 내 집으로 돌아오니 남편도 소식 없고 옥련이도 간 곳 없고, 엉성한 네 기둥과 적적한 마루 위에 덧문 척척 닫힌 방을 보고, 이 몸이 앉은 채로 쓰러져 없었으면 좋으련마는, 그렇지 아니하면 무슨 경황에 내 손으로 저 방문을 열고 내 발로 저 방으로 들어갈까 하는 혼자말을 다 마치지 못하고 정신을 잃었더라.

평상시 같으면 이웃 사람도 오락가락하고 방물 장수 떡 장수도 들락날락할 터인데, 그때는 평양성 중에 살던 사람들이 이번 불 소리에 다 달아나고 있는 것은 일본 군사뿐이라. 그 군사들이 까마귀 떼 다니듯 하며 이 집 저 집 함부로 들어간다.

본래 전시국제공법(戰時國際公法)에, 전장에서 피난 가고 사람 없는 집은 집도 점령하고 물건도 점령하는 법이라. 그런고로 군사들이 빈집을 보면 일삼아 들어간다.

김씨 집에 들어와서 보는 군사들은 마루 끝에 부인이 누워 있는 것을 보고 도로 나갈 뿐이라. 아마도 부인을 구하여 줄 사람은 없었더라. 만일 엄동설한에 하루 동안을 마루에 누웠으면 얼어죽었을 터이나, 다행히 일기가 더운 때라 종일 정신없이 마루에 누웠으나 관계치 아니하였더라.

밤이 되매 비로소 정신이 나기 시작하는데 꿈 깨고 잠 깨듯 별안간에 정신이 난 것이 아니라 모란봉에 안개 걷히듯 차차 정신이 난다. 처음에 눈을 떠서 보니 하늘에는 별이 총총하고, 다시 눈을 둘러보니 우중충한 집에 나 혼자 누웠으니 이곳은 어디며, 이 집은 뉘 집인지, 나는 어찌하여 여기 와서 누웠는지 곡절을 모른다.

차차 본즉 내 집이요, 차차 생각한즉 여기 와서 걸터앉았던 생각도 나고, 어젯밤에 일본 헌병부로 가던 생각도 나고, 총 소리에 사람 모여들던 생각도 나고, 도둑놈에게 욕을 볼 뻔하던 생각이 나면서 새로이 소름이 끼친다.

정신이 번쩍 나고 없던 기운이 번쩍 나서 벌떡 일어나 앉았으니, 새로 남편 생각과 옥련이 생각만 난다.

안방에는 옥련이가 자는 듯하고, 사랑방에는 남편이 있는 듯하다. 옥련이를 부르면 나올 듯하고, 남편을 부르면 대답을 할 것 같다. 어젯날 지낸 일은 정녕 꿈이라, 내가 악몽을 꾸었지, 지금은 깨었으니 옥련이를 불러 보리라 하고 안방으로 고개를 두르고 옥련아, 옥련아, 옥련아, 부르다가 소름이 죽죽 끼치고 소리가 점점 움츠러진다. 일어서서 안방 문 앞으로 가니 다리가 덜덜 떨리고 가슴이 두근두근한다.

방문을 왈칵 잡아당기니 방 속에서 벼락치는 소리가 나며 부인은 외마디 소리를 지르고 주저앉았더라.

어제 아침에 이 방에서 피난 갈 때에는 방 가운데 아무것도 늘어놓은 것 없었더니, 오늘 아침에 김관일이 외국에 가려고 결심하고 나갈 때에 무엇을 찾느라고 다락 속 벽장 속에 있는 세간을 낱낱이 내어놓고 궤문도 열어놓고, 농문도 열어놓고, 궤짝 위에 농짝도 놓고 농짝 위에 궤짝도 얹었는데, 단정히 놓인 것도 있지마는 곧 내려질 듯한 것도 있었더라. 방문을 무슨 정신에 닫고 갔던지, 방안의 벽장문 다락문은 열린 채로 두었더라.

강아지만한 큰 쥐가 다락에서 나와서 방 안에서 제 세상같이 있다가 방문 여는 소리를 듣고 궤 위에서 방바닥으로 내려 뛰는데, 그 궤가 안동하여7) 떨어지니, 그 궤는 옥련의 궤라. 조개 껍질도 들고 서양철 조각도 들고 방울도 들고 유리병도 들었느니, 그 궤가 떨어질 때는 소리가 조용치는 못하겠으나 부인이 겁결에 들은즉 벼락치는 소리같이 들렸더라.

부인이 정신을 차려서 당성냥을 찾으려고 방 안으로 들어가니, 발에 걸리고 몸에 부딪치는 것이 무엇인지 무서운 마음에 도로 나와서 마루 끝에 앉았더라. 이 밤이 초저녁인지 밤중인지 샐 녘인지 모르고 날 새기만 기다리는데, 부인의 마음에는 이 밤이 샐 때가 되었거니 하고 동편 하늘만 쳐다보고 있더라.

---

7) 안동하다 : 대동하다, 사람을 따르게 하거나 물건을 지니고 가다.

두 날개 탁탁 치며 꼬끼오 우는 소리는 첫닭이 분명한데 이 밤 새우기는 참 어렵도다. 그렇게 적적한 집에 그 부인이 혼자 있어서 하루, 이틀, 열흘, 보름을 지낼수록 경황 없고 처량한 마음이 조금도 감하지 아니한다. 감하지 아니할 뿐 아니라 날이 갈수록 심란한 마음이 깊어 가더라. 그러면 무슨 까닭으로 세상에 살아 있는고. 한 가지 일을 기다리고 죽기를 참고 있었더라.

피난 갔던 이튿날 방 안에 세간이 늘어놓인 것을 보고 남편이 왔던 자취를 알고 부인의 마음에는 남편이 옥련이와 나를 찾아다니다가 찾지 못하고 집에 돌아와서 보고 또 찾으러 간 줄로 알고 그 남편이 방향 없이 나서서 오죽 고생을 할까 싶은 마음에 가이없으면서 위로는 되더니, 그날 해가 지고 저무니 남편이 돌아올까 기다리는 마음에 대문을 닫지 아니하고 앉아 밤을 새웠더라. 그 이튿날 또 다음날을, 날마다 밤마다 때마다 기다리는데, 사람의 소리가 들리면 뛰어나가 보고 개가 짖으면 쫓아가서 본다.

고대하던 마음은 진하고 단망하는 마음이 생긴다. 어느 곳에서 사람이 많이 죽었다 하는 소문이 있으면 남편이 거기서 죽은 듯하고 어느 곳에서는 어린아이가 죽었다는 말이 들리면 내 딸 옥련이가 거기서 죽은 듯하다.

남편이 살아오거니 하고 고대할 때는 마음을 붙일 곳이 있어서 살아 있었거니와 죽어서 못 오거니 하고 단망하니 잠시도 이 세상에 있기가 싫다.

부인이 죽기로 결심하고 대동강 물에 빠져 죽을 차로 밤 되기를 기다려 강가로 향하여 가니, 그때는 구월 보름이라 하늘은 씻은 듯하고 달은 초롱 같다. 은가루를 뿌린 듯한 백사장에 인적은 끊어지고 백구는 잠들었다. 부인이 탄식하여 가로되,

"달아, 물어 보자. 너는 널리 보리로다. 낭군이 소식 없고 옥련은 간 곳 없다. 이 세상에 있으면 집 찾아왔으련만 일거 무소식하니 북망객 됨이로다. 이 몸이 혼자 살면 일평생 근심이요, 이 몸이 죽었으면 이 근심 모르리라. 십오 년 부부 정과 일곱 해 모녀 정이 어느 때 있었던지 지금은 꿈 같도다. 꿈 같은 이 내 평생 오늘날뿐이로다. 푸르고 깊은 물은 갈 길이 저기로다."

이러한 탄식을 마치매 치마를 걷어잡고 이를 악물고 두 눈을 딱 감으면서 물에 뛰어내리니, 그 물은 대동강이요, 그 사람은 김관일의 부인이라. 물 아래 뱃나들이에 한 거룻배가 비꼈는데, 그 배 속에서 사공 하나와 평양성 내에 사는 고장팔이라 하는 사람과 단둘이 달밤에 밤윷8)을 노는데, 그 사공과 고가는 각 어미 자식이나 성정은 어찌 그리 똑같던지, 사공이 고가를 닮았는지, 고가가 사공을 닮았는지, 벌어먹는 길만 다르나 일만 없으면 두 놈이 함께 붙어 지낸다.

무엇을 하느라고 같이 붙어 지내는고. 둘 중에 하나만 돈이 있으면 서로 꾸어 주며 투전을 하고, 둘이 다 돈이 없으면 담배 내기 밤윷이라도 아니 놀고는 못 견딘다. 하루 밥을 굶어라 하면 어렵게 여기지 아니하나 하루 놀음을 하지 말라 하면 병이 날 듯한 놈들이라. 그

---

8) 밤윷 : 작은 밤알을 쪼갠 조각만큼씩 되게 만든 윷짝, 밤에 하는 윷놀이.

밤에도 고가가 그 사공을 찾아가서 단둘이 밤웆을 놀다가 물 위에서 이상한 소리가 들리나 웆에 미쳐서 정신을 모르다가, 물 위에서 웬 사람이 떠내려 오다가 배에 걸려서 허덕거리는 것을 보고 급히 뛰어 내려서 건진즉 한 부인이라. 본래 부인이 높은 언덕에서 뛰어내렸다면 물이 깊고 얕고 간에 살기가 어려웠을 터이나, 모래톱에서 물로 뛰어들어가니 그 물이 한두 자 깊이가 될락말락한 물이라. 물이 낮아 죽지 아니하였으나 부인은 죽을 마음으로 빠진 고로 얕은 물이라도 죽을 작정만 하고 드러누우니 얼른 죽지는 아니하고 물에 떠서 내려 가다가 배에 있던 사람에게 구원한 것이 되었더라.

화약 연기는 구름에 비 묻어 다니듯이 평양의 총 소리가 의주로 올라가더니 백마산에는 철환 비가 오고 압록강에는 송장으로 다리를 놓는다.

평양은 난리 평정이 되고 의주는 새로 난리를 만났으니 가령 화재 만난 집에서 안방에는 불을 잡았으나 건넌방에는 불이 붙는 격이라. 안방이나 건넌방이나 집은 한집이건만 안방 식구는 제 방에만 불 꺼지면 다행으로 안다. 의주서는 피비 오는데 평양성 중에는 차차 웃음 소리가 난다. 피난 가서 어느 구석에 숨어 있던 사람들이 차차 모여 들어서 성 중에는 옛 모양이 돌아온다.

집집의 걸어 닫혔던 대문도 열리고, 골목골목에 사람의 자취가 없던 곳도 사람이 오락가락하고, 개 짖고 연기 나는 모양이 세상은 평화된 듯하나, 북문 안의 김관일의 집에는 대문이 닫힌 대로 있고 그 집 문간에 사람이 와서 찾는 자도 없었더라. 하루는 어떠한 노인이 부담말9) 타고 오다가 김씨 집 앞에서 말에서 내리더니 김씨 집 대문을 흔들어 본즉 문이 걸리지 아니하였거늘 안으로 들어가더니 나와서 이웃집에 말을 묻는다.

노인 "여보, 말 좀 물어 봅시다. 저 집이 김관일 김 초시 집이오?"

이웃사람 "네, 그 집이오, 그 집에 아무도 없나 보오."

노인 "나는 김관일의 장인 되는 사람인데, 내 사위는 만나 보았으나 내 딸과 외손녀는 피난 갔다가 집 찾아왔는지 아니 왔는지 몰라서 내가 여기까지 온 길이러니, 지금 그 집에 들어가서 본즉 사람도 없기로 궁금하여 묻는 말이오."

이웃사람 "우리도 피난 갔다가 돌아온 지가 며칠 되지 아니하였으니 이웃집 일이라도 자세히 모르겠소."

노인이 하릴없이 다시 김씨 집에 들어가서 자세히 살펴보니 사람은 난리를 만나 도망하고 세간을 도둑을 맞아서 빈 농짝만 남았는데, 벽에 언문 글씨가 있으니, 그 글씨는 김관일 부인의 필적인데, 대동강 물에 빠져 죽으려고 나가던 날의 세상 영결하는 말이라.

노인이 그 필적을 보고 놀랍고 슬픈 마음을 진정치 못하였더라.

그 노인은 본래 평양성 내에서 살던 최 주사라 하는 사람인데 이름은 항래라. 십 년 전에 부산으로 이사하여 크게 장사하는데, 그때 나이 오십이라. 재산은 유여하나 아들이 없어서 양자하였더니 양자는

---

9) 부담말 : 부담농, 즉 옷이나 책 같은 물건들을 담아 말 잔등에 싣는 자그마한 농짝을 싣고 그 위에 사람이 함께 타도록 꾸민 말.

합의치 못하고, 소생은 딸 하나 있으나 그 딸을 편애할 뿐 아니라 그 딸을 기를 때에 최 주사는 애쓰고 마음 상하면서 길러낸 딸이요, 눈살 맞고 자라난 딸인데, 그 딸인즉 김관일의 부인이라.

최씨가 그 딸을 기를 때의 일을 말하자 하면 소진(消盡)의 혀[10]를 두셋씩 이어놓고 삼사월 긴긴 해를 몇씩 포개놓을지라도 다 말할 수 없는 일이러라. 그 부인의 이름은 춘애라. 일곱 살에 그 모친이 돌아가고 계모에게 길렸는데, 그 계모는 부인 범절에는 사사이 칭찬 듣는 사람이나 한 가지 결점이 있으니, 그 흠절은 전실 소생 춘애에게 몹시 구는 것이라. 세간 그릇 하나라도 전실 부인이 쓰던 것이면 무당 불러서 불살라 버리든지 깨뜨려 버리든지 하여야 속이 시원하여지는 성정이라. 그러한 계모의 성정에 사르지도 못하고 깨뜨리지도 못할 것은 전실 소생 춘애라. 최씨가 그 딸을 옥같이 사랑하고 금같이 귀애하나 그 후취 부인 보는 때는 조금도 귀애하는 모양을 보이면 춘애는 그 계모에게 음해를 받을 터이라. 그런고로 최 주사가 그 딸을 칭찬하고 싶은 때도 그 계모 보는 데는 꾸짖고 미워하는 상을 보이는 일도 많다.

그러면 최 주사가 그 후취 부인에게 쥐어 지내느냐 할 지경이면 그렇지도 아니하다.

그 후취 부인은 죽어 백골 된 전실에게 투기하는 마음 한 가지만

---

10) 소진의 혀 : 중국 전국 시대의 소진과 같이 말을 썩 잘하는 웅변가의 혀, 즉 말을 아주 잘하는 사람을 뜻하는 말.

아니면 아무 흠절이 없으니, 그러한 부인은 쇠사슬로 신을 삼아 신고 그 신이 날이 나도록 조선 팔도를 다 돌아다니더라도 그만한 아내는 얻기가 어렵다 하는 집안 공론이라. 최씨가 후취 부인과 금실도 좋고 전취 소생 춘애도 사랑하니, 춘애를 위하여 주려 하면 후실 부인의 뜻을 맞추어 주는 일이 상책이라. 춘애가 어려서부터 총명하고 눈치 빠르기로는 어린아이로 볼 수가 없다. 계모에게 따르기를 생모같이 따르면서 혼자 앉으면 눈물을 씻고 죽은 어머니 생각하더라. 춘애가 그러한 고생을 하고 자라나서 김관일의 부인이 되었는데, 최씨는 그 딸을 출가한 딸로 여기지 아니하고 젖먹이는 딸과 같이 안다.

평양의 난리 소문이 다른 사람 듣기에는 이웃집에 초상났다는 소문과 같이 심상히 들리나, 부산 사는 최항래 최 주사의 귀에는 소름이 끼치도록 놀랍고 심려되더니, 하루는 그 사위 김관일이 부산 최씨 집에 와서 난리 겪은 말도 하고, 외국으로 공부하러 가고자 하는 목적을 말하니 최씨가 학비를 주어서 외국에 가게 하고, 최씨는 그 딸과 외손녀의 생사를 자세히 알고자 하여 평양에 왔더니, 그 딸이 대동강 물에 빠져 죽을 차로 벽상에 그 회포를 쓴 것을 보니 그 딸 기를 때의 불쌍하던 마음이 새로이 나서, 일곱 살에 저의 어머니 죽을 때에 죽은 어미의 뺨에 대고 울던 모양도 눈에 선하고, 계모의 눈살을 맞아서 주눅이 들던 모양도 눈에 선하고, 내가 부산 갈 때에 부녀가 다시 만나보지 못하는 듯이 낙루하여 작별하던 모양도 눈에 선한 중에 해는 점점 지고 빈집에 쓸쓸한 기운은 날이 저물수록 형용하기 어렵더라.

최씨가 데리고 온 하인을 부르는데 근력 없는 목소리로,

"이애 막동아, 부담 떼서 안마루에 갖다 놓아라."

막동 "말은 어디 갖다 매오리까?"

최씨 "마방집11)에 갖다 매어라."

막동 "소인은 어디서 자오리까?"

최씨 "마방집에 가서 밥이나 사서 먹고 이 집 행랑방에서 자거라."

막동 "나리께서도 무엇을 좀 사다가 잡숫고 주무시면 좋겠습니다."

최씨 "나는 술이나 먹겠다. 부담에 달았던 술 한 병 떼어 오고 찬합만 끌러놓아라. 혼자 이 방에 앉아 술이나 먹다가 밤새거든 새벽길 떠나서 도로 부산으로 가자. 난리가 무엇인가 하였더니 당하여 보니 인간에 지독한 일은 난리로구나. 내 혈육은 딸 하나 외손녀 하나뿐이려니 와서 보니 이 모양이로구나. 막동아, 너같이 무식한 놈더러 쓸데없는 말 같지마는 이후에는 자손 보존하고 싶은 생각 있거든 나라를 위하여라. 우리 나라가 강하였다면 이 난리가 아니 났을 것이다. 세상 고생 다 시키고 길러낸 내 딸자식, 나 젊고 무병하건마는 난리에 죽었구나. 역질 홍역 다 시키고 잔주접 다 떨어놓은 외손녀도 난리 중에 죽었구나."

막동 "나라는 양반님네가 다 망하여 놓으셨지요. 상놈들은 양반이 죽이면 죽었고, 때리면 맞았고, 재물이 있으면 양반에게 빼앗겼고,

---

11) 마방집 : 말을 두고 삯짐을 싣는 일로 영업하는 집.

계집이 어여쁘면 양반에게 빼앗겼으니, 소인 같은 상놈들은 제 재물 제 계집 제 목숨 하나를 위할 수가 없이 양반에게 매었으니, 나라 위할 힘이 있습니까. 입 한 번을 잘못 놀려도 죽일 놈이니 살릴 놈이니, 오금을 끊어라 귀양을 보내라 하는 양반님 서슬에 상놈이 무슨 사람값에 갔습니까. 난리가 나도 양반의 탓이올시다. 일청전쟁도 민영춘이란 양반이 청인을 불러왔답니다. 나리께서 난리 때문에 따님 아씨도 돌아가시고 손녀 아기도 죽었으니 그 원통한 귀신들이 민영춘이라는 양반을 잡아갈 것이올시다.”

하면서 말이 이어 나오니, 본래 그 하인은 주제넘다고 최씨 마음에 불합하나, 이번 난리 중 험한 길에 사람이 똑똑하다고 데리고 나섰더니 이러한 심난 중에 주제넘고 버릇없는 소리를 함부로 하니 참 난리 난 세상이라. 난리 중에 꾸짖을 수도 없고 근심중에 무슨 소리든지 듣기도 싫은 고로 돈을 내어주며 하는 말이, 막동아 너도 나가서 술이나 싫도록 먹어라 홧김에 먹고 보자 하니 막동이는 밖으로 나가고, 최씨는 혼자 술병을 대하여 팔자 한탄하다가 술 한 잔 먹고, 세상 원망하다가 술 한 잔 먹고, 딸 생각이 나도 술 한 잔 먹고, 외손녀 생각이 나도 술 한 잔 먹고, 술이 얼근하게 취하더니 이 생각 저 생각 없이 술만 먹다가 갓 쓴 채로 목침 베고 드러누웠더니 잠이 들면서 꿈을 꾸었더라.

모란봉 아래서 딸과 외손녀를 데리고 피난을 가다가 노략질꾼 도둑을 만나서 곤란을 무수히 겪다가 딸이 도둑을 피하여 가느라고 높은 언덕에서 떨어져 죽는 것을 보고 최씨가 도둑놈을 원망하여 도둑놈을 때려죽이려고, 지팡이를 들고 도둑을 때리니, 도둑놈이 달려들어 최씨를 마주 때리거늘, 최씨가 넘어져서 일어나려고 애를 쓰는데 도둑놈이 최씨를 깔고 앉아서 멱살을 쥐고 칼을 빼니 최씨가 숨을 쉴 수가 없어 일어나려고 애를 쓰니 최씨가 분명 가위를 눌린 것이다.

곁에서 사람이 최씨를 흔들며 아버지 여기를 어찌 오셨소, 아버지, 아버지 하는 소리에 깜짝 놀라 깨치니 남가일몽이라. 눈을 떠서 자세히 본즉 대동강 물에 빠져 죽으려고 벽상에 회포를 써서 붙였던 딸이 살아온지라, 기쁜 마음에 정신이 번쩍 나서 생각한즉 이것도 꿈이 아닌가 의심 난다.

최씨 "이애, 네가 죽으려고 벽상에 유언을 써서 놓은 것이 있더니 어찌 살아왔느냐. 아까 꿈을 꾸니 네가 언덕에서 떨어져 죽었더니 지금 너를 보니 이것이 꿈이냐, 그것이 꿈이냐? 이것이 꿈이거든 이 꿈을 이대로 깨지 말고 십 년, 이십 년이라도 이대로 지냈으면 그 아니 좋겠느냐."

하는 말이 최씨 생각에는 그 딸 만나보는 것이 정녕 꿈 같고 그 딸이 참 살아온 사기는 자세히 모른다.

원래 최씨 부인이 물에 빠져 떠내려 갈 때에 뱃사공과 고장팔에게 구한 바 되었는데, 장팔의 모와 장팔의 처가 그 부인을 교군에 태워서 저희 집으로 모시고 가서 수일을 극진히 구원하였다가 그 부인이 차차 완인(完人)이 되매 그날 밤 들기를 기다려서 부인이 장팔의 모를 데리고 집에 돌아온 길이라. 장팔의 모는 길가에서 무엇을 사가지고 들어온다 하고 뒤떨어졌는데, 그 부인은 발씨 익은 내 집이라 앞서서 들어온즉 안마루에 부담 상자도 있고 안방에는 불이 켜서 밝은지라. 이전 마음 같으면 부인이 그 방문을 감히 열지 못하였을 터이나 별 풍상 다 지내고 지금은 겁나는 것도 없고 무서운 것도 없는지라, 내 집 내 방에 누가 와서 들어앉았는가 생각하면서 서슴지 아니하고 방 문을 열어 보니 웬 사람이 자다가 가위에 눌려서 애를 쓰는 모양인데, 자세히 본즉 자기의 부친이라. 부인이 그때에 부친을 만나니 반가운 마음에 아무 말도 아니하고 나오느니 울음뿐이라.

뒤떨어졌던 고장팔의 모가 들어 달아오면서 덩달아 운다.

"에그, 나리 마님이 이 난리 중 여기 오셨네. 알 수 없는 것은 세상 일이올시다. 나리께서 부산으로 이사 가실 때에 할미는 늙은 것이라 살아서 다시 나리께 뵙지 못하겠다 하였더니 늙은 것은 살았다가 또 뵈옵는데, 어린 옥련 애기와 젊으신 서방님은 어디 가서 돌아가셨는 지 나리 오신 것을 못 만나뵈네."
하는 말은 속에서 솟아나오는 인정이라. 그 노파가 그 인정이 있을 만도 한 사람이라.

고장팔의 모가 본래 최씨 집 종인데 삼십 전부터 드난[12]은 아니하 나 최씨의 덕으로 살다가 최씨가 이사갈 때에 장팔의 모는 상전을 따라가고자 하나 장팔이가 노름꾼으로 최씨의 눈 밖에 난 놈이라 최 씨를 따라가지 못하고 끈 떨어진 뒤웅박같이 평양에 있었더니, 이번 에는 노름 덕으로 대동강 배 안에서 밤잠 아니 자고 있다가 최씨 부

---

12) 드난 : 임시로 남의 집 행랑에 붙어살면서 그 집의 일을 도와주는 고공살이.

인을 구하여 살렸으니, 장팔이 지금은 노름하는 칭찬도 들을 만하게 되었더라.

최씨 부인이 그 부친에게 남편 김씨가 외국으로 유학하러 갔다는 말을 듣고 만리의 이별은 섭섭하나 난리 중에 목숨을 보전한 것만 천행으로 여겨서, 부친의 말하는 입을 쳐다보면서 눈에는 눈물이 가득하나 얼굴에는 기쁜 빛을 띠더라.

최 주사 "이애 김집아, 네 집은 외무주장(外無主張)13)하니 여기서 고단하여 살 수 없을 것이니 나를 따라 부산으로 내려가서 내 집에 같이 있으면 좋지 아니하겠느냐."

딸 "내가 물에 빠져 죽으려 하기는 가장이 죽은 줄로 생각하고 나 혼자 세상에 살아 있기가 싫은 고로 대동강에 빠졌더니, 사람에게 건진 바 되어 살아 있다가 가장이 살아서 외국에 유학하러 갔다는 소식을 들었으니 나는 이 집을 지키고 있다가 몇 해 후가 되든지 이 집에서 다시 가장의 얼굴을 만나보겠으니, 아버지께서는 딸 생각 마시고 딸 대신 사위의 공부나 잘하도록 학비나 잘 대어 주시기를 바라나이다. 나는 이 집에서 장팔의 어미를 데리고 박토 마지기14)에서 도지섬 받는 것 가지고 먹고 있겠소. 그러나 옥련이나 있었다면 위로가 되었을 걸, 허구한 세월을 어찌 기다리나."

하는 소리에 최 주사가 흉격이 막히나 다사(多事)한 사람이 오래 있을

---

13) 외무주장 : 집안에 살림살이를 맡아서 할 만한 남자가 없음.
14) 박토 마지기 : 메마른 땅, 마지기는 한 말의 씨앗을 뿌릴 만한 논밭의 넓이
　　를 나타내는 단위.

수 없는 고로 수일 후에 부산으로 내려가고 최씨 부인은 장팔의 어미를 데리고 있으니 행랑에는 늙은 과부요, 안방에는 젊은 생과부가 있어서 김씨 오기만 기다리고 세월 가기만 기다린다. 밤에는 밤이 길고 낮에는 낮이 긴데 그 밤과 그 낮을 모아 달 되고 해 되니, 천하에 어려운 것은 사람 기다리는 것이라. 부인의 생각에는 인간의 고생이 나 하나뿐인 줄로 알고 있건마는, 그보다 더 고생하는 사람이 또 있으니, 그것은 부인의 딸 옥련이라.

당초에 옥련이가 피난 갈 때에 모란봉 아래서 부모의 간 곳 모르고 어머니를 부르면서 발을 동동 구르다가 난데없는 철환(鐵丸) 한 개가 넘어오더니 옥련의 왼편 다리에 박혀 넘어져서 그날 밤을 그 산에서 목숨이 붙어 있었더니, 그 이튿날 일본 적십자 간호사가 보고 야전 병원으로 실어 보내니 군의(軍醫)가 본즉 중상은 아니라. 철환이 다리를 뚫고 나갔는데 군의 말이, 만일 청인의 철환을 맞았으면 철환에 독한 약이 섞인지라 맞은 후에 하룻밤을 지냈으면 독기가 몸에 많이 퍼졌을 터이나, 옥련이가 맞은 철환은 일인의 철환이라 치료하기 대단히 쉽다 하더니, 과연 삼 주일이 못 되어서 완연히 평일과 같은지라. 그러나 옥련이는 갈 곳이 없는 아이라, 병원에서 옥련의 집을 물은즉 평양 북문 안이라 하니 병원에서 옥련이가 나이 어리고 또한 정경을 불쌍케 여겨서 통사(通事)15)를 안동하여 옥련의 집에 가서 보라 한즉, 그때는 옥련의 모친이 대동강 물에 빠져 죽으려고 벽상에

---

15) 통사 : 통역.

그 사정 써서 붙이고 간 후이라, 통변이 그 글을 보고 옥련을 불쌍히 여겨서 도로 데리고 야전 병원으로 가니, 군의 이노우에(井上) 소좌(小佐)가 옥련의 정경을 불쌍히 여기고 옥련의 자품16)을 기이하게 여겨 통변을 세우고 옥련의 뜻을 묻는다.

군의 "이애, 너의 아버지와 어머니가 어디로 간지 모르냐?"

옥련 "……."

군의 "그러면 네가 내 집에 가서 있으면 내가 너를 학교에 보내어 공부하도록 하여 줄 것이니, 네가 공부를 잘 하고 있으면 내가 아무쪼록 너의 나라에 탐지하여 너의 부모가 살았거든 너의 집으로 곧 보내 주마."

옥련 "우리 아버지, 어머니가 살아 있는 줄을 알고 나를 도로 우리 집에 보내줄 것 같으면 아무 데라도 가고, 아무것을 시키더라도 하겠소."

군의 "그러면 오늘이라도 인천으로 보내서 어용선을 타고 일본으로 가게 할 것이니, 내 집은 일본 오사카이라. 내 집에 가면 우리 마누라가 있는데, 아들도 없고 딸도 없으니 너를 보면 대단히 귀애할 것이니 너의 어머니로 알고 가서 있거라."

하면서 귀국하는 병상병(病傷兵)에게 부탁하여 일본 오사카로 보내니, 옥련이가 교군 바탕을 타고 인천까지 가서 인천서 유선을 타니, 등뒤에는 부모 소식이 묘연하고 눈앞에는 타국 산천이 생소하다.

---

16) 자품 : 사람된 바탕과 타고난 성품.

만일 용렬한 아이가 일곱 살에 난리 피난을 가다가 부모를 잃었으면 어미, 아비만 생각하고 낯선 사람이 무슨 말을 물으면 눈물이 비죽비죽하고 주접이 덕지덕지하고 묻는 말을 대답도 시원히 못할 터이나, 옥련이는 어디 그러한 영리하고 숙성한 아이가 있었던지 혼자 있을 때는 부모를 보고 싶은 마음에 죽을 듯하나 사람을 대할 때는 어찌 그리 천연하던지, 부모 생각하는 기색이 조금도 없더라. 옥련의 얼굴은 옥을 깎아서 연지분으로 단장한 것 같다.

옥련의 부모가 옥련 이름지을 때에 옥련의 모양과 같이 아름다운 이름을 짓고자 하여 내외 공론이 무수하였더라. 옥같이 희다 하여 옥이라고 부르는 사람은 옥련의 모친이요, 연꽃같이 번화하다 하여 연화라고 부르는 사람은 옥련의 부친이라.

그 아이 이름짓던 날은 의논이 부산하다가 구화담판 되듯 옥 자, 련 자를 합하여 옥련이라고 지은 이름이라. 부모 된 사람이 제 자식 귀애하는 마음에 혹 시꺼먼 괴석 같은 것도 옥같이 보는 일도 있고, 누렁퉁이나 호박꽃같이 생긴 것도 연꽃같이 보이는 일도 있기는 있지마는, 옥련이 같은 아이는 옥련의 부모의 눈에만 그렇게 아름다운 것이 아니라 어떠한 사람이든지 칭찬 아니하는 사람이 없고, 또 자식 없는 사람이 보면 빼앗아갈 것같이 탐을 내서 하는 말에, 옥련이를 잡아가서 내 딸이 될 것 같으면 벌써 잡아갔겠다 하는 사람이 무수하였더라.

그러하던 옥련이가 부모를 잃고 만리 타국으로 혼자 가니, 배 안에 들어 있는 사람들은 소일조로 옥련의 곁에 모여들어서 말 묻는 사람도 있고, 조선말을 하지 못하는 사람들은 행중에서 과자를 내어주니, 어린아이가 너무 괴롭고 성이 가실 만하련마는 옥련이는 천연할 뿐이라.

만리 창해에 살같이 빠른 배가 인천서 떠난 지 나흘만에 오사카에 다다르니, 오사카에서 내릴 선객들은 각기 제 행장을 수습하여 삼판에 내려가느라고 분요하나 옥련이는 행장도 없고 몸 하나뿐이라 혼자 가만히 앉았으니, 어린 소견에도 별 생각이 다 난다.

'남은 제 집 찾아가건마는 나는 뉘 집으로 가는 길인고. 남들은 일이 있어서 오사카에 오는 길이거니와 나 혼자 일없이 타국에 가는 사람이라. 편지 한 장을 품에 끼고 가는 집이 뉘 집인고. 이 편지 볼 사람은 어떠한 사람이며, 이내 몸 위하여 줄 사람은 어떠한 사람인가. 딸을 삼거든 딸 노릇 하고, 종을 삼거든 종 노릇 하고, 고생을 시키거든 고생도 참을 것이요, 공부를 시키거든 일시라도 놀지 않고 공부만 하여 볼까.'

이런 생각 저런 생각, 생각만 하느라고 시름없이 앉았더니, 평양서부터 동행하던 병정이 옥련이를 부르는데, 말을 서로 알아듣지 못하는 고로 눈치로 알아듣고 따라 내려가니, 그 병대는 평양 싸움에 오른편 다리에 총을 맞고 옥련이와 같이 야전 병원에서 치료하던 사람인데, 철환이 신경맥을 상한 고로 치료한 후에 그 다리가 불편하여 몽둥이에 의지하여 겨우 걸어다니는지라. 그 병대는 앞에 서서 내려가는데, 옥련이가 뒤에 서서 보다가 하는 말이, 나도 다리에 총 맞았던 사람이라. 내가 만일 저 모양이 되었더라면 자결하여 죽는 것이 편하지 살아서 쓸데 있나, 하는 소리를 옥련의 말 알아듣는 사람이 없으니, 그런 말은 못 듣는 것이 좋건마는, 좋은 마디는 그뿐이라. 옥련이가 제일 답답한 것은 서로 말 모르는 것이라. 벙어리 심부름하듯 옥련이가 병정 손짓하는 대로만 따라간다.

옥련의 눈에는 모두 처음 보는 것이라. 항구에는 배 돛배가 삼대 들어서듯 하고, 저잣거리에는 이층 삼층 집이 구름 속에 들어간 듯 하고, 지네같이 기어가는 기차는 입으로 연기를 확확 뿜으면서 배에는 천동 지동하듯 구르며 풍우같이 달아난다. 넓고 곧은 길에 갔다왔다하는 인력거 바퀴 소리에 정신이 없는데, 병정이 인력거 둘을 불러서 저도 타고 옥련이도 태우니 그 인력거들이 살같이 가는지라. 옥련이가 길에서 아장아장 걸을 때에는 인해 중에 넘어질까 조심되어 아무 생각이 없더니, 인력거 위에 올라앉으매 새로이 생각만 난다.

'인력거야, 천천히 가고지고. 이 길만 다 가면 남의 집에 들어가서 밥도 얻어 먹고 옷도 얻어 입고, 마음도 불안하고 몸도 불편할 터이로구나. 인력거야, 어서 바삐 가고지고. 궁금하고 알고자 하는 일은 어서 바삐 눈으로 보아야 시원하다. 가품 좋고 인정 있는 사람인지, 집안에서 찬 기운 나고 사람에게서 독기가 똑똑 떨어지는 집이나 아닌지. 내 운수가 좋으려면 그 집 인심이 좋으련마는 조실부모하고 만리 타국에 유리하는 내 운수에……'

그러한 생각에 눈물이 비 오듯 하며 흑흑 느끼며 우는데 인력거는 벌써 이노우에 군의 집 앞에 와서 내려놓는데, 옥련이가 인력거 그치는 것을 보고 이것이 이노우에 군의 집인가 짐작하고 조심되는 마음에 작은 몸이 더욱 작아진 듯하다.

　슬픈 생각도 한가한 때를 타서 나는 것이다. 눈물이 뚝 그치고 아니 나온다. 옥련이가 눈을 이리 씻고 저리 씻고 부산히 씻는 중에 앞에 섰던 인력거꾼이 무슨 소리를 지르매 계집종이 나와서 문간방에 꿇어앉아서 공손히 말을 물으니 병정이 두어 말 하매 종이 안으로 들어가더니 다시 나와서 병정더러 들어오라 하니, 병정이 옥련이를 데리고 이노우에 군의 집 안으로 들어갔다.

　병정은 이노우에 부인을 대하여 군의 소식을 전하고 옥련의 사기를 말하고 전지(戰地)의 소경력(小經歷)을 이야기하는데, 옥련이는 이노우에 부인의 눈치만 본다.

　부인의 나인 삼십이 될락말락하니 옥련의 모친과 정동갑이나 아닌지, 연기는 옥련의 모친과 그렇게 같으나 생긴 모양은 옥련의 모친과 반대만 되었다. 옥련의 모친은 눈에 애교가 있더라. 이노우에 부인은 눈에 살기만 들었더라. 옥련의 모친은 얼굴이 희고 도화색을 띠었더니 이노우에 부인의 얼굴이 희기는 하나 청기가 돈다. 얌전도 하고 쌀쌀도 한데, 군의의 편지를 받아 보면서 옥련이를 힐끔힐끔 보다가 병정더러 무슨 말도 하는 것은 옥련의 마음에는 모두 내 말 하거니 하고 단정히 앉았는데, 병정은 할 말 다하였는지 작별하고 나가고 옥련이만 이노우에 군의의 집에 혼자 떨어져 있으니 옥련이가 새로이 생소하고 비편17)한 마음뿐이라.

---

17) 비편하다 : 불편하다, 거북하다.

이노우에 부인 "이애, 설자야, 나는 딸 하나 낳았다."

설자 "아씨께서 자녀 간에 없이 고적하게 지내시더니 따님이 생겼으니 얼마나 좋으시니까. 그러나 오늘 낳으신 아기가 대단히 숙성하오이다."

부인 "설자야, 네가 옥련이를 말도 가르치고 언문도 잘 가르쳐 주어라. 말을 알아듣거든 하루바삐 학교에 보내겠다.

설자 "내가 작은아씨를 가르칠 자격이 되면 이 댁에 와서 종 노릇하고 있겠습니까?"

부인 "너더러 어려운 것을 가르쳐 주라 하는 것이 아니다. 심상소학교(尋常小學校) 일년급 독본이나 가르쳐 주라는 말이다. 네 동생같이 알고 잘 가르쳐다고. 말을 능통히 알기 전에는 집에서 네가 교사 노릇하여라. 선생 겸 종 겸 어렵겠다. 월급이나 많이 받으려무나."

설자 "월급은 더 바라지 아니하거니와 연희장(演戲場) 구경이나 자주 시켜주시면 좋겠습니다."

부인 "설자야, 우리 옥련이 데리고 잡점에 가서 옥련에게 맞는 부인 양복이나 사서 가지고 목욕집에 가서 목욕이나 시키고 조선 복색을 벗기고 양복이나 입혀 보자."

이노우에 부인은 옥련이를 그렇게 귀애하나 말 못 알아듣는 옥련이는 이노우에 부인의 쓸쓸한 모양에 기가 죽어 고역 치르듯 따라다닌다. 말 못하는 개도 사람이 귀애하는 것을 알거든, 하물며 사람이야. 아무리 어린아이기로 저를 사랑하는 눈치를 모를 리가 없는 고로 수일이 못 되어 옥련이가 웅크리고 자던 잠이 다리를 쭉 뻗고 잔다.

이노우에 부인이 날이 갈수록 옥련이를 귀애하고 옥련이는 날이 갈수록 이노우에 부인에게 따른다.

옥련의 총명 재질은 조선 역사에는 그러한 여자가 있다고 전한 일은 없으니, 조선 여편네는 안방 구석에 가두고 아무것도 가르치지 아니하였은즉, 옥련이 같은 총명이 있더라도 세상에서 몰랐던지, 이렇든지 저렇든지 옥련이는 조선 여편네에게는 비할 곳 없더라.

옥련의 재질은 누가 듣든지 거짓말이라 하고 참말로는 듣지 아니한다. 일본 간 지 반년도 못 되어 일본말을 어찌 그렇게 잘하던지, 이노우에 군의 집에 와서 보는 사람들이 옥련이를 일본 아이로 보고 조선 아이로는 보지를 아니한다. 이노우에 부인이 옥련이를 가르치며 저 아이가 조선 아이인데 조선서 온 지가 반년밖에 아니 된다, 하는 말은 옥련이를 자랑코자 하여 하는 말이나, 듣는 사람은 이노우에 부인의 농담으로 듣다가 설자에게 자세한 말을 듣고 혀를 홰홰 내두르면서 칭찬하는 소리에 옥련이도 흥이 날만 하겠더라.

호외(號外), 호외, 호외라고 소리를 지르며 오사카 저자 큰길로 달음박질하여 돌아다니는 사람들이 둘씩 셋씩 지나가니 옥련이가 학교에 갔다 오는 길에 문을 열고 들어오면서,

"여보, 어머니 저것이 무슨 소리요?"

부인 "네가 온갖 것을 다 알아듣더니 호외는 모르는구나. 그러나 무슨 큰일이 있는지 한 장 사 보자. 이애 설자야, 호외 한 장 사오너라."

설자 "네, 지금 가서 사오겠습니다."

하면서 급히 나가니 옥련이가 달음박질하여 따라나가면서,

"이애 설자야, 그 호외를 내가 사오겠으니 돈을 이리 달라."

하니, 설자가 웃으면서 하는 말이,

"누구든지 먼저 가는 사람이 호외를 산다."

하고 달아나니 설자는 다리가 길고 옥련이는 다리가 짧은지라. 설자가 먼저 가서 호외 한 장을 사가지고 오는 것을 옥련이가 붙들고 호외를 달라 하여 기어이 빼앗아 가지고 와서 하는 말이,

"어머니 이 호외를 보고 나 좀 가르쳐 주오."

이노우에 부인이 웃으며 받아 보니 오사카 매일신문 호외라. 한 줄쯤 보고 깜짝 놀라더니 서너 줄쯤 보고 에그 소리를 하면서 호외를 던지고 아무 소리 없이 눈물이 비 오듯 한다.

옥련 "어머니, 어찌하여 호외를 보고 울으시오. 어머니……."

부인은 대답 없이 눈물만 흘리니, 옥련이가 설자를 부르면서 눈에 눈물이 가랑가랑하니, 설자는 방문 밖에 앉았다가 부인의 낙루하는 것을 못 보고 옥련의 눈만 보고 하는 말이,

설자 "작은아씨가 울기는 왜 울어. 갓 낳은 어린아이와 같이."

옥련 "설자야, 사람 조롱 말고 들어와서 호외 좀 보고 가르쳐다고. 어머니께서 호외를 보고 우시니 호외에 무슨 말이 있는지 왜 우시는지 자세히 보아라. 어서 어서."

설자 "아씨, 호외에 무슨 일이 있습니까. 아씨께서만 보셨으면 좀 보겠습니다."

설자가 호외를 들고 보다가 쌩긋 웃더니 그 아래는 자세히 보지

아니하고 하는 말이,

"아씨, 이것 좀 보십시오. 요동 반도가 함락이 되었습니다. 아씨, 우리 일본은 싸움할 적마다 이기니 좋지 아니하옵니까. 에그, 우리 나라 군사가 이렇게 많이 죽었나. 아씨, 이를 어찌하나. 우리 댁 영감 께서 돌아가셨네. 만국공법(萬國公法)에, 전시에서 적십자기(赤十字旗) 세운 데는 위태치 아니하더니 영감께서는 군의시건만 돌아가셨으니 웬일이오니까."

옥련 "무엇, 아버지가 돌아가셨어……."

옥련이는 소리쳐 울고 부인은 소리 없이 눈물만 떨어지고 설자는 부인을 쳐다보며 비죽비죽 우니 온 집안이 울음빛이라.

호외 한 장이 온 집안의 화기를 끊어 버렸더라. 이노우에 군의는 인간이 다시 오지 못하는 길을 가고, 이노우에 부인은 찬 베개 빈 방에서 적적히 세월을 보내더라.

조선 풍속 같으면 청상 과부가 시집가지 아니하는 것을 가장 잘난 일로 알고 일평생을 근심중으로 지내나, 그러한 도덕상의 죄가 되는 악한 풍속은 문명한 나라에는 없는 고로, 젊어서 과부가 되면 시집가 는 것은 천하 만국에 부끄러운 일이 아니라. 이노우에 부인이 어진 남편을 얻어 시집을 간다.

부인 "이애 옥련아, 내가 젊은 터에 평생을 혼자 살 수 없고 시집을 가려 하는데 너를 거두어 줄 사람이 없으니 그것이 불쌍한 일이로구 나……."

옥련의 마음에는 이노우에 부인이 시집가는 곳에 부인을 따라가고 싶으나, 부인이 데리고 가지 아니할 말을 하니 옥련이는 새로이 평양성 밑 모란봉 아래서 부모를 잃고 발을 구르며 울던 때 마음이 별안간에 다시 난다. 옥련이가 부인의 무릎 위에 푹 엎드려 목이 메어 하는 말이,

옥련 "어머니, 어머니가 가시면 나는 누구를 믿고 사나?"

부인 "오냐, 나는 죽은 셈만 치려무나."

옥련 "어머니 죽으면 나도 같이 죽지."

그 소리 한 마디에 부인 가슴이 답답하여 무슨 생각을 하고 있더라. 그때 부인이 중매더러 말하기를, 내 한몸뿐이라 하였는데, 남편 될 사람도 그리 알고 있으니 이제 새로이 딸 하나 있다 하기도 어렵고, 옥련이가 따르는 모양을 보니 차마 떼치기도 어려운 마음이 생긴다.

부인 "이애 옥련아, 울지 말아라. 내가 시집가지 아니하면 그만이로구나. 내가 이 집에서 네 공부나 시키고 있다가 십 년 후에는 내가 네게 의지하겠으니 공부나 잘하여라."

옥련 "어머니가 참 시집 아니 가고 집에 있어서 날 공부시켜 주시겠소?"

부인 "오냐, 염려 말아라. 어린아이더러 거짓말하겠느냐."

옥련이가 그 말을 듣고 기쁜 마음을 이기지 못하여 여인의 무릎 위에 앉아서 뺨을 대고 어리광을 하더라.

그 후로부터 옥련이가 부인에게 따르는 마음이 더욱 간절하여 학교에 가면 집에 돌아오고 싶은 마음만 있다가 하학 시간이 되면 달음

박질하여 집에 와서 부인에게 안겨서 어리광만 한다. 그 어리광이 며칠 못 되어 눈치꾸러기가 된다.

부인이 처음에는 옥련의 어리광을 잘 받더니 무슨 까닭인지 옥련이가 어리광을 피면 핀잔만 주고 찬 기운이 돈다. 날이 갈수록 옥련이가 고생길로 들고 근심으로 지낸다.

본래 부인이 시집가려 할 때에 옥련의 사정이 불쌍하여 중지하였으나 젊은 부인이 공방에서 고적한 마음이 있을 때마다 옥련이를 미운 마음이 생긴다. 어디서 얻어 온 자식말고 제 속으로 나온 자식일지라도 귀치 아니한 생각이 날로 더하는 모양이라.

옥련이가 부인에게 귀염받을 때에는 문 밖에 나가기를 싫어하더니, 부인에게 미움 받기 시작하더니 문 밖에 나가며 들어오기를 싫어하더라.

부인이 옥련이를 귀애할 때에는 옥련이가 어디 가서 늦게 오면 문에 의지하여 기다리더니, 옥련이를 미워하는 마음이 생기더니 옥련이가 오는 것을 보면,

"에그, 저 원수의 것이 무슨 연분이 있어서 내 집에 왔나!"
하면서 눈살을 아드득 찌푸리더라.

옥련이가 앉아도 그 눈살 밑, 서도 그 눈살 밑, 밥을 먹어도 그 눈살 밑, 잠을 자도 그 눈살 밑, 눈살 밑에서 자라나는 옥련이가 눈치만 늘고 눈물만 흔하더라. 하루가 삼추 같은 그 세월이 삼 년이 되었는데, 옥련이는 심상소학교 입학한 지 사 년이라. 옥련의 졸업식을 당하여 학교에서 옥련이가 우등생이 된 고로 사람마다 칭찬하는 소리가

옥련의 귀에는 조금도 기뻐 들리지 아니한다. 기뻐 들리지 아니할 뿐 아니라 귀가 아프고 듣기 싫더라.

들기 싫은 중에 더구나 듣기 싫은 소리가 있으니 무슨 소리런가.

"저 아이는 이노우에 군의의 양녀지. 군의는 요동반도 함락될 때에 죽었다지. 그 부인은 그 양녀 옥련이를 불쌍히 여겨서 시집도 아니 가고 있다지. 에그, 갸륵한 부인일세. 저 철없는 옥련이가 그 은혜를 다 알는지. 알기는 무엇을 알아. 남의 자식이라는 것이 쓸데없나니 참 갸륵한 일일세. 이노우에 부인이 남의 자식을 길러 공부를 시키려 고 젊은 터에 시집을 아니 가고 있으니 드문 일이지."

졸업식에 모인 사람들이 옥련이 재주 있는 것을 말하다가 옥련의 의모(義母)되는 부인의 칭찬을 시작하더니, 받고 차기로 말이 끊어지 지 아니하니, 옥련이는 그 소리를 들을 적마다 남 모르는 설움이 생 기더라.

옥련이가 집에 돌아와서 문 열고 들어오면서,

"어머니, 나는 졸업장 받았소."

부인 "이제는 공부 다 하였으니 어미를 먹여 살려라. 공부를 네가 한 듯하냐? 내가 시키지 아니하였으면 공부가 다 무엇이냐. 네가 조 선서 자랐으면 곧 공부하는 구경도 못하였을 것이다. 네 운수 좋으려 고 일청전쟁이 난 것이다. 네 운수는 좋았으나 내 운수만 글렀다. 너 하나 공부시키려고 허구한 세월에 이 고생을 하고 있다."

부인의 덕색(德色)의 말이 퍼부어 나오니 옥련이가 고개를 숙이고 가만히 생각한즉, 겨우 소학교 졸업한 계집아이가 제 힘으로는 이노우에 부인을 공양할 수도 없고, 이노우에 부인의 힘을 또 입으면서 공부하기도 싫고 한 가지 생각만 난다. 이 세상을 얼른 버려 이노우에 부인의 눈에 보이지 말고 하루바삐 황천에 가서 난리 중에 죽은 부모를 만나리라 결심하고 천연한 모양으로 부인에게 좋은 말로 대답하고, 그날 밤에 물에 빠져 죽을 차로 오사카 항구에로 나가다가 항구에 사람이 많은 고로 사람 없는 곳을 찾아간다.

어스름 달밤은 가깝게 있는 사람을 알아볼 만한데, 이리 가도 사람이 있고 저리로 가도 사람이라. 옥련이가 동으로 가다가 돌아서서 서쪽으로 향하다가 도로 돌아서서 머뭇머뭇하는 모양이 대단히 수상한지라.

등뒤에서 웬 사람이 이애, 이애 부르는데 돌아다본즉 순검이라. 옥련이가 소스라쳐 놀라 얼른 대답을 못하니 순검이 더욱 의심이 나서 앞에 와 서서 말을 묻는다. 옥련이가 대답할 말이 없어서 억지로 꾸며 대답하되, 권공장(勸工場)에 무엇을 사러 나왔다가 집을 잃고 찾아다닌다 하니, 순검이 다시 의심 없이 옥련의 집 통수를 묻더니 옥련이를 데리고 옥련의 집에 와서 이노우에 부인에게 옥련이가 집 잃었던 사기를 말하니, 부인이 순검에게 사례하여 작별하고 옥련이를 방으로 불러 앉히고 말을 묻는다.

부인 "이애, 네가 무슨 일이 있어서 이 밤중에 항구에 나갔더냐. 미친 사람이 아니어든 동으로 가다 서로 가다 남으로 북으로 온 오사카를 헤매더라 하니 무엇하러 나갔더냐. 너 같은 딸 두었다가 망신하기 쉽겠다. 신문 거리만 되겠다."

그러한 꾸지람을 눈이 빠지도록 듣고 있으나 옥련이는 한번 정한 마음이 있는 고로 설움이 더할 것도 없고 내일 밤 되기만 기다린다.

그날 밤에 부인은 과부 설움으로 잠이 들지 못하여 누웠다가 일어나서 껐던 불을 다시 켜고 소설 한 권을 보다가 그 책을 놓고 우두커니 앉아서 무슨 생각을 하는 모양이라.

윗목에서 상직(上直) 잠자던 노파가 벌떡 일어나더니 하는 말이,

"아씨, 왜 주무시다가 일어나셨습니까?"

부인 "팔자 사납고 근심 많은 사람이 잠이 잘 오나."

노파 "아씨께서 팔자 한탄하실 것이 무엇 있습니까. 지금도 좋은 도리를 하시면 좋아질 것이올시다. 이때까지 혼자 고생하신 것도 작은아씨 하나를 위하여 그리하신 것이 아니오니까."

부인 "글쎄 말일세. 남의 자식을 위하여 이 고생을 하고 있는 것이 내가 병신이지."

노파 "그러하거든 작은아씨가 아씨를 고마운 줄이나 알면 좋지마는, 고마워하기는 고사하고 아씨 보면 곁눈질만 살살 하고 아씨를 진저리를 내는 모양이올시다."

부인 "글쎄 말일세. 내가 저 하나를 위하여 가려 하던 시집도 아니 가고 삼 년, 사 년을 이 고생을 하고 있으니 아무리 어린것일지라도 나를 고마운 줄 알 터인데 고것 그리 발칙하게 구네그려. 오늘 밤 일로 말하더라도 이상한 일이 아닌가. 어린것이 이 밤중에 무엇하러 항구에를 나갔단 말인가. 물에나 빠져 죽으려고 갔던지 모르겠지마는, 내가 제게 무엇을 그리 몹시 굴어서 제가 설운 마음이 있어 죽으

려 하였단 말인가. 아무리 생각하여도 모를 일일세. 만일 죽고 보면 세상 사람들은 내가 구박이나 한 줄로 알겠지. 그런 못된 것이 있나.”

노파 “죽기는 무엇을 죽어요, 죽을 터이면 남 못 보는 곳에 가서 죽지. 이리 가다가 저리 가다가 오사카 바닥을 다 다니다가 순검의 눈에 띄겠습니까. 아씨의 몹쓸 흠만 드러낼 마음으로 그리한 것이올시다. 아씨께서는 고생만 하시고 댁에 계셔도 쓸데없습니다. 아씨께서 가시려면 진작 가셔야지, 한 나이라도 젊으셨을 때에 가셔야 합니다. 할미는 나이 오십이 되고 머리가 희뜩희뜩하여 생각하면 어느 틈에 나이를 이렇게 먹었던지, 세월같이 무정하고 덧없는 것은 없습니다.”

부인 “남도 저렇게 늙었으니 낸들 아니 늙고 평생에 이 모양으로만 있겠나. 어디든지 내 몸 하나 가서 고생 아니할 곳이 있으면 내일이라도 가고 모레라도 가겠다.”

부인과 노파는 옥련이가 잠이 든 줄 알고 하는 말인지, 잠은 들었든지 아니 들었든지 말을 듣든지 말든지 관계 없이 하는 말인지, 부인이 옥련이를 버리고 시집가기로 결심하고 하는 말이라.

옥련이는 그날 밤에 물에 빠져 죽으러 나갔다가 죽지도 못하고 순검에게 붙들려 들어와서 이노우에 부인 앞에서 잠을 자는데, 소리를 삼키고 눈물을 흘리다가 정신이 혼혼하여 잠이 잠깐 들었는데 일몽(一夢)을 얻었더라.

옥련이가 죽으려고 평양 대동강으로 찾아나가는데 걸음이 걸리지 아니하여 대동강이 보이면서 갈 수가 없어서 애를 무수히 쓰는데 홀연히 등뒤에서 옥련아 옥련아, 부르는 소리가 들리거늘 돌아다보니 옥련의 어머니라. 별로 반가운 줄도 모르고 하는 말이, 어머니는 어디로 가시오, 나는 오늘 물에 빠져 죽으러 나왔소 하니, 옥련의 모친이 하는 말이, 이애 죽지 말아라. 너의 아버지께서 너 보고 싶다 하는 편지를 하셨더라, 하는 말끝을 마치지 못하여, 이노우에 부인의 앞에서 노파가 자다가 일어나면서, 아씨 왜 주무시다가 일어났습니까 하는 소리에 옥련이가 잠이 깨었는데, 그 잠이 다시 들어서 그 꿈을 이어 꾸었으면 좋겠다 하는 생각을 하나 이노우에 부인과 노파가 받고 차기로 옥련이 말만 하니, 정신이 번쩍 나고 잠이 다 달아나서 그 꿈을 이어 보지 못할지라.

불빛을 등지고 드러누웠는데, 귀에 들리나니 가슴 아픈 소리라. 노파는 부인의 마음 좋도록만 말하니, 부인은 하룻밤 내에 노파와 어찌 그리 정이 들었던지, 노파더러 하는 말이,

"여보게, 내가 어디로 가든지 자네는 데리고 갈 터이니 그리 알고 있으라."

하니 노파의 대답이,

"아씨께서 가실 것은 무엇 있습니까. 서방님이 이 댁에로 오시지요. 아씨는 시댁 간다 하지 말고 서방님이 장가오신다 합시오. 아씨께서 재물도 있고 이러한 좋은 집도 있으니, 서방님 되시는 이가 재물이 있든지 없든지 마음만 착하시면 좋겠습니다. 작은아씨는 어디로 쫓아 보내시면 그만이지요. 할미는 죽기 전에 아씨만 모시고 있겠으니 구박이나 맙시오."

부인이 할미더러 포도주 한 병을 가져 오라 하면서 하는 말이,

"자네 말을 들으니 내 속이 시원하고 내 근심이 다 어디로 가는지 모르겠네. 내가 아무리 무정한들 자네 구박이야 하겠나. 술이나 먹고 잠이나 자세."

하더니 포도주 한 병을 둘이 다 따라 먹고 드러눕더니 부인과 노파가 잠이 깊이 드는 모양이러라. 자명종은 새로 세 시를 땅땅 치는데, 노파의 코고는 소리는 반자를 울린다. 옥련이가 일어나서 한참을 가만히 앉아서 노파의 드러누운 것을 흘겨보며 하는 말이,

"이 몹쓸 늙은 여우야, 사람을 몇이나 잡아먹고 이때까지 살았느냐. 나는 너 보기 싫어 급히 죽겠다. 너는 저 모양으로 백 년만 더 살아라."

하더니 다시 머리 들어 이노우에 부인을 보며 하는 말이,

"내 몸을 낳은 사람은 평양 아버지, 평양 어머니요, 내 몸을 살려서 기른 사람은 이노우에 아버지와 오사카 어머니라. 내 팔자 기박하여 난리 중에 부모 잃고, 내 운수 불길하여 전쟁 중에 이노우에 아버지가 돌아가니, 어리고 약한 이내 몸이 만리 타국에서 오사카 어머니만 믿고 살았소. 내 몸이 어머니의 그러한 은혜를 입었는데, 내 몸을 인연하여 어머니 근심되고 어머니 고생되면 그것은 옥련의 죄올시다. 옥련이가 살아서는 어머니 은혜를 갚을 수가 없소. 하루바삐 한시바삐, 바삐 죽었으면 어머니에게 걱정되지 아니하고 내 근심도 잊어 모르겠소. 어머니, 나는 가오. 부디 근심 말고 지내시오."

하면서 눈물이 비 오듯 하다가 한참 진정하여 일어나더니 문을 열고

나가니 가려는 길은 황천이라.

항구에 다다르니 넓고 깊은 바닷물은 하늘에 닿은 듯한데 옥련이 가는 곳은 저 길이라.

옥련이가 그 물을 바라보고 하는 말이,

"오냐, 반갑다. 오던 길로 도로 가는구나. 일청전쟁이 일어났을 때에 그 전쟁은 우리 집에서 혼자 당한 듯이 내 부모는 죽은 곳도 모르고, 내 몸에는 총을 맞아 죽게 된 것을 이노우에 군의 손에 목숨이 도로 살아나서 어용선을 타고 저 바다로 건너왔구나. 오기는 물 위의 길로 왔거니와 가기는 물 속 길로 가리로다. 내 몸이 저 물에 빠지거든 이 물에서 썩지 말고 물결 바람결에 몸이 둥둥 떠서 신호 마관(神戶馬關) 지나가서 대마도(對馬島) 앞으로 조선해협(朝鮮海峽) 바라보며 살같이 빨리 가서 진남포로 들어가서 대동강 하류에서 역류하여 올라가면 평양 북문 볼 것이니 이 몸 썩더라도 대동강에서 썩어지고. 물아 부탁하자, 나는 너를 쫓아간다."

하는 소리에 바닷물은 대답하는 듯이 물 소리가 솟아쳐서 천하가 다 물 소리 속에 있는 것 같은지라. 옥련이가 정신이 아뜩하여 폭 고꾸라졌다. 설고 원통한 맺힌 마음에 기색을 하였다가 그 기운이 조금 돌면서 그대로 잠이 들어 또 꿈을 꾸었더라.

뒤에서 옥련아 옥련아, 부르는 소리만 들리고 사람은 보이지 아니하는데 옥련의 마음에는 옥련의 어머니라. 이애, 죽지 말고 다시 한번 만나보자 하는 소리에 옥련이가 대답하려고 말을 냅뜨려 한즉, 소리가 나오지 아니하여 애를 쓰다가 소리를 버럭 지르면서 옥련이가 정신이 나서 눈을 떠보니 하늘의 별은 총총하고 물 소리는 그윽한지라. 기색을 하였던지 잠이 들었던지 정신이 황홀하다. 옥련이가 다시 생각하되 내가 오늘 밤에 꿈을 두 번이나 꾸었는데, 우리 어머니가 나더러 죽지 말라 하였으니, 우리 어머니가 살아 있는가 의심이 나서 마음을 진정하여 고쳐 생각한다.

"어머니가 이 세상에 살아 있어서 평생에 내 얼굴 한 번 보고자 하는 마음으로 하늘이 감동되고 귀신이 돌아보아 내 꿈에 현몽하니 내가 죽으면 부모에게 불효이라. 고생이 되더라도 참는 것이 옳은 일이요, 근심이 있더라도 잊어버리는 것이 옳은 일이라. 오냐, 일곱 살부터 지금까지 고생으로 살았으니 죽지 말고 살았다가 부모의 얼굴이나 한 번 다시 보고 죽으리라."

하고 돌아서서 오사카로 다시 들어가니, 그때는 날이 새려 하는 때라, 걸음을 바삐 걸어 이노우에 군의 집 앞에 가서 들어가지 아니하고 가만히 들은즉 노파의 목소리가 들리는지라.

노파 "아씨 아씨, 작은아씨가 어디 갔습니까?"

부인 "응 무엇이야, 나는 한잠에 내쳐 자고 이제야 깨었네. 옥련이가 어디로 가. 뒷간에 갔는지 불러 보게."

노파 "내가 지금 뒷간에 다녀오는 길이올시다. 안으로 걸었던 대문이 열렸으니, 밖으로 나간 것이올시다."

하는 소리에 옥련이가 들어갈 수 없어서 도로 돌아서니 갈 곳이 없는지라.

정한 마음 없이 정거장으로 나가니, 그때 일번(一番) 기차에 떠나려 하는 행인들이 정거장으로 모여드는지라. 옥련의 마음에 도쿄나 가고 싶으나 도쿄까지 갈 기차표 살 돈은 없고 다만 이십 전이 있는지라. 옥련이가 오사카만 떠나서 어디든지 가면 남의 집에 봉공(奉公)하고 있은 터이라 결심하고 자목 정거장까지 가는 기차표를 사서 일번 기차를 타니, 삼등차에 사람이 너무 많이 들어서 옥련이가 앉을 곳을 얻지 못하고 섰는데 등뒤에서 웬 서생이 조선말로 혼자 중얼중얼하는 말이,

"웬 계집아이가 남의 앞에 와 섰다."
하는 소리에 옥련이가 돌아다보니 나이 십칠팔 세 되고 얼굴은 볕에 그을러 익은 복숭아 같고 코는 우뚝 서고 눈은 만판 정신기 있는데, 입기는 양복을 입었으나 양복은 처음 입은 사람같이 서툴러 보이는지라. 옥련이가 돌아다보는 것을 보더니 또 조선말로 혼자 하는 말이,
"그 계집아이 똑똑하다. 재주 있겠다. 우리 나라 계집아이 같으면 저러한 것들이 판판이 놀겠지. 여기서는 저런 것들도 모두 공부를 한다 하니 저것은 무엇 하는 계집아이이인지."

그러한 소리를 곁의 사람이 아무도 못 알아들으나 옥련의 귀에는 알아들을 뿐이 아니라, 오사카 온 지 몇 해 만에 고국말 소리를 처음 듣는지라. 반갑기가 측량 없으나 계집아이 마음이라 먼저 말하기도 부끄러운 생각이 있어서 말을 못하고, 옥련이도 혼자말로 서생의 귀에 들리도록 하는 말이,
"어디 가 좀 앉을 곳이 있어야지, 서서 갈 수가 있나."
하는 소리에, 뒤에 있던 서생이 이상히 여겨서 하는 말이,

"그 아이가 조선 사람인가, 나는 일본 계집아이로 보았더니 조선말을 하네?"

하더니 서슴지 아니하고 말을 묻는다.

"이애, 네가 조선 사람이 아니냐?"

옥련 "네, 조선 사람이오."

서생 "그러면 몇 살에 와서 몇 해가 되었느냐?"

옥련 "일곱 살에 와서 지금 열한 살이 되었소."

서생 "와서 무엇하였느냐?"

옥련 "심상소학교에서 공부하고 어제가 졸업식 하던 날이오."

서생 "너는 나보다 낫구나. 나는 이제 공부하러 미국으로 가려 하는데, 말도 다르고 글도 다른 미국을 가면 글자 한 자 모르고 말 한 마디 모르는 사람이 어찌 고생을 할는지, 너는 일본에 온 지가 사오 년이 되었다 하니 이제는 고생을 다 면하였겠구나. 어린아이가 공부하러 여기까지 왔으니 참 갸륵한 노릇이다."

옥련 "당초에 여기 올 때에 공부할 마음으로 왔으면 칭찬을 들어도 부끄럽지 아니하겠으나, 운수 불행하여 고생길로 여기까지 왔으니 칭찬을 들어도……."

하면서 목이 메는 소리로 눈에 눈물이 가랑가랑하여 고개를 살짝 수그린다.

서생이 물끄러미 보고 서로 아무 말이 없는데, 정거장 호각 한 소리에 기차 화통에서 흑운(黑雲) 같은 연기를 훅훅 내뿜으면서 기차가 달아난다.

옥련의 마음에 자목 정거장에 가면 내려야 할 터인데, 어떠한 집에 가서 어떠한 고생을 할지 앞의 길이 망연한지라.

옥련이가 가고자 하는 길을 갈 지경이면 자목 가는 동안이 대단히 더딘 듯하련마는, 기차표대로 자목 외에는 더 갈 수 없는 고로 싫어도 내릴 곳이라. 형세 좋게 달아나는 기차의 서슬은 오늘 해 전에 하늘 밑까지 갈 듯한데, 자목 정거장이 멀지 아니하다.

서생 "이애, 네가 어디까지 가는지 서서 가면 다리가 아파 가겠느냐?"

옥련 "자목까지 가서 내릴 터이오."

서생 "자목에 아는 사람이 있느냐?"

옥련 "없어요."

서생 "그러면 자목은 왜 가느냐?"

옥련이가 수건으로 눈을 씻고 대답을 아니하는데, 서생이 말을 더 묻고 싶으나 곁의 사람들이 옥련이와 서생을 유심히 보는지라, 서생이 새로이 시치미를 떼고 창 밖으로 머리를 두르고 먼 산을 바라보나 정신은 옥련이 눈물나는 눈에만 있더라.

빠르던 기차가 천천히 가다가 딱 멈추면서 반동되어 뒤로 물러나니 섰던 옥련이가 넘어지며 손으로 서생의 다리를 잡으니, 공교롭게 서생의 다리의 신경맥을 짚은지라. 그때 서생은 창 밖만 보고 앉았다가 입을 딱 벌리면서 깜짝 놀라 돌아다보니 옥련이가 무심중에 일본말로 실례라 하나, 그 서생은 일본말을 모르는 고로 알아듣지는 못하나 외양으로 가엾어하는 줄로 알고 그 대답은 없이 좋은 얼굴빛으로 딴 말을 한다.

서생 "네 가는 곳이 이 정거장이냐?"

하던 차에 장거수(掌車手)[18]가 돌아다니면서 자목, 자목, 자목, 자목, 자목, 자목이라 소리를 지르며 문을 여니 옥련이는 어린 몸에 일본 풍속에 젖은 아이라 서생에게 향하여 허리를 굽히며 또 일본말로 작별 인사하면서 기차에서 내려가니, 구름같이 내려가는 행인 중에 나막신 소리뿐이라. 서생은 정신이 얼떨한데, 옥련이 가는 모양을 보고자 하여 창 밖으로 내다보니 사람에 섞여서 보이지 아니하는지라. 서생이 가방을 들고 옥련이를 좇아 나가다가 정거장 나가는 어귀에서 만난지라. 옥련이가 이상히 보면서 말 없이 나가니 서생도 또한 아무 말 없이 따라 나가더라.

옥련이가 정거장 밖으로 나가더니 갈 바를 알지 못하여 우두커니 섰거늘, 벌어먹기에 눈에 돈 동록(銅綠)이 앉은 인력거꾼은 옥련의 뒤를 따라가며 인력거를 타라 하니, 돈 없고 갈 곳 모르는 옥련이는 거들떠보지도 아니하고 섰다.

서생 "이애, 내가 네게 청할 일이 있다. 나는 일본에 처음으로 오는 사람이라 네게 물어 볼 일이 있으니, 주막으로 잠깐 들어갔으면 좋겠으니 네 생각에 어떠하냐?"

옥련 "그러면 저기 여인숙이 있으니 잠깐 들어가서 할 말을 하시오."

---

18) 장거수 : '전차 차장'의 옛 호칭.

하면서 앞서 가니, 자목에 처음 오기는 서생이나 옥련이나 일반이건마는, 옥련이는 자목에 몇 번이나 와서 본 사람과 같이 익숙한 모양으로 여인숙으로 들어가더라.

여인숙 하인이 삼층 집 제일 높은 방으로 인도하고 내려가니, 서생은 모두 처음 보는 것이라. 정신이 황홀하여 옥련이 만난 것을 다행히 여긴다.

"이애, 내가 여기만 와도 이렇듯 답답하니 미국에 가면 오죽하겠느냐. 너는 타국에 와서 오래 있었으니 별 물정 다 알겠구나. 우선 네게 좀 배울 것도 많거니와 만리 타국에서 뜻밖에 만났으니 서로 있는 곳이나 알고 헤어지자. 나는 공부하고자 하는 마음으로 부모도 모르게 미국에 갈 차로 나섰더니 불과 여기를 와서 이렇듯 답답한 생각만 나니 어찌하면 좋을지 모르겠다."

하는 소리에 옥련이는 심상한 고국 사람을 만난 것 같지 아니하고 친부모나 친형제나 만난 것 같다.

모란봉 아래서 발을 구르고 울던 일부터 오사카 항구에서 물에 빠져 죽으려던 일까지 낱낱이 말한다.

서생 "그러면 우리 둘이 미국으로 건너가서 공부나 하고 있다가 너의 부모 소식을 듣거든 네 먼저 고국으로 가게 하여 주마."

옥련 "……."

서생 "오냐, 학비는 염려 말아라. 우리들이 나라의 백성 되었다가 공부도 못 하고 야만을 면치 못하면 살아서 쓸데 있느냐. 너는 일청 전쟁을 너 혼자 당한 듯이 알고 있나 보다마는, 우리 나라 사람이 누가 당하지 아니한 일이냐. 제 곳에 아니 나고 제 눈에 못 보았다고 태평 성세로 아는 사람들은 밥벌레라. 사람이 밥벌레가 되어 세상을 모르고 지내면 몇 해 후에는 우리 나라에서 일청전쟁 같은 난리를 당할 것이라. 하루바삐 공부하여 우리 나라의 부인 교육은 네가 맡아 문명 길을 열어 주어라.”

하는 소리에 옥련의 첩첩한 근심이 씻은 듯이 다 없어졌는지라. 그 길로 횡빈(橫濱)까지 가서 배를 타니, 태평양 넓은 물에 마름19)같이 떠서 화살같이 밤낮없이 달아나는 화륜선(火輪船)이 삼 주일 만에 미 국 샌프란시스코에 이르러 닻을 내리니 이곳부터 미국이라. 조선서 낮이 되면 미국에는 밤이 되고 미국에서 밤이 되면 조선서는 낮이 되어 주야가 상반되는 별천지라. 산도 설고 물도 설고 사람도 처음 보는 인물이라. 키 크고 코 높고 노랑머리 흰 살빛에, 그 사람들이 도덕심이 배가 툭 처지도록 들었더라도 옥련의 눈에는 무섭게만 보 인다.

서생이 옥련이가 육지에 내려서 갈 바를 알지 못하여 공론이 부산 하다.

서생 “이애 옥련아, 네가 영어를 할 줄 아느냐. 조금도 모르느냐. 한 마디도…… 그러면 참 딱한 일이로구나. 어디인지 물어 볼 수가 없구나.”

사오층 되는 높은 집은 구름 속 하늘 밑에 닿은 듯한데, 물 끓듯

---

19) 마름 : 이엉 따위를 엮어서 말아놓은 묶음.

하는 사람들이 돌아들고 돌아나는 모양은 주막집 같은 곳도 많이 보이나 언어를 통치 못하는 고로 어린 서생들이 어찌하면 좋을지 알지 못하여 옥련이가 지향없이 사람을 대하여 일어로 무슨 말을 물으니, 서생의 마음에는 옥련이가 영어를 조금 알면서 겸사로 모른다 한 줄로 알고 알아듣지도 못하는 소리를 바싹 다가서서 듣는다. 옥련의 키로 둘을 포개 세워도 올려다볼 듯한 키 큰 부인이 얼굴에는 새그물 같은 것을 쓰고 무 밑동같이 깨끗한 어린아이를 앞세우고 지나가다가 옥련의 말하는 소리 듣고 무엇이라 대답하는지, 서생과 옥련의 귀에는 바바…… 하는 소리 같고 말하는 소리 같지는 아니한지라.

그 부인이 뒤의 후로고투(frock coat) [20] 입은 남자를 돌아보면서 또 바바바…… 하니, 그 남자는 청국말을 하는 양인이라. 청국말로 무슨 말을 하는데, 서생과 옥련의 귀에는 '또바' 하는 소리 같고 말소리 같지 아니하다.

서생은 옥련이가 그 말을 알아들은 줄로 알고,

서생 "이애, 그것이 무슨 말이냐?"

옥련 "……."

서생 "그 남자의 말도 못 알아들었느냐……."

그렇듯 곤란하던 차에 청인 노동자 한 패가 지나거늘 서생이 쫓아가서 필담하기를 청하니, 그 노동자 중에는 한문자 아는 사람이 없는지 손으로 눈을 가리더니 그 손을 들어 홰홰 내젓는 모양이 무식하여

---

20) 후로고투 : 프록코트, 남자의 예복.

글자를 못 알아본다 하는 눈치다.

그때 마침 어떠한 청인이 햇빛에 윤이 질 흐르고 흐르는 비단옷을 입고 마차를 타고 풍우같이 달려가는데, 서생이 그 청인을 가리키며 옥련이더러 하는 말이, 저러한 청인은 무식할 리가 만무하다 하면서 소리를 버럭 지르니, 마차 탄 사람은 그 소리를 들었으나 차 메고 달아나는 말은 그 소리 듣고 아니 듣고 간에 네 굽을 모아 달아나는데 서생의 소리가 다시 마차에 들릴 수 없는지라. 마차 탄 청인이 차부더러 마차를 멈추라 하더니 선뜻 뛰어내려서 서생의 앞으로 향하여 오니 서생이 연필을 가지고 무엇을 쓰려 하는데, 청인이 옥련이 옷을 본즉 일복이라, 일본 사람으로 알고 옥련에게 향하여 일어로 말을 물으니, 옥련이가 기쁜 마음을 이기지 못하여 청인 앞으로 와서 말 대답을 하는데 서생은 연필을 멈추고 섰더라.

원래 그 청인은 일본에 잠시 유람한 사람이라, 일본말을 한두 마디 알아들으나 장황한 수작은 못하는지라. 옥련이가 첩첩한 말이 나올수록 그 청인의 귀에는 점점 알아들을 수 없고 다만 조선 사람이라 하는 소리만 알아들은지라.

청인이 다시 서생을 향하여 필담으로 대강 사정을 듣고 명함 한 장을 내더니 어떠한 청인에게 부탁하는 말 몇 마디를 써서 주는데, 그 명함을 본즉 청국 개혁당의 유명한 강유위(康有爲)[21]라. 그 명함을 전할 곳은 일어도 잘하는 청인인데, 다년 샌프란시스코에 있던 사람

---

21) 강유위 : 중국 청조 말기의 정치가로 변법개혁을 꾀하였던 인물.

이라. 그 사람의 주선으로 서생과 옥련이가 미국 워싱턴에 가서 청인 학도들과 같이 학교에 들어가서 공부를 하고 있더라.

옥련이가 미국 워싱턴에 다섯 해를 있어서 하루도 학교에 아니 가는 날이 없이 다니며 공부를 하는데, 재주 있고 부지런한 사람으로, 그 학교 여학생 중에는 제일 칭찬을 듣는지라.

그때 옥련이가 고등소학교에서 졸업 우등생으로 옥련의 이름과 사적이 워싱턴 신문에 났는데, 그 신문을 보고 이상히 기뻐하는 사람이 하나 있는데, 어찌 그렇게 기쁘던지 부지중 눈물이 쏟아진다. 기쁜 마음을 이기지 못하여 도리어 의심을 낸다. 의심중에 혼자말로 중얼 중얼한다.

"조선 사람의 일을 영서로 번역한 것이라 혹 번역이 잘못되었나 내가 미국에 온 지가 십 년이나 되었으나 영문에 서툴러서 보기를 잘못 보았나."

그렇게 다심(多心)하게[22] 생각하는 사람의 성명은 김관일인데, 그 딸의 이름이 옥련이라. 일청전쟁 났을 때에 그 딸의 사생을 모르고 미국에 왔는데, 그때 워싱턴 신문에는, 말은 옥련의 학교 성적과 평양 사람으로 일곱 살에 일본 오사카 가서 심상소학교 졸업하고 그 길로 미국 워싱턴에 와서 고등소학교에서 졸업하였다 한 간단한 말이라. 김씨가 분명히 자기의 딸이라고는 질언(質言)[23]할 수 없으나, 옥련이

---

22) 다심하다 : 근심 걱정이 많음.
23) 질언하다 : 참다운 사실을 들어 딱 잘라서 하는 말.

라 하는 이름과 평양 사람이라는 말과 일곱 살에 집 떠났다 하는 말은 김관일의 마음에 정녕 내 딸이라고 생각 아니할 수도 없는지라. 김씨가 그 학교에 찾아가니, 그때는 그 학교에서 학도 졸업식 후의 서중(暑中) 휴학이라, 학교에 아무도 없는 고로 물을 곳이 없는지라, 김씨가 옥련을 만나지 못하고 돌아왔더라.

옥련이가 졸업하던 날에 학교 졸업장을 가지고 호텔로 돌아가니, 주인은 치하하면서 옥련의 얼굴빛을 이상히 보더라.

옥련이가 수심이 첩첩한 모양으로 저녁 요리도 먹지 아니하고 서산에 떨어지는 해를 쳐다보며 탄식하더라.

그때 마침 밖에 손이 와서 찾는다 하는데, 명함을 받아 보더니 옥련이가 얼굴빛을 천연히 고치고 손을 들어 오라 하니, 그 손이 보이를 따라 들어오거늘 옥련이가 선뜻 일어나며 그 사람의 손을 잡아 인사하고 테이블 앞에서 마주 향하여 의자에 걸터앉으니, 그 손은 옥련이와 일본 오사카에서 동행하던 서생인데 그 이름은 구완서라.

구완서 "네 졸업을 감축한다. 허허, 계집의 재주가 사나이보다 나은 것이로구나. 너는 미국 온 지 일년만에 영어를 대강 알아듣고 학교에까지 들어가서 금년에 졸업을 하였는데, 나는 미국 온 지 두 해만에 중학교에 들어가서 내년에 졸업이라. 네게는 백기를 들고 항복 아니할 수 없다."

옥련이가 대답을 하는데, 일본에서 자라난 사람이라 말을 하여도 일본 말투가 많더라.

"내가 그대의 은혜를 받아서 오늘 이렇게 공부를 하였으니 심히 고맙소.”

하니 일본 풍속에 젖은 옥련이는 제 습관으로 말하거니와, 구씨는
조선서 자란 사람이라 조선 풍속으로 옥련이가 아이인 고로 해라를
하다가 생각한즉 저도 또한 아이이라.

　구완서 “허허허, 우리들이 조선 사람인즉 조선 풍속대로만 수작하
자. 우리 처음 볼 때에 네가 나이 어린 고로 내가 해라를 하였더니
지금은 나일 열여섯 살이 되어 저렇게 체대(體大)하니 해라하기가 서
먹서먹하구나.

　옥련 “조선 풍속대로 말하자 하시면서 아이를 보고 해라하시기가
서먹서먹하서요?”

　구완서 “허허허, 요절할 일도 많다. 나도 지금까지 장가를 아니 든
아이라, 아이는 일반이니 너도 나보고 해라하는 것이 좋은 일이니
숫접게 너도 나더러 해라하여라. 그리하면 내가 너더러 해라하더라
도 불안한 마음이 없겠다.”

　옥련 “그대는 부인이 계신 줄로 알았더니……. 미국에 오실 때 십
칠 세라 하셨으니 조선같이 혼인을 일찍 하는 나라에서 어찌하여 그
때까지 장가를 아니 들으셨소.”

　구완서 “너는 나더러 종시 해라 소리를 아니하니 나도 마주 하오를
할 일이로구, 허허허. 그러나 말대답은 아니하고 딴소리만 하여서 대
단히 실례하였다. 내가 우리 나라에 있을 때에 우리 부모가 내 나이
열두서너 살부터 장가를 들이려 하는 것을 내가 마다하였다. 우리
나라 사람들이 조혼하는 것이 옳은 일이 아니라. 나는 언제든지 공부

하여 학문 지식이 넉넉한 후에 아내도 학문 있는 사람을 구하여 장가
들겠다. 학문도 없고 지식도 없고 입에서 젖내가 모랑모랑 나는 것을
장가들이면 짐승의 자웅같이 아무것도 모르고 음양 배합의 낙만 알
것이라. 고런 고로 우리 나라 사람들이 짐승같이 제 몸이나 알고 제
계집 제 새끼나 알고, 나라를 위하기는 고사하고 나라 재물을 도둑질
하여 먹으려고 눈이 벌겋게 뒤집혀서 돌아다니는 것이 다 어려서 학
문을 배우지 못한 연고라. 우리가 이 같은 문명한 세상에 나서 나라
에 유익하고 사회에 명예 있는 큰 사업을 하자 하는 목적으로 만리
타국에 와서 쇠공이를 갈아 바늘 만드는 성력(誠力)을 가지고 공부하
여 남과 같은 학문과 같은 지식이 나날이 달라 가는 이때에 장가를
들어서 색계상에 정신을 허비하면 유지한 대장부가 아니라. 이애 옥
련아, 그렇지 아니하냐.”

　구씨의 활발한 말 한마디에 옥련의 근심하던 마음이 풀어져서 웃
으며,

　옥련 “저러한 의논을 들으면 내 속이 시원하오. 혼자 있을 때는
참…….”

　말을 멈추고 구씨를 쳐다보는데, 구씨가 옥련의 근심 있는 기색을
언뜻 짐작하였으나 구씨는 본래 활발한 사람이라. 시계를 내어 보더
니 선뜻 일어나며 작별 인사하고 저벅저벅 내려가는데, 옥련이는 의
구히 의자에 걸터앉아서 먼 산을 보며 잊었던 근심을 다시 한다. 한
숨을 쉬고 혼자 신세 타령을 하며 옛일도 생각하고 앞일도 걱정하는
데 뜻을 정치 못한다.

"아, 세월도 쉽구나. 일본서 미국으로 건너오던 날이 어제 같구나. 내가 일본 오사카 있을 때에 심상소학교 졸업하던 날은 하룻밤에 두 번을 죽으려고 하였더니 오늘 또 어떠한 팔자 사나운 일이나 없을는지. 내가 죽기가 싫어서 죽지 아니한 것도 아니요, 공부하고자 하여 이곳에 온 것도 아니라. 오사카 항에서 죽기로 결심하고 물에 떨어지려 할 때에 한 되는 마음으로 꿈이 되어 그랬던지, 우리 어머니가 나더러 죽지 말라 하시던 소리가 아무리 꿈일지라도 역력하기가 생시 같은 고로 슬픈 마음을 진정하고 이 목숨이 다시 살아나서 넓은 천지를 붙일 곳이 없는지라. 지향없이 도쿄 가는 기차를 타고 가다가 천우 신조하여 고국 사람을 만나서 일동일정(一動一靜)을 남에게 신세를 지고 오늘까지 있었으니 허구한 세월을 남의 덕만 바랄 수는 없고, 만일 그 신세를 아니 지을 지경이면 하루 한시라도 여비를 어찌 써서 있을 수도 없으니 어찌하여야 좋을는지……. 우리 부모는 세상에 살아 있는지, 부모의 사생도 모르니 헐헐한 이 한 몸이 받아 있은들 무엇하리오. 차라리 오사카에서 죽었다면 이 근심을 몰랐을 것인데 어찌하여 살았던가. 사람의 일평생이 이렇듯 근심만 할진대 죽어 모르는 것이 제일이라. 그러나 지금 여기서는 죽으려도 죽을 수도 없구나. 내가 죽으면 구씨는 나를 대단히 그르게 여길 터이라. 구씨의 태산 같은 은혜를 입고 그 은혜를 갚지 못하고 죽으면 남의 은혜를 저버리는 것이라 어찌하면 좋을꼬."

그렇듯 탄식하고 그 밤을 의자에 앉은 채로 새우다가 정신이 혼혼하여 잠이 들며 꿈을 꾸었더라.

꿈에는 팔월 추석인데, 평양성 중에서 일 년 제일 가는 명절이라고 와글와글하는 중이라. 아이들은 추석빔으로 새 옷을 입고 떡 조각 실과개를 배가 툭 터지도록 먹고 어깨로 숨을 쉬는 것들이 가로도 뛰고 세로도 뛴다.

어른들은 이 세상이 웬 세상이냐 하도록 술 먹고 주정을 하면서 한길을 쓸어 지나가고, 거문고 줄 양금채는 꾀꼬리 소리 같은 여청 시조(女唱時調) 24)를 어울려서 이 골목 저 골목, 이 사랑 저 사랑에서 어디든지 그 소리 없는 곳이 없다. 성중이 그렇게 흥치(興致)로 지내는데, 옥련이는 꿈에도 흥치가 없고 비창한 마음으로 부모 산소에 다니러 간다. 북문 밖에 나가서 모란봉에 올라가니 고려장(高麗葬)25)같이 큰 쌍분이 있는데, 옥련이가 묘 앞으로 가서 앉으며 허리춤에서 능금 두 개를 집어내며 하는 말이,

"여보 어머니, 이렇게 큰 능금 구경하셨소? 내가 미국서 나올 때에 사 가지고 왔소. 한 개는 아버지 드리고 한 개는 어머니 잡수시오."
하면서 묘 앞에 하나씩 놓으니, 홀연히 쌍분은 간 곳 없고 송장 둘이 일어 앉아서 그 능금을 먹는데, 본래 살은 다 썩고 뼈만 앙상한 송장이라. 능금을 먹다가 위아랫니가 몽땅 빠져서 앞에 떨어지는데, 박씨 말려 늘어놓은 것 같은지라. 옥련이가 무서운 생각이 더럭 나서 소리를 지르다가 가위에 눌렸더라.

---

24) 여청 시조 : 남자가 여자의 음조로 노래를 부르는 시조.
25) 고려장 : 고구려 때 늙고 쇠한 사람을 구덩이 속에 두었다가 죽은 뒤에 장사 지내던 풍속.

그때 날이 새어서 다 밝은 후이라. 이웃방에 있는 여학생이 일어나서 뒷간으로 내려가는 길에 옥련의 방 앞으로 지나다가 옥련의 가위눌리는 소리를 들었으나 남의 방으로 함부로 들어갈 수는 없고, 망단한 마음에 급히 전기 초인종을 누르니 보이가 오는지라. 여학생이 보이를 보고 옥련의 방을 가리키며, 이 방문서 괴상한 소리가 난다 하니 보이가 옥련의 방문을 여는데 문 소리에 옥련이 잠을 깨어 본즉 남가일몽이라.

무서운 꿈을 깰 때는 시원한 생각이 있더니, 다시 생각하니 비창한 마음을 이기지 못하여 탄식하는 소리가 무심중에 나온다.

"꿈이란 것은 무엇인고. 꿈을 믿어야 옳은가. 믿을 지경이면 어젯밤 꿈은 우리 부모가 다 이 세상에는 아니 계신 꿈이로구나. 꿈을 아니 믿어야 옳은가. 아니 믿을진대 오사카에서 꿈을 꾸고 부모가 생존하신 줄로 알고 있던 일이 허사로구나. 꿈이 맞아도 내게는 불행한 일이요, 꿈이 맞지 아니하여도 내게는 불행한 일이라. 그러나 다시 생각하여 보니 꿈은 정녕 허사라. 우리 아버지는 난리 중에 돌아가셨으니, 가령 친척이 있더라도 송장 찾을 수가 없을 터이라. 더구나 사고무친한 우리 집에 목숨이 붙어 살아 있는 것은 그때 일곱 살 먹은 불효의 딸 옥련이뿐이라. 우리 아버지 송장 찾을 사람이 누가 있으리요. 모란봉 저녁볕에 홀홀 날아드는 까마귀가 긴 창자를 물어다가 고목나무 높은 가지에 척척 걸어놓은 것은 전쟁에 죽은 송장의 창자이라. 세상에 어떠한 고마운 사람이 있어서 우리 아버지 송장을 찾아다가 고려장같이 기구 있게 장사를 지낼 수가 있으리요. 우리 어머니는 대동강 물에 빠져 죽으려고 벽상에 영결서를 써서 붙인 것을 평양 야전 병원의 통변이 낙루를 하며 그 글을 읽어서 내 귀에 들려주던 일이 어제같이 생각이 나면서, 오사카 항에서 꿈을 꾸고 우리 어머니가 혹 살아서 이 세상에 있을까 하는 생각이 다 쓸데없는 생각이라. 우리 어머니는 정녕 물에 빠져 돌아가신 것이라. 대동강 흐르는 물에 고기밥이 되었을 것이니, 어찌 모란봉에 그처럼 기구 있게 장사를 지냈으리요."

옥련이가 부모 생각은 아주 단념하기로 작정하고 제 신세는 운수 되어 가는 대로 두고 보리라 하고 정신을 가다듬어서 공부하던 책을 내어놓고 마음을 붙이니, 이삼 일 지낸 후에는 다시 서책에 착미(錯味)26)가 되었더라.

하루는 보이가 신문지 한 장을 가지고 옥련의 방으로 오더니 그 신문을 옥련의 앞에 펼쳐놓고 보이의 손가락이 신문지 광고를 가리킨다. 옥련이가 그 광고를 보다가 깜짝 놀라서 눈물이 펑펑 쏟아지면서 얼굴은 발개지고 웃음 반 눈물 반이라.

옥련이가 좋은 마음에 광고를 끝까지 다 보지 못하고 우두커니 앉았다가 또 광고를 본다. 옥련의 마음에 다시 의심이 난다. 일전 꿈에 모란봉에 가서 우리 부모 산소에 갔던 일이 그것이 꿈인가. 오늘 신문지의 광고 보는 것이 꿈인가. 한 번은 영어로 보고 한 번은 조선말로 보다가 필경은 한문과 조선 언문을 섞어 번역하여 놓고 보더라.

---

26) 착미 : 취미를 붙임.

<광고

지나간 열사흘날 황색신문 잡보에 한국 여학생 김옥련이가 아무 학교 졸업 우등생이라는 기사가 있기로 그 유하는 호텔을 알고자 하여 이에 광고하오니, 누구시든지 옥련의 유하는 호텔을 이 고백인에게 알려 주시면 상당한 금으로 십 류 (十留, 미국 돈 10달러)를 앙정할 사.

한국 평안도 평양인 김관일 고백

헌수……>

의심 없는 옥련의 부친이 한 광고다.

옥련 "여보 보이, 이 신문을 가지고 날 따라가면 우리 부친이 십 류의 상금을 줄 것이니 지금으로 갑시다."

보이 "내가 상금 탈 공은 없으니 상금은 원치 아니하나 귀양(歸養)을 배행하여 가서 부녀 서로 만나 기뻐하시는 모양 보았으면 나도 이 호텔에서 몇 해 간 귀양을 모시고 있던 정분에 귀양을 따라 기뻐하고자 합니다."

옥련이가 그 말을 듣고 더욱 기뻐하여 보이를 데리고 그 부친 있는 처소를 찾아가니 십 년 풍상에 서로 환형(換形)이 된지라, 서로 보고 서로 알아보지 못할 지경이라. 옥련이가 신문 광고와 명함 한 장을 가지고 그 부친 앞으로 가서 남에게 처음 인사하듯 대단히 서어한[27] 인사를 하다가 서로 분명한 말을 듣더니, 옥련이가 일곱 살에 응석하

---

27) 서어하다 : 서먹하다, 서름하다.

던 마음이 새로이 나서 부친의 무릎 위에 얼굴을 푹 숙이고 소리 없이 우는데, 김관일의 눈물은 옥련의 머리 뒤에 떨어지고, 옥련의 눈물에 그 부친의 무릎이 젖는다.

부친 "이애 옥련아, 그만 일어나서 너의 어머니 편지나 보아라."

옥련 "응, 어머니 편지라니, 어머니가 살았소?"

무슨 변이나 난 듯이 깜짝 놀라는 모양으로 고개를 번쩍 드는데, 그 부친은 제 눈물 씻을 생각은 아니하고 수건을 가지고 옥련의 눈물을 씻으니, 옥련이가 그리 어려졌던지 부친이 눈물 씻어 주는데 고개를 디밀고 있더라. 김관일이 가방을 열더니 휴지 뭉치를 내어놓고 뒤적뒤적하다가 편지 한 장을 집어주며 하는 말이,

"이애, 이 편지를 자세히 보아라. 이 편지가 제일 먼저 온 편지다."

옥련이가 그 편지를 받아 보니, 옥련이가 그 모친의 글씨를 모르는지라. 가령 옥련이가 정신이 좋으면 그 모친의 얼굴은 생각할는지 모르거니와, 옥련이 일곱 살에 언문도 모를 때에 모친을 떠났는지라. 지금 그 편지를 보며 하는 말이,

"나는 우리 어머니 글씨도 모르지. 어머니 글씨가 이렇던가."
하면서 부친의 앞에 펼쳐놓고 본다.

<상장

떠나신 지 삼 삭이 못 되었으나 평양에 계시던 일은 전생 일 같삽. 만리 타국에서 수토불복(水土不服)이나 되시지 아니하고 기운 평안하시온지 궁금하옵기 측량 없삽나이다. 이곳의 지낸 풍상은 말

쓸하기 신신치 아니하오나 대강 소식이나 아시도록 말씀하옵나이다. 옥련이는 어디 가서 죽었는지 다시 소식이 묘연하고, 이곳은 죽기로 결심하여 대동강 물에 빠졌더니 뱃사공과 고장팔에게 건진 바 되어 살았다가 부산서 이곳 친정 아버님이 평양에 오셔서 사랑께서 미국 가셨다는 말씀을 전하여 주시니, 그 후로부터 마음을 붙여 살아 있삽. 세월이 어서 가서 고국에 돌아오시기만 기다리옵나이다. 그러나 사랑께서는 몇십 년을 아니 오시더라도 이 세상에 계신 줄을 알고 있사오니 위로가 되오나, 옥련이는 만나보려 하면 황천에 가기 전에는 못 볼 터이오니, 그것이 한 되는 일이압. 말씀 무궁하오나 이만 그치옵나이다.>

옥련이가 그 편지를 보고 뼈가 녹는 듯하고 몸이 스러지는 듯하여 가만히 앉았다가,

옥련 "아버지, 나는 내일이라도 우리 집으로 보내 주시오. 날개가 돋쳤으면 지금이라도 날아가서 우리 어머니 얼굴을 보고 우리 어머니 한을 풀어 드리고 싶소."

부친 "네가 고국에 가기가 그리 바쁠 것이 아니라 우선 네가 고생하던 이야기나 어서 좀 하여라. 네가 어떻게 살아났으며 어찌 여기를 왔느냐?"

옥련이가 얼굴빛을 천연히 하고 고쳐 앉더니, 모란봉에서 총 맞고 야전 병원으로 가던 일과, 이노우에 군의의 집에 가던 일과, 오사카에서 학교에서 졸업하던 일과, 불행한 사기로 오사카를 떠나던 일과, 도쿄 가는 기차를 타고 구완서를 만나서 절처봉생(絶處蓬生)²⁸⁾하던 일

을 낱낱이 말하고 그 말을 마치더니, 다시 얼굴빛이 변하며 눈물이 도니, 그 눈물은 부모의 정에 관계한 눈물도 아니요, 제 신세 생각하는 눈물도 아니요, 구완서의 은혜를 생각하는 눈물이라.

옥련 "아버지, 아버지께서 나 같은 불효의 딸을 만나보시고 기쁘신 마음이 있거든 구씨를 찾아보시고 치사의 말씀을 하여 주시면 좋겠습니다."

김관일이 그 말을 듣더니, 그 길로 옥련이를 데리고 구씨의 유하는 처소로 찾아가니, 구씨는 김관일을 만나보매 옥련의 부친을 본 것 같지 아니하고 제 부친이나 만난 듯이 반가운 마음이 있으니, 그 마음은 옥련의 기뻐하는 마음이 내 마음 기쁜 것이나 다름없는 데서 나오는 마음이요, 김씨는 구씨를 보고 내 딸 옥련을 만나본 것이나 다름없이 반가우니, 그 두 사람의 마음이 그러할 일이라. 김씨가 구씨를 대하여 하는 말이 간단한 두 마디뿐이라.

한 마디는 옥련이가 신세 지은 치사요, 한 마디는 구씨가 고국에 돌아간 뒤에 옥련으로 하여금 구씨의 기치를 받들고 백년가약 맺기를 원하는지라.

구씨는 본래 활발하고 거칠 것 없이 수작하는 사람이라 옥련이를 물끄러미 보더니,

구완서 "이애 옥련아, 어— 실체(失體)하였구, 남의 집 처녀더러 또 해라 하였구나. 우리가 입으로 조선말은 하더라도 마음에는 서양 문

---

28)절처봉생 : 아주 막다른 판에 살길이 생김.

명한 풍속이 젖었으니, 우리는 혼인을 하여도 서양 사람과 같이 부모의 명령을 좇을 것이 아니라, 우리가 서로 부부 될 마음이 있으면 서로 직접 하여 말하는 것이 옳은 일이다. 그러나 우선 말부터 영어로 수작하자. 조선말로 하면 입에 익은 말로 외짝해라 하기 불안하다."

하면서 구씨가 영어로 말을 하는데, 구씨의 학문은 옥련이보다 대단히 높으나 영어는 옥련이가 구씨의 선생 노릇이라도 할 만한 터이라. 그러나 구씨는 서투른 영어로 수작을 하는데, 옥련이는 조선말로 단정히 대답하더라.

김관일은 딸의 혼인 언론을 하다가 구씨가 서양 풍속으로 직접 언론하자 하는 서슬에 옥련의 혼인 언약에 좌지우지할 권리가 없이 가만히 앉았더라.

옥련이는 아무리 조선 계집아이이나 학문도 있고 개명한 생각도 있고, 동서양으로 다니면서 문견(聞見)이 높은지라. 서슴지 아니하고 혼인 언론 대답을 하는데, 구씨의 소청이 있으니, 그 소청인즉 옥련이가 구씨와 같이 몇 해든지 공부를 더 힘써 하여 학문이 유여한 후에 고국에 돌아가서 결혼하고, 옥련이는 조선 부인 교육을 맡아 하기를 청하는 유지(有志)한 말이라. 옥련이가 구씨의 권하는 말을 듣고 조선 부인 교육할 마음이 간절하여 구씨와 혼인 언약을 맺으니, 구씨의 목적은 공부를 힘써 하여 귀국한 뒤에 우리 나라를 독일국(獨逸國)같이 연방도를 삼되, 일본과 만주를 한데 합하여 문명한 강국을 만들고자 하는 비사맥 같은 마음이요, 옥련이는 공부를 힘써 하여 귀국한 뒤에 우리 나라 부인의 지식을 넓혀서 남자에게 압제받지 말고 남자와 동등 권리를 찾게 하며, 또 부인도 나라에 유익한 백성이 되고 사회상에 명예 있는 사람이 되도록 교육할 마음이라.

세상에 제 목적을 제가 자기 하는 것같이 즐거운 일은 다시없는지라. 구완서와 옥련이가 나이 어려서 외국에 간 사람들이라. 조선 사람이 이렇게 야만 되고 이렇게 용렬할 줄을 모르고, 구씨든지 옥련이든지 조선에 돌아오는 날은 조선도 유지한 사람이 많이 있어서, 학문 있고 지식 있는 사람의 말을 듣고 이를 찬성하여 구씨도 목적대로 되고 옥련이도 제대로 조선 부인이 일제히 내 교육을 받아서 낱낱이 나와 같은 학문 있는 사람들이 많이 생기려니 생각하고, 일변으로 기쁜 마음을 이기지 못하는 것은 제 나라 형편 모르고 외국에 유학한 소년 학생 의기에서 나오는 마음이라.

구씨와 옥련이가 그 목적대로 되든지 못 되든지 그것은 후의 일이거니와, 그날은 두 사람의 마음에는 혼인 언약의 좋은 마음은 오히려 둘째가 되니, 옥련 낙지(落地) 이후에는 이러한 즐거운 마음이 처음이라.

김관일은 옥련을 만나보고 구완서를 사윗감으로 정하고, 구씨와 옥련의 목적이 그렇듯 기이한 말을 들으니, 김씨의 좋은 마음도 측량할 수 없는지라.

미국 워싱턴의 어떠한 호텔에서는 옥련의 부녀와 구씨가 솥발같이 늘어앉아서 그렇듯 희희낙락한데, 세상이 고르지 못하여 조선 평양성 북문 안에 게딱지같이 낮은 집에서 삼십 전부터 남편 없고 자녀 간에 혈육 없고 재물 없이 지내는 부인이 있으되, 십 년 풍상에 남보다 많은 것 한 가지가 있으니, 그 많은 것은 근심이라.

그 부인이 남편이 죽고 없느냐 할 지경이면 죽지도 아니한 터이라. 죽고 없는 터이면 단념하고 생각이나 아니하련마는, 육만 리를 이별하여 망부석이 될 듯한 정경이요. 자녀 간에 혈육이 없는 것은 생산을 못하였느냐 물을진대 딸 하나를 두고 아들 겸 딸 겸하여 금옥같이 귀애하다가 일곱 살 되던 해에 잃었더라.

눈앞에 참척을 보았느냐 물을진대 그 부인은 말없이 눈물만 흘리더라. 눈앞에 보이는 데서나 죽었으면 한이나 없으련마는, 어디서 죽었는지 알지도 못하니 그것이 한이더라.

마침 까마귀 한 마리가 지붕 위에 내려앉더니 까막까막 깍깍 짖는 소리가 흉측하게 들리거늘, 부인이 감았던 눈을 떠서 장팔 어미를 보며 하는 말이,

"여보게, 저 까마귀 소리 좀 들어 보게. 또 무슨 흉한 일이 생기려나베. 까마귀는 영물이라는데 무슨 일이 또 있을는지 모르겠네. 팔자 기박한 여편네가 오래 살았다가 험한 일을 더 보지 말고 오늘이라도 죽었으면 좋겠네. 요사이는 미국서 편지도 아니 오니 웬일인고."

기운 없는 목소리로 설움 없이 탄식하는 모양은 아무가 보든지 좋은 마음은 아니 날 터인데, 늙고 청승스러운 장팔 어미가 부인의 그 모양을 보고 부인이 죽으면 따라 죽을 듯한 마음도 있고, 까마귀를 쳐죽이고 싶은 마음도 생겨서 마당으로 펄펄 뛰어 내려가서 지붕 위를 쳐다보면서 까마귀에게 헛팔매질을 하며 욕을 한다.

"수여— 이 경칠 놈의 까마귀, 포수들은 다 어디로 갔노. 소금 장사

—네 어미.”

조선 풍속에 까마귀 보고 하는 욕은 장팔 어미가 모르는 것 없이 주워섬기며 소리를 버럭버럭 지르니, 그 까마귀가 펄쩍 날아 공중에 높이 뜨더니 깍깍 지르며 모란봉으로 향하거늘, 부인의 눈은 까마귀를 따라서 모란봉으로 가고, 노파의 욕하는 소리는 까마귀 소리를 따라간다.

우자 쓴 벙거지 쓰고 감장 홀태바지 저고리 입고 가죽 주머니 메고 문 밖에 와서 안중문을 기웃기웃하며 편지 받아 들여가오, 편지 받아 들여가오, 두세 번 소리 하는 것은 우편 군사[29]라. 장팔의 어미가 까마귀에게 열이 잔뜩 났던 차에 어떠한 사람인지 자세히 듣지도 아니하고 질부등거리 깨어지는 소리 같은 목소리로 우편 군사에게 까닭 없는 화풀이를 한다.

“웬 사람이 남이 집 안마당을 함부로 들여다보아. 이 댁에는 사랑 양반도 아니 계신 댁인데, 웬 젊은 녀석이 양반의 댁 안마당을 들여다보아!”

우편 군사 “여보, 누구더러 이 녀석 저 녀석하오. 체전부는 그리 만만한 줄로 아오. 어디 말 좀 하여 봅시다. 이리 좀 나오시오. 나는 편지 전하러 온 것 외에는 아무것도 잘못한 것 없소.”

부인 “여보게 할멈, 자네가 누구와 그렇게 싸우나. 우체 사령이 편지를 가지고 왔다 하니 미국서 서방님이 편지를 부치셨나베. 어서

---

29) 우편 군사 : 우체부, 우편 배달원.

받아 들여오게."

노파 "옳지, 우체 사령이로구. 늙은 사람이 눈 어두워서…… 어서 편지나 이리 주오, 아씨께 갖다 드리게."

우체 사령이 처음에 노파가 소리를 지를 때에는 늙은 사람 망령으로 알고 말을 예사로 하더니 노파가 잘못한 줄을 깨닫고 말하는 눈치를 보더니 그때는 우체 사령이 목을 쓰고 대어든다.

우편 군사 "이런 제어미…… 내가 체전부 다니다가 이런 꼴은 처음 보았네. 남더러 무슨 턱으로 욕을 하오. 내가 아무리 바빠도 말 좀 물어 보고 갈 터이오."

하면서 소리를 버럭버럭 지르고 대들며, 편지 달라 하는 말은 대답도 아니하니, 평양 사람의 싸움하러 대드는 서슬은 금방 죽어도 몸을 아끼지 아니하는 성정이라.

노파가 까마귀에게 화풀이할 때 같으면 우체 사령에게 몸부림을 하고 죽어도 그 화가 풀어지지 아니할 터이나, 미국서 편지 왔다 하는 소리에 그 화가 다 풀어졌더라. 그 화만 풀어질 뿐이 아니라, 우체 사령의 떼거리까지 받고 있는데, 부인은 어서 바삐 편지 볼 마음이 있어서 내외하기도 잊었던지 중문간에로 뛰어나가서 노파를 꾸짖고 우체 사령을 달래고, 옥련의 묘에 가지고 가려 하던 술과 실과를 내어다 먹인다. 우체 사령이 금방 살인할 듯하던 위인이 노파더러 할머니 할머니하며 풀어지는데, 그 집에서 부리던 하인과 같이 친숙하더라. 노파가 편지를 받아서 부인에게 드리니, 부인이 그 편지를 들고 겉봉 쓴 것을 보더니 깜짝 놀라서 의심을 한다.

노파 "아씨, 무엇을 그리 하십니까?"

부인 "응, 가만히 있게."

노파 "서방님께서 부치신 편지오니까?"

부인 "아닐세."

노파 "그러면 부산서 주사 나리께서 하신 편지오니까?"

부인 "아니."

노파 "에그, 어서 말씀 좀 시원히 하여 주십시오."

부인 "글씨는 처음 보는 글씨일세."

본래 옥련이가 일곱 살에 부모를 떠났는데, 그때는 언문 한 자 모를 때라. 그 후에 일본 가서 심상소학교 졸업까지 하였으나 조선 언문은 구경도 못하였더니, 그 후에 구완서와 같이 미국 갈 때에 태평양을 건너가는 동안에 구완서가 가르친 언문이라 옥련의 모친이 어찌 옥련의 글씨를 알아보리오. 부인이 편지를 받아 보니 겉면에는,

한국 평안남도 평양부 북문내 김관일 실내 친전.
한편에는,
미국 워싱턴○○○호텔 옥련 상사리.

진서(眞書) 글자는 부인이 한 자도 알아보지 못하고 다만 '옥련 상사리'라 한 글자만 알아보았으나, 글씨도 모르는 글씨요, 옥련이라 한 것은 볼수록 의심만 난다.

부인 "여보게 할멈, 이 편지 가지고 왔던 우체 사령이 벌써 갔나.

이 편지가 정녕 우리 집에 오는 것인지 자세히 물어 보면 좋을 뻔하였네.”

노파 “왜 거기 쓰이지 아니하였습니까?”

부인 “한 편은 진서요 한 편에는 진서도 있고 언문도 있는데, 진서는 무엇인지 모르겠고, 언문에는 옥련 상사리라 썼으니, 이상한 일도 있네. 세상에 옥련이라 하는 이름이 또 있는지, 옥련이라 하는 이름이 또 있더라도 내게 편지할 만한 사람도 없는데……”

노파 “그러면 작은아씨의 편지인가 보이다.”

부인 “에그, 꿈 같은 소리도 하네. 죽은 옥련이가 내게 편지를 어찌하여……”

하면서 또 한숨을 쉬더니 얼굴이 처량한 빛이 다시 난다.

노파 “아씨 아씨, 두 말씀 말고 그 편지를 뜯어 보십시오.”

부인이 홧김에 편지를 박박 뜯어 보니 옥련의 편지라.

모란봉에서 지낸 일부터 미국 워싱턴 호텔에서 옥련의 부녀가 상봉하여 그 모친의 편지 보던 모양까지 그린 듯이 자세히 한 편지라.

그 편지 부쳤던 날은 광무 6년(음력) 7월 11일인데, 부인이 그 편지 받아 보던 날은 임인년 음력 8월 15일이러라.

2권은 그 여학생이 고국에 돌아온 후를 기다리오.

모란봉

열요(熱鬧)하기로 유명한 샌프란시스코의 야소교당 쇠북 소리는 세
간진루(世間塵累)가 조금도 없이 맑고 한가하고 고요하고 그윽한데, 여
음이 바람을 따라 흩어져 나가다가 수천 미돌(米突) 밖의 나지막한
산을 은은히 울리며 스러지고 산 아래 공원 속에 가목무림(佳木茂林)
푸른빛만 보인다.

천기청명(天氣淸明)한 일요일에 공원에 산보하러 모여드는 신사와
부인은 한가한 겨를을 타서 한가히 놀러온 사람들이라. 그 사람 모인
공원은 다시 열요장 되어 복잡한 사회현상이 또한 이 가운데에 보이
는데, 유심한 사진가가 전 사람의 자취 비밀히 감춘 것을 후인에게
전하려고 사진기계를 가지고 다니면서 이리저리 둘러보다가, 취미

있는 진상(眞狀)을 가려서 박고 박는데, 열요한 사람들은 간단 없이 활동이라.

드문드문한 나무 틈에 허연 돌난간이 보이는데 그 돌난간 아래 돌연못이 있고, 돌연못 가운데 사자형(獅子形) 섬이 있고, 사자 등 위에 금부어(金鮒魚) 거꾸로 서서 수정가루 같은 물을 뿜어 올려서 서늘한 기운을 드리웠는데, 공원의 구경꾼은 못가에 몰려 서서 돌난간에 의지하고 노는 고기를 내려다본다.

인간의 회포 많은 옥련이가 또한 그 못 가운데 고기 노는 것을 내려다보다가 제 그림자를 보고 홀연히 감동되는 일이 있었더라.

'모란봉 밑에서 총을 맞고 누웠던 옥련이가 여기 와서 있는가. 간호수(看護手) 들것 위에 담겨서 야전 병원에 들어가던 옥련이가 여기 와서 있는가. 이노우에 군의(軍醫) 아버지 손에 재생인(再生人)되던 옥련이가 여기 와서 있는가. 구완서의 은혜를 입어 워싱턴에 유학하던 옥련이가 여기 와서 있는가. 반갑다, 옥련의 그림자를 옥련이가 보아도 참 반갑다. 나는 물 위에 선 옥련이요, 너는 물 아래 거꾸로 선 옥련이라. 내가 너더러 물어볼 일이 있다. 네가 형체가 있는 물건이냐, 형체가 있을진대 네 손 잡고 반겨 보자. 네가 형체 없는 물건이냐, 형체가 없을진대 내 눈에 보이는 네가 무엇이냐. 이 몸이 이 물가를 떠날진대 네 형체가 소멸하고, 이 몸이 세상을 버릴진대 한(恨) 많고 사려증(思慮症) 많던 내 마음도 또한 소멸할 것이니, 영혼불멸이라 하였으나 알 수 없는 것은 사람의 일이로다.'

옥련이가 그러한 생각을 하는 중에,

"옥련아 옥련아."

부르는 소리를 듣고 돌아보니, 옥련의 옆에 섰던 그 부친과 구완서가 그 아래 정자나무 휴게소로 향하여 가며 부르는지라, 옥련이가 또한 휴게소로 향하여 가려고 돌아서다가, 그 그림자를 떠나기가 섭섭한 마음이 있는 것같이 다시 돌아서서 고개를 숙여 내려다보는데, 물고기 한 마리가 물 위에 뜬 마른 나뭇잎을 물려 하다가 사람을 보고 놀란 것같이 꼬리를 탁 치고 거꾸로 서서 내려가는데, 거울 같은 수면이 진탕하여 옥련의 그림자가 천태만상으로 변하는지라. 옥련이가 애석한 마음이 있는 것같이 주저주저하다가 돌아서서 휴게소로 내려가는데, 물 아래에 활동사진같이 황홀하던 옥련이의 그림자가 간 곳 없고 상오 열두 시 태양광선 아래 이목구비(耳目口鼻)가 있는지 없는지 모르게 된 난쟁이 같은 그림자가 옥련의 뒤를 따라간다.

그때는 갑진년 가을이라. 김관일이가 그 딸 옥련이를 데리고 조선에 돌아가는 길인데, 구완서는 서중휴학(暑中休學) 겨를을 타서 샌프란시스코까지 전별하러 온 터이라. 처음에 김관일의 마음에 옥련이를 몇 해 동안만 공부를 더 시켜서 조선 부인 사회 중에 우등 될 만한 학문이 성취된 후에 데리고 가려 하였더니, 일러전쟁(日露戰爭)이 일어나서, 평양성 중에서 일본 기병과 러시아 기병의 접전(接戰)이 있었다는 신문을 본 후에 옥련이가 십 년 전 일청전쟁 날 때에 허다한 풍상을 지내던 생각이 나서 그 모친을 생각하는 마음이 더욱 간절하여 공부에 마음이 없고 낙심한 사람같이 조석으로 먼 산만 바라보고 앉았다가, 그 부친을 보면 고향에 돌아가기를 재촉하거늘, 김관일이 그 모양을 보고 또한 고향에 돌아갈 마음이 생겼으나, 그러나 그때 옥련이가 사범학교 일년생이라, 추기시험(秋期試驗)이나 치르고 가는 것이 좋은 줄로 꼬이고 달래다가 추기시험을 치른 후에 떠나가는 터이라.

구완서는 김관일의 강권하는 말은 저버리지 못하여 옥련이와 부부 되기로 세 사람이 솟발같이 늘어앉아서 반석같이 굳은 언약을 맺었는데, 김관일의 말은 옥련이가 떠나기 전에 성례하는 것이 가하다 하나, 구완서의 말은 자기가 십 년만 공부를 더하고 조선에 돌아간 후에 결혼하겠다 하는 고로, 필경 구씨의 말을 좇아서 십 년 간에 서로 대년(待年)하기로 언약이라.

대체 십 년이 되면 옥련의 나이 이십칠 세요, 구완서의 나이 삼십이 세라. 구씨와 옥련의 지기(志氣)가 비록 비범하나 그러나 청춘연기의 연한 창차로 이 이별은 어려운 이별이라.

워싱턴에서 작별하기가 피차 섭섭한 마음이 있으므로 구씨가 샌프란시스코까지 왔는데, 샌프란시스코에서 하루 지체하여 공원을 구경하나, 구경에 흥치(흥취)는 별로 없고 산 빗물 소리가 구씨와 옥련의 이별하는 회포에 들어올 뿐이라.

구씨는 본래 진중한 사람이라, 한 번 정한 마음을 변치 아니하며, 한 번 한 말을 어기지 아니하는 성질이 있으나, 김관일의 생각에는, 구완서가 아직 젊은 아이라 일시 언약을 믿고 몇만 리를 떠나 있으면 혹 마음이 변치나 아니할까 염려가 되는데, 더구나 십 년 동안에 세 상일이 어떻게 변할는지 측량치 못할 일이라. 새로이 궁금증이 나서 다시 구완서의 말을 들어 보고자 하여 휴게소로 데리고 가는 터이라.

천지만엽(千枝萬葉)이 휘어진 정자나무 아래 긴 의자를 여기저기 늘어놓은 공동 휴게소에 오고가는 구경꾼이 드문드문 걸터앉았는데, 김관일의 일행은 그 중에 조용한 곳을 찾아다니다가 빈 의자들이 마주 놓인 것을 보고 김씨는 구씨와 마주 걸터앉고, 옥련이는 김씨 옆에 가 앉았더라.

김씨가 옆으로 고개를 돌이켜서 옥련의 얼굴을 물끄러미 보다가 다시 구씨를 건너다보며,

"은혜를 끼친 사람은 너요, 은혜를 받을 사람은 내 딸이라. 내 집 사람들은 네 은혜를 저버리기가 만무하거니와 너는……."
하면서 말끝을 마치지 아니하고 빙그레 웃으니, 구씨가 김씨의 말하려는 뜻을 알아들었는지 또 한 번 빙긋 웃는다.

김관일 "이애, 구완서야, 사람이 제 자식의 심성정을 남에게 물으면 어리석은 일이나, 그러나 옥련의 일은 네가 나보다 자세히 알 터이라 대체 어떠하더냐, 잘 가르치면 사람 노릇 하겠더냐?"

구완서 "지자는 막여부(知子莫如父)라 하였으니, 옥련이 범절이야 어르신네께서 어련히 아시겠습니까?"

김관일 "막지기자지덕(莫知其子之德)이라 한 말은 없느냐. 나는 옥련의 선악간(善惡間)에 모른다. 일곱 살에 부모 슬하에 떠난 자식의 마음을 어찌 알겠느냐? 네가 내 사위 되기로 허락한 것으로, 내가 내 자식을 믿는 마음이 생긴다. 그러나 너는 시하(侍下) 사람이라, 네 마음으로 정한 혼인을 너의 부모가 혹 허락지 아니하시면 그때 네 생각은 어떠하겠느냐?"

구완서 "우리 부모가 나를 대단히 귀애하시는 터이라, 내가 만일 정당치 못한 일을 할 지경이면 부모가 금하시려니와, 정당한 일에는 내 말을 많이 좇으시는 터이니 혼인 파약시키실 리는 만무하니 염려 마시오."

김관일 "그러하겠지. 그러나 부모가 만일 파약을 하라 하실 지경이면 너는 어떻게 조처할 터이냐?"

구완서 "지금 옥련이가 조선에 돌아가는 터이니, 우리 부모도 옥련의 범절이 어떠한 소문도 들으실 터이요, 또 사람을 보내서 선을 볼 지경이면 더욱 자세히 아실 터이니, 부족하게 여기실 리가 없으니 파약할 지경에 갈 리가 만무하외다."

김관일 "만일 너의 부모께서 옥련이를 합의치 아니하게 여기실 지경이면 네가 어찌할 터이냐?"

구완서 "부모가 잘못하시는 일은 간하다가, 아니 들으실 지경이면 내 마음대로 하지요."

김관일 "네 마음대로 하면 어떻게……?"

구완서 "자유결혼하지요."

김관일 "허허허, 네가 미국에 오더니 조선 습관을 버리고 자유결혼을 말하는구나. 오냐, 네 마음이 그러할진대 내가 마음을 놓고 떠나겠다."

하면서 옥련이를 돌아보니, 옥련이는 고개를 수그리고, 손에 들었던 우산대로 땅에 글자를 쓰는데, 무심중에 떠날 이자를 쓰다가 그 부친이 돌아다보는 것을 보고, 발로 그 글자를 싹싹 문질러버리고 말 없이 앉았더라.

홀연히 나비 한 마리가 힘없이 날아 들어오더니 옥련의 머리에 꽂힌 꽃송이에 내려앉으려다가 다시 펄쩍 날아 높이 뜨는데, 어디서 벗나비 한 마리가 쫓아오더니 싸움을 하는지, 희롱을 하는지 두 나비가 한 뭉치 되어 공중으로 올라가다가 내려가다가, 다시 오르락내리락하는데 난데없는 회오리바람이 땅을 휩쓸어 들어오더니, 휴게소에 늘어앉은 사람 앞으로 세모세를 끼얹는 듯이 먼지를 뒤집어씌우는데, 옥련이는 눈을 뜨지 못하고 애를 쓰다가 눈을 씻고 고개를 들어 보니 휴게소 의자에 오백나한전(五百羅漢殿) 불상 같이 늘어앉았던 사람들이 낱낱이 일어섰는데, 김관일이 먼지를 툭툭 털고 앞서서 나가면서,

김관일 "구완서야, 너 술 먹을 줄 아느냐? 점심때 되었으니 요릿집에로 가자. 옥련아, 너는 조선 음식은 모르지, 사 주일만 지내면 조선 음식을 먹어 보겠구나."

옥련이가 일어서서 몸의 먼지를 활활 털며,

옥련 "내가 어렸을 때 일이라도 조선 음식 먹던 생각이 많이 납니다."

김관일 "네가 일곱 살까지 너의 어머니 젖이나 먹었지, 음식은 무슨 음식. 허허허. 구완서야, 자네가 참 애썼겠다. 젖꼭지 떨어진 지 며칠이 못된 남의 자식을 데리고 미국까지 와서 저렇게 길러내고, 저만치 가르쳐 주었으니, 참 애썼겠다."

하면서 기쁜 마음에 눈물이 도는 것은 옥련이를 사랑하는 자정에서

솟아나는 눈물이라.

오후 다섯 시까지 공원에서 산보하다가, 유숙하던 호텔로 돌아가는데, 세 사람이 한 호텔로 들어가나, 세 사람의 침소는 각각이라. 그날 밤에 옥련이가 서양 소설을 보다가 모르는 글자가 있어서 영어자전(英語字典)을 들고 글자를 찾다가 싫증이 나서 책을 던지고 침대 위에 드러누우며 눈을 살짝 감는다. 잠이 와서 눈을 감는 것이 아니라 생각을 하느라고 눈을 감았더라.

눈을 뜨고 있을 때는 방 안에 있는 물건만 보이더니, 눈을 감고 누웠으니 이 방에 있지 아니한 구완서의 모양이 눈에 어려 보이다가 다시 눈을 떠서 본즉 적적한 빈 방에 전기등만 밝았더라.

옥련이가 다시 눈을 감고 소리 없이 탄식이라.

내가 어머니를 만나보면 그날 그 시에 죽더라도 한(恨)이 없을 것 같더니, 미국을 떠나며 생각하니, 구완서의 은혜를 갚지 못하고 죽으면 그 한도 풀리지 못할 일이로다. 전일(前日)의 은인이요, 미래의 부부이라. 인연에 인연을 잇고[續], 정의(情誼)에 정의를 가하였도다 위엄 있고도 온화하며, 다정하고도 말 없는 것은 구완서가 내게 대한 태도이라. 동생같이 사랑하며, 내빈같이 공경하며, 자식같이 가르치면서 항상 나를 칭찬하는 말이 '옥련이는 그윽하고, 한가하고, 곧고, 고요한 계집아이라, 조선 부인사회에서 본받을 만한 사람이 되리라.' 하였는데, 내가 만일 조선에 돌아가서 그러한 위인이 못될 지경이면 무슨 낯으로 구완서를 다시 보리오.

한참 그러한 생각을 하는 중에, 문 밖에서 문을 똑똑 두드리는 소리가 나더니 구완서가 들어온다. 옥련이가 구완서에게 무슨 잘못한 일이나 있는 것같이 깜짝 놀라며 얼굴이 빨개지고 가슴이 두근두근 하는데 옥련의 생각에도 무슨 까닭으로 그러한지 모르는 터이라.

옥련이가 침대에 내려서 구씨를 인도하여 테이블 앞 교의[椅子]에 앉게 하고, 옥련이는 그 맞은편 교의에 걸터앉으며 손으로 초인종을 꼭 눌러서 보이를 부르더니 커피와 부란데와 과자를 갖추어 놓는다.

구완서 "이애, 옥련아. 허허허, 또 실수하였구. 남의 집 처녀더러 이애, 허허허. 오냐, 입에 익은 말로 아직 수수하게 그대로 지내자. 내가 네게 한문 가르치던 선생이요, 언문 가르치던 선생이요, 조선말 복습시키던 선생이라. 네가 나더러 선생님 선생님 부르던 터이요, 나 는 너를 손아랫누이 같이 알고 지냈더니, 재작년 칠월에 나는 너의 아버지 권고하시는 말을 듣고 너는 너의 아버지 명령을 들어서 우리 가 혼인 언약을 맺었는데, 그 후로부터 네가 나를 보면 부끄러운 마 음으로 있는 모양이요, 체면 차리는 기색도 있어서 종적이 점점 서어 하여졌으니 도리어 어색한 일이라. 나는 그 마음 저 마음 없이 이전 같이 허물없고 다정한 동무로 알고 있다. 이애 옥련아, 그렇지 아니하 냐, 허허허."

구씨가 그렇게 쇄락한 기상으로 유쾌하게 말하는 모양이 옥련이를 처음 만나던 날부터 지금 떠나는 날까지 조금도 다른 것이 없는지라. 옥련이가 새로이 즐거운 마음에 깊은 정이 더욱 솟아나서 웃음빛을 띤 눈에 눈물이 가랑가랑 돈다.

구완서 "너와 한담(閑談)하기는 오늘뿐이라. 너더러 할 말이 무궁무

진하더니, 무슨 말을 하려 하였던지 생각이 아니 나는구나. 오냐, 별말 하여 무엇할꼬. 작별이란 것은 별말 하여 무엇할꼬. 작별이란 것은 잘 가거라, 잘 있거라 하면 두 사람의 말이 다한 것이라. 내일은, 네가 태평양 배를 탈 터이니 작별은 내일 태평양 해안에서 하자.”
하면서 선뜻 일어나서 문을 열고 나아가니 방 안이 다시 적적하고, 벽상에 걸린 자명종 시침(時針) 돌아가는 소리만 때깍때깍 나는데, 전기등 아래 혼자 초연히 앉은 옥련의 낙심한 경상이라.

길고 긴 가을 밤에 외기러기 한 소리 높았는데, 정 많고 한 많은 옥련이가 잠 못 이루어 혼자 탄식이라.

‘밤아, 새지를 말아라. 밝은 날은 구완서와 이별이라. 육만 리를 떠나가서 십 년이나 될 터이라. 세월아, 차라리 어서 가거라, 삼천육백 일만 지나가면 구완서가 조선에 돌아간다더라. 내가 한 되는 일이 많으나, 제일 한 되는 일은 남자 되지 못한 것이라. 내가 만일 남자가 되었더라면, 구완서와 서로 체면도 아니 차릴 것이요, 남의 이목(耳目)도 아니 가릴 것이라. 하루 열 번을 보고 싶으면 열 번을 상종하고, 주야 같이 있고 싶으면 거처를 같이 할 터인데, 불행히 남녀가 유별하므로 지척이 천 리같이 떠나 있고, 모처럼 만나보더라도 텁텁한 회포를 흉중(胸中)에 쌓아두고 말 못 하니, 그 아니 애닯지 아니한가! 세상 사람의 부부간 깊은 정리(情理)는 어떠할 것인지, 나 같은 미가녀(未嫁女)의 알 수 없는 일이나, 대체 부부간 정의는 남녀간 치정(痴情)으로 생긴 정이거니와, 나는 구완서에게 의리로 생긴 정리요, 교분으로 생긴 정이요. 품행을 서로 알고, 인격을 서로 알고, 심지(心地)가 서로 같은 것으로 부지중에 정이 들고, 부지중에 정이 깊었으니, 유별한 남녀간의 높고 조촐한 정이라, 그렇게 정든 사람을 떼어놓고 혼자 가는 내 마음이야……'

    평양은 하나이나 옥련이는 둘이라. 하나는 김옥련이요, 하나는 장옥련이다. 김옥련의 집은 평양 북문 안이요, 장옥련의 집은 평양 남문 밖이다.

    김옥련이는 열일곱 살이요, 장옥련은 열여섯 살인데, 얼굴은 김옥련이 더 어여쁜지, 장옥련이가 어여쁜지, 만일 인물 조사하는 시험관이 있어서 비교를 붙일라치면 누구를 조사 내기가 썩 어려울 터이라, 공변된 눈으로 쌍장원을 냈으면 좋을 만한 미녀자(美女子)들이다.

    아침 안개 희미한데 힘없는 봄바람에 소리 없이 떨어지는 두견화 같은 것은 장옥련의 태도이요, 동각(東閣)에 눈 쌓이고, 사창(紗窓)에 달 돋는데 반쯤 핀 매화 같은 것은 김옥련의 태도이라.

    조물이 사람을 낼 때에 특별한 사정이 있는 인간에게 특별한 형용을 부여하는 일이 있던지 김옥련·장옥련은 특별한 자색(姿色)을 쓰고 난 여자이다.

    금을 보면 금이 보배이요, 옥을 보면 옥이 보배라. 김옥련이를 보면 김옥련이가 일색이요, 장옥련이를 보면 장옥련이가 미인이라. 아름다운 외양은, 빛은 같으나 팔자는 같은 일이 조금도 없었더라.

    김옥련이는 어렸을 때에 그 부모를 떠나서 고생을 많이 하였는데, 장옥련은 부모 슬하에서 금옥같이 사랑을 받고 자랐더라.

김옥련이는 다시 운수가 틔어서 그 부친을 만나 귀애함을 받으면서, 또 그 어머니를 만나보려고 태평양을 건너오는데, 장옥련은 액운이 들어서 그 부친에게 미움을 받는 중에, 또 그 어머니를 이별하였더라.

이별하였을지라도 그 어머니가 이 세상에나 있었으면 다시 만나볼 날이 있을까 바랄 터이나, 넓고 넓은 지구상에 몸을 둘 곳이 없다는 유서 한 장을 써서, 그 딸 옥련의 베개 밑에 넣어놓고 적적한 깊은 밤에 살짝 나간 후에 종적은 끊어지고 소식은 묘연한데, 대동강 물소리 그윽한 밤에 귀곡성이 추추(啾啾)할 뿐더러 장옥련의 부친은 장치중(張致中)이라. 형세도 넉넉하고 행세가 얌전한 사람인데, 남이 칭찬을 하는 말에,

"장치중이는 경계 밝은 사람이라."

"인정 있는 사람이라."

"남의 사정 아는 사람이라."

"남에게 속지 아니할 사람이라."

그러한 칭찬을 도처에 듣는 장치중이가, 그 칭찬 듣지 못할 곳은 그 부인 안씨에게뿐이라,

장씨가 본래 그 부인과 금슬(琴瑟)이 대단히 좋던 터이요, 무남독녀 옥련이를 남다르게 귀애하던 터이라.

장옥련의 일곱 살 되었을 때에 안씨 부인이 병이 들어서 죽느니 사느니 하며 집안에서 떠드는데, 수족같이 부리는 종도 있건마는 장치중이는 수염에 재티가 부옇게 앉은 줄도 모르고 약을 손수 달여서

부인의 베개 옆에 놓고,

"마누라, 마누라."

부르는 소리에 부인이 감았던 눈을 치떠서 그 남편을 보다가 때가 주럭주럭 낀 손으로 옥련이를 가리키며,

"내가 죽으면 저것이 어떠한 계모 손에 고생을 할꼬! 내 앞에서 응석만 하던 것이 계모 앞에서 눈살을 맞고 자라노라면 설움도 설움이려니와, 주접이 오죽 들꼬! 너의 아버지께서 지금은 너를 세상에 다시없는 것같이 귀애하셨지마는, 후취 마누라에게 혹하시면 전실 자식이 눈에 보일는지?"

하면서 다시 눈을 감으니, 장옥련이가,

"어머니, 죽지 마오!"

소리를 지르며 병들어 누운 어머니 가슴에 엎드려 울거늘 장치중이가 옥련이를 안아다가 자기 무릎 위에 올려앉히고 머리를 썩썩 쓰다듬으며,

"옥련아 옥련아, 울지 마라 울지 마라. 너의 어머니가 저 약을 먹으면 병이 나아서 일어난다."

하며 옥련이를 달래다가 다시 그 부인을 건너다보며,

"여보 마누라, 아무리 병중에 하는 말이라도 남의 마음을 모르고 하는 말은 재미없는 말이라. 가령 내가 상처를 하고 후취 장가를 들기로, 후취 마누라에게 혹하여 옥련이를 몰라볼 지경에 갈 것 같소? 계집은 계집이요, 자식은 자식이지, 아무리 계집에 혹하기로 귀애하던 자식을 몰라보는 사람이 있단 말이오? 계모가 전실 자식을 미워하

는 것은 세상에 혹 있을 듯한 일이나, 그 아비 되는 사람이야 어미 없는 자식을 기르다가 후취 장가 든 후에 그 자식이 계모의 손에 고생을 할 지경이면 불쌍히 여길 터이지 그 자식을 몰라보다니, 내가 만일 그런 일을 당하여 옥련이가 계모에게 미움을 받고 고생을 할 지경이면 옥련이를 불쌍히 여길 뿐 아니라, 그런 후취 마누라는 친정에로 쫓아보내지.”

하던 장치중이라.

안씨 부인의 병이 쾌히 나은 후에, 두 내외가 옥련이를 앞에 앉히고 웃음 빛으로 세월을 보내다가, 웃음 끝에 바람이 들어서 살풍경이 일어난다.

장씨가 홀연히 평양 기생 농선이를 첩으로 들여앉히더니, 농선의 소리는 꾀꼬리 소리같이 들리고, 부인의 소리는 염병막 까마귀 소리같이 들리기 시작하는데, 농선이와 정이 깊어갈수록 부인과 적벽 강산같이 싸울 뿐이라.

장옥련이는 그 모친의 역성만 들고, 농선이를 미워한다고 농선에게만 미움을 받을 뿐 아니라, 그 부친의 눈앞에 얼씬을 못할 지경이라.

농선이가 이름은 신선 선자로 지었으나, 마음은 아귀 귀신 같이 모진 계집이라, 장치중의 베갯머리에서 밤마다 그 안마누라의 흉을 보느라고 닭이 몇 회씩 울도록 잠을 아니 자다가, 새벽잠이 들면 식전을 밤중으로 알고 자는 위인이라.

처음에는 흉을 보아도 볼 만한 흉을 보더니, 나중에는 터무니없는 모함을 한다.

가령, 아니한 도둑질을 하였다 하더라도 형체 있는 물건을 집어다가 감춘 곳 없고, 또 실물한 증거가 분명치 아니하면 애매한 것이 드러날 것이요, 아니한 살인을 하였다 하더라도 남의 손에 죽은 사람 없으면 발명될 일이라. 그러나 인간의 발명치 못할 말은 남녀간에 비밀한 관계가 있다 하는 말이라.

본래 농선이가 팔난봉된 동생이 있는데, 떠꺼머리 총각이라. 노름 잘 하고 사람 잘 치고 싸개통에 위급하면 길 반씩이나 되는 담을 훌훌 뛰어 넘어가는 자인데, 남매간에 본 체도 아니하던 농선이가 새로이 그 동생의 노름 밑천을 대어 주며 살살 꾀이니, 그 총각은 농선의 지휘대로만 하는 터이라.

으스름 달 깊은 밤에 총각을 장씨 집 안 뒷담 밖에 숨겨 두고 농선이가 장치중이를 대하여 눈물을 이리 씻고 저리 씻으며,

"여보 서방님, 내가 서방님께 정이 부족하여 하는 말이 아니라, 내가 이 집에 있으면 안방 아씨께 적악이라. 나는 오늘 밤이라도 어디로 갈 터이니 나를 생각지 말으시고 아씨의 마음을 돌리시도록 위로하여 드리고, 두 분이 잘 사시오."

장치중 "……."

농선 "서방님은 첩을 두고 호강을 하시는데, 아씨는 남편을 내게 뺏기고 팔자에 없는 과부같이 세월을 보내시니 무슨 생각이 아니 나겠소?"

장치중 "응, 무슨 생각이라니?"

농선 "무슨 말을 들으시든지 대장부의 활발한 마음으로 너그럽고 용서하는 조처를 하실 터이오?"

장치중 "······."

농선 "다짐 두시오."

장치중 "다짐이라니, 네게 다짐을 둔단 말이냐?"

농선 "왜 내게는 다짐 못 두나?"

장치중 "오냐, 무슨 말을 듣든지 아니 들은 셈만 치고 있을 터이니 말을 자세히 하여라."

농선 "서방님이 그 허락을 하시니 말이오. 아씨가 외인 통간을 하시는 것이 아씨의 허물이 아니라, 서방님이 아씨의 그런 마음이 생기도록 하신 일이니 부디 허물 말고 아씨를 사랑하고 잘 살으시오, 전에 첩 없을 때에 그런 일 있었소? 첩을 버리면 이후에는 그런 일이 있을 리가 만무하지요?"

장치중 "네 말하는 눈치가 무슨 일이 정녕 있는 모양이니 자세히 말하여라."

농선이가 말을 할 듯 할 듯하고 아니하는데, 마침 자명종은 밤 열두 시를 땅땅 치는지라.

농선 "내 입으로 차마 말하기 어려우니 나를 따라오시면 보실 일이 있소, 날마다 이맘 때 쯤이면."

하더니, 문을 살짝 열고 나가니 장씨가 뒤를 따라 나선다.

농선이가 앞에 서서 자취 소리 없이 안방 뒷문 밖으로 돌아가다가 깜짝 놀라서,

"에그머니!"

소리를 나지막하게 지르는데, 담 안 오동나무 아래 웬 떠꺼머리 총각 한 아이가 섰다가 담을 훌쩍 뛰어 넘어간다.

근심 많은 안씨 부인은 마침 잠 못 이루어 담배를 먹고 앉았다가 뒤꼍에 무슨 인기척이 있는 것을 듣고 문을 열고 내다보니 눈에 보이는 것은 없고, 소름이 좍— 확 끼치는데, 겁결에 문을 닫고 생각하니 이상한 인기척이라. 그 이튿날 장씨 입에서 안씨 부인이 실행하였다 하는 죄목 선고(宣告)가 나는지라. 부인은 거머리 속같이 뒤집어 보일 수도 없는 일이요, 다만 분하고 설운 마음을 이기지 못하여 어느 날 밤에 그 딸 잠든 새를 타서 가만히 나가서 대동강 물에 빠져 죽었는데, 장옥련이가 그 모친을 생각하고 피눈물을 떨어뜨리며 날을 보내니, 그때는 갑진년 팔월이라.

가을 달은 창량하고 찬 이슬에 목 맺힌 벌레 소리 그윽한데, 장옥련이가 빈 방에서 불을 끄고 혼자 앉았으니 잊으려 하여도 잊을 수 없는 것은 그 어머니 생각이라.

아랫목에 누웠는 듯, 옆에 앉았는 듯, 창 밖에서 문을 열고 들어오는 듯하다가, 다시 생각한즉 그 어머니는 의심 없이 이 세상을 버린 사람이라.

그러나 그 어머니가 죽는 것을 본 사람도 없고, 죽은 시체도 찾지 못한 고로, 죽은 증거가 없은즉 옥련의 생각에 그 어머니가 혹 살았는가, 요행을 바라는 마음도 있는 터이라.

적적한 빈 뜰에 바람에 굴러다니는 나뭇잎 소리를 듣고 사람의 자취인가 의심하는 옥련이가 문을 열고 내다보니 만물이 괴괴한데, 대동강 물소리만 멀리 멀리 들릴 뿐이라.

장옥련이가 지향 없이 마당으로 내려가서 거닐다가, 그 어머니 자취의 기념물을 보고 반겼다.

어둠침침한 담 아래 반쯤 피어 휘어진 국화떨기는 어머니 손으로 심은 것이라. 내 손으로 한 번 꺾어 볼까 생각하고, 한 걸음 두 걸음 꽃을 향하여 가는데, 초당 앞 기둥 밑에서 싹싹 울던 귀뚜라미 소리 뚝 그치고 방 속에서 사람의 말소리가 들린다.

그 초당은 그 부친과 농선의 거처하는 방이라. 옥련이가 발을 멈추고 가만히 서서 들은즉, 그 부친과 농선이가 그 어머니의 공론을 하는 말이라.

부친 "마누라가 어디로 갔는지 종적을 알 수 없지."

농선 "아씨도 참 박절한 사람이지, 서방님은 저렇게 생각하고 계신데 어찌 차마 떼치고 가누."

부친 "마누라를 보고 싶어서 하는 말이 아니다."

농선 "발명하실 것 무엇 있소? 보고 싶다 하시기로 누가 샘을 할 터이오?"

부친 "발명하는 말이 아니라. 달아난 계집을 보고 싶어 하는 그런 창자 빠진 사람이 있단 말이냐?"

농선 "여보 서방님, 무정한 말씀도 하시오. 여덟 해나 같이 살던 터에 생각이 아니 나면 인정 밖이지요."

부친 "네 말도 그럴 듯한 말이나, 소위 양반의 여편네가 서방질을 하다가 도망질까지 하여…… 어떠한 놈을 달고 어디로 갔는지 모르거니와, 내 눈에 뜨일 지경이면 그런 년은 당장에 박살을 하여도 시원치 아니하겠다. 아씨가 다 무엇이냐, 내 귀에 다시 아씨라고 하지마라. 그런 년더러 아씨라 하면, 화냥질하는 것더러는 무슨 아씨라 할 터이냐? 너 들어 보아라. 그런 괴악한 년이 또 어디 있겠느냐? 과년한 딸을 한 방에다 데리고 있으면서 떠꺼머리 총각 아이놈을 밤마다 상종이 있은 모양이니, 옥련이가 그 눈치를 모를 리가 없을 터아라. 천생 음란한 어미년은 하릴없거니와, 그 어미를 보고 배우던 옥련이가 어떻게 될 것인지.”

농선 “서방님이 아씨를 미운 생각만 하시고, 불쌍한 생각은 아니하시니 답답한 일이오. 지금 아씨의 나이 서른두 살이요, 서방님은 서른셋이나 되셨으니 한 살이 적어도 아씨가 더 젊은 터이라, 과년한 딸 두기는 서방님이나 아씨나 다를 것 무엇 있소? 서방님은 초당에서 젊은 첩을 데리고 깊은 잠에 단꿈을 꾸시는데, 아씨는 삼 년 소박에 적적한 마음을 이기지 못하여 총각 아이에게 정을 붙여 있었으니, 서방님이 농선이를 사랑하는 마음이나 아씨가 총각을 사랑하는 마음이나 정들기는 일반이라. 서로 떨어질 수 없는 정에 일이 탄로가 되었으니 어찌 아니 달아날 수가 있소. 또 옥련의 말을 하시니 말이요, 아이들은 가르치는 대로 기르는 것이라. 그 어머니를 책망할지언정 옥련이를 책망할 수가 있소? 여보, 내가 옥련이가 되었더라도 요조숙녀 되지는 못하겠소?”

옥련이가 창 밖에서 말을 엿듣다가 어찌 기가 막히던지 이를 악물고 발발 떨면서 악이라도 쓰고 싶고, 몸부림이라도 하고 싶고, 초당에 뛰어들어가서 아버지 눈앞에서 농선의 치마끈에 목이라도 매어 죽고 싶은 마음을 주리 참듯 참으며 생각하니, 애비 앞에서 발악하는 것은 불효한 자식의 일이요, 무식한 사람의 일이라. 하물며 여자의 행위가 차마 그러할 수가 없는지라. 가만히 돌아서서 방에 들어가니, 그 방은 그 어머니 세간 살림하던 안방이라. 그 어머니가 나가신 지가 열흘이 못 되었으나, 옥련의 마음에 그 열흘 동안이 십 년이나 된 듯하다가 다시 생각한즉, 어제 일 같고 지금 일 같고 거짓말같이 정신이 황홀한데, 불을 켜고 방 안을 돌아보니, 눈에 보이는 것이 다 그 어머니 자취뿐인데, 그러한 자취 중에 옥련의 철천지한 되는 것은 세상을 하직하노라 하고 피눈물을 떨어뜨리며 써 놓은 유서라. 옥련이가 그 유서를 한 번 다시 보고자 하여, 품에 품었던 유서를 내어 들고 보다 가, 솟아나는 눈물에 가려서 글자가 보이지 아니하는지라, 옥련이가 가슴을 두드리며 혼자말이라.

"우리 아버지같이 착하시던 마음으로 죄없는 어머니에게 저러한 적악하시는 것은 아무리 생각하여도 아버지 본마음이 아니지. 구미호(九尾狐)같이 요악한 서모의 말을 구서(龜筮)같이 믿으시는 것은 아버지 본정신이 아니라. 본마음이 변하고 본정신을 잃으신 아버지를 원망하면 내가 불효이라. 내가 원망을 하려면 차라리 우리 어머니를 원망할 일이라. 어머니가 세상을 버리실 생각이 있거든 나더러 그 말을 하시고 모녀가 같이 죽을 도리를 하실 일이지. 야속하다, 야속하다, 어머니가 야속하다. 어머니 혼자 팔자 좋게 세상을 모르고 지내시

고, 믿을 곳 없는 옥련이더러 혼자 이 설움을 받으란 말인가! 서모도
어미의 항렬이니, 서모더러 욕을 하면 내가 괴이한 년이라. 그러나
우리 서모 농선이는 우리 어머니 죽인 원수요, 우리 아버지 정신 빼
앗은 불우요, 철모르는 옥련이까지 누명을 살짝 뒤집어씌우는 악독
한 사람이라. 내가 아무리 도리를 차려 말하고자 하더라도 솟아나는
마음에 이만 갈리고 욕밖에 나오는 것이 없구나. 오냐, 그만두어라.
내가 이러한 말을 하면 무엇하며, 이러한 근심은 하여 무엇하랴. 오늘
밤이라도 대동강 물에 풍덩 빠져 죽었으면 세상 만사를 다 잊어버릴
것이라.”
하고 밤중에 뛰어나서서 대동강을 찾아가는데, 깊은 밤 모르는 길에
이리저리 쏘다니다가 무인지경으로 가더니, 기운은 없고, 걸음은 걸
리지 아니하고, 눈에 헛것만 보인다.

언덕 밑에 거무스름한 가시덤불이 보이는데, 옥련의 눈에는 검은
장삼 입은 중이 웅크리고 앉은 것으로 보이는지라. 옥련이가 무서운
마음에 숨도 크게 못 쉬고 빈 밭 가운데로 피하여 가다가, 외따로
선 수숫대 잎사귀가 바람에 흔들리는 것이 보이는데, 옥련의 눈에는
사람의 형상으로 보이는지라. 키는 크고 몸은 가늘고 한 팔은 도두
붙고 한 팔은 축 처져 붙었는데, 옥련이를 붙들고 두 팔을 휘젓고
쫓아오는 것 같은지라.

옥련이가 밤중에 뛰어나설 때 마음에는 귀신이 덮치더라도 겁날
것 없고, 호랑이가 달려들더라도 겁날 것 없고, 다만 부랑한 남자의
손에 붙들릴까 겁이 나는 마음뿐이라. 무엇에 겁이 나든지 겁에 뛰기

는 일반이라. 무엇을 보든지 옥련이가 그 물건을 사람의 형상으로 조직(組織)하여 생각하고, 내 몸에 침범하려는 형상으로 의심하는 터이라. 옥련이가 죽으려든 생각은 잊어버리고 일심정력이 그 팔병신에게 붙들리지 않을 작정이라, 돌아서서 달아나는데 한 걸음 걷고 돌아다보고, 두 걸음 걷고 또 한 번 돌아다보고, 걷고 보고, 보고 걷는 중에 몸에 무엇이 탁 부딪치는데 깜짝 놀라 쳐다보니, 쟁반같이 큰 얼굴에 사모 쓴 사람이라. 옥련이가 소리를 버럭 지르고 폭 주저앉더니 정신없이 하는 소리가, 그 어머니를 찾는 소리라. 청춘의 몸을 강물에 던지러 나가던 옥련이가 목숨은 살았으나 어두운 밤 장승 밑에서 죽은 시체만 못한 병신이 되었는데, 누가 보든지 인물이 일색이요, 옷도 깨끗이 입은 계집아이라, 어느 귀인의 집 작은아씨로 볼 터이나, 그러나 정신이 들락날락하는 미친 계집아이라 장옥련의 고생하고 미친 년은 평양 북문 안에 사는 김옥련의 모친 최씨 부인의 잠 못 자던 밤이라. 이별한 지 십 년 만에 그 남편 김관일과 그 딸 옥련이가 내일은 평양 도착한다는 기별을 보고 별성(別星) 행차나 들어오는 듯이 부인이 장팔 어미를 데리고 음식도 준비하고, 또 흥에 띠어서 이야기하느라고 밤을 꼭 새운 터이라.

그 이튿날은 식전부터 기다리다가 해가 서천(西天)에 기울어지매 부인이 마루 끝에 서서 문간만 내다보고 섰는 터이라.

미친 장옥련이는 날이 밝은 후에 평양성 내에 들어와서 집집에 들어가며 어머니를 부르다가 쫓겨나가는 터이라. 그러나 잠깐이라도 박대를 아니 받을 운수를 띠었던지 김관일의 집안 중문에로 쑥 들어

가며,

"어머니, 옥련이가 어머니 보러 왔소. 대동강물에 빠져 죽는다고 유서를 써서 두고 나가던 우리 어머니가 살아 있네!"

하는 소리에 그 집안이 발끈 뒤집힌다. 새끼 달린 암캐가 안 마루 밑에서 앞뒷 다리를 쭉 뻗고 모로 드러누워서 네 마리 새끼를 젖먹이며 잠이 들었다가, 장옥련의 소리를 듣고 두 귀를 쫑긋하며 고개를 번쩍 들고 내다보다가 와락 뛰어나오는 서슬에 젖꼭지를 물었던 강아지는 젖꼭지 문 채로 달려나오다가 장작윷에 걸치듯이 세 마리는 자빠지고, 한 마리는 엎드러져서 뜰 아래에 늘비하게 굴렀는데, 어미개는 새끼가 어떻게 되었든지 돌아다보지도 아니하고 목덜미의 털이 엉크렇게 일어나며, 엉성한 이빨로 옥련이를 물 듯이 응응 소리를 하며 달려드는데, 김관일의 부인과 장팔이 모가 버선 바닥으로 뛰어 내려가더니 장팔의 모는 짚신짝으로 개를 때리고, 부인은 장옥련이를 붙들고 창황히 날뛴다.

반가운 마음은 옥련이를 안고 뒹굴 것같이, 좋은 마음은 옥련이를 붙들고 펄펄 뛸 것 같고, 기쁜 눈물은 쏟아지고, 즐거운 말은 퍼붓는 듯이 나온다.

부인 "네가 옥련이냐? 참 몰라보게 되었구나. 네가 살았다가 어미를 찾아올 줄 누가 알았으며 내가 살았다 네 얼굴을 다시 볼 줄 누가 알았으랴! 옥련아, 어서 방으로 들어가자. 너의 아버지께서는 어찌하여 뒤에 떨어지셨느냐?"

장옥련 "어머니, 어머니. 이 원수를 어떻게 갚는단 말이오? 어머니가 행실 부정한 일이 있다고 모함하던 서모가 모함까지 하는구려. 아버지는 서모에게 혹하여 어머니를 원수같이 미워하셔서 눈에 띄면 박살을 하겠다 하시고, 옥련이도 죽일 년, 살릴 년 하며 미워하시는 고로 옥련이가 아버지 모르게 도망하여 왔소”
하더니 부인을 쳐다보며 비죽비죽 운다.

본래 김관일이 미국 워싱턴에서 떠날 때부터 자기 집에 전보를 하였는데, 워싱턴과 샌프란시스코에서 한 전보는 영서(英書)라. 김관일의 부친이 그 전보를 받아 가지고 야소교당(耶蘇敎堂)에 가서 물어 알았고, 일본 요코하마·오사카·시미노세키에서 한 전보는 편가명(片假名)이라, 일본말 아는 사람에게 물어 알았고, 부산·인천·진남포에서 한 전보는 조선 언문이라 남에게 물어볼 것 없이 부인이 알아보았는데, 전후 여덟 번 전보에 진남포 전보가 마지막 전보이라.

<진남포 하륙, 구월 초이일, 평양 도달

김>

부인이 그러하던 전보를 받아볼 때에 그 남편의 성자가 쓰인 고로, 그 남편이 그 딸을 데리고 오는 줄로 알았다가, 미친 장옥련의 말을 듣고 생각하니, 옥련의 성이 김가이라, 옥련이가 혼자 오며 전보를 하더라도 김자만 썼을 터이라, 미친 장옥련의 말이 낱낱이 곧이 들리는데 그 말이 마디마디 기가 막히는 말이라. 장옥련이를 붙들고 울며,

“이애 옥련아, 세상에 이러한 일도 있단 말이냐! 내 팔자가 기박하

고 네 신세도 가련하다. 너의 아버지께서 첩에게 혹하여 처자를 의심하고 미워하신다 하니, 의심할 일은 무엇이며, 미워할 일은 무엇이란 말이냐? 별 풍상 다 지내고 십 년 고생을 참고 있다가 이런 소리 들을 줄 누가 알았단 말이냐! 나는 시앗에게 모함을 당하더라도 근심될 것 없고, 남편에게 박살(撲殺)을 당하더라도 겁날 것 없다. 죽으면 그만이지, 근심은 무슨 근심을 하며, 겁은 무슨 겁이 난단 말이냐. 그러나 너도 전정이 만리 같은 아이가 그런 누명을 듣고 죽기도 원통한 일이요, 살아 있어도 신세는 마친 사람이니, 이러한 화전충화(花田衝火)1)가 어디 있단 말이냐. 너의 아버지가 너를 데리고 오시는 줄로 알고 손꼽아 날 보내며 기다리다가, 이런 소식 들을 줄은 천만의외로구나. 오냐, 그만두어라. 죽든지 살든지 오늘 너를 만나보니 내 한이 풀리겠다. 옥련아, 방에로 들어가서 서로 고생하던 이야기나 하자."

하며 장옥련의 손목을 잡아끌며 방에로 들어가기를 재촉하는데, 장옥련이가 장승같이 딱 서서 무엇을 정신 없이 물끄러미 보더니 쌩긋쌩긋 웃다가, 비죽비죽 울다가, 절을 꾸벅꾸벅하다가 하늘을 쳐다보며,

"하나님, 하나님, 하나님, 하나님, 하나님 비옵니다. 내 앞에 섰는 요년을 벼락을 치십사 요년이 옥련의 서모올시다. 요 몹쓸 년이 우리 모녀의 모함하던 년이올시다 옳지, 옳지, 옳지, 옳지, 하늘에서 벼락

---

1) 화전충화 : 꽃밭에 불을 지름. 곧, 젊은이의 앞길을 막거나, 잘 되는 사람의
   앞길을 그르침의 비유.

불이 내려온다. 내려온다, 내려온다, 내려온다. 우지끈 뚝딱, 조년 벼락 맞았다!"

하며 손가락으로 부인을 가리키며 깔깔 웃는다.

부인이 그 모양을 보더니 소름이 죽죽 끼치는데, 부인의 마음에, 옥련이가 서모에게 설움을 몹시 받고, 그 부친에게도 미움을 많이 받아서 원통한 마음을 이기지 못하여 실성이 된 줄로 알고 불쌍한 생각에 기가 막힐 지경이라. 장옥련이를 얼싸안고,

"이것이 웬일이냐? 네가 어찌하여 이렇게 되었단 말이냐? 옥련아, 정신 좀 차려라. 내가 네 어미다. 네가 죽은 줄 알고 있을 때에는 내 가슴이 이렇게 쓰리고 아프지 아니하더니, 네 모양이 이러한 것을 보니 뼈가 녹는 듯하고 창자가 끊어지는 듯하니, 참척(慘慽)을 보더라도 이렇게 원통치는 아니하겠다. 아비나 어미나 자식 사랑하는 마음은 다를 것 없을 터인데, 너의 아버지께서는 어찌하여 마음이 그러시단 말이냐? 고생 중에 자라던 자식을 보고 불쌍한 생각도 없다더냐? 옥련이를 어찌 미워하며, 옥련이에게 저런 적악을 한다더냐?"

소리를 지르며 목을 놓아 우니 설움 많던 장팔 어미가 또한 따라 운다.

개는 노파에게 얻어맞고 마루 밑에 숨었다가 뛰어나오더니 새로이 장옥련이를 보고 짖는데, 옥련이는 춤을 춘다.

웬 아이들이 몰려 들어오기 시작하더니 삽시간에 좁은 마당이 툭 터지도록 들어서서 장옥련의 춤추는 것을 보고 웃음통이 터지며 어찌 몹시 떠들던지 장팔 어미가 울음을 그치고,

“구경이 무슨 구경이냐?”

소리를 지르며 아이들을 내쫓으려다가 다부지기로 유명한 평양 아이들이 여간 장팔 어미의 소리에 겁이 나서 그런 재미있는 구경을 못하고 쫓겨나갈 아이들이 아니라, 장팔 어미는 기가 나서 날뛰는데 나가는 아이는 하나도 없고 들어오는 아이뿐이라.

그날은 마침 김관일이 그 딸 옥련이를 데리고 평양성 내에 도달(到達)하는 날이라. 음력 구월 초하룻날 진남포에 하륙하였는데, 그 이튿날은 기어이 평양성 내에 도달하고 싶으나 짐이 많은 고로 그 짐을 영거하여 가려 하면, 길에서 하루 지체가 더 될 모양이라. 그런 고로 짐은 객줏집에 맡겨두고 사람만 먼저 떠날 작정으로, 자기 집에 초이일 평양 도달한다는 전보까지 하고 그날은 이미 저문 고로 진남포 객줏집에서 자고, 그 이튿날 새벽밥을 시켜 먹고, 두패 교군 두 채를 얻어서 타고 가는데, 그날은 날이 저물더라도 평양성 내에로 대어들어갈 작정이라. 중상을 주는 아래 반드시 용맹한 사람이 있다는 말과 같이, 교군삯 후히 주고 쉴 참에 막걸리 많이 먹이는 서슬에 교군꾼이 길음을 썩 빨리 걷는데, 본래 참당나귀 같은 교군이라. 쉴 참은 되었든지 못 되었든지 술항아리 옆에 돼지 다리 놓인 것만 보면 발목이 시다든지 무슨 핑계를 하든지 쉬는데, 교군 탄 사람끼리 서로 내다보고 이야기하기 좋도록 두 교군을 나란히 내려놓는지라. 옥련이는 쉴 때마다 그 부친의 교군을 내다보며,

“아버지, 평양이 얼마나 남았소? 에그, 멀기도 하지. 오사카에서 시모노세키까지보다 더 먼 것 같소. 내가 오사카에서 시모노세키까지

갈 때는 머리가 이렇게 아프지 않더니……. 아버지 아버지, 어제 진남
포에서 한 전보는 어머니께서 받아 보셨겠지요? 오늘은 우리가 집에
들어갈 줄 알고 계시면서 오죽 좋아하실꼬. 아마 문간에 나서서 기다
리시지. 아버지 아버지, 나는 우리 어머니 얼굴을 보아도 모를 터이
야. 어머니는 나를 알아보실는지?"
하면서 기쁜 마음을 이기지 못하는 것을 김관일이 볼 때마다 그 딸을
귀애하는 마음과, 그날 자기 집에 돌아가서 가족을 만나볼 마음에
다만 유쾌한 생각뿐이라.

　그렇게 기쁜 마음에 뛰어가는 길이 해가 떨어질 때나 되어서야 겨
우 평양성 북문에 다다른지라, 관일이가 교군 속에서 내다보며 길을
가리키다가 자기 집 앞에서 교군을 내려서 옥련이를 데리고 자기 집
으로 들어가는데 문간에 사람이 어찌 많이 들어섰던지 발 들여놓을
틈이 없고, 안마당에는 여편네 울음소리도 나고, 노파의 악쓰는 소리
도 나고, 아이들 웃음소리도 나거늘, 관일이가 혹 자기 집이 아닌가
의심이 나서 발을 멈추고 자세히 본즉 분명한 자기 집이라. 그러나
근일에 혹 이사를 하였는가 또 의심하여 곁의 사람더러 이 집이 뉘집
이냐 묻다가 언뜻 본즉, 장팔 어미가 아이들을 내쫓느라고 소리소리
지르고 돌아다니는지라. 관일이 장팔 어미를 부르면서 마당으로 들
어서는데 장팔의 모가 웬 정신이 그리도 좋던지 관일의 목소리를 듣
고 쳐다보니, 비록 복색은 변하였으나 얼굴은 십 년 전에 보던 주인
서방님이라. 그러나 그 뒤에 꽃 같은 젊은 여편네가 부인양복을 입고
따라 들어오는데 장팔의 모가 아무리 정신이 좋기로 일곱 살에 고향

을 떠나서 열일곱 살 된 옥련이를 알아볼 수는 없는 터이라. 장팔의 모가 주인서방님에게 인사할 여가도 없이 쏜살같이 주인아씨에게로 가더니,

노파 "여보 아씨, 서방님께서 어디서 님을 데리고 오셨습니다."

정신없이 울던 부인의 귀에 그런 말은 어찌 그리 잘 들리던지 부인이 울음을 뚝 그치고 노파를 돌아다보며,

부인 "응, 서방님이 오셔? 나를 박살하러 오신 것이지. 계집까지 데려오셨어. 나는 서방님 손에 박살을 당하기 싫어. 내가 어디 가서 물에나 빠져죽지."

하면서 부엌에로 쑥 들어가더니, 부엌 뒷문을 열고 나가는데 김관일이 장팔의 모더러, 무슨 말 묻는 동안에 부인은 어디로 갔는지 종적을 모를 지경이라.

그 후 일 주일만에 평양성내 유명한 신사들이 김관일을 위하여 환영회를 여는데, 회장(會場)은 모란봉이요, 날은 시골서 이름 있는 날로 떠드는 구월 구일이라. 구름 같은 차일 밑에 앞뒤 휘장 둘러치고 진수성찬과 갖은 풍악을 베풀어 놓고 김씨 부녀(父女)가 십 년 간에 해외 풍상(海外風霜)에 고생한 것을 위로하고, 지금 가속이 서로 만난 것을 경축하는 회인데 회원이 삼백여 명이라.

평양은 조선에 제일 먼저 개화한 지방이라 하나, 말이 개화이지 그때 평양부내 신사가 연회에 동부인 출석한 사람은 하나도 없고, 다만 김관일이 그 부인과 그 딸 옥련이를 데리고 온 터이라.

최씨 부인도 남만 못지 아니한 완고 부인이나, 그 남편과 그 딸의 권함에 이기지 못하여 따라나온 터이라. 평생에 남의 집 남자의 그림자만 보아도 피하여 달아나던 여편네가 홀지에 삼백여 명 신사 모인 곳에 와서 앉았으니, 환영받는 홍치는 조금도 없고 부끄러운 마음뿐이라. 감기는 아니 들었으나 기침은 웬 기침이 그리 나려 하며, 새 옷을 입고 나왔으나 가려운 곳은 왜 그리 많으며, 술을 입에 대지도 아니 하였으나 얼굴은 왜 그리 붉으며, 아침에 나설 때는 선선하더니 낮이 되더니 덥기는 왜 그리 더우며, 발은 왜 그리 저리며, 머리는 왜 그리 아프며, 해는 왜 그리 길며, 연회에 온 사람들이 술은 웬 술을 그리 많이 먹던지 권하느니 술이요, 잡느니 술잔이라.

얼굴이 선지방구리된 사람, 혀꼬부라진 소리 하는 사람, 곤드레만드레 하는 사람, 한 말을 또 하고, 또 하고 하는 사람들이 김관일의 앞으로만 모여 앉아서 새로이 관일에게 술을 권하는데, 관일의 옆에 앉았는 사람은 부인과 옥련이라. 세 식구가 같이 받는 환영이나, 술잔은 도거리로 관일에게만 들어가는데,

"잔 받게."

하는 노인도 있고,

"잔 받아라."

하는 연배 친구도 있고,

"잔 받읍시오."

하는 버릇없는 개화 소년도 있는데, 김씨는 싸개통에 든 사람같이 술잔을 사양하면 책망이 일어날 듯한 자리에 있어도 여러 사람의 마

음을 다 좋도록 좌우로 수작하면서, 먼저 받은 술잔은 땅에 슬쩍슬쩍 엎쳐 버리고 새로 권하는 술잔을 받는데, 술 부어드리는 기생들은 쌍청을 아울러서 권주가를 부르는 서슬에 회원의 흥치는 돋우고 술은 무진장(無盡藏)같이 나오는데, 최씨 부인은 그 자리 앉은 것이 재판관의 앞에서 심문을 당하는 죄인같이 어서 바삐 이 자리를 면하여 나가고 싶은 마음뿐이라. 보는 사람은 무심히 보더라도 누가 부인의 얼굴을 좀 쳐다보면 부인은 자기 얼굴을 누가 뜯어먹는 듯이 고개를 폭 숙이고 앉았는데, 어떠한 양복 입은 젊은 남자가 술잔을 들어서 부인 앞으로 드리며,

"오늘 이러한 환영회에 오셨다가 술 한잔 아니 잡수시면 여러 회원이 섭섭하여집니다."

하는 소리에 부인이 깜짝 놀라서 창황중에 쑥 하는 말로,

"에그, 망측하여라."

소리를 하며 돌아다보니 초이튿날 저녁에 자기 목숨을 구하여 주던 서일순(徐一淳)이라.

만리 창해에 오고가는 화륜선이 서로 피할 겨를 없이 마주 부딪치는 것도 인연이라. 서씨가 김씨 집에 무슨 깊은 인연이 있었던지 졸지에 친분이 생기느라고 구월 초이튿날, 평양 북문 안 김관일의 집에서 공교로운 소요가 생긴 것이라.

서일순의 자는 이문(二文)이요, 별명은 삼부지(三不知)요, 행세는 팔체(八體)라.

삼부지라 하는 것은 세 가지 알 수 없는 일이 있다는 말인데, 한

가지는 서씨의 나이 이십일 세가 되었는데, 장가는 무슨 지조가 있어서 아니 드는지 알 수 없는 일이요, 돈은 썩 잘 쓰는데 재산은 얼마나 가진 사람인지 알 수 없는 일이요, 풍치는 무한히 있는데 평양 기생 하나 상관 아니하는 것이 알 수 없는 일이라.

팔체라 하는 것은 여덟 가지 잘하는 것이 있는 체한다는 말인데, 글귀나 하는 체, 글줄이나 쓰는 체, 묵화(墨畫)도 좀 치는 체, 갖은 음률 다 잘하는 체, 말 잘하는 체, 의협심도 있는 체, 개화한 체, 그러한 팔체 중에 입내는 다 낼 뿐 아니라 말은 참 잘하는 변사(辯士)이라. 본래 의주(義州) 사람으로, 삼 년 전에 그 부친이 죽은 후에 경성(京城)으로 이사하여 사는데, 수일 전에 구경차로 평양에 와서 두류하는 터이라.

얼굴은 관옥(冠玉) 같고, 눈은 샛별 같고, 입술은 주사(朱砂)를 바른 것 같고, 키는 크도 작도 아니한 미남자(美男子)라. 양복은 몇 벌이나 가졌으며, 조선옷은 몇 벌이나 가지고 다니는지 며칠 도리로 복색을 변하는데, 무슨 옷을 입든지 그 사람의 몸에는 그 옷을 입은 것이 맵시가 더 나는 것 같이 보이는 터이라.

그 달 초이튿날은 조타모자(鳥打帽子)를 쓰고 조선 두루마기 입고, 양혜 신고 북문 밖에 산보하러 나갔다가 돌아오는 길에, 마침 북문 안 김관일의 집에서 무슨 소요가 있는 것을 보고 머리에 쓴 모자를 벗어서 옷가슴에 깊이 넣고 구경꾼 아이들과 섞여 서서 김씨 집 안마당에 들어가서 구경을 하다가, 김관일의 부인이 죽느니 사느니 하며 뒷문으로 나아가는 것을 보고, 서씨가 앞문으로 얼른 가서 부인의 뒤를 밟아 쫓아간즉 부인이 과연 죽을 작정으로 대동강으로 가더니, 물에 빠지려 하는지라. 사람의 목숨이 경각간에 위태할 지경에 체면도 차릴 수가 없이 달려들어 붙든즉 부인이 서리같이 호령을 하거늘, 말 잘하는 서소년이,

"어머니, 어머니."

하며 빌고 달래고 꼬이는데 상성을 한 듯한 최씨 부인이 마음을 잠깐 돌려서 다시 생각하되, 내가 죽더라도 남편에게 하고 싶은 말이나 다하고 죽으려는 마음으로 서씨를 따라서 자기 집에 돌아오리라.

그러한 소요는 평양부 내에서 소문 못 들은 사람이 없는 고로, 김관일의 안면을 모르던 사람일지라도 김관일의 부녀가 귀국한 소문도 듣고, 김씨의 부녀가 십 년 간 풍상 겪던 일까지 호외(號外)를 돌린 듯이 소리가 널리 나고, 이름이 일시에 드러난지라. 구월 구일 환영회는 누가 발기(發起)하였든지 김씨를 알고 모르고 간에 구경 삼아 온 사람이 많았는데, 그 회에 제일 먼저 출석(出席)할 듯한 서일순이 무슨 일이 있어서 왔던지, 김관일의 앞에 평양 돌팔매 들어가듯 술잔이 들어갈 때에, 서씨가 또한 김씨 앞에 와서 술 한 잔을 권하였으나, 최씨 부인은 부끄러운 마음에 취하여 사람을 처다보지 못하고 자기 입만 보고 앉았는 고로, 서씨가 온 줄을 모르고 있다가 뜻밖에 자기 앞에 술잔이 쑥 들어오는 것을 욕이 본 것같이 놀라 처다보니, 허물없고 반가운 사람이라. 부인의 마음에,

'저 사람이 아니면 내가 벌써 고깃배에 장사를 지냈을 터이라. 목숨이 아까운 것이 아니라, 어질고 착한 남편을 원망하고 죽었다면

죽은 혼령이라도 죄를 받을 것이요, 난리 중에 죽었다고 단념한 자식이 살아 있다가 십 년 만에 어미 보러 온 옥련이를 몰라보고 원수 피하듯이 뛰어나가 죽었던들 어미의 한 되는 것은 고사하고 옥련에게 한을 끼치는 것이 또한 내 죄라. 미친 년에게 속아서 경솔히 죽으려던 내가 미친 년이지 싶은 생각을 하면 아슬아슬한 일이라. 지나간 일은 생각하여 쓸데없고 서씨의 은혜를 갚을 일을 경각하면 우리 세 식구가 태산 같은 빚을 지고 있는 터이라. 동생을 삼는다 하면 빈말뿐이지 참동생이 되는 것도 아니요, 아들을 삼는다 하면 남더러 욕하는 말이지 은혜 갚는 것이 아니라. 서씨가 내 소원을 좇을 것 같으면 사위를 삼아서 옥련이가 서씨의 어진 아내 노릇을 하고 옥련이가 아들을 낳아서 그 자식이 서씨에게 효자 노릇을 할 지경이면, 우리가 은혜 갚는 사람이 되겠으나, 그러나 이러한 말을 옥련의 귀에는 감히 들여보내지 못할 일이요, 허물없는 남편에게는 말 못 할 것은 없으나 말을 하는 대로 귀양만 보낼 터이니 답답한 일이라. 어찌하면 좋을꼬?'

생각하는 것은 부인의 혼자 마음이라. 한편에서는 와글와글 지껄이는 연회석(宴會席)에 벙어리같이 입을 봉하고 앉았던 부인이 서씨를 건너다보며,

"내가 살아서 이런 환영을 받는 것은 서 서방의 덕택이오."

서일순 "천만의 말씀이오. 사람의 목숨이 하늘에 달렸으니 도와주신 하나님의 덕택이올시다."

부인 "사람이 물에 빠져죽는 것을 하나님이 손이 있어서 붙들으셨

단 말이오?"

서일순 "하나님이 대신 사람의 손으로 붙들었으니, 그것도 하나님이지요. 만일 하늘의 도움이 없으면 붙들려는 사람도 없을 터이오. 있더라도 못 붙들 터이니 어떠하든지 하늘이지요."

부인이 웃음빛을 띤 얼굴로 옥련이를 돌아다보며,

"옥련아, 너— 저런 말을 좀 들어 보아라. 세상 사람들이 조그마한 일이 잘한 일이 있더라도 자랑을 하든지 공치사를 하든지 그런 사람이 많을 터인데, 서 서방은 자기가 남에게 적선을 하고 공을 하나님께 돌려보내니, 적선하는 마음보다 저런 마음이 더 어려운 일이 아니냐? 이애 옥련아, 우리가 서 서방의 은혜를 어떻게 갚는단 말이냐?" 하며 눈물을 씻으니 옥련이가 또한 눈물을 씻는데, 샛별 같은 서일순의 눈 검은동자는 옥련의 태도가 들어가서 사진을 박혔더라.

회는 오후 세 시가 될락말락하였는데, 여기저기 들여온 요리상 위에는 술안주를 닭의 발로 헤쳐놓은 듯이 흩어졌고, 삼백여 명 회원의 얼굴은 모란봉 단풍이 비치었는데, 회는 파방판에 늘어지게 노는 판이라. 풍악소리는 연회석 한편이 떠나가는 것 같고, 춤추는 기생들은 떨어지는 꽃과 날아드는 나비가 봄바람에 나부끼는 것 같은데, 풍류랑(風流郞)은 풍류랑끼리 몰려가서 멋에 질려서 건들거리며 놀고, 주객은 주객끼리 몰려 앉아서 술 뒤풀이를 하며 지껄이고, 글자나 하는 사람은 글자 하는 사람끼리 몰려 앉아서 대해동두점점산(大海東頭點點山)이 잘 지은 글이니 못 지은 글이니 글 이야기가 일어나고, 행세가 점잖다는 사람은 연회에 출석은 어찌하였던지 김관일의 앉았는 곳은 그 부인과 옥련이가 있는 고로 내근하다고 그 근처에는 가지도 아니하고 혼자 심심하게 앉았다가, 혹 말벗이나 될 사람을 보면 태고청황씨 때 이야기가 나오고, 얼개화꾼은 김관일의 앞으로 모여 앉아서 개화한 체하느라고 각기 신지식을 내어놓는다.

미국은 땅 밑에 있다 하는 사람, 미국은 해가 밤에 돋는다 하는 사람, 서양 사람은 양(羊)의 자손인 고로 눈이 누르다 하는 사람, 그런 고로 서양(西洋)이라는 양자가 삼전변에 양 양(羊)자라고 더 자세히 아는 체하고, 남의 말 주(註) 내는 사람.

그러한 사람들은 옥련의 얼굴에 정신이 팔려서 까닭 없이 흥이 나고 주책없이 거드럭거리는데, 한 사람씩 말을 하는 것이 아니라 남의 말은 듣지도 아니하고 각각 제 말만 하느라고 생황(笙篁)의 구멍마다 소리가 나오듯이 입을 다물고 있는 사람은 하나도 없으니, 듣는 사람은 뉘 말을 들어야 좋을지 모르는 터이라.

옥련이는 천성이 단정하고 또 고등교육을 받은 계집아이라, 부랑무식(浮浪無識)한 남자의 성질도 모르고, 또 그 말하는 의미도 전혀 모르고, 다만 연회 끝에 술 취한 사람으로만 알고 앉았다가 갈까마귀 떼같이 지껄이는 소리가 어찌 그리 듣기 싫던지 머리가 아프고 귀가 솔 지경이라.

옥련이가 살짝 일어나서 휘장 밖으로 나가니, 가을바람 서늘한 기운에 새 정신이 나는데, 걸음걸음 거닐다가 사람 없는 나무 밑에 가서 우뚝 섰더니 홀연히 감동되는 일이 있어서 혼자말로 탄식이라.

이곳이 옥련이가 총 맞던 곳이런가! 이곳이 옥련이가 부모 이별하던 곳이런가! 이곳에서 십 년 전에 무수한 화패(禍敗)를 당하였더니, 오늘은 이곳에서 이런 환영을 받는구나. 반갑다 모란봉아, 십 년 풍상에 변치 아니한 것은 너로구나. 옥련이는 운수불행(運數不幸)하여 십 년 동안에 출몰사생(出沒死生)하고 동서양에 표박하다가 하나님이 도우시고 귀신이 도와서 고향에 돌아와서 네 모양을 다시 본다.

모란봉아, 물어 보자. 인생화복(人生禍福)에 알거든 내게 말 좀 하여 주려무나. 옥련의 지나간 십 년이 그러하니, 이후 십 년은 어떠할지. 각골난망(刻骨難忘)의 은인 구완서와 십 년 간 이별이라. 어와 가련하다, 옥련의 신세 가련하다. 옥련의 육체는 떠날 리(離) 자(字)를 가지고 있고. 옥련의 정신은 근심 수(愁) 자(字)가 맺혀 있으니, 옥련의 일평생은 이별하는 근심으로 지내라는 것인가.

미국 워싱턴에서 아버지를 만나보니, 고향에 혼자 있는 어머니가 보고 싶고, 고향에 돌아와서 어머니를 만나보니 다시 구완서를 그리고 못 보는구나!
하며 머리를 들어 북아메리카 워싱턴을 바라보니, 워싱턴은 육만 리(六萬里) 밖이라. 묘묘한 하늘빛에 눈이 암암할 뿐이요, 다만 보이는 것은 눈앞의 모란봉이라.

홀연히 까마귀가 깍깍 짖는 소리가 나거늘, 옥련이가 머리를 들어 쳐다보니 무지러진 고목 위에 앉은 까마귀 한 마리가 꼬리는 연회장 차일 친 편에로 향하고 대강이는 옥련에게로 향하여 내려다보며 짖거늘 옥련이가 풋대추만한 돌 하나를 집어들고, 까마귀는 펄쩍 날아 석양천에 멀리 떠 달아나고, 돌은 고목 위에는 올라갈 가망도 없이 두어 길쯤 낮게 떠서 연회장 휘장 친 곳에로 들어가는데, 마침 연회 석에서 휘장을 번쩍 들고 쑥 나서는 사람의 머리 위에 뚝 떨어진다.

힘없이 떨어지는 조그마한 돌이라, 다행히 머리가 터지지는 아니 하였으나 뼈끝에 돌을 맞은 터이라, 머릿골이 울리면서 눈에 불이 번쩍 나서 고개를 들어 바라보니, 열 아름이 되는 고목 등걸 뒤에서 석전(石戰)하던 적병은 다시 보니 경국경성(傾國傾城)의 여장군이라.

그 후 수일 만에 남문 안 최여정(崔汝正)의 집에서 주인의 사랑을 혼자 차지하고, 돈을 물 쓰듯 하고, 주인에게 상전같이 대접받고 있는 서일순이, 약 없는 병이라서 귀신 모르는 죽음을 할 지경이라.

약이 없는 것은 아니라, 돈으로 사지 못할 약이요, 힘으로 뺏지 못 할 약인데 꼭 그 약을 써야 살 터이라.

병은 무슨 병이냐 물을진대, 얼굴에 웃음빛을 띠고 남더러 말 못할 병이라. 사지(四肢)가 무양(無恙)한 병이요, 백체(百體)가 건강(健康)한 병 이라. 그러면 무병한 사람과 다름이 없지마는, 음식을 먹으면 맛이 없이 먹고, 잠이 들면 꿈 많이 꾸는 병이라.

잠만 들면 옥련이를 만나보고, 잠을 깨면 옥련이가 간 곳 없으니, 밤낮 없이 잠만 들면 좋으련마는 생각이 간절할 때는 잠들기도 어려 우니 잠 못 자는 심병이라. 달 밝고 서리 찬 가을밤에 귀뚜라미 소리 그윽한데, 때때로 부는 바람 떨어지는 나뭇잎을 끌어다가 적적한 나 그네 창을 툭툭 치는데, 잠 못 들어 번열증 나서 혼자 앓아 담배만 먹다가 혓바늘이 돋아서 담배도 못 먹고 마음을 붙이려고 『서상기 (西廂記)』를 보다가 화증이 나서 책을 집어던지고 모로 툭 쓰러지더니, 오 분 동안이 못 되어 다시 벌떡 일어나서 체경(體鏡)을 앞에다 놓고 들여다본다.

까만 머리에 기름을 함칠하게 발라서 좌우로 떡 갈라붙인 가림자 살이 밤톨같이 부었는데, 손으로 꾹꾹 눌러보면 아프기도 하나 아파서 만져보는 것도 아니요, 이리저리 들여다보면 혹부리같이 보기도 싫으나, 반악(磻岳)의 투귤(投橘)같이 내 머리에 돌 던지던 사람을 생각하여 아픈 것을 정표로 알고 부은 것을 기념물로 알아서, 보고 보고, 만지고 만지고, 다시 들여다보고 만져보며 정신 없이 혼자말이라.

"고 몹쓸 것이, 남의 살에 이렇게 표를 하여놓고 보이지 아니하니 고런 얄미운 것이 어디 있어? 아무리 생각하여도 심상한 일은 아니라. 연회에 왔던 계집아이가 혼자 살그머니 나가서 나무 밑에 섰기는 웬일이며, 내가 나가는 것을 보고 돌은 왜 던져? 오냐, 옥련의 마음도 모를 것 없다. 내 옆에 앉았다가 살며시 나가서 나무 밑에 선 것은 까닭이 있는 것인데, 눈치 없는 이 놈이 삼십 분 동안이나 되도록 아니 나갔으니 제 마음도 좀 답답하였을 것이었다. 일은 꼭 그러할 일이야. 내가 휘장 밖에만 나서거든 암호로 던지려고 동골동골하고 반질반질하고 맵시 좋고 조그마한 돌 하나를 들고 일심전력으로 기다리고 있다가, 나를 보고 툭 던지는 그 돌이 넘고 처지지도 아니하고 줌앞줌 뒤로도 아니 가고 내 정신 모여 있는 머리 위에 떨어졌으니 던지기도 묘하게 던졌거니와 받기도 썩 잘 받았지. 내가 좀 아픈 것은 관계치 아니하나, 옥련이가 무안할 모양이 있는 것이 가엾어. 영서일점(靈犀一點)2)이 가만히 서로 통한다는 옛 사람의 글도 있거니와, 사람의 마음이란 것은 서로 통하기가 쉬운 것인즉, 옥련의 마음은 내가 알고, 내 마음이 이렇게 간절한 것은 옥련이가 모를 리가 없으렷다. 옥련이가 내 마음을 알고 나 있는 집을 아는 터에 나를 찾아오지 못하는 것은 부끄러운 태도 많은 계집의 본색이렷다.”

하면서 혓바늘이 돋아서 아니 먹으려던 담배를 다시 먹으려고 담배 서랍을 열더니, 녹녹하게 축인 서초 한 대를 뚝 떼어서 은수복 놓은 긴 담뱃대를 집어들고 막 담으려다가 창 밖에서 사람의 발자취 소리가 나는 듯한 것을 듣고, 손에 들었던 담배를 서랍에 얼른 집어넣고, 담뱃대는 한편에 슬쩍 치워놓고 방바닥에 펼쳐놓인 『서상기』는 책장 옆에서 책장 위로 정제히 놓고, 가방에서 향수를 꺼내더니, 옷깃에도 들어붓고 얼굴에도 바르고 머리 위에도 홀홀 뿌리고, 손수건에도 들어붓더니 향수병은 집어넣고. 금강석 물부리에 여송연 한 개를 끼어 붙여물고 정제히 앉았는데 창 밖에 인기척이 뚝 끊어지고 아무 소식이 없는지라. 서일순이 의심이 나서 또 혼자말이라.

“사람의 발자취 소리런가? 바람에 놀란 나뭇잎이 땅에 굴러다니는 소리런가? 사람인가? 바람인가? 만일 사람이면 정녕 옥련이지! 밤중에 나를 찾아오느라고 나비 잡으려는 걸음같이 가만 가만히 걸어올 사람이야 옥련 이외에 누가 있나? 나를 다시없이 생각하고, 다시없이 부끄러워하는 사람이 나를 찾아오는 걸음걸이라, 내가 그런 것은 용하게 알지. 어찌 생각하면 옥련이가 나를 찾아오기가 썩 어려운 일이

---

2) 영서일점 : 사람의 마음이 서로 통함을 이름.

라, 나실 리가 만무할 듯하나 꼭 그렇지 아니한 일이 있지. 내게 돌
던지던 마음에 여기를 못 와? 옥련이는 개화한 사람이라 출입을 마음
대로 하는 터에 내게를 못 와? 그러나 오늘 밤에는 아마 옥련이가
아니 들어오고 도로 갈 리가 있나? 아니, 그것도 또 모르지 내가 혼자
군소리하는 것을 듣고 누가 있는 줄로 알고 도로 갔나? 대체 오기만
왔으면 그렇게 쉽게 갈 리가 없지. 손님이 온 줄 알고 손 가기를 기다
리느라고 어디서 숨은 것이구."

하면서 미닫이를 연다.

미닫이 밖에는 위아래 고리를 걸은 덧문이 있는데, 그 덧문 닫힌
밖에 웬 사람 하나이 섰다가 달아나는 신발 소리가 난다.

급히 먹는 밥이 목이 메이듯이, 서씨가 미닫이를 너무 급히 열다가
마가 드느라고 아래를 치면 위가 걸리고, 위를 치면 아래가 걸리는데
미닫이 두 짝이 서로 의논을 한 듯이 이 짝을 열려 하여도 그 모양이
요, 저짝을 열려 하여도 그 모양이라. 손으로 미닫이를 차는 소리가
툭탁 툭탁하다가 미닫이가 드륵 열리매 문고리를 벗기며 덧문을 열
어젖히고 내다보니, 적적한 밤 밝은 달이 마당에 가득한데, 무너진
담 아래 이슬에 젖은 국화(菊花)가 바람 없이 흔들리는데 사람은 보이
지 아니하고 이웃집 개만 콩콩 짖는다.

서씨 마음에, 옥련이가 왔다가 부끄러워서 못 들어오고 달아난 줄
로 알고, 버선바닥으로 뛰어나가서 까투리를 쫓아가는 장끼의 걸음
같이 쫓아가다가, 무너진 담 위에 사람 넘어 다니는 길 난 곳에 썩
올라서니 담 아래는 한길인데, 사람 하나이 담 모퉁이에 숨어 섰다가,

"이 문이 어디 가나?"

하며 허허 웃는데, 돌아다보니 주인 최여정이라.

본래 최씨의 말을 엿듣던 사람은 최여정인데, 그 말이 재미가 있어서 엿들은 것이 아니요, 그런 말은 들어두면 기화(奇貨)로 이용할 일이 있는 고로 엿들은 터이라.

세상에 알기 쉬운 듯하고 알 수 없는 것은 사람의 마음이라. 그러한 비밀장(秘密藏)을 남에게 낱낱이 드러내 보인 사람은 서일순이요, 본 사람은 최여정이라.

서씨는 낙망한 일이 있어 화증이 나는 중에 부끄러운 마음을 이기지 못하여 최씨를 대면도 하기 싫은 생각이 나는데, 자기가 혼자 군소리한 것은 얼뜬 일이나 최씨가 발자취 소리 없이 남의 말을 엿듣는 것은, 하는 짓이 밉살스러운 일이라. 그날 밤 내로 그 집을 떠나고 싶은 생각이 있으나 성을 내고 떠나면 남에게 한 가지 웃음거리가 더 될 터이요, 웃는 낯으로 떠나려 하면 주인이 만류할 터이라. 어찌하면 좋을지 생각하느라고 말없이 섰는데. 최씨가 허허 웃으면서 서씨의 손목을 끌고 방으로 들어가자 하니, 서씨가 정신없이 하는 말이,

"망할 놈, 네가 온 줄을 내가 모르고 그리할 듯하냐? 내가 너 들어보라고 한 말이다!"

하며 허허 웃고 방으로 들어가서 두 사람이 마주앉으며, 최씨는 서씨의 얼굴을 쳐다보고 서씨는 최씨의 얼굴을 쳐다보다가, 두 사람의 눈이 마주치며 최씨는 빙긋 웃고 서씨는 홀연히 얼굴이 벌개지며 고개를 책상 옆으로 돌려서 무엇을 찾는 모양 같더니, 금띠 띤 여송연

한 개를 집어서 최씨 앞에 쑥 내밀며,

"옛다, 이것 하나 먹어 보아라. 네가 이런 것을 어디서 구경이나 얻어 하였느냐."

최씨가 여송연을 받아 들고 이리저리 보며,

"주는 것은 고맙다. 그러나 사람을 업신여겨도 분수가 있지. 내가 이런 것을 먹기는 처음이나, 설마 구경이야 못하였겠느냐."

서일순 "주제넘은 놈, 네 행세와 네 교제에 여송연 먹는 친구가 다 있단 말이냐?"

최여정 "친구는 있든지 없든지 여송연만 구경하였으면 고만이지. 구월 구일에 구완서의 장인 환영회 할 때에는 여송연 물고 앉은 사람이 적어도 이십 명은 되겠더라."

서씨가 얼굴빛이 변하며,

"응. 구완서의 장인이 누구란 말인가?"

최여정 "김관일을 몰라?"

서일순 "그 딸이 또 있나?"

최여정 "아니, 옥련이가 무남독녀지."

서일순 "그러면 구완서의 장인이라니."

최여정 "옥련의 남편이 구완서인 줄 모르나?"

서일순 "계집아이가 남편이 있을 수가 있나?"

최여정 "말이 계집아이지, 구완서의 부인이야. 그러나 아직 성례만 아니하였지."

서일순 "응, 별 우스운 소릴 다 들어 보겠네. 성례 아니한 내외가 어디 있단 말인가? 아마 옥련이가 어디 혼인 정한 곳이 있는 것이로구.”

최여정 “그렇지. 혼인을 정하기만 하였다고 말하더라도 말이 되고, 또 옥련이는 구완서의 부인이라고 말하더라도 말이 되지. 가령, 옥련이가 죽으면 구완서가 수절할 리는 없으나, 만일 구완서가 지금 죽으면 옥련이가 정녕 수절할 걸.”

서일순 “가령, 혼인을 정하였다가 신랑될 사람이 죽었는데 그 정혼한 색시가 수절하는 미친 년이 있단 말인가?”

최여정 “상전(桑田)이 벽해(碧海)가 되더라도 구완서와 옥련의 혼인 언약 맺은 것이 변할 리가 없은즉, 옥련의 마음에는 제 몸이 구가의 집사람이 된 줄로 알고 있는걸……”

하면서 서씨 얼굴을 흘끗 본다.

서씨는 최씨의 말을 들어 볼수록 가슴이 답답증만 생긴다.

구완서와 옥련이의 혼인 언약 맺은 것도 처음 듣는 말이요, 상전이 벽해가 되더라도 그 혼인 파약될 리는 만무하다는 말은 깜짝 놀랄 일이요, 옥련의 마음에는 제 몸이 구씨 집 사람이 된 줄로 알고 있다는 말과, 구완서가 지금 죽더라도 옥련이가 수절할 사람이라 하는 말은 기가 막힐 일이라.

옥련의 마음에 그러할진대, 나는 헛 애를 쓰는 사람이라고 몹쓸 원수의 년의 계집아이가 얄밉기가 한량없으나, 그러나 그러할수록 생각은 더욱 간절하여 이 몸이 구완서가 되지 못한 것만 한이 된다.

그러한 생각을 하느라고 참선(參禪)하는 중같이 눈을 감고 가만히 앉았다.

최여정 "이문이 이문이, 곤하거든 자리 펴고 드러누워 자세. 내가 너무 오래 있어서 자네가 잠 밑지겠네."

서씨가 눈을 번쩍 뜨며,

"아직 초저녁인데, 지금부터 자는 사람이 있단 말인가? 더 앉아 무슨 재미있는 말이나 하다 가게."

최여정 "나는 이렇게 일찍 자는 사람은 아니지마는, 자네가 아주 곤한 모양이야. 할 말이 있으면 내일은 못하나?"

서일순 "내가 눈을 좀 감고 앉았더니. 졸려서 눈을 감은 줄 알았나? 현기증이 잠깐 나서……?"

최여정 "그 증이 본래 있던가?"

서일순 "큰일에 잠 못 자는 증이 생기더니 그 후로부터 현기증이 생겨……."

최여정 "잠 못 자는 증이 생겨…… 그것 중증일세."

서일순 "중증이고 경증이고 겁나는 것은 없지마는, 하루 이틀 아니고 밤 보내기가 좀 어렵거든. 어느 친구가 와서 무슨 말이나 할 때는 심상치 아니하나, 밤은 길고 잠은 아니 오는데 혼자 있으면 썩 심심하여 오늘 밤에는 자네가 학질 붙들리듯이 내게 잘 붙들렸네. 술이나 사다 먹으며 이야기나 하세."

하더니 행랑에 있는 사람을 불러서 술을 사오라 지휘하고,

서일순 "오늘 밤에는 친구도 있고 술도 있고, 밤 잘 보내겠네."

최여정 "사람이 잠을 못 자고 살 수 있나? 그래 조금도 못 잔단 말인가?"

서일순 "밤을 꼬박 새지는 아니하나, 속이 조하고 번열증이 나기 시작하면 샛별이 올라올 때까지 잠 못들 때가 많이 있어."

최여정 "진작 의원이나 보고 약이나 먹어 보지."

서일순 "의원, 의원, 의원이 어디 있어야지."

최여정 "꿩 잡는 것이 매라고, 병 고치는 것이 의원이지."

서일순 "그는 그렇지. 그러나 병도 병 나름이지. 병을 낱낱이 고칠 것 같으면 쇳소리가 나게 효험이 나는 것이라. 여러 말 할 것 없이 단방(單方) 약 한 첩 먹어 보려나?"

서씨가 고개를 수그리고 잠깐 말없이 앉았다가 고개를 번쩍 들며,

"응, 단방이나 쓴방이나 약만 될 것 같으면 먹지."

최여정 "약은 신약(神藥)이라, 더 말할 것 없지마는 돈이 썩 많이 들어."

서씨가 씽긋 웃으면서,

"돈이 너무 많이 들 것 같으면 나같이 가난한 사람이야 생각할 수 있나? 그러나 꼭 효험만 있을 줄 알면 십만 원까지는 아끼지 아니하지."

최여정이가 서일순의 어깨를 탁 치며,

"아따 그 놈, 사나이로구나. 보짱 크게 십만 원…… 허리에 십만 원을 띠고 학 타고 양주로 올라가려느냐? 오냐, 걱정 마라. 돈이 있으면 두억시니라도 섬길 터이요, 돈이 있으면 하늘에 있는 별도 딸 터이라. 평양성 내에 있는 옥련이 하나를 돌려내기가 그리 어렵단 말이냐."

하며 허허 웃으니, 서일순이가 얼굴이 벌개지고 입이 떡 벌어지며
또한 허허 웃는데, 창 밖의 마루 끝에 술상 내려놓는 소리가 들리거
늘, 서씨가 최씨를 보며 손짓을 슬슬 하니 최씨 입에서 나오던 긴요
한 말이 뚝 끊어졌다.

술상 들여놓는 사람은 최씨 집 행랑에 있는 더부살이 계집이라.
나이 이십사오 세쯤 되고, 키는 자그마하고 얼굴은 둥글고 두 볼은
밤볼지고 눈은 옴팡눈이요, 이마는 숙붙고 살결은 이상히 흰데, 웃는
얼굴은 사랑스러우나 성이 나서 빼쭉할 때는 눈은 암상이 닥지닥지
한 계집이라.

술 사러 보낼 때는 헤헤 웃는 낯으로 대답하고 가던 것이, 술상을
가지고 들어올 때는 암상이 닥지닥지한 눈으로 서씨를 힐끗 보더니,
서씨의 턱밑에 바싹 들어와서 술상을 콕 부딪는 듯이 놓고, 치마꼬리
에서 바람이 나도록 휙 돌아가는데, 서씨가 눈살을 잠깐 찌푸리다가
다시 천연한 기색으로 그 계집을 부르더니 십 원 지폐 한 장을 건네
주며, 세상에 다시없는 큰 행하나 하여 주는 듯이 말을 떠벌리는데,
그 계집은 문 앞에 서서 고개만 돌이키고, 서씨 얼굴이 뚫어지듯 보
다가 문을 열고 나가며 혼자말로,

"누가 품삯 팔아먹으려고 이런 심부름을 하나? 팔자 사나운 년이
병신 같은 서방을 얻어 만나서 제 집 한 칸 없고 남의 집 행랑에 들어
있으니 밤중에 누워 자는 년을 일으켜서 술을 사오라든지 별을 따오
라든지 시키는 말은 다할 터인데 돈은 왜 주어? 서방님이 이 댁 사랑
에 와서 계신 지가 두 달이나 석 달이나 되도록 내가 밤낮 없이 심부

름만 하였으나 돈을 바라고 심부름을 한 개딸년 없지. 소문에, 평양성 내에 있는 옥련이를 돌려내려고 돈을 십만 원이나 쓴다 하니 어떤 선녀 같은 계집인구, 내일 좀 찾아가서 보고 그 집에 치하 좀 하고 올 터이야.”

하는 소리가 방에 들리도록 하더니 말소리도 끊어지고 발자취 소리도 없는데, 방에 있는 최씨와 서씨 또한 말없이 앉았다.

본래 그 계집의 별명은 하늘밥도둑3)인데 그 별명 지은 뜻은, 가령 하나님이 밥상을 받았더라도 앙큼한 마음에 훔쳐먹으려 드는 계집이란 말이라.

그렇게 욕심 많은 계집이 전생의 무슨 연분으로 그런 서방을 얻어 만났던지 얼굴은 검고 누르고, 살은 문둥이같이 푸석 살이 찌고, 미련하기는 곰 같고, 게으르기는 굼벵이 같은데, 낮잠이 들면 하루종일 자더라도 남이 깨어주기 전에는 잘 일어나지 아니하는 자라.

그런 고로 제 계집 하나 먹여 살릴 힘이 없을 뿐 아니라 제 몸뚱이 하나 먹고 살 재주 없는 위인인데, 그 계집만 없으면 벌써 바가지 차고 물방앗간으로 갔을 것이라. 그 계집은 인물이 어여쁘다 할 수는 없으나, 누가 보든지 면추(免醜)는 한 계집이라 하는 터인데, 대체 얼굴은 보면 예삿사람이나 마음은 예삿사람이 아니라.

서일순이 최씨 집에 와서 있은 후로 새로이 욕심이 늘어서 일심전력으로 서씨 눈에 들려고 애를 쓰는데, 서씨의 마음이 어찌 단단하던

---

3) 하늘밥도둑 : 땅강아지.

지 그 계집이 요악을 부릴수록 밉게 보나, 그러나 주인 최씨 집에 부리는 종이 없고 최씨의 부인이 손수 조석밥을 지어먹는 고로 사랑에 있는 서씨의 밥상은 행랑에 있는 계집이 들고 다니는 터요, 또 서씨가 물 한 그릇을 떠오라든지 술 한 잔을 사오라든지 하루종일 허다한 심부름을 다 그 계집이 하여 주되, 시키는 심부름 외에 속이 시원하게 하여 주는 일이 허다한지라. 서씨가 종종 돈냥씩이나 주지 마는 그 계집의 욕심이 그만 돈을 바라는 것이 아니요, 장가도 아니든 서씨를 잘 호리면 아내는 못되더라도 첩은 될 줄로 알고 있는데, 그 본서방은 조만간에 내버릴 터이나 불쌍한 생각이 있어서 제가 잘되거든 돈이나 좀 얻어주고 버리려는 작정이라.

그렇게 경영하고 있는 중에, 그날 밤에 술상을 가지고 오다가, 최씨와 서씨가 하는 말소리를 듣고, 혹 제 말이나 들어 보려고 문 밖에 가만히 서서 들은즉, 마침 십만 원이니 얼마니 하는 돈 말이 나며 최씨의 말에, 돈이 있으면 두억시니도 섬기느니 별이라도 따느니 하더니, 그 끝엣말은 평양성 내에 있는 옥련이 하나를 돌려내느니, 못 돌려내느니 하는 소리를 듣고, 그 계집이 새암이 나고 암상이 나서 머리 위에 이고 섰던 술상을 암상김에 내려놓은 터이라.

최씨는 한 집안에 있으면서 그러한 사정을 까맣게 모르던 터이라, 그날 밤에 그 계집의 동정(動靜)을 보고 또 그 말을 들어 본즉 무슨 충절이 어떻게 있었던지 서씨에게 원망을 꼭 맺은 것 같은지라. 만일 그 계집의 마음을 가라앉히지 못하면 서씨도 서씨거니와, 평양 바닥에서 나까지 망신을 하겠다 싶은 염려가 생겨서 서씨에게 무슨 의논을 하려 한즉, 서씨가 손짓을 하며 말을 못하게 하고 술 한 잔을 가득히 쳐서 최씨에게 권한다.

최씨가 싱긋싱긋 웃으며 술잔을 받아서 얼른 마시고 잔을 서씨에게 돌려보내더니, 술 한 잔을 따라주고 선뜻 일어나서 문을 열고 나가려 하니, 서씨가 최씨의 옷을 붙들고 못 나가게 하거늘, 최씨가 손짓을 하며 붙들지 말라는 눈치를 보이고 슬쩍 뿌리치고 썩 나서더니,

"거 누구냐?"

소리를 한다. 하늘밥도둑은 또 무슨 말을 엿들으려는지 창 밖에 꼭 붙어섰다가 대답도 아니하고 뒤꼍으로 살짝 돌아간다.

최씨가 방문을 열고 서씨를 들여다보며 가만히 하는 말이,

"두말 말고 빌어라. 귀신도 빌면 듣느니라. 그러나 잘못 빌면 동티난다."

하더니 문을 툭 닫고 버선발로 가만히 내려가서 발자취 소리 없이 뒤꼍으로 돌아가다가 솔개가 병아리 차듯 하늘밥도둑을 붙들었더라.

하늘밥도둑 "에그, 망측하여라. 왜 여기까지 쫓아와서 붙들으서요?"

최여정 "응, 자네런가? 나는 나를 찾아온 사람으로 알고 쫓아왔더니 서 서방님 찾아온 사람이로구."

하늘밥도둑 "어떤 빌어먹을 년이 서 서방님을 찾아와요? 남의 유부녀더러 별 애매한 말씀을 함부로 하시네."

최여정 "말은 좀 잘못된 말이야. 그러나 아무도 없는 터에 무슨 말을 하였기로 관계 있나? 뺨을 맞더라도 할 말은 다하지, 왜 창 밖에

가만히 섰다가 나를 보더니 뒤꼍으로 도망을 하여? 내가 없었다면
사랑에 들어와서 서 서방님과 재미있게 놀았을 터인데 참 불안한 일
일세. 자, 어서 방으로 들어가게. 나는 술 한 잔만 더 먹고 가겠네."
하며 그 계집의 팔을 끄니,

하늘밥도둑 "놓고 말씀하세요. 망측하게 왜 남의 팔을 끄세요?"

최여정 "나 같은 사람이 자네를 끌고 어디로 가든지 의심은 말게.
나는 부처님 같은 마음일세."

하늘밥도둑 "하하하, 나는 부처님이 무엇인지 몰랐더니 서방님같
이 착한 양반이 부처님이로구. 옥련인지 금련인지 돌려내서 서 서방
님께 중매들려는 부처님, 갸륵하신 부처님, 남의 좋은 일 잘하시는
부처님, 젊은 친구를 꾀어서 돈을 십만 원씩이나 쓰이고, 계집 붙여주
는 부처님, 부처님이라지 말고 붙여주는 님이라 하였으면 더 좋지.
내가 일부러 평양 일경으로 돌아다니며 홀아비와 과부와 총각과 처
녀를 만나는 대로 이 절 부처님 앞에 와서 불공만 잘 하고 불붙여
주시도록 빌라고 일러줄 터이야."

최여정 "허허허, 옳지 그럴 일이지, 그러나 남 권할 것 없이 자네
먼저 불공만 잘하여 보게. 어떤 부처님은 후생에 연화세계로 가느니,
극락세계로 가느니 그런 믿음성 없는 소리를 하나? 여기서 이 부처님
은 거짓말 한 마디 아니할 터이니 두말 말고 이 부처님께 불공만 잘
하게. 내일부터 수가 뭉정 뭉정 나리. 미륵님이 살찌고 못 찌기는 석
수장(石手匠) 이 놈의 솜씨에 달렸다고, 자네 한 몸 수 나고 못 나기는
내 솜씨에 달렸지."

　귀신의 귀에 떡소리 할 것같이 하늘밥도둑의 귀에 그런 말소리가 들어가면 비위가 버썩 동하여 최씨에게 진정의 말을 다하면 남부끄러운 일도 많을 터이라, 차라리 불언중(不言中)에 내 서러운 사정을 좀 알게 하여 볼까 하는 생각이 나서, 고개를 숙이고 훌쩍훌쩍 운다.

　최여정 "울면 될 일도 아니 되네. 두말 말고 내 말만 듣게. 참 별수가 나리."

　하늘밥도둑 "만만한 사람을 놀리느라고 하는 말씀이지, 무슨 수가 그렇게 쉽게 나오?"

　최씨가 그 계집의 어깨를 뚝뚝 뚜드리며,

　"치마 입은 호걸(豪傑)이요, 머리 쪽진 간웅(姦雄)이라. 아무 때든지 큰기침 한 번 할 터이니 걱정 말게."

　하늘밥도둑이 호걸이란 말은 알아들었으나 간웅이란 말을 몰라서 궁금증이 나서 아니 나는 성을 내고,

　"무식한 년더러 문자를 써서 말하는 것은 사람을 놀림감으로 여기시는 일이라. 무슨 말씀을 하시든지 믿을 수가 있나?"

　최여정 "참 잘하는 말이로구. 알아듣기 쉬운 말로 속이 시원하도록 얼른 말할 터이니 자세 들어 보게. 지금 내 집에 와서 있는 서 서방님은 돈이 자개사리 끓듯 하고 얼굴이 관옥 같고 재조가 표일한데, 나이 스물한 살 먹은 사람이 소치는 썩 있으나 점잖기는 다시없던 사람이라. 큰 사업을 할 인재(人才)로 알았더니 망괘가 드느라고 어떠한 계집아이 하나를 보고 건으로 미칠 지경인데, 그 사람이 오래 살지를 못하든지 재산을 없애고 패가를 하든지 두 가지 중에 한 가지는 면치

못할 터이라. 서 서방님이 패가하는 통에 자네 부자 좀 되어 보게.

하늘밥도둑 "남이 패가하기로 내가 부자 될 까닭이 있습니까?"

최여정 "응, 그 재물은 갈 곳 없지. 자네 손에로 다 들어갈 터이라. 오늘 밤 내로 속이 시원하게 알 일이 있으니 사랑방으로 들어가세."

하늘밥도둑 "……."

최여정 "여기서 여러 말 할 것 없이 방에로 들어가세."

하늘밥도둑 "좀 생각하여 보고."

최여정 "무엇을 생각하여 보아?"

하늘밥도둑 "서방님 마음을 알 수가 없어서 좀 생각하여 보고 들어간다는 말이올시다."

최여정 "좀 생각하여 보면 남의 마음을 알까?"

하늘밥도둑 "글쎄, 암만 생각하여도 알 수는 없고 의심만 점점 더 납니다."

최여정 "내가 사람은 변변치 못하나 남에게 의심을 받은 일은 없더니……."

하늘밥도둑 "황송한 말씀이올시다."

최여정 "황송인지 청송인지, 그런 거북한 말 하지 말고 의심나는 일이 있거든 말을 하게."

하늘밥도둑 "상년이 양반 앞에서 말을 함부로 하고 죄는 아니 당할는지요."

최여정 "이 사람, 밤 다 가네. 긴한 말만 얼른 하고 방에로 들어가세."

하늘밥도둑 "내 입에서 말이 나오면, 서방님 귀에 거슬리는 말이 많이 나올 듯하니 말하기도 썩 어렵습니다."

최여정 "그렇게 어려운 말은 두었다가 하고 방에로 들어가세."

하늘밥도둑 "하하하. 말씀하리다. 무식한 계집이 무엇을 알겠습니까마는, 주인 서방님과 서 서방님과 두 분이 평일에 지내시는 것을 본즉 참 정든 친구라. 주인 서방님이 돈이 없어서 애를 쓰시는 듯하면 돈을 드리고, 빚에 졸려서 걱정이 되는 듯하면 빚을 갚아드리는 사람은 사랑에 계신 서 서방님이라. 그만하여도 이 댁에서는 서 서방님을 은인으로 알 터인데 그 외에도 고맙게 구는 일이 허다하건마는, 주인 서방님은 오히려 다 모르시지요. 서 서방님이 이 댁에 처음 오셨을 때에, 나더러 조용히 하는 말이, '이 댁에서 지내기가 어려운 터에 내가 사랑에서 숙식을 하고 있으니 이 댁 아씨께서 없는 세간살이에 손 대접을 하시느라고 오죽 애를 쓰시겠나? 내가 주인 서방님께 돈냥씩이나 드리기로 가난한 양반이 돈을 보면 마른 논에 물 잦듯 하는지라, 어찌 그 돈으로 손 대접만 할 수가 있나. 아낙에서 무엇이 없어서 아씨께서 애를 쓰시는지 자네는 알 터이니 아는 대로 내게 귀띔만 하여 주게' 하시는 고로, 내가 그런 심부름을 하느라고 서 서방님께 돈을 받아서 물건을 사다가 아낙에 드리기도 여러 번이라. 그러나 아씨는 번번이 걱정하시는 말이, '에그, 이 사람. 자네가 또 무슨 말을 한 것일세그려. 사랑에 계신 서 서방님이 안에서 양식이 떨어졌는지, 나무가 없는지 어찌 알고 돈을 들여 보내신단 말인가? 그러나 댁 서방님이 아시면 내가 자네를 시켜서 손님 앞에 가서 우는 소리를 하고 돈을 들여보내도록 한 줄로 아시고 걱정을 오죽 하시겠나' 하시며, 주인 서방님 아실까 염려하는 아씨 마음도 그러할 일이라 무엇을 주어서 싫다는 사람이 어디 있으며, 남의 것을 받고 고마운 줄 모르는 사람이 어디 있겠소. 남에게 무엇을 받을 때에 천진(天眞)으로 받든지 꿋꿋한 체하고 체머리를 설설 흔들며 사양을 하고 받든지, 뒷손을 버티고 받든지, 눈을 감고 받든지 마음이 물건에 팔리기는 일반이라. 서 서방님이 주인 서방님께 돈을 드리면, 주인 서방님은 입이 떡 벌어지며 고마우니, 받기가 염치가 없느니, 은혜를 갚을 수가 없느니 하며, 한 말을 거푸거푸 하는 것이, 서 서방님을 위하여 죽을 일이 있으면 울어서 그 은혜를 갚을 듯한 모양이었습니다. 그러나 서 서방님이 나를 시켜서 아낙에로 돈냥이나 들여보내는 것을 주인 서방님이 아시면 번연히 걱정을 하시니 서방님도 딱한 말씀이지. 아씨께 돈은 갖다드리지 아니하고 손님 대접 잘하라는 말만 하시고, 손님이 돈냥을 들여보내든지, 물종을 사서 들여보내든지 그런 것을 보시면 아씨가 구걸이나 한 것같이 걱정하시는 그 뜻을 내가 알아요. 잣단 신세를 많이 지면 큰 돈 얻어먹을 때 방해될 듯하여 그리하시지요. 내가 아낙에서 듣고 보는 일을 서 서방님에 낱낱이 이야기하는 눈치를 주인 서방님이 아시고 그런 말을 전하도록 일부러 걱정을 더 하시지요. 하하하하하, 어떠하든지 이 댁 서방님 내외분은 서 서방님 한 분을 조상같이 위하시고."

최여정 "……."

하늘밥도둑 "하하하하. 동생같이 사랑하시는 터에 만일 서 서방님이 이 댁을 떠나가시면 어떡하실 겁니까? 기어나가는 줄로 아실 걸. 나는 어디서 떠들어온 계집으로, 댁 행랑 한 칸을 얻어 들어 있는 사람이라, 서방님이 내게 무슨 깊은 정이 있어서 은인으로 알던 서 서방님의 재물을 내 손에 들어오도록 하여 줄 듯이 말씀하시는 것이 웬일이오니까? 그래 서 서방님을 둘러세고 내게 통정을 하시면 내가 곧이 듣겠소?”

최씨가 그 말을 듣고 입을 딱 벌리고 혀를 홰홰 두르더니 그 계집의 어깨를 탁 치며,

“이 몹쓸 사람. 남의 오장육부를 헤쳐놓고 세상에 광고를 하려나? 바로 말이지, 내가 서 서방을 해롭게 하면 벼락을 맞을 사람이라. 서 서방님이 죽을 병이 들었는데 삼신산에 들어가서 불사약을 구할 재주는 자네밖에 없는 터이라. 약 값은 십만 원이라도 받을 터이니 딴 욕심 내지 말고 십만 원 약조만 단단히 받고 서왕모의 복숭아 훔쳐내듯 약만 구하여 오게. 자, 두말 말고 방에로 들어가서 오늘 밤 내로 의논을 정하세.”
하더니 최씨는 앞에 서고 하늘밥도둑은 뒤에 서서 사랑에로 들어간다.

누우면 잠 못 들어 애쓰던 서일순이 앉아서는 어찌 그리 잘 자던지 팔짱을 잔뜩 끼고 앉은 채로 책상 위에 푹 엎드려서 나비잠에 원앙꿈을 꾸었더라.

꿈에 장가를 드는데 처가는 평양 북문이요, 신부는 김관일의 딸 옥련이라. 서일순이 관복 입고 사모 쓰고 목화 신고 기러기를 안고

신부집 안마당 행보석(行步席)으로 걸어 들어가는데 걸음이 걸리지 아니하고 발을 떼어놓을 수가 없어서 애를 무수히 쓰다가 홀지에 다리가 거분하여지며 걸음이 성큼성큼 걸려서 초례청에 선뜻 올라설 즈음에, 누가 몸을 잡아 흔들며,

"이문이, 이문이."

부르는 소리에 깜짝 놀라 눈을 번쩍 떠서 보니, 단칸 사랑방에 석유등불 돋워놓고 마주앉은 사람은 주인 최여정과 이 집 행랑살이하는 계집이라. 서일순이 기지개를 부드득 켜고 일어 앉아서 다시 술상을 대하니 술은 서늘하게 식고 되지 못한 안줏점은 뻣뻣이 굳었는데, 화롯불을 이리저리 휘져서 술을 데이려 하니, 뽀얀 잿속에 반짝반짝하는 모닥불이 조금 있는데, 그 불기운에 술이 더울는지 술기운에 재가 더울는지, 술도 맛없이 먹을 모양이라. 서씨가 잠을 깨어서도 꿈을 꾸는지 꿈 생각을 하고 있다.

'꿈을 조금만 길게 꾸었다면 초례나 지냈을 걸…… 술을 먹더라도 혼인 잔치에 즐거운 술을 먹었을 걸…… 꿈만 못한 이 세상에 살아 있는 인생이 가련치 아니한가!'

그런 마음이 나면서 아무 경황이 없이 앉았는데, 최여정이는 보기도 싫은 더부살이 계집을 데리고 들어와서 큰 공이나 이룬 듯이 의기가 양양하여 익살을 피우는데, 경황은 없으나 그 말을 아니 들을 수 없는 사기라.

천지가 뒤집히는 듯한 전쟁을 그치고 구화담판(媾和談判)을 하더라도 결정될 때는 말 한 마디에 있는 것이라.

서씨의 손끝에서 황금이 펄펄 뛰어나오는 서슬에 최여정의 지혜 주머니가 톡톡 떨려나오고 하늘밥도둑의 욕심덩어리가 풀릴 대로 풀렸더라.

그 계집이 서씨와 남매를 맺었는데, 이름은 서숙자(徐淑子)라 짓고, 그 동생 서일순의 장가 들여줄 의무를 졌으되, 서일순의 말에, 김관일의 딸 옥련이가 아니면 장가를 아니 든다 하는 어려운 문제라.

그러나 서숙자는 결사대(決死隊)같이 나서서 기어이 그 일 성공을 할 작정인데, 그 이튿날부터는 서숙자의 수중(手中)에서 지폐가 폴폴 날아나온다.

평양성 내에 웬 계집 하나이 있는데, 사람은 알뜰하나 팔자가 기박하여 자식 죽고 서방 죽고 집도 절도 없고, 있는 것은 밥 들어가는 입 하나뿐이라. 나이 오십여 세가 되었는데 의지할 곳이 없어 헌 누더기를 용문산에 안개 두르듯 하고 이리저리 떠돌아다니는지라. 서숙자가 그 소문을 듣고 그 계집을 찾아다니다가 어디서 만났던지 최여정 집 안방으로 데리고 오더니, 새 옷 한 벌을 입히고 음식을 먹이고, 아주머니, 아주머니 하며 어찌 친절히 구는지, 그 계집의 일평생에 서숙자같이 고마운 사람은 처음 보는 터이라. 너무 고마우면 눈물이 나는지 눈물을 씻으며,

과부 "에그, 아씨같이 착하신 마음이 또 어디 있을꼬. 내가 팔자가 이렇게 된 후에 구복을 채울 수가 없어서 남의 집에 가서 일도 많이 하여 주고, 얻어먹기도 많이 하였으나, 늘은 것이 밥값을 하느니 못하느니 하며 구박하는 사람만 보았더니, 아씨께서는 나를 처음 보는

터에 새 옷을 주시고 좋은 음식을 이렇게 많이 주시니, 이 음식을
먹고, 이 옷을 입고 아씨 은혜를 갚지 못하면……."
하면서 비죽비죽 운다.

서숙자 "여보, 나더러 아씨란 말은 마오. 내가 아씨 소리 들을 사람
은 아니오. 옷 한 벌 드린 것이 무엇이 그리 끔찍한 것이라고 그렇게
치사를 하신단 말이오. 나도 고생을 많이 한 사람이라, 누구든지 고생
하는 것을 보면 힘대로 도와주고 싶은 마음이 있으나, 내 코가 석자
(吾鼻三尺)라고, 남을 도와줄 힘이 없으니 빈 마음이야 쓸데 있소."

과부 "이 외에 어찌 더 도와주시기를 바라겠습니까?"

서숙자 "저렇게 고생하지 말고 늙은 영감이나 얻어 가시지요."

과부 "에구, 꿈 같은 말씀도 하시오. 요새 세상에 인물 똑똑하고
나이 젊은 계집도 데려가는 사람이 없어서 고생하는 것이 많은데,
나같이 늙은 비렁뱅이를 누가 밥이나 치우려고 데려가오?"

서숙자 "내 말만 들으면, 늙은 영감 하나와 돈 두 섬지기가 생기
지."

과부 "아씨가 죽으라시면 죽고, 살라시면 살 터인데, 무슨 말을 아
니 듣겠습니까?"

서숙자 "그런 말은 다 농담이니 차차 두고 봅시다. 그러나 어디
가면 별 수 있소? 이 댁에서 심부름이나 하고 주인 아씨 수고나 덜어
드리면 어떻겠소?"

그 계집이 부웅이집이나 만난 것같이 알고 달라붙는데 서숙자가
최씨 부인을 눈짓을 하고 부엌으로 내려가니, 최씨 부인이 따라나간

다.

　서숙자 "여보 아씨, 우리 영감 장가들여서 어디로 보낼 터이니 방에 앉았는 마누라를 대접 좀 잘하여 주시오."

　부인 "그 마누라가 자네 영감의 마누라 될 사람인가?"

　서숙자 "⋯⋯."

　부인 "자네 영감의 마누라 될 사람을 자네가 어련히 잘 대접 할라고⋯⋯."

　서숙자 "그는 그러하지요. 그러나 우리 영감을 도망질시키는 사람은 주인 서방님이오. 만일 우리 영감이 도망질하다가 붙들리면 징역은 주인 서방님과 같이 할 걸⋯⋯."

　부인이 손을 설설 흔들며,

　"이 사람, 가만가만히 말하게."

　서숙자가 다시 말없이 상긋 웃으며 문 밖으로 나가는데, 부인이 서숙자 나가는 뒷모양을 보고 또한 싱긋 웃다가 중문간에서 개 짖는 소리 나는 것을 듣고 시치미를 떼고 방으로 들어간다.

　그 이듬해 음력 삼월 이십일은 서일순의 생일이라고 생일 잔치를 차려놓고 집안 사람끼리만 모여 먹는다 하면서, 김관일의 내외와 그 딸 옥련이를 청하였더라.

　집안 식구라 하는 것은 최여정의 내외와 서숙자인데, 말이 집안 식구이지 서일순에게 헝겊붙이도 아니 되는 사람이요, 김관일의 집 세 식구는 말이 남이지 서일순의 마음에, 이 후에 김씨 집 혈손 전할 사람은 나라고 자기하는 터이라.

그때 서일순이 조그마한 집 하나를 새로 지어서 피력하던 날이 그 날인데, 생일이란 말은 빨간 거짓말이요, 실상은 집 지은 낙성식이라.

대체 헛생일을 쉬든지 참 낙성연을 하든지 김관일의 집 사람 세 식구를 청하려는 목적이라.

손님 청한 시간은 오후 세 시인데, 시간 잘 지키는 김관일이 자기 집에서 두 시 삼십 분에 떠나서, 서일순의 집에 다다르니 세 시 오 분 전이라. 서일순이 마당에 내려서서 김씨 일행을 영접하는데 평일에 개화 잘한 체하기로 유명하던 위인이 김관일과 옥련의 앞에서 조심을 어찌 대단히 하던지, 김관일이 손을 내밀어도 모르고 어리둥절하다가 왼편 손을 쑥 내미니, 옆에 섰던 옥련이가 상긋 웃다가 서일순의 눈과 마주쳐서, 옥련이는 시치미를 떼고 고개를 수그리고, 서씨는 얼굴에 붉은 조수가 올라오는 것 같다.

김씨 뒤에는 최씨 부인이라, 부인이 서일순이를 보고 친자질이나 만나보는 듯이 반겨 인사하는데, 서씨가 홀지에 그렇게 인사가 늘었던지 가장 인사에 익달한 체하고 부인에게 실례되는 줄도 모르고 먼저 손을 쑥 내밀며 성난 게[怒蟹]가 엄지발로 무엇을 집으려는 것같이 부인의 손목을 붙들려는데, 부인은 평생에 남에게 손목 잡혀보지 못하던 사람이라, 서씨가 손을 내미는 것을 보고 비슥비슥 비켜서니 눈치빠른 옥련이가 그 모양을 보고 어찌 민망하던지 서씨 앞으로 썩 나서며 서슴지 아니하고 서씨의 손을 잡고 다정히 인사한 후에 세 사람이 서씨를 따라 방으로 들어간다.

그날 그 좌석에는, 웬 일가몰이를 하였던지 최여정이가 그 부인 김씨를 데리고 나오더니, 면면히 인사를 마친 후에 일가를 찾는데, 김관일의 부인의 성은 최씨요, 자기 마누라의 성은 김씨라, 자기는 김관일의 부인의 일가이오, 자기 마누라는 김관일의 일가라, 피차에 친정 일가를 만났다 하더니, 다시 서숙자를 가리키며 서일순의 일가라 하며 너름새를 부리는데, 깊은 규중(閨中)에 들어앉아서 천진(天眞)으로 세월을 보내던 부인들은 한 동생이나 사촌이나 생긴 듯이 반가운 마음도 나고 파겁도 되고 구경하는 흥치도 생긴다.

그 중에 서숙자는 파겁을 너무 과히 한 것이 걱정이라 올챙이 개구리 되듯 작년 9월까지 남의 행랑 구석에 있던 사람이 어찌 그리 도두 뛰었던지 서일순에게 누님 누님 소리를 들으며, 가장 누이 노릇을 하느라고 서일순이더러, 이문이니 삼문이니 부르면서 명령하기가 일쑤라.

대체, 앙큼한 것은 병통이나 똑똑하기는 그만이요, 당돌한 것은 험절이나 남에게 붙임새는 다시없는 여편네라. 옥련이를 사귀려고 이리저리 끌고 다니며, 대포 연기가 무럭무럭 나는 구련성(九連城) 함락하던 일러전쟁(日露戰爭) 사진 구경도 시키고, 울긋불긋한 새장 속에 길들여 혼자 노는 꾀꼬리도 구경시키다가 안 뒤꼍으로 데리고 들어간다.

공작(孔雀)의 꼬리치레한 듯, 그 집은 안 뒤꼍치레뿐이라. 그 집 전체를 볼진대, 안채가 열 칸이요, 사랑채가 다섯 칸이요, 행랑채가 세 칸이라. 불과 열여덟 칸쯤 되는 조그마한 집이나 안 뒤꼍으로 들어와 본즉, 훨씬 넓은 터에 나무를 심었는데, 기화요초를 어디서 그렇게 모아들였던지 사람이 꽃그늘 속으로 다니게 되었는데, 그때 꽃이 한창이라.

새 소리 그윽하고 벌의 노래 은은한데, 휘어진 꽃가지는 옥련의 곱게 빗은 머리털을 붙들고 쥐어뜯어도 얼른 놓지 아니하는지라. 옥련이가 그것을 운치로 알고,

옥련 "에그, 이 꽃나무가 나와 무슨 연분이 있나, 왜 이렇게 붙드누."

하면서 서숙자의 뒤를 따라 꽃가지를 헤치고 꽃밭으로 들어가는데, 하얀 나비 한 마리가 옥련의 앞으로 슬쩍 지나 서서 숙자의 머리 위로 훌쩍 넘어가며 나무 그늘 속으로 깊이 들어가는데, 그 앞에 나지막한 반송(盤松)과 우뚝우뚝 선 벽오동(碧梧桐) 가지 틈으로 날아가는 듯한 초당이 보인다.

옥련이가 고향에 온 지가 반년이 넘도록 평양 북문 안 길가의 게딱지 같은 집 속에서 먼지와 연기만 들이마시고 들어앉았다가 공기 좋고 운치 있는 정원에 들어와 본즉, 정신이 깨끗하고 부러운 마음이 있는지라 서숙자를 따라서 초당 구경을 하러 들어간다.

네 귀 반짝 들린 처마 끝에 풍경 소리 댕그랑 나는데, 네모 반듯한 네 칸 집에 두 칸은 방이요, 두 칸은 마루다. 그 밖에는 조그마한 연못이 있고. 연못가에는 두견화가 만발한데, 석양이 물 아래 벌건 꽃그림자를 끌어다가 도배 하얗게 한 초당벽에 반조되었는데, 서숙자와 옥련이는 채색 구름 속에 앉은 것같이 전신에 은은한 붉은 기운이라.

옥련이가 무심히 하는 말이,

"이런 데 있으면, 세상 생각 다 잊어버리겠네. 이런 조용한 곳에서 공부 좀 하였으면……."

서숙자 "참말이오, 그 마음이 있거든 이 초당을 빌려드리도록 주선할 터이니 여기 와서 계시오. 방이 두 칸이니 한 칸은 빌려드리고 한 칸은 내가 있을 터이오. 공부 잘하시도록 심부름은 잘 하여 드리리다. 나는 이때까지 언문도 못 깨친 사람이니, 공부하시는 틈에라도 좀 가르쳐 주오."

옥련 "말이 그렇지 내가 어찌 여기 와 있겠소."
하며 상긋 웃으니 서숙자가 마주 상긋상긋 웃는데, 옥련의 웃음은 천진의 웃음이요, 숙자의 웃음은 의미가 깊은 웃음이라.

손은 오후 세 시에 청하고, 요리는 다섯 시 반이나 된 후에 들어오며, 핑계는 옥련이가 꽃구경하고 들어오기를 기다리느라고 지체하였다 하나, 실상은 시간을 보내려고 서숙자가 옥련이를 데리고 나가서 구경을 시킨 것이라.

다섯 시 반에 들어온 교자상을 일곱 시 반이 지나도록 치우지 아니하고 서씨와 최씨가 번갈아 들며 김씨에게 술을 권하되, 술 한 순배를 먹으려면 별 재미있는 잔소리가 많은데 청담(淸談)도 아니요, 취담(醉談)도 아니요, 구석 비인 객담으로 다만 십 분, 이십 분이라도 지체되어 손님이 얼른 일어나지 못하게만 하는 터이라.

옥련의 모녀는 지리한 시간에 몸이 불편한 기색이 있거늘, 서숙자가 유성기를 들여다가 기계를 틀어놓으니, 김관일의 부인은 유성기를 처음 듣는 터이라 사람이 요술을 하는지, 귀신이 그 속에 있는지,

이상하다, 신통하다, 재미있다 하면서 시간 가는 줄을 모르고 듣는지라. 부인은 부인끼리 유성기 앞에 모여 앉고, 남자는 남자끼리 술잔 앞에 모여 앉아서 흥이 도도한데, 창 밖에서 웬 사람의 기침 소리가 나거늘, 최여정이가 얼른 일어나서 문을 열고 나가 본즉, 자기 집 행랑에 들었던 허 첨지라.

최씨가 손짓을 하여 뒤꼍으로 데리고 들어가더니 마주서서 수군거린다.

최여정 "여보게 이 사람, 벌써 여덟시나 되었는데 왜 소식이 없나?"

허 첨지 "아직 초저녁이라, 길에 사람이 많이 다니니 어찌 할 수가 없습니다."

최여정 "부엌 뒤는 실골목이라, 낮에도 사람이 별로 없는데. 밤에 웬 사람이 그리 많단 말인가?"

허 첨지 "밤 들기 전에는 못하겠습니다."

최여정 "이 딱한 사람, 오늘이 스무 날이니 미구에 달이 돋을 터인데……."

허 첨지 "달이 밝더라도 밤만 깊으면 길에 사람이 없지요."

최여정 "밤이 들면 그 속에서 사람이 잘 터이니 위태하여 못 쓰네."

허 첨지 "그러면 어떻게 합니까?"

최여정 "이 못생긴 사람아, 내 말만 들으면 평생에 밥 굶지 아니하구 늙은 마누라 손에 잘 얻어먹고 살 터인데……."

허 첨지 "젊은 계집 버리고 늙은 계집의 손에 얻어먹으면 덕 본다 할 것 무엇 있습니까?"

최여정 "또 못생긴 소리만 하는구. 먹고 사는 재물이 좋은가? 빌어먹더라도 젊은 계집만 있으면 좋은가? 만일 재물은 있든지 없든지 젊은 계집을 데리고 사는 것이 좋다 할 지경이면 돈 한 푼 아니 줄 터이니 서숙자만 데리고 어디 가서 살게."

허 첨지 "작년 구월부터 떨어진 계집이 다 제 집에 와서 살겠습니까?"

최여정 "자네 계집 노릇을 하고 아니하는 것을 내가 아나? 시키는 대로 하지 아니하는 사람은 돈 한 푼 주고 싶지도 아니하고 빌어먹다가 논두덕을 베고 죽더라도 불쌍할 것 없어. 꼴 보기 싫으니 내 눈에 보이지 말고 어디로 가게."

허 첨지 "잘못하였습니다. 시키는 대로 할 터이니 먹고 살도록 도와줍시오."

최여정 "허허허, 사람은 참 진실하여…… 저렇게 변치 아니하는 고로 내가 심복으로 알지. 두말 말고 오늘 밤에 시킨 일만 잘하고 오면, 오늘 밤 내로 약조한 논문서와 별상급으로 돈 이십 원을 줄 터이니 내일 새벽 떠나서 전라도 무주 무풍으로 들어가 살게. 자네 마누라는 그 논을 가래질 다 시켜놓고 자네 가기만 기다리고 있을 터일세. 자, 어서 가서 맡은 일만 하게."

허 첨지가 아무 말 없이 주머니를 부스럭부스럭 주무르고 섰거늘,

최여정 "압다 이 사람, 왜 아니 가고 우두커니 섰나?"

허 첨지가 혼자말로,

"당성냥을 주머니에 넣었더니 어디로 갔나?"

하며 입맛을 쩍쩍 다시거늘, 최여정이가 기가 막히는지 허허 웃고 조끼를 만적만적하더니, 성냥 한 갑을 꺼내주고 방으로 들어간다.

꾀 있는 사람의 위태한 일 하는 것은 앞뒤를 헤아리고 하지마는 미련한 허 첨지의 위태한 일 하는 것은 소경이 파밭에 들어가듯 하는 데, 서일순의 집에서 나서는 길로 쏜살같이 북문 안에를 향하고 가면 서 보뜰논 두 섬지기와 돈 이십 원에 욕심이 어찌 복받치던지 죽을지 살지 모르고 최여정의 시키는 일만 할 작정으로 김관일 집 뒤 좁은 골목으로 들어서며, 뒤에 사람이 있는지 앞에 사람이 오는지 살펴볼 생각도 없이 김관일의 집 부엌 뒤 처마 밑으로 가더니, 당황 한 개를 그어서 초가집 처마 끝을 그슬리고 섰는데, 썩은 새에 불이 얼른 붙 지 아니하거늘, 다시 당황 여남은 개를 포개 쥐고 드윽 그어서 처마 끝에 지르고 도망질을 하는데, 겁이 어찌 나던지 최여정이와 약조한 논문서와 돈은 잊어버리고, 주머니 속에 노자 한 푼 아니 든 생각도 아니하고 그날 밤 내로 전라도 무주를 대어갈 듯이 일어난다.

그때 김관일이는 주인의 권하는 술을 고사하고 일어서니, 방에 있 던 사람이 일제히 마루에 나와서 작별하는데 마침 동편 하늘에는 스 무 날 달이 돋아 올라오느라고 서기(瑞氣)가 뻗친 듯이 하늘이 불그스 름하고, 북문 안에는 화광이 은은한 중에 검은 연기가 피어오르는데,

"북문 안에 불났다!"

소리가 나며 한길에 사람이 물밀 듯 북으로 달려간다.

김관일이 단장으로 화광을 가리키며,

"저것이 우리 집이나 아닌가?"

최씨 부인 "초저녁잠 많은 장팔 어미가 잠자다가 석유등을 걸어차지나 아니하였나?"

옥련 "만일 그러면 장팔 어멈이 타죽지 아니하였을까? 집은 타더라도 사람이나 상하지 아니하였으면."

최여정 "별 염려를 다 하십니다. 화광 보이는 곳은 여기서 지척이올시다. 불난 곳에서 댁에 가려면, 거기서도 한참 가겠습니다.

서일순 "옳지, 여정이가 바루 보았네."

서숙자 "밤불은 가깝게 보이는 것이올시다. 궁금하니 우리가 여럿이 같이 가서 보았으면……."

서일순 "누님 말이 옳소. 여정이, 우리도 같이 가서 보면 좋겠네."

김관일이 처음에 화광을 볼 때에 말이 우리 집이나 아닌가 하였으나, 화광이 어찌 가깝게 보이던지 실상은 자기 집 근처로 의심한 것은 아니러니, 서숙자의 말을 듣고 의심이 버썩 나서 앞에 서서 걸음을 급히 걷는데, 서일순과 최여정이는 김씨를 따라 급히 가고, 서숙자는 최 부인과 옥련의 뒤를 따라가는데, 가서 본즉 김씨 집이라.

바싹 마른 봄 일기에 타기 쉬운 초가의 화재라, 좌우로 뻗어나가는데 북문이 불야성(不夜城)이라. 평양 병참소에서 취군하는 나팔 소리가 일어나며 병정 한 초가 몰려나오더니 물밀 듯 모여드는 구경꾼을 불난 집 근처에 얼씬을 못하게 하고 비상선(非常線)을 늘어놓더니 삽시간에 불을 끄는데 전체가 다 탄 집이 세 집이요, 반쯤 탄 집이 두 집이라.

집을 다 태웠든지 반쯤 태웠든지 화재 만난 사람들이 세간 그릇낱

씩이나 구하였으나, 그 중에 김관일의 집에서는 어릿어릿하는 장팔어미 혼자 집을 보고 있다가 위급한 판에 겨우 몸만 뛰어나간 터이라.

김씨가 그 부인과 옥련이를 데리고 비상선 밖에 서서 자기 집을 바라보니 검은 잿더미 위에 더운 증기만 무럭무럭 오르는지라. 세 식구가 모여 서서 아무 생각 없이 탄식하는 소리뿐이라. 서일순이 김씨 앞으로 바싹 다가서더니,

서일순 "걱정하시면 쓸데 있습니까. 새옹득실(塞翁得失)4) 같이 화가 복이 될지 모를 일이올시다."

김관일 "사람을 위로하는 말이 그렇지. 유복한 사람이 이런 일이 있을 리가 있나?"

서일순 "그러나 오늘 밤에 댁에 계셨다면, 이런 일이 있더라도 즉시 사람이 정신을 살펴서 불을 잡았을는지도 알지 못하고, 설령 불을 잡지 못하더라도 세간은 꺼내었을 터인데, 공교롭게 오늘 제 집에서 청한 것이 잘못되었으니, 제 마음에는 모두 제 탓인 것 같습니다."

김관일 "그것은 무슨 괴상한 소리요. 화재 볼 수가 집에 있으면 면한단 말이오."

서일순 "참 활발한 말씀이올시다. 우선 제 집에로 가서서 정돈을 하시는 일이 좋겠습니다."

김관일 "고마운 말이오. 그러나 남에게 폐를 끼치기보다 내가 고생

---

4) 새옹득실 : 한때의 이로움이 장래에 해가 되기도 하고, 한때의 화가 장래에 복을 가져오기도 한다는 뜻.

하는 일이 옳은 것이니, 오늘 밤에 장팔 어미를 데리고 장팔의 집에 가서 밤이나 지내고 차차 정신을 차려서 어떻게 하든지 조치하겠소."

하더니 다시 그 부인을 돌아보며,

"여보 마누라, 옥련이를 데리고 장팔 어미를 좀 찾아보오."

최여정이가 김씨 앞으로 다가서면서,

최여정 "장팔의 집으로 가실 생각이 있거든 차라리 내 집에로 오시는 것이 좋겠습니다. 장팔의 집에로 가신다는 말씀은 편한 것을 취하여 그리하시는 일인 듯하나 장팔의 집은 방 한 칸, 부엌 한 칸, 툇마루 한 칸, 합이 삼 칸 집인데, 가령 장팔의 식구는 어디로 보내고 아직 그 집을 쓰신다 하더라도 당장에 용신할 수가 없습니다."

서일순이 최여정이를 돌아보며,

서일순 "장팔의 집이 어디인가?"

최여정 "어제 우리가 꽃구경하러 나섰을 때에, 자네가 어느 산모퉁이에 앉아서 쉬던 곳이 있지?"

서일순 "……."

최여정 "그 앞에 까치집 지은 돌배나무 하나 섰지?"

서일순 "……."

최여정 "그 밑에 다 찌그러져 가는 삼간 초가가 장팔의 집이야."

서숙자가 그 말을 듣더니 옥련의 앞으로 바싹 다가서서 손목을 붙들며,

서숙자 "에그, 그런 집에 어찌 가서 계시겠소? 나와 같이 가서 아까 구경하시던 초당에 있습시다."

최씨 부인은 그런 소리를 듣다가 말없이 눈물을 씻는데, 김씨가 그 부인의 모양을 보더니 선웃음을 허허 웃으며,

"오막살이집 하나 불붙었기로 설마 못 살라구. 그러나 우리 세 식구가 빈몸만 남은 사람이라, 오늘 밤에 어디로 가든지 남에게 폐를 아니 끼칠 수가 없으니 어디로 가든지 갑시다. 밤새도록 여기 섰을 수가 있소? 어디든지 남의 집은 일반이니 마누라 마음에는 뉘 집으로 가면 좋겠소? 나 한몸 같으면 어느 친구의 집으로 가든지 내 생각나는 대로 할 터이나 온 집안 식구를 다 끌고 가는 터에 서로 의논이오."

최씨 부인은 어디로 가고 아니 가는 생각은 아니고, 불탄 것이 아까운 마음뿐이라.

'몸 담아 있을 집도 재가 되고, 몸 가릴 옷가지도 재가 되고, 손때 묻은 세간그릇도 재가 되고, 우선 오늘 밤에 어디로 가든지 몸에 깔고 덮고 할 금침 하나 없고, 자고 일어나면 낫살 먹은 나는 어떡하든지, 젊은 옥련이가 세수를 하고 얼굴은 입고 있는 치마폭에 씻을는지, 머리는 손가락으로 쓰다듬을는지, 먹고 살 걱정보다 눈앞에 아쉬운 것이 한두 가지가 아니라 남편은 범연한 남자의 마음이라, 세세한 사정을 다 모를 터이요, 옥련이는 아이들이라 아무 물정을 모를 터이나, 일일이 걱정되는 사람은 나뿐이라.'

그런 생각하느라고 불탄 곳만 바라보고 섰다가 그 남편이 두세 번 묻는 말에,

부인 "생각하여 하시구려. 나더러 물으시면 내가 무엇을 알겠소?"

김관일 "좀 억지 일같지마는 장팔의 집으로 가는 것이 여편네들에

게 편할 터이니 그리로 갑시다."

부인 "장팔의 집은 방이 하나뿐인데, 그 집으로 가자는 말씀은 알 수가 없소."

김관일 "오늘 낮전에 어느 친구의 집에 갔더니 그 친구의 말에, 자기 집 행랑이 비었는데 심부름이나 잘 할 사람을 얻어두었으면 좋겠다 하니 장팔의 식구는 그 집 행랑으로 보내고 우리는 아직 장팔의 집에 들어 있다가 논마지기나 팔아서 집 구처를 하지."

서일순 "여러 번 말씀 여쭙기도 버릇없는 일 같습니다마는 여쭈어 볼 말씀 한 마디가 있습니다. 아까 뫼시고 술잔이나 먹을 때에 저 같은 철모르는 아이들이 어른 앞에 버릇없는 일이 많이 있어서 괘씸하게 여기신 일이 있는 것 같습니다."

김관일 "허허허, 저런 말은 아름다운 일이나 좀 고루한 말이구. 고루하다면 내 말이 실례가 되는 말이나 고루한 것은 고루하다는 것이 친한 본의야. 사회상 교제라 하는 것은 범위가 넓어서 창졸에 다 말할 수 없으나, 대체 학문가(學問家)는 학문을 많이 좇아 놀며, 유지자(有志者)는 유지자를 많이 사귀며, 도덕가(道德家)는 도덕가끼리 더욱 서로 사랑하는 것인데, 그 중에 연치는 교계가 없는 것이라. 그러나 장유유서(長幼有序)라 하는 것은 또한 아름다운 일이라. 나이 많은 사람을 대접하는 것은 좋지마는 제 나이 많다고 자랑만 하고 나자세만 하고 자기보다 나이 적은 사람을 보면 어른 노릇을 하려고 슬슬 피하여 가는 사람은 친구 없는 야만(野蠻)이야. 허허허, 서 서방 같은 재주에, 지금부터라도 신학문을 배우면 불과 몇 해 안에 우리 앙우(仰友)가

될 터이라. 나는 나이 삼십이나 되어서 외국에 가서 공부를 하였으니 삼십에 시작한 공부가 그리 지질한가, 나는 서 서방이 내 앙우 되기를 바라는 사람이니, 만일 내 앙우가 되면 미거한 친구로 알 터이지. 그러나 내가 서 서방보다 나이 좀 많은 터이니 나는 서 서방더러 하게 하고, 서 서방은 나를 대접하여 주는 것은 습관상에 그러할 일이나 같이 술잔 먹고 담배 먹는 것이 버릇없는 것이 아니야. 그러나 지금 자네가 홀연히 버릇이니 무엇이니 하는 말은 어찌 하는 말인지⋯⋯."

서숙자 "네, 좋은 말씀을 많이 하여 주시니 감사한 일이올시다. 아까 여쭌 말씀은 다른 말씀이 아니라. 오늘 이런 회록(回祿)을 당하신 터에 제 집으로 뫼시고 가려 하는데, 제 집으로 아니 가시고 장팔의 집으로 가신다 하시니, 저를 장팔이만치도 못 알아주시는 것 같아서 한 말씀이올시다."

김관일 "허허허, 내가 자네게 폐가 되는 것을 생각하여서 아니 가려한 것이지 무슨 딴 생각이 있을 것이 있나? 그러면 염치는 없지마는 자네 집으로 가서 폐를 시켜 보세. 여보 마누라, 이애 옥련아, 서서방 집에 가서 미련으로 대고 폐를 끼쳐 보자."

서숙자 "폐는 제 폐가 되는 것이 아니라, 제가 염치없이 구청할 일이 많습니다. 제가 본집은 서울인데, 평양 차서 무슨 실업(實業) 경영하는 일이 있어서 우선 집 하나를 지어놓고, 그 집에 누구를 들이든지 시량(柴糧)이나 대어주고 집 수호(守護)나 시키고, 제가 평양에 와서 있을 때에 식주인 노릇이나 잘하여 줄 사람을 구하는 중이올시다

마는, 그런 버릇없는 구청은 할 수 없으나 저는 경향으로 왔다갔다하
는 사람이니, 몇 해 동안이든지 그 집에 계셔 주시면 제게는 그런
다행한 일이 없습니다.”

김관일 “자네 구청이야 무엇이든지 내 힘대로 하다뿐이겠나. 자,
이왕 갈 바에야 어서 가세.”

그 소리 한 마디에 서일순의 기뻐하는 것은 고사하고 서숙자가 옥
련의 손목을 붙들고 방글방글 웃으며,

“나는 오늘 밤부터 좋은 동무가 생겼네. 동무라 하지 말고 동생이
라 하였으면 더 좋겠지마는, 김 서방 댁 작은아씨같이 학문 있는 여
학생이 나같이 무식한 사람의 동생 노릇을 하라면 치사하게 여길 걸.
하하하, 여보게 이문이, 자네께 허락받을 일 한 가지가 있네.”

서일순 “무슨 말인지 그리 바쁠 것 무엇 있소? 손님 뫼시고 어서
집에 가서 말합시다.”

서숙자 “가기도 바쁘려니와 내 말은 더 바쁜걸.”

서일순 “응, 무슨 말이 그리 바쁘단 말이오?”

서숙자 “김 서방 댁 작은아씨는 공부하기를 좋아하는 터이니 조용
한 초당에 있게 하고, 나는 그 앞에서 심부름이나 하면서 그 여가에
공부나 좀 얻어하겠네.”

서일순 “허허허. 누구든지 공부한다는 말에는 내가 찬성하는 마음
이니, 초당을 드리다뿐이겠소. 그러나 누님같이 무식한 어른이야 이
제 공부가 무슨 공부요, 남 공부하는 옆에 있으면 방해만 되지.”

서숙자 “에그, 저 몹쓸 것 보게. 누이를 망신을 시키네. 내가 그렇게

무식한가? 자네도 큰소리 말게. 영어 공부하고 싶어서 애를 쓰더니 좋은 선생님을 만났으니 공부 잘하고 남의 무식 타박은 천천히 하게. 제가 영어 배울 마음이 있어서 내가 배우려는 것을 방망이 드는 말이지. 왜 둘은 못 가르치나? 여보 김 서방댁 작은아씨, 이문이가 영어를 가르쳐 달라거든 가르쳐 주지 마오, 그것 밉쌀스러."

서일순 "나는 초당 선생님 아니라도 사랑에 선생님을 뫼시고 있는 터이니 아실 것 없소."

하더니 다시 김관일을 돌아다보며,

서일순 "지금 할 말씀은 아니올시다마는, 차차 틈 있는 대로 영어 좀 가르쳐 주셨으면 좋겠습니다. 저 놀부의 마음 같은 누이 하나이 있는데 따님께 저를 영어 가르쳐 주지 말라고 당부를 하니 누이가 공부를 더 잘할지 제가 잘할지 내기 좀 하겠습니다."

김관일 "허허허, 그런 내기를 하면 매씨께 질 걸. 내가 옥련이보다 미국에 먼저 가서 훨씬 나아……. 나는 발음(發音)이 잘 되지 못하여…… 대체 연구력(硏究力)은 여자가 남자만 못하나, 기억력은 여자가 남자만 못지 아니한데, 어학은 혀가 부드러운 것이 제일이라. 여자가 남자보다 말을 잘 배워. 옥련이는 어려서 배운 말이라 서양 사람의 발음과 별로 다를 것 없어. 문법을 배우려면 내게 배우는 것이 나을 걸, 허허허."

서숙자 "이문이가 초당선생님께는 아니 배울 듯이 큰소리를 하더니 필경 배우러 올 모양이로구. 여보 김 서방댁 작은아씨, 이문이가 책을 들고 초당에 오거든 문 닫아걸고 들이지 맙시다. 하하하."

웃으면서 옥련의 손을 잡고 가기를 재촉하는데, 김관일이 서숙자의 동정을 본즉, 대체 교육 없는 부인이라 단정한 태도는 없으나 그러나 인정 있고 싹싹하고 재미있는 여편네라. 옥련이가 참 좋은 동무를 만났다 싶은 마음이 있었더라.

화재를 보고 심란하여 못 견딜 듯하던 최씨 부인은, 서일순의 친절한 모양과 서숙자의 다정한 것을 보고 마음에 위로가 되어 서씨 집으로 따라가면서 친척의 집에 나가는 것같이 허물없는 마음이 생긴다.

그날 밤에 서씨 집에 가서 거처를 정돈하는데, 안방에는 최씨 부인이 장팔 어미를 데리고 있게 하고. 건넌방에는 서숙자의 세간그릇을 넣고 잠그고, 초당에는 옥련이와 서숙자가 같이 있게 하고, 사랑은 조그마한 방이 둘이라. 하나는 김관일이 거처하고, 하나는 서일순이 거처하고, 행랑에는 심부름이나 할 사람을 얻어들였는데, 최여정의 심복사람이라. 그런 경륜배포는 다 최여정과 서숙자의 기이한 꾀에서 나온 것이라.

김관일은 화재 본 후에 여간 셈평이 펴인다 할 것이 아니라 큰 수가 난 터이라.

말이 서씨 집을 빌어들었지, 실상은 까치집에 비둘기 들어 있듯 김씨가 자기 집같이 들어 있고, 서일순은 식객(食客)같이 붙여 있는 터이라, 김씨는 옛날 평양 서윤(平壤庶尹)이 내행을 데리고 도임이나 한 것 같고, 서씨는 이방(吏房)이 원의 관황(官況) 돈이나 맡아 가지고 진배하듯 정성을 다하여 거행하는 터이라.

그렇게 날이 가고 달이 지날수록 김씨 부부의 마음에는 서씨를 자비심 있는 부처님같이 알고 항상 서씨 은혜 갚을 도리만 생각한다.

대체 돈이 무엇인지 서일순이 돈으로 김씨 부부의 마음을 사고 정신을 빼앗았으나, 돈으로 살 수 없는 것은 옥련이 마음이요, 돈으로 빼앗을 수 없는 것은 옥련의 정신이라.

만일 옥련의 입으로 구완서의 혼인을 파약하겠다는 말 한마디만 있을 지경이면, 그 어머니는 옥련의 등을 똑똑 두드리며, 에그 내 딸이야 하고 옥련이를 기특히 여길 만치 되었고, 김관일은 말로 칭찬할 리는 없지마는, 에그 나 모르겠다, 제 마음이 그러한 것을 내가 어찌한단 말이냐, 하고 드러누을 만치 된 터이라.

그러나 옥련이는 철석 같은 마음이 죽어도 썩지 아니할 마음이라. 육도삼략(六韜三略)5) 같은 계교 속에 빠져서 철통 같은 서씨 집과 돈 가운데 들어앉아서 서일순과 형제같이 친하여 허물없이 지낼 뿐 아니라, 그 초당에 있은 지 일 년 동안에 서일순이 영어를 배운다 하고 밤이나 낮이나 들어오면, 두 시간, 세 시간씩 앉았다가 나가는데, 옥련이는 날이 갈수록 친절하면서 공경하는 태도가 점점 더한지라. 그런 고로 서씨가 옥련의 앞에 가면 엄한 스승 앞에 앉은 듯이 조심하는 터이라.

서일순이 옥련의 뜻이 개결한 것을 볼수록 옥련이를 사모하는 마음이 더욱 간절하고, 옥련의 절개가 높은 것을 알수록 옥련이와 부부

---

5) 육도삼략 : 태공망(강태공)의 찬(撰)이라 이르는 육도(六韜)와 황석공(黃石公)의 찬(撰)이라 이르는 삼략(三略). 중국 병법의 고전.

되려는 희망이 더욱 깊은지라.

몸은 어디 있든지 마음은 초당에 가서 있는데 다시 생각한즉, 적적한 방에 혼자 있는 서일순이라.

때로 갑갑증이 나서 뜰 아래 내려가서 거닐다가 초당은 지척이라.

그윽한 꽃이 피어, 초당 앞에 은은히 비치는 것을 보면 그 꽃이 영화빛을 띤 것 같고, 한가한 나비가 초당 앞에서 펄펄 날아다니는 것을 보면 그 나비는 영화의 꿈을 꾼 것같이 알고 부러워하는 서일순이라.

여순(旅順)을 봉색(封塞)하고 이백 고산(二百 高山) 치러 들어가는 장수같이 용맹을 내어서 옥련의 강한 마음을 항복 받아볼까 생각하는 서일순이라.

그러한 용맹으로 초당에 들어가서 결사대같이 옥련이와 싸워볼 작정인데, 그 싸움 문제는 혼인 언약을 맺자 하는 참 어려운 문제요 큰 싸움이라. 그 문제를 가지고 그 싸움을 하려고 그 용맹을 내어서 초당으로 가다가 초당 앞에 딱 다다르니 나던 용맹이 움츠러져서 주저주저하고 발이 뒤로 돌아서다가, 앞으로 돌아서다가, 마침 옥련이가 미닫이를 열고 나서는 것을 딱 마주치더니 꽃가지에 마음 없이 앉았는 나비를 잡으러 간다.

서숙자가 또한 미닫이를 열고 나오다가 서일순의 모양을 보고,

서숙자 "이문이, 거기서 무엇하나?"

서일순 "누님 주려고 나비 잡소."

그 소리에 나비는 날아가고, 이문의 눈은 나비 그림자를 바라보고

섰는데, 서숙자가 하하 웃으면서,

서숙자 "참 어린아이로구."

서일순 "내가 어린아이란 말이오?"

서숙자 "나비 잡으러 다니는 것이 어린아이가 아니란 말인가?"

서일순 "나비를 잡아서 내가 가지려는 것이 아니라, 어린 누님을 달래려고……."

서숙자 "어린 누님이란 말은 참 요절할 말이로구. 그러나 그런 철 없는 아이들은 장가도 들일 수가 없어."

서일순 "왜 못 들어?"

서숙자 "처가에 가서 나비나 잡으러 다니면 남부끄럽지 아니한 가?"

서일순 "허허허, 나비도 나와 같은 부생(浮生)이라, 붙들고 물어 볼 일이 있더니 나를 의심하여 달아나는구려."

서숙자 "자네 말은 들으면 맛있고, 지취 있고 이치 깊숙하여 나같 이 무식한 사람은 알아듣기 어렵네. 그러나 이리 올라오게. 오늘 우리 가 결정할 말이 있네."

고군약졸(孤軍弱卒)이 강적(强敵)을 보고 감히 싸움할 마음이 없다가 구원병의 나팔 소리를 들으면 다시 용맹이 나듯 서일순이가 서숙자 의 말 한 마디에 새로 용맹이 나서 초당으로 올라가니 서숙자와 옥련 이가 서일순을 인도하여 방으로 들어가더니 세 사람이 솥발같이 늘 어앉았는데, 숙자는 서일순을 건너다보고, 일순이는 숙자를 건너다 보며 서로 말을 먼저 내기가 어려워하는 모양이라.

옥련이가 머리를 들어 두 사람의 얼굴을 잠깐 쳐다보고 다시 고개를 수그리는데, 무엇에 놀란 사람같이 가슴이 두근두근하며 심회가 좋지 못하여 말없이 무엇을 생각한다.

'내가 좋지 아니한 일이 있을 때마다 가슴이 두근두근하며 심회가 사납더니 오늘 무슨 일이 있으려나?'

그런 마음이 생기면서 홀연히 미국 샌프란시스코에서 구완서와 공원 구경하던 생각이 나는 중에, 서숙자가 작은아씨 부르는 소리에 깜짝 놀라며 가슴이 다시 두근두근한다.

옥련 "에그, 형님도 망령이오. 의형제를 맺자 하기도 형님이 먼저 말한 것이요, 내가 형님 소리를 아니한다고 노엽단 말도 형님이 하신 터이라. 지금 형님이 나더러 작은아씨라 하시니 동생은 떼어버렸소?" 하며 상긋 웃는다.

서숙자 "참 잘못하였네, 동생에게 책망 들어 싸지. 여보 아우님."

옥련 "아우면 아우 대접을 할 일이지, 여보는 무엇이오."

서숙자 "또 잘못하였네. 오늘은 사죄할 일만 생기네. 여보게 아우님, 아우님이 나를 누구로 아는지 나는 아우님을 내 동생 이문의 아내 될 사람으로 여기고 있는 터이니, 아우님은 나를 시누이로 알기를 바라네. 내가 오늘 아우님께 처음 말이 아니오. 아우님의 어머니께는 날마다 말씀하는 일이지마는, 아우님을 좀 책망할 말이 있어. 여보게 아우님, 아우님이 구완서의 은혜를 많이 받았다 하나, 은혜도 경중이 있는 것이라. 아우님의 어머니는 서일순의 손에 목숨이 살아나신 일이 있고, 아우님은 구완서의 은혜를 입은 일이 있으니 부모의 목숨을 구하여 드린 서일순의 은혜가 중한가, 아우님을 공부시켜 준 구완서의 은혜가 중한가 생각하여 볼 일이라. 또 구완서의 사주(四柱)받은 일도 없고, 다만 말 한 마디 약조로 십 년 간 대년(待年)한다 하니 삼십 처녀가 어디 있단 말인가? 여보게 아우, 오늘 우리 세 사람이 서로 속에 있는 말을 다하세. 나는 서일순과 친남매가 아니요, 의로 맺은 남매이라. 그러나 세상 사람의 친남매 간 정의가 우리 남매의 정의만 못한 사람도 많이 있는 터이라. 나는 서일순의 덕과 행실이 세상에 드문 사람으로 여기는 고로 깊이 심복된 누이라. 내 말을 들어 보게, 어지신 아우님아. 지금 세상에서 일순이 같은 사람을 혹 보았나? 천한 사람들이 재물 욕심에 눈이 뒤집혀 날뛰지마는, 서일순이는 재물 아까운 줄 모르고 불쌍한 사람을 구제하니, 그런 갸륵한 사람이 어디 있단 말인가? 가난 구제는 나라에서도 할 수 없는 일이라는 말도 있거니와, 참 말이 났으니 말이지, 가난한 사람은 이루 도와줄 수가 없는 것이지마는, 서일순은 남을 먹여 살리느라고 제 재물을 다 없애는 사람이니, 내 생각에는 요순보다 착한 사람은 서일순이로 아네. 사람이 입은 비뚤어졌더라도 말은 바로 할 것이라는 말도 있으니 말일세. 우리가 다 서일순의 덕으로 사는 사람이 아닌가? 가령 서일순이 아우님의 어머니를 살려준 은혜는 없다치세, 아우님 댁에 불나던 날 생각을 못하나? 에그 참, 그날 일을 생각하면 그런 망창한 일이 어디 있겠나. 오막살이 초가는 까만 잿더미가 되었는데, 갈 곳이 없어서 탄식하는 아우님 댁 세 식구가 길가에서 밤을 보내면서, 아우님의 어머니는 돌아서서 눈물 씻던 모양을 생각하면.”

하면서 서숙자가 새로이 눈물을 씻으니 옥련이가 마주 눈물을 씻는다.

서숙자 "지나간 일을 말할 까닭이 없지마는, 서일순의 마음 착한 말을 하느라고 그런 말이 나오네. 여간 보조를 하든지, 여간 구제를 한 것 같으면 예사로 알 터이나, 우리들이 다 집도 없던 사람인데 서일순이 어떻게 대접하던가? 그래 우리가 서일순의 은혜를 몰라야 옳단 말인가? 내가 오늘 처음 하는 말도 아니지마는, 서일순이 통혼하는 것을 아우님의 입으로 못하겠다는 말이 나올 터인가? 서일순이 품행이 부정하든지 마음이 불량하든지 마음에 맞지 아니한 곳이 있거든 말을 하게. 나이 스물세 살이 되도록 장가도 아니 들고 어진 아내를 구하는데, 화류장에 놀러가는 일도 없이 책상 앞에서 세월을 보내니 그런 갸륵한 사람이 어디 있나? 자, 나는 중매쟁이라. 내 말보다 당자의 말이 제일이니, 오늘 이 자리에서 둘이 결말을 지어 말하게. 여보게 이문이, 자네가 직접으로 말을 하게."
하더니 서일순과 옥련이를 조르는데, 옥련이는 말없이 고개를 수그리고 앉았다.

서숙자가 문을 열고 나가더니 구원병(救援兵) 청하듯이 옥련의 모친을 데리고 들어오는데, 옥련이 가만히 생각하니 그날은 무슨 끝이 나는 날이라 가슴은 타는 듯하고, 오장은 녹는 듯한데 무슨 말로 대답을 하면 좋을지 생각이 아득하며 나오느니 눈물뿐이라.

최씨 부인이 옥련의 앞에 바싹 들어앉으며 옥련의 손을 붙들고,
부인 "옥련아, 어머니 보니 반갑지?"

하면서 옥련의 얼굴을 물끄러미 본다. 옥련이가 눈물을 씻고 고개를 들더니,

　옥련 "날마다 때마다 보는 어머니를 보고 새로이 반가울 일이야 무엇 있소?"

　부인 "저승길로 가던 어머니가 이 세상에 다시 와서 있으니 반갑지 아니하단 말이냐?"

하더니 다시 서일순을 돌아다보며,

　부인 "여보 서 서방, 내가 서 서방의 은혜를 갚지 못하고 죽으면 어찌한단 말이오?"

　서일순 "은혜는 무슨 은혜란 말씀이오니까?"

　부인 "한두 가지가 아니거든 어찌 다 말할 수 있소? 그러한 은혜를 갚고 죽어야 내가 눈을 감고 죽지. 눈은 감든지 못 감든지 그 은혜를 못 갚으면 내가 죽어서 사람으로 환생은 못할 터이야."

　서일순 "허허허, 남의 은혜를 못 갚으면, 죽어서 사람 환생을 못하는 법이오니까?"

　부인 "서 서방의 태산 같은 은혜를 내가 손톱만치도 못 갚았으니 어디 사람 노릇을 하였소? 일평생에 사람의 마음을 가지고 사람 노릇을 하여야 죽어서 사람으로 환생하지. 일평생에 짐승 같은 마음으로 남의 은혜도 모르고 의리도 모르고 사람 노릇을 못하면, 죽어 환생을 하더라도 짐승이나 되었지 사람이야 될 수 있소. 사람의 정신으로 살다가 죽으면 사람이 될 것이요, 짐승 같은 마음으로 살다 죽으면 짐승이 될 터이라. 내가 남의 손에 목숨이 살아나서, 남의 손에 얻어

먹고 살면서 갚지를 못하니 개 같고 돼지 같은 신세라. 이 몸이 이 세상을 버린 후에는 내 영혼이 개나 돼지의 탈을 쓰고 세상에 생겨나서 전생에 염치 없고 의리 모르던 죄를 받을 터이라. 내가 어젯밤에 베개에 누워서 그런 생각을 하다가, 겁이 나서 가위에 눌렸소.”

하더니 다시 옥련이를 돌아다보며,

　부인 “이애 옥련아, 내가 갚지 못하는 서 서방의 은혜를 너더러 갚아달라 할 수도 없는 일이지마는 갚을 수만 있거든 갚아다오. 만일 서 서방이 나더러 죽어라 하면 죽을 터이요, 종 노릇을 하라 하면 종 노릇을 할 터이나, 죽으란 말도 없고, 종 노릇 하라는 말도 없으니 은혜 갚을 데가 없구나. 너더러는 혹 버선이나 좀 기워달라는 말이 있더냐? 나와 너의 아버지는 나이 많은 사람이라고 서 서방이 도리어 우리 심부름까지 하여 주니 불안하여 못 살겠다. 죽어서 돼지로 환생을 하더라도 진작 죽기나 하였으면 서 서방의 돈이나 덜 없어지지.”

하면서 눈물을 씻는다.

　서일순은 말 참례 아니할 듯이 시치미 뚝 떼고 앉았고 서숙자는 포수가 총에 재약하듯 입에 말이 가득 들어서 터져나올 듯이 콧방울이 발롱발롱하며 입이 반쯤 벌어졌는데, 그 중에 옥련이는 얼굴빛이 변하며 고개를 수그린다.

　마침 옥련이가 말을 냅뜨는데, 숙자도 또한 말 시작을 하다가 두 사람의 말소리가 일시에 마주치니 옥련이가 말을 그친다.

　서숙자 “내 말은 저물도록 하여도 먼저 하던 말과 다를 것이 없으니 아우님이 말을 하게.”

부인 "먼저 하던 말이라니, 아까 무슨 말한 것 있소? 재미있는 말이거든 나도 좀 들어봅시다."

서숙자 "아주머니 앞에서 그런 말을 하다가 꾸지람이나 듣게요."

부인 "꾸지람하는 사람은 없더라도 상없는 말은 아니하는 것이 옳지."

서숙자 "여긴 상없는 말할 사람은 없습니다마는, 아주머니 앞에서 발설하기가 썩 어려운 말이올시다."

부인 "상없는 말만 아니면 내 앞에서 말하기 어려운 것 무엇 있소?"

서숙자 "걱정을 듣더라도 말씀을 하오리까?"

부인 "무슨 재미있는 말을 저렇게 뜸을 들이누?"

서숙자 "아주머니, 내 청 하나 들어주시렵니까?"

부인 "아저씨, 아저씨 하며 길짐을 지운다더니, 아주머니, 아주머니하며 무슨 청을 하려누?"

서숙자 "누가 따님과 통혼을 하여 달라는 사람이 있는데, 아주머니 허락을 받으려는 말씀이올시다."

부인 "과년한 딸 둔 사람에게 혼인 언론하는 것이 청이란 말이오?"

서숙자 "지조 있고 덕 있고 학문 있는 따님을 두고 그와 같은 사윗감을 구하시는 터에, 지금 통혼하는 신랑감은 지조도 없고 덕도 없고 학문도 없는 용렬한 아이라. 그런 변변치 못한 신랑감으로 통혼을 하다가 아주머니가 듣고 펄쩍 뛰시면 그런 황송한 일이 있습니까?"

부인 "말은 바로 하지. 옥련의 부친이 옥련의 혼인을 정하였다 하시나, 그 신랑감은 미국 워싱턴에서 유학하는 서생인데, 십 년 간 대년(待年)한다 하니 그런 오활(迂闊)한 일이 어디 있겠소. 지금 옥련이가 열아홉 살인데 대년할 기약이 여덟 해가 남았으니 제 명이 짧으면 시집도 못 가고 처녀로 죽을 터이요, 내 명이 짧으면 사위도 못 보고 죽을 터이니, 나는 그 혼처를 기다리고 있을 수는 없소. 여편네 마음대로 되는 것은 아니나, 내가 요사이에 날마다 옥련 아버지더러 그 혼처 파약하자고 조르는 터이라. 옥련 아버지 말은, 내 입으로 발설한 것을 내 말로 파약할 수는 없다 하니 그런 딱한 말이 있소? 사랑에서 결말을 짓지 아니하면 누가 한단 말이오? 지금 세상에는 자유결혼(自由結婚)인지 무엇인지 우리 자라날 때는 들어 보지도 못하던 말이 있습니다마는, 내 사윗감은 내 눈에 들고 내 마음에 드는 사람이 아니면 옥련이를 시집보내고 싶은 생각은 없소. 여보, 조카님은 우리 집 일을 대강 아는 터이니 말이지, 우리 모녀간 정경이 어떠하던 터이오. 가령 옥련이 마음에는 미국 있을 때에 정한 혼처가 제 마음에 든다 칩시다. 그러나 어미 마음에 들지 아니할 지경이면 어찌 그 어미 마음을 거스르고 제 마음대로만 하겠다고 고집부릴 수가 있소? 지금 우리 사정이 그러한 터인데, 먼저 정한 혼처를 파약하더라도 여기서 합당한 혼처가 나선 이후 사이라. 내가 조카님을 믿는 터이니 중매를 잘 들어주오.”

서숙자 “신랑 재목이 너무 미거하여 차마 말할 수가 없는걸.”

부인 “영웅호걸(英雄豪傑)도 구하지 아니하고 학사, 박사도 구하지 아니하고, 한 눈이 멀었더라도 마음이 착하여 하나님께 죄를 짓지

말고 사람에게 적덕(積德)을 많이 하여 후생에 복 받을 사람을 구하여
사위 삼기가 소원이니 내 소원 대로 그런 사람을 얻어주오."

　서숙자 "마음은 착하지마는 아직 철이 아니 났어요."

　부인 "누구란 말이오?"

　서숙자 "여기 앉은 서일순이올시다."

　부인이 그 말을 듣더니 회색이 만면하여 숙자의 손목을 턱 붙들며,

　부인 "여보 참말이오? 내가 무슨 복력에 그러한 사위를 본단 말이
오? 내가 상전같이 쳐다보고 구세주같이 우러러보던 서 서방이 내
사위가 된단 말이오? 그래 조카님 마음에서 나온 말이오? 서 서방
마음이 그러하오?"

　서숙자 "……."

　부인 "이애 옥련아, 이제는 내가 죽어도 마음을 놓고 죽고, 눈을
감고 죽고, 은혜 갚지 못하여 애쓰던 한을 풀고 죽겠다. 네가 일평생
에 한결같은 마음으로 서 서방의 뜻을 받아서 너도 또한 서 서방과
같은 어진 사람이 되기를 바란다. 옥련아 옥련아, 고개 좀 들고 무슨
말 좀 하여라."

　옥련이가 그 말을 듣고 가만히 생각하니, 그 어머니가 창졸에 하는
말이 아니라 서숙자와 무수히 의논한 말이요, 그 아버지까지 속허락
이 된 것 같은지라. 어머니 마음은 그러할 듯한 일이나, 야속한 것은
아버지 마음이라. 만일 내 입으로 결정하는 말이 없으면, 필경 혼인을
결정하고 사주까지 받을 모양이라. 아무리 말하기 난처하더라도 입
다물고 있을 수는 없는 일이라.

옥련 "어머니, 어머니께서 나 같은 불효의 딸 하나를 두셨다가 저렇게 애쓰시니, 나는 부모에게 애물이요, 하나님께 죄짓는 사람이올시다. 그러나 나는 속 답답한 벙어리같이 가슴에 쌓인 말을 할 수도 없고 아니할 수도 없으니 이를 어찌하나?"

부인 "속 답답한 일이 무엇이란 말이냐? 하고 싶은 말이 있거든 속이 시원하도록 말을 다 하여라."

옥련 "어머니께서 알아들으시기 어려운 말도 있을 터인데."

부인 "네가 공부한 자랑을 하느라고 문자를 써서 말을 할 터이냐? 그러나 조선 여편네는 문자를 써서 말하면 주제넘다고 흉보느니라."

옥련 "흉은 보든지 말든지 나 하는 일이 윤리(倫理)에 어그러지지 아니한 것을 말하려면, 문자 마디나 나올는지도 모르겠소."

부인 "오냐, 어떻게 말하든지 어서 말 좀 하여라. 여기 있는 사람들이 네 입만 쳐다보고 앉았다. 네 말 한 마디만 떨어지면 오늘이라도 혼수 흥정하러 어디로 사람을 보낼 터이요, 또 구완서에게 편지도 부칠 터이라."

옥련이가 그 말을 듣고 눈을 힐끗 흘겨서 그 모친을 보며,

옥련 "집도 없이 남의 집에 있는 사람이 혼수 흥정할 돈은 누가 등대(等對)하고 있소? 온 집안이 통을 들고 내 허락 나기만 기다리고 있었소? 구완서에게는 무슨 편지를 부친단 말씀이오? 파혼한다는 편지오니까? 옥련의 손으로 씁니까? 차라리 옥련이가 그 편지를 쓰고 사람 노릇을 못하는 일이 옳지. 아버지께서는 그 편지를 못 쓰셔요. 만일 구완서가 그 편지를 볼진대, 말없이 편지를 쭉쭉 찢어서 휴지통

에 탁 떨어뜨리고 평생에 사람을 대하여 그런 말을 못하는 사람이 있더라도 구완서는 싱긋 웃고 대답도 아니할 사람이라. 그렇게 너그럽고 크고 점잖은 사람에게 그 편지를 누가 한단 말이오? 여보 어머니, 나도 사람이지. 시집을 갈 터이면 제 서방이 어디 가고 없는 동안에 도망질하는 년같이 가만히 갈지언정 인형을 쓰고 있는 사람으로 그 편지는 못 쓰겠소. 어머니 생각에는 딸을 서일순 씨에게로 시집을 보내면 은혜를 갚는 줄로 아시오? 은혜는 은혜요, 혼인은 혼인이라. 가령 혼인을 하더라도 태산 같은 은혜는 남아 있는 것이니, 혼인 언론을 하려거든 숫접게 혼인 말만 할 일이지, 은혜 갚는단 말은 왜 하시오? 만일 내가 서일순 씨에게로 시집가서 봉제사(奉祭祀)도 잘 못하고, 접빈객(接賓客)도 잘 못하고, 가도(家道)도 잘 못 세우고, 서일순 씨의 속만 폭폭 썩일 지경이면, 어머니께서 서일순 씨에게 은혜를 갚았다고 큰소리하실 것이 무엇이오? 남자는 장가들고, 여자는 시집가는 것이 각기 자기 행복을 위하는 일이지, 누가 아내를 위하여 장가드는 사람이 있으며, 남편을 위하여 시집가는 사람이 있으리까? 남편 된 사람이 아내를 사랑하는 것도 자기 가정의 즐거운 마음에서 나온 것이요, 아내 된 사람이 남편을 사랑하는 것도 가정의 즐거운 마음에서 나는 것이니, 그것은 사람이 각기 행복을 구하는 분자(分子)의 단합이 완전할 뿐이라. 이런 말을 어머니께서 알아들으실는지 모르겠습니다마는, 실상 알아듣기 어려운 말도 아니올시다. 어머니가 서일순 씨로 사위를 삼으시면 은혜는 갚지 못하고 사위 덕은 많이 보시리다. 그 은혜 갚을 생각은 없고, 그 덕을 볼 생각이 있거든 나더러 서일순 씨에게로 시집가라고 말씀하시오."

부인 "어미의 마음을 몰라도 분수가 있지, 내가 덕을 보려고 그러느냐?"

옥련 "어머니 마음을 모르는 것이 아니라, 자세히 아는 고로 말이오."

부인 "아는 년이 입에서 말이 그렇게 나온단 말이냐?"

옥련 "오늘은 내가 하고 싶은 말을 다할 터이니, 내 말을 다 들어보고 말씀하시오."

부인 "오냐, 무슨 말이든지 감추어 두지 말고 마음에 있는 대로 말하여라."

옥련 "지금 내 신명이 어찌될지 모르는 터에 하고 싶은 말을 아니할 리가 있소? 어머니가 서일순 씨의 은혜를 갚으려고 딸을 시집보내시려는 것같이 말씀을 하시며, 자식 된 마음에 부모의 은인(恩人)을 저버릴 수가 없는 터이라. 그러나 은인은 여럿이요, 내 몸은 하나이라. 여자의 한 몸이 여러 군데로 시집갈 수는 없으니 불가불 경중(輕重)을 가릴 수밖에 없소."

부인이 그 말을 듣더니 무슨 경사나 난 듯이 빙긋빙긋 웃으면서,

"옳지, 그렇지. 학문이 무엇인지 몰랐더니 학문이 있으면 저런 지각이 나는 것이로구나. 은혜의 경중을 가리다 뿐이겠느냐. 구완서도 은인이지마는, 구완서의 은혜는 그 물가(物價) 비싼 미국에서 너를 십년이나 공부를 시켰으니 돈이 오죽 많이 들었겠느냐? 우리가 화재 본 후에 이 집에 와 있은 지가 일 년이나 되었는데, 서 서방이 우리

집안 식구를 먹여 살렸으니 그 돈도 적지 아니하나, 돈 쓴 것으로 말하면 구완서 씨가 더 썼을 터이라. 그러나 돈으로 바꾸지 못할 것은 사람의 목숨이라. 재작년 구월 초이튿날 내가 죽을 사람이 서 서방의 손에 살아났으니 네 어미 살린 은인이라. 그 은혜보다 더 중요한 은혜가 어디 있느냐."

옥련 "그러면 어머니 목숨을 구하여 드린 은인에게로 시집을 가야 옳겠습니까?"

부인 "그렇다 뿐이겠느냐?"

옥련이가 이를 악물고 앉았다가, 서숙자를 힐끗 쳐다보더니, 다시 서일순을 집어삼킬 듯이 흘겨보고 고개를 수그리는데, 부인과 서숙자와 서일순이 옥련의 얼굴에 곁눈질만 한다.

부인이 옥련의 대답만 기다리다가 갑갑증이 나서 불쾌한 말로,

"자식이 효도를 하면 받고, 아니하면 못 받지, 엎질러 절 받기로 억지로 시킬 수는 없는 일이야. 나도 부모에게 효성이 없던 사람이라, 제가 못하던 일을 자식더러 하라고…….

옥련 "엎질러 받는 절도 절은 절이니, 어머니 목숨을 구해 드린 사람에게로 시집가리다. 그러나 시집은 마음으로만 갈 수는 없는 것이니, 남편될 사람이 옥련에게 장가들겠다는 허락이 있어야 하겠소."

그 말 한 마디가 뚝 떨어지매 서일순의 입이 떡 벌어지며,

서일순 "내 허락은 다시 말할 것 없소. 아까 내 앞에서 혼인 말이 먼저 난 터인데 허락 여부가 있소? 당장 사주(四柱)라도 쓰지요."

하면서 벼룻집을 찾느라고 앞뒤로 휘휘 돌아보다가, 너무 급히 서두

르는 모양이 창피할 듯한 생각이 나서 정신없이 궐련 물부리를 손에
들고 찾는다.

옥련이가 천연한 기색으로 서일순을 쳐다보며,

옥련 "참 가엾은 일이올시다. 무슨 말로 사죄를 하면 좋을지 모르
겠습니다."

서일순 "천만의 말이오. 내게 가엾단 말할 일이 무엇이며 사죄할
일이 무엇 있소."

옥련 "서일순 씨의 은혜를 갚지 못하고 서일순 씨의 아름다운 뜻을
좇지 못하니, 옥련이는 의리(義理) 없는 사람이라. 용서하여 주시기만
바라옵니다. 그러나 옥련이가 서일순 씨의 은혜를 잊을 리는 만무하
오. 몸으로는 못 갚더라도 마음으로 갚을 터이라. 생전에 갚을 기회가
없으면 죽어서 결초보은(結草報恩)이라도 할 터이니 그리 아시고 용서
하여 주시오. 나는 미구(未久)에 부모 슬하를 떠나서 시집가는 사람이
라. 이 초당에서 밤낮 없이 같이 있던 서숙자 씨도 섭섭하고, 조석으
로 만나서 학리(學理)도 토론하고, 사회현상도 이야기하던 서일순 씨
도 이별이라, 섭섭한 마음이 무한량 없습니다."

부인이 그 말을 듣다가 깜짝 놀라서 서일순이 말하려는 것을 멈추
게 하고,

부인 "이애, 너 하는 말을 내가 알아들을 수가 없다. 아까 하던 말
과 지금 하는 말이 다른 것은 웬일이냐? 사람이 한 입으로 두 말을
한단 말이냐? 지금 하던 말은 무슨 말인지…… 미친 년이 아니거든,
그것이 다 무슨 소리냐?"

옥련 "장옥련이가 미쳤는데, 김옥련이는 아니 미친 줄 아시오. 부모가 야속하면 미칠 수밖에 수가 있소?"

부인 "응석을 하더라도 그렇게 말하는 법은 없느니라. 네 부모의 자정(慈情)이 어떠한지 몰라서 저런 소리를 하느냐? 네 혼인말을 하더라도 부모의 마음대로 이리 하여라, 저리 하여라 명령한 것도 아니요, 내가 네게 의논성 있게 한 말인데 남의 은혜 경중을 가리느니 마느니 하기도 네 입에서 나온 말이요, 어미 목숨을 구하여 주던 은인에게로 시집을 가겠다 한 것도 네 입에서 나온 말이요, 남편 될 사람의 허락을 듣고 가겠다 한 것도 네가 한 말이 아니냐? 네 말이 그러한 고로서 서방이 정중한 허락을 할 뿐 아니라, 당장에 사주라도 쓰겠다 하였는데 홀지에 네 마음이 변하였는지 횡설수설하는 말이 나오니, 학문 있는 여자는 그러하며, 명예 있는 사람은 그러하며, 개화한 출신은 그렇게 무신한가? 이애, 나는 계집아이로 있을 때에 부모가 내 혼인말을 냅뜨면 부끄러운 마음에 그 앞에 있지도 못하고 피하여 나갔다. 만일 그 혼처가 없으니 한소리를 할 지경이면 큰 변이 나는 줄로 알고 무슨 야단이 났을는지 모를 것이다. 네 부모가 네게 어떻게 야속히 굴어서 네가 미칠 지경이야?"

옥련 "내가 아까 한 말은 변할 리가 만무하나, 아직 남편 될 사람의 허락을 못 얻었으니 그 허락날 때까지만 참아주시오. 그 허락만 나면 오늘 내로 가오리다."

부인 "아까 서 서방 하던 말은 못 들었느냐?"

옥련 "아니오, 장팔의 허락을 맡아야 하겠소."

부인이 깜짝 놀라며,

부인 "응, 고장팔의 허락이라니?"

옥련 "어머니께서 고장팔의 은혜를 잊으셨습니까? 밤은 깊어 사람의 자취는 끊어진 대동강물에 풍덩 빠져 둥둥 떠내려가는 어머니를 건져서 회생시키던 고장팔의 은혜가 더 중합니까, 허연 대낮에 구경꾼이 물끓듯 하는 도회지에서 나 죽겠다 외치고 나가는 어머니를 쫓아가서 붙들던 서일순 씨의 은혜가 더 중합니까? 고장팔이는 가난한 상놈이요, 서일순 씨는 재물 많은 양반이라, 가난한 상놈의 은혜는 커도 잊어버리고, 부자 양반의 은혜는 적어도 아니 갚을 수 없단 말씀이오니까? 고장팔이는 불쌍한 인생이라. 작년 가을에 계집 죽고 삼간초가 팔아먹고 냉면집에 가서 중놈이 절을 하고 있다 하니, 남의 신세를 갚더라도 불쌍한 사람에게 먼저 갚을 것이라. 내가 은혜 갚을 마음으로 고장팔의 계집이 될 지경이면, 구완서가 그 말 듣는 그 날로 내가 고맙다는 편지를 할 사람이라. 내가 장팔의 계집이 되러 가는 날은, 내 손으로 구완서에게 혼인 파약하는 편지를 써도 부끄러운 마음이 없겠소. 만일 다른 사람에게로 시집을 가라 하실진대 미국 대통령의 부인이 되더라도 나는 못 가겠소. 나는 미가녀(未嫁女)라, 구완서를 위하여 절개 지킬 의리는 없고, 다만 믿을 신(信)자를 지키는 터이라. 만일 구완서가 먼저 파약을 할 지경이면 내 속이 쓰리더라도 어디든지 시집을 가려니와 내가 먼저 파약은 못 하겠소. 고장팔이는 거지 된 위인이라. 내 몸을 희생 삼아서 거지를 도와주면 덕의상에 가한 일이니, 구완서에게 믿을 신 자를 지키지 못한 죄를 짓더라도 덕의상에 가한 일을 하겠소. 어머니 어찌하리까? 고장팔의 집으로 가라 하시면 지금이라도 가겠소. 어머니, 어머니, 왜 아무 말씀도 아니 하십니까? 장팔이도 고맙거니와 장팔 어미는 더 고맙습니다. 십 년 동안에 어머니를 뫼시고 고생을 그렇게 한 생각을 하면, 어머니 목숨을 구하여 드린 장팔이보다 더 고맙소. 장팔 어미가 없었다면 목숨 살아난 어머니가 차라리 돌아간 신세만 못한 고생을 하고 계실 터이라. 에그, 그 외꼬부라지듯한 늙은이가…… . 어머니, 내 말이 진정 말이오. 내가 장팔의 계집이 되어서 똥오줌을 받아내게 돼 장팔 어미를 내 손으로 공양할 지경이면, 참부모의 은혜를 갚은 듯한 생각이 있겠소. 말이 난 김에 얼른 결단합시다. 어머니 마음에 좋으실 것 같으면, 내가 이 자리에서 구완서에게 혼인 파약하자는 편지를 쓰겠소. 일은 크고 작은 것을 교계하는 것이라, 덕의상에 큰 일은 조그마한 신용관계를 돌아볼 수가 없는 것이오.”

그 말이 마치고 한참 동안이 되도록 세 사람이 입을 봉한 듯이 방 안이 적적한데, 서일순의 눈은 얼음에 자빠진 쇠눈깔같이 창 밖의 모란봉을 바라보고 앉았는데, 그 큰 눈에 보이지 아니하고 조그마한 옥련이가 오똑 앉아서 주사를 문 듯한 입술을 방긋방긋 하는 대로 아프고 쓰린 소리만 나오던 그 모양만 눈에 선할 뿐이라.

인천항 저녁빛에 흑운(黑雲) 같은 검은 연기를 토하며 살같이 들어오는 화륜선 화통 열어놓는 소리에 인천상업계(仁川商業界)의 졸음을 깨뜨리는 어물전에 꼴뚜기 장사가 먼저 날뛰듯이, 밥장사나 하고 방세나 받아먹는 여인숙 반도[番頭]들이 잔판(棧板)6)의 배를 타고 정박한 화륜선에 들어가서 손님 마중을 하는데, 돈푼이나 잘 쓸 듯한 일등실 손님 앞으로 몰려가서 여인숙에 갈 손님을 찾는다.

키 크고 코 높은 서양 사람들은 모양도 꿋꿋 밋밋하거니와 행동거지도 또한 활발하여, 여인숙으로 가는 사람은 여인숙 반도의 안내를 따라서, 경인선 기차 타려는 사람은 화륜선 보이에게 짐만 내어 맡기고 잔판으로 내려간다.

그렇게 깨끗 밋밋하고 활발한 사람들 다니는 틈에 웬 양복 입은 남자와 조선복색한 부인이 어릿어릿하고 서서 내려가고 싶으나 무엇이 못 미더운 일이 있어서 못 내려가든지 어찌하면 좋을지 몰라서 서로 쳐다보며 얼뜬 소리만 한다.

부인 "우리 짐은 보이가 들고 가더니 어디 두었나?"

남자 "글쎄."

부인 "저기 놓인 것이 우리 짐이로구나 남의 짐에 섞어 놓았으니 짐이 바뀌지나 아니할까?"

남자 "짐에 내 명찰을 끼었으니 염려 없지요."

부인 "글쎄, 나도 명함은 끼었지마는, 누가 그 명함을 빼 버리고 제 명함을 끼우면 어찌하오?"

남자 "화륜선에서 그런 일 없다 하지."

부인 "우리 짐은 우리가 들고 내려가면 좋을 듯하오."

남자 "짐이 조그마하면 둘이 들고 내려가지마는, 저 짐을 우리가

---

6) 잔판 : 흙으로 빚어 만든 그릇을 굽기 전에 담아 나르는 판자.

어찌 들고 내려가겠소? 염려 없소. 내가 화륜선은 처음 타지마는, 화
륜선 타 본 사람에게 이야기는 많이 들어서 아오."

부인 "서방님은 이야기나 들으셨으나 나는 말도 못 들었소."

그런 싱거운 소리를 하고 서 있는 사람은 화륜선도 처음 타고 서울
도 처음 가는 시골 사람인데, 그 옆에 서 있는 사람은 인천 상등여관
반도들이라. 각각 일등실 손님을 안내하여 내려가는데, 어느 반도 하
나는 조선말을 조금 알아듣는 고로 그 말을 재미있게 듣다가 앞으로
썩 들어서며,

반도 "당신 야도야에 갔소?"

부인 "야도야가 무엇이오?"

반도 "바부 사먹고 자무 잣소?"

부인 "바부 사먹고 자무 잣소가 무엇인가?"

남자 "밥 사먹고 잠 잔다는 말인가 보오."

반도 "좋소, 좋소. 당신 많이 알아 있소."

부인 "주막으로 가자는 말이오?"

남자 "조선 주막과는 다르지."

반도 "좋소, 좋소. 당신 많이 알아 있소."

마침 그러할 즈음에 화륜선 보이가 배에 있던 손님을 내려가라 재
촉하는데, 그 남자와 부인이 여인숙 반도를 따라 내려간다.

그때는 일러전쟁 계엄중이라. 철령(鐵嶺) 큰 싸움은 승부를 판단치
못하고 함경북도에는 러시아 정탐이 출몰하고 파라적(巴羅的) 함대는
동양을 향하여 나오는 때라.

여인숙에서 생활상 상업으로 비록 손님을 많이 맞아들이나, 그러나 수상한 사람을 보면 극히 조심하는 터이라.

여관에서 사흘을 묵으며, 낮이면 인천항으로 돌아다니며 구경하는 조선사람들이 썩 수상하다고 여관 주인에게 의심을 받는 사람은 양복 입은 남자와 조선복색한 부인이라.

처음에는 동부인하여 다니는 줄 알았더니 그렇지도 아니한 모양이라. 여관의 방을 둘을 쓰는데, 낮에는 한 방에 모여 있고 밤에 잘 때가 되면 각 방에서 자는 터이라.

여관 주인과 하인들이 그 손님 수상하다 하는 것은 두 가지 일이라. 한 가지는 둘이 모여 앉으면 비밀한 수작뿐인데, 여관 하인이 조선말을 모르니 조심할 까닭이 없지마는, 사람만 보면 하던 말을 그친다.

한 가지 일은, 돈 쓰는 모양이 노름판에서 얻은 돈을 개평 쓰듯 아까운 줄을 모르고 쓰는 것이라.

어디로 보든지 종적이 수상한데, 의심 많은 여관 주인의 생각에는 러시아 정탐으로 다니는 사람인 줄로 알고, 조심하는 도리에 감추어 두지 못할 일이라고 행인의 숙박계 책을 들고 헌병대에 가서 보고한즉, 조선말 잘하는 헌병 하나이 여관에 가서 조사를 한다.

그 양복 입은 남자와 조선복색한 부인은 약기가 참새 굴레를 씌울 듯하고 꾀는 비상히 많은 사람이라. 화륜선에서 내릴 때는 첫출입에 좀 어리둥절하였으나, 며칠 동안이라도 차차 이력이 나서, 헌병에게 조사를 받는데 만일 사실대로 말을 아니하고 어물어물하다가는 큰일을 당할 줄 알고 조금도 감추지 아니하고 사사이 실토(實吐)로 말을 하는데, 그 남자는 최여정이요, 부인은 서숙자라. 그 친구 서일순의 중매 들 일로 나선 길인데 깊은 비밀한 일은 감추고 말을 아니하나 옥련의 일을 낱낱이 말하며, 옥련이의 먼저 정하였던 혼처를 반간하러 다니는 말까지 다 하는지라. 헌병이 그 말을 듣다가 어찌 재미있고 우습던지 몇 번을 거푸거푸 웃다가 허허 웃으며 나가는데, 그날 오후에 서숙자는 경인선 기차를 타고 경성으로 향하여 가고, 최여정은 인천서 묵다가 며칠 후에 미국으로 가는데 돌아올 기약은 석 달 후이라.

서숙자는 남대문 정거장에서 기차 내리는 길로 인력거 타고 삼청동 서부령 집을 찾아가는데, 댁호가 서부령 집이지 실상 구 과부 집이라. 서부령은 삼 년 전에 환천객이 되었는데, 죽을 때에 그 집에 남아 있는 것은 남에게 진 빚과 쪽박에 밥 담아 놓은 것 같은 아이들 오 남매와 사십여 세 된 과부 구씨라, 아이들은 열다섯 먹은 맏딸, 열세 살 먹은 둘째딸, 열 살 먹은 아들, 일곱 살 먹은 넷째딸, 다섯 살 먹은 막내아들이라.

세상에 자식도 없는 과부를 불쌍하다 하지마는 구 과부는 자식 많은 것이 더 불쌍한 신세라. 철모르는 아이들이, 어머니 배고파 하는 소리를 들을 때는 부인의 마음에, 저 불쌍한 것들이 왜 생겨났누 싶은 생각뿐이라.

이전에 남부럽지 않게 살 때는 찾아오는 사람도 많더니, 먹을 것 없고 남편 죽은 후에는 일가친척이 문 앞으로 지나면서 들여다보는 사람이 없고, 다만 그 친정 오라버니 되는 구즉산이 와서 보나, 구즉산은 올 때마다 빈손으로 아니 오고 다만 지전 몇 장이라도 가지고 오는 고로 또한 자주 오지는 못하는지라. 대체 돈 얻어보기도 어렵거니와 사람 얻어 보기도 쉽지 못한데, 서숙자가 그 집 사정을 자세히 알고 간 터이라. 서부령과 일가도 아니지마는 억지로 촌수도 끌어대고, 얼굴도 못 본 터이나 정분 있게 지내던 체하고, 항렬은 어떻게 댄 항렬인지 부인더러 아주머니, 아주머니 하며 반갑게 인사하고, 아이들더러 내가 네 형이니 누이니 하며 귀애하는데, 부인은 참 반겨하고 아이들은 따르는지라.

세상 사람이 남에게 속으면 해를 본다 하지마는, 구 과부는 속을수록 이(利)를 보고, 아이들도 속을수록 이(利)한 터이라.

서숙자가 봉투 한 장을 손에 들고,

"아주머니, 요 사이 어찌 지내시오? 변변치 못한 것이나 정으로 드리는 것이니."

하면서 부인 앞에 놓으니, 부인이 봉투를 받아 본즉 지전 백 원이 그 속에 들었는지라.

부인 "에그, 웬 돈을 이렇게 많이 주신단 말이오? 받기도 염치가 없소. 내가 우리 영감 돌아가신 후에 백 원 돈을 구경하기가 처음이오. 내 친정 오라버니가 이 동네 사는데 형세가 어렵지 않지마는 일가친척 간에 뜯기는 곳이 허다하고, 또 그 아들이 미국 가서 공부하는데 학비를 대어주느라고 애를 쓰는 터에 내 집까지 보부족하여 줄여가가 있을 수가 있소? 그러나 내 오라버니가 우애가 있는 사람이라. 며칠 동안에 한 번씩 나와서 보는데, 누이를 보고 싶어 오는 것도 아니요, 생질을 보고 싶어 오는 것도 아니라. 저 어린것들이 굶어죽지나 아니하였나 염려되는 마음으로, 다만 쌀 한 말 값이라도 갖다주러 오는 것이라. 오라버니가 쌀 한 말 값을 얻어주는 것을 받을 때도 고맙기도 하거니와, 내가 염치없는 사람이다 싶은 생각이 있었는데, 처음 오시는 손님이 돈을 이렇게 많이 주시니 받기는 받소마는 무슨 말로 치사를 하며, 이 은혜를 어떻게 갚는단 말이오?"

서숙자 "에그, 천만의 말씀을 다 하십니다. 고마운 것은 무엇이며, 염치없는 것은 무엇이오. 서가의 집을 서가가 모르는 체를 하면 누가 안단 말이오? 내가 도와드리는 것은 당연한 일이거니와, 아주머니 친정 오라버니께서 도와드리는 것은 의외의 일이올시다. 에그, 아주머니 친정 오라버니 되시는 양반은 참 무던도 하시지. 출가외인(出嫁外人)이라, 남의 집을 어찌 그렇게 도와주어? 심덕이 그렇게 착하시면 필경 복을 받으시지요. 연세는 얼마나 되시고, 아드님을 몇이나 두셨습니까?"

부인 "나는 오십이요, 아들은 하나뿐인데, 딸도 없는 외아들을 세상에 다시없는 것같이 귀애하더니 자식이 공부할 욕심으로 제 부모에게 의논도 없이 미국으로 도망한 지가 칠팔 년이나 되었는데, 우리 오라버니 내외는 하루가 삼추같이 기다리나, 그 자식이 공부에 미쳐서 지금도 팔 년이나 지난 후에 집에 돌아온다 하니, 우리 오라버니 내외는 그 아들을 보고 싶어서 미칠 지경이나, 그 자식이 제 부모의 말을 들어야지."

서숙자 "나이 아직 어립니까?"

부인 "어린것이 무엇이오? 이십사오 세나 되었는데요?"

서숙자 "그러면 그 부모 되시는 이는 며느님만 기다리고 계십니까?"

부인 "그런 말을 하려면 책 한 권을 지어도 남을 터인데."

서숙자 "남의 집 일을 알려는 것은 아니올시다. 다른 말씀하시오?"

부인 "아니오. 남에게 말 못할 일도 아니오. 또 남에게 말 못할 일이 있기로 조카님에게야 말 못할 것 무엇 있소."

서숙자 "내가 서울 오기는 집 하나를 사러 왔는데, 제일 살기 좋은 곳이 어디요?"

부인 "서울 와서 사실 마음이 있소?"

서숙자 "우리 집은 평양인데, 평양도 살 만한 곳이나 겨울이 되면 추위도 대단하고, 또 범사가 겨울같이 살기 좋을 수가 있습니까? 평생 소원이 서울 와서 살아 보고 싶으나 결단성이 없어서 못 왔더니, 올해 내로는 기어이 이사를 하고 싶은 마음이 있어서 온 터이나, 아는 일가는 다만 서부령 아저씨 한 분뿐이러니, 아저씨께서도 아니 계신 터에 누구를 의지하고 이사를 하면 좋을는지 몰라서 아주머니께 의논하러 온 터이오. 염치없는 말이지마는 아주머니께서 잘 보아 주시면 아무 걱정 없겠소."

부인 "그것 참 반가운 말이오. 그러나 내가 아무것도 모르는 여편네가 보아 드릴 일이 무엇 있겠소. 내 친정 오라버니 되는 구즉산더러 부탁하면 집을 사든지 세간을 장만하든지 남에게 속지 아니할 만하니 부탁하여 드리리다."

서숙자 "그렇게 하여 주시면 작히 좋겠습니까? 그러면 오늘이라도 내가 구즉산 나리를 가서 뵙고 말씀을 하겠습니다."

부인 "그리 급할 것 무엇 있소? 만일 급하실 것 같으면 우리 돌놈이를 보내서 구즉산을 청하여 오리다. 이애 돌놈아, 구즉산 댁에 가서 아저씨 좀 옵시사고 여쭈어라. 아까 평양 누님이 네 신 겨냥내었지. 심부름 잘 하여야 신을 얻어 신는다."

하는 소리를 듣고 흥이 나서 뛰어나가는 것은 열 살 먹은 아이라.

돌놈이가 신 얻어 신을 욕심으로 달음박질을 어떻게 잘하였던지 삽시간에 구즉산 집 사랑에 가서 구즉산을 찾는데, 마침 구즉산이 안방에 들어가서 점심을 먹는지라. 돌놈이 쏜살같이 안마당으로 들어가서 신도 아니 벗고 마루 위로 올라가더니, 천둥에 개 뛰어들듯 안방으로 와락 뛰어들어가며,

돌놈 "아저씨! 어머니가 나더러 구즉산 댁에 급히 가서 아저씨 여쭈어 오래요."

하더니 뒤도 아니 돌아보고 달아나는지라. 구즉산이 점심상을 앞에 놓고 수저는 아직 들지도 아니하고, 막 술 한 잔을 따르다가 그 부인을 돌아다보며,

구즉산 "돌놈의 집에 무슨 일이 있는 게로구. 내가 잠깐 가서 보고 올 터이니, 이 밥상 저리 치워 놓아두오."

하면서 잔에 따른 술만 훌쩍 마시고 사랑으로 나가더니, 입었던 두루마기도 아니 갈아입고 탕건 쓴 위에 갓만 들어얹고 급히 서부랑 집에 가서 본즉, 아무 일도 없고 다만 돌놈이가 마당에 서서 그 모친더러

심부름하였으니 어서 신 사달라고 조르는 소리뿐이라. 구즉산이 마루끝에 선 돌놈의 모친을 쳐다보며,

구즉산 "내가 저 놈에게 속았구나. 오냐, 아무 일도 없으면 다행이다. 그러나 내가 점심상을 받고 앉았다가 무슨 급한 일이 있어서 부르는 줄로 알고 밥도 아니 먹고 나왔으니, 도로 가서 점심이나 먹고 다시 오겠다."

하며 돌아서니,

구 과부 "가시지 말고 이리 올라오시오. 점심을 아직 아니 잡수셨거든 술 사드리리다."

구즉산 "술? 네가 무슨 돈이 있어서 술을 사와?"

구 과부 "돈은 있든지 없든지 술만 사올 터이니, 방에로 들어가십시다."

구즉산 "어, 이것 술 사오려는 것이로구. 연기원이 순력을 치르듯이, 네 형세에 주객의 양을 태우려다가 뽕이 빠진단 말씀이오."

구 과부 "사람을 그렇게 업신여긴단 말이오? 아무리 가난하기로 오라버니께 술 한 번 사드리고 뽕이 빠진단 말씀이오."

구즉산 "큰소리는 한다마는, 저녁밥거리 쌀 판 돈으로 술 사오면 밥 굶지. 오냐, 술 사준다는 말이 고마우니 오늘은 술 잔뜩 먹고, 너 밥 굶는 것 좀 보고 가겠다."

하며 안방에 들어가다가 서숙자를 보고 발을 멈춘다.

구 과부 "내외하는 손님이 있으면, 오라버니께 들어갑시다 할 리가 있소? 사돈은 사돈이나, 내외 아니하는 사돈이니 들어가서 인사나 하

시오, 돌놈의 일가인데, 돌놈에게는 누님뻘 되는 손님이오."

구즉산이 그 소리를 듣고 머뭇머뭇하다가 방에 들어서는데, 키가 과히 큰 키는 아니나 몸에 살이 어찌 쪘던지 지게문이 부듯한 듯하고, 얼굴은 풍후하고 수염은 센 털이 약간 섞인 채수염이라. 아랫목에 깐 요 위에 털썩 앉더니 수염을 썩썩 쓰다듬으며 눈에 웃음빛을 띠고 덕기 있는 말만 하는데, 누가 보든지 밉지 않게 볼 사람이라.

구즉산 "오늘 돌놈에게 속았더니 돌놈 어미에게 또 속나 보다."

구 과부 "내게 속는 것이 무엇이오?"

구즉산 "술을 사준다더니 술 사러 보내는 눈치를 못 보겠으니 아마 또 속지."

구 과부 "속으시기로 탕패될 것 무엇 있소? 손님 인사나 하시오. 저 손님은 평양 사시는 돌놈 아버지가 평양 출주하여 있을 때에 친한 일가라. 지금 서울로 이사할 생각이 있어서 나를 찾아왔으나, 내가 들어앉은 여편네가 되어서 무엇을 알 수가 있소? 오라버니께서 나 대신 저 댁의 일을 좀 보아 주셨으면 좋겠소."

구즉산 "평양 살으시면 부내에 계십니까, 촌에 사십니까?"

서숙자 "제 성명은 서숙자요, 집은 평양성 내에 있습니다."

구즉산 "내 누이더러 보아 달라시는 일은 무슨 일이오?"

서숙자 "서울은 아는 사람이 하나도 없는 고로 일가댁에 찾아온 길인데, 무슨 일을 지목하여 보아줍시사 한 것은 없으나, 매사를 부모 같이 믿고 의거할 마음으로 온 터이올시다."

구즉산 "처음 뵈옵는 터에 물을 말은 아니오마는, 서울로 이사를 하시면 지내시는 범절은……."

서숙자 "넉넉지는 못하나 추숫섬이나 하여다가 먹고 살 만합니다."

구즉산 "그러면 서울 집만 하나 사면 되겠소그려?"

서숙자 "네. 집 살 돈까지 제일은행에 맡겼습니다."

구즉산 "식구는 몇이나 되고, 집은 몇 칸이나 되는 집을 살 터이오?"

서숙자 "식구는 혼자 사는 사람인데, 지금은 친정 동생에게 의지하며 있다가, 마음에 맞지 못한 일이 있는 고로 집을 사서 따로 살려고 나온 터올시다. 나는 어디 가서 살든지, 부리는 하인 하나만 두고 단 두 식구가 적적히 세월을 보낼 터인 고로, 일가 댁 근처에 와서 있으면 좋을 듯한 생각이 있어서 서부령 댁 아주머니를 찾아왔습니다. 내 마음에는 넉넉한 집 하나를 사서, 이 댁 아주머니는 안채에 들으시고, 나는 사랑채에 들어 있으면 피차에 고적하기도 덜할 듯하나, 아주머니 생각이 어떠할는지 몰라서 차마 말을 못하였습니다. 만일 그렇게 지낼 터이면, 내가 돈은 없는 사람이나 먹고 남는 추숫섬은 있으니, 아주머니 댁 양식은 걱정 아니 되도록 보조하여 드리겠습니다. 내가 이 세상에 살아 있을 때에 먹고 입고 지내면 그만이지, 내가 그것을 푼푼이 모아두었다가 죽을 때에 저승으로 가지고 가겠습니까? 구즉산 영감께는 오늘 처음 뵙는 터이나 내 친외삼촌같이 알고 뵈오니, 영감께서도 남같이 아시지 말고, 저 아주머니 딸로 알고 매사를 잘 보아 주시기를 바랍니다."

구즉산은 본래 의기가 있는 사람이라, 서숙자의 말을 듣고 무슨

생각을 하는지 한참 동안을 가만히 앉았다가, 허리를 썩 펴고 고개를 들어서 서숙자의 얼굴을 쳐다보며,

구즉산 "말씀을 들으니 대강 정경을 알겠소. 내 힘대로 보아 드리리다 간살 넉넉한 집을 사서 내 누이와 안팎채에 나누어 들면 좋겠다 하시는 말은 내 마음에도 좋을 듯하오. 내 누이 마음에도 좋아할 것 같으면 집 값은 반씩 내는 일이 옳으니, 무슨 돈으로 먼저 사든지 이 집을 팔아서 반을 내어놓았다가 돈이 부족할 터이면 내가 채우리다. 또 내 누이 집 양식까지 대어주신다는 말씀은 고마운 일이나, 그러나 내가 거절할 일이오. 내가 살아 있는데, 남의 손에 얻어먹고 살아서 쓰겠소? 내 자식놈이 칠팔 년 전부터 외국 가서 유학하는데, 그 놈이 가기는 혼자 갔으나, 학비(學費)는 두 사람의 학비를 대어 보내느라고 힘이 대단히 쓰이더니 재작년 가을부터는 하나의 학비는 아니 보내는 터이라. 그것이 얼마 되는 것 아니지마는 내게 당하여서는 짐이 가뿐하거든. 허허허, 어떠하든지 설마 과부된 누이와 아비 없는 생질을 모르는 체하고 홀로 살으시는 서숙자 씨에게 얻어먹고 살게 하겠소? 일가간에 의좋고 고적지 아니하게 지내기만 바라오. 그러나 평양 살으신다 하니 물어볼 일이 있소. 평양성 내에 옥련이라 하는 여학생이 있단 말을 혹 들었소?"

서숙자가 쌩긋 웃으며 무슨 말을 하려 하던 차에 마침 지게문이 펄썩 열리며 돌놈의 맏누이 갑순이가 술상을 들고 들어오는 것을 보고,

서숙자 "에그, 말씀 대답을 하려 하였더니, 저렇게 다 자란 처녀 귀에 옥련의 이야기를 하였다가 일갓집 색시 하나 버리게."

하며 말을 아니한다.

구즉산이 그 말을 듣고 마음이 선뜩하며 가슴이 두근두근 하는데 궁금증이 나서 말을 채차 묻고 싶으나, 너무 급히 물으면 서숙자가 이상히 여길까 염려도 되고, 또 갑순의 귀에 들리기 부지러운 말이면 갑순이가 나간 후에 말을 묻는 것이 좋을 듯한 생각이 들어서 시치미를 뚝 떼고,

구즉산 "점심을 먹고 왔던들 낭패할 뻔하였구나. 술 사러 보내는 눈치도 못 보았는데 웬 안주를 저렇게 떡 벌어지게 잘 차렸단 말이냐? 옳지, 이제 알겠다. 행랑것이 들락날락하고. 갑순이가 왔다갔다 하더니 무엇을 미리 사놓고 돌놈이를 보낸 것이로구나. 내일은 밥상 받기 전에 돌놈이를 보내어라. 어, 이것 무슨 수 난 일이 있는 것이로 구. 내 술상만 들어오는 줄 알았더니 집안 식구의 국수상…… 어느 틈에 잘 차렸구나!"
하면서 옥련의 말은 묻지 아니할 듯이 딴소리만 하며 자기 손으로 술을 따라 먹다가 갑순이를 쳐다보며,

구즉산 "국수는 불으면 맛이 없느니라. 너희들이 상을 외면하고 앉았으니 손님이 잡수시겠느냐?"

그렇게 재촉하는 것은 점심이 얼른 끝이 나면 갑순이도 나가고 아이들이 다 나갈 터이라, 조용히 앉아서 서숙자의 속을 뽑아보려는 경영이라.

여러 아이들은 모처럼 숙육(熟肉)점도 있고 전유화(煎油花)·전윷점 놓인 국수상을 대하더니 흥부의 자식 밥먹듯이 잠시 동안에 그릇마

다 비워 놓는데, 갑순이가 할 설거지까지 다해 놓은 듯이 어느 아이는 초지령 종자까지 들이마시더니 기러기 떼같이 몰려나가고 갑순이 혼자 방에 앉았거늘, 구즉산이 주전자에 남은 술을 잔에 따르고 빈 주전자를 집어 갑순에게 주며,

구즉산 "갑순아, 술 한 주전자만 더 데워 오고 너도 밖에 나가 있거라. 아이들이 어른 이야기하는 옆에 우두커니 앉았지 아니하느니라."

갑순이가 술 한 주전자를 얼른 데어다 놓고 문 밖으로 나간다.

구즉산이 서숙자에게 옥련의 말을 곧 묻고 싶으나 아무쪼록 얼기 없이 말을 냅뜰 마음으로 술 한 잔을 따르더니,

구즉산 "이애 돌놈 엄마, 너 술 한 잔 먹고 손님께도 한 잔 따라 드려라. 벌써부터 한 잔 권하고 싶으나 아이들 보는데 아니 권하려고 참았다. 술은 혼자 먹으면 참맛이 없는 것이라. 이왕 술을 사서 주는 바에 맛이 있게 먹도록 하여 주어야지. 자, 어서 받아먹어라."

구 과부 "에그, 오라버니도 망령이오. 내가 밀밭에도 못 지나가는 사람이 술을 어찌 먹겠소? 돌놈 아버지 살았을 때에 우리더러 욕하던 말을 못 생각하시오?"

구즉산 "……."

구 과부 "무엇은 무엇이야? 오라버니와 나와 한 아비 자식이 아니라 하였지."

구즉산 "허허허, 상없는 소리를 하는구나. 네가 술을 조금 먹었다면 네 남편에게 그런 욕을 아니 먹었지. 네가 못 먹는다고 손님께도 아니 권하느냐?"

구 과부 "에그, 내가 참 잊었소그려. 술 못 먹는 사람은 남에게 권할 줄도 모른다 하더니……. 그러나 오라버니께서 이 술이 웬 술인지나 알고 잡수시오? 손님이 돈을 내어서 술도 사오고 점심상도 차린 것이오. 그뿐 아니라 내가 돈을 백 원이나 받고 아이들의 옷감도 받은 것이 많으니 그런 고마운 일이 어디 있소? 항렬은 내게 조카가 되나 나는 내 동생같이 여기니, 오라버니께서도 동생같이 아시오. 여보 조카님, 조카님도 우리 오라버니를 친동생같이 알고 지내시기를 바라오."

서숙자 "말씀을 하시니 말씀이올시다. 나를 갑순의 친형으로 아시고 생질녀같이 알아주시면, 나는 친외삼촌으로 알고 의지하여 살겠습니다."

구즉산 "나는 술을 먹으면서 웬 술인지 모르고 먹었더니 손님이 술을 사오셨다 하니, 내가 손님 대접을 할 터인데 손님이 술을 사오신단 말이 되는 말이냐? 술도 술이거니와, 네가 돈을 백 원이나 받았다 하니 손님이 무슨 까닭으로 돈을 주시며, 너는 무슨 턱으로 돈을 받았느냐?"

서숙자 "변변치 못한 돈냥간의 말씀은 하실 것이 아니올시다. 나는 아주머니를 일가 어른으로 알지 아니하고 우리 어머니같이 아는 터이니, 어머니의 친정은 내 외가가 아니오니까. 그러나 나를 그렇게 알아주실는지 말씀마다 손님이라 하시니 마음에 섭섭하고 야속합니다."

구즉산 "허허허, 좋은 말씀이로구. 사해지내(四海之內)가 다 동포라 하니, 형제라 하면 좋을 터인데, 외삼촌 노릇을 하라 하니 세상 사람이 외가를 대단히 알아야지, 허허허.”

서숙자 “갑순의 형으로 알아주실 것 같으면 말씀을 그렇게 하실 리가 있습니까?”

구즉산 “허허허, 다정한 말이로구. 나도 평생에 의리를 중하게 여기는 사람이라. 한번 마음을 허락하면 평생에 변하지 아니하지. 그러나 시집간 생질녀를 부르려면 그 남편의 성으로 부르는데…….”

서숙자 “남편이 있으면 남편의 성으로 부르시는 것이 좋을 터이나, 혼자 사는 터이니 서숙자라고 불러줍시오.”

구즉산 “이애 돌놈 엄마, 내가 서숙자의 외삼촌이 될 터이면 네가 먼저 서숙자의 어머니 행세를 하여야지.”

구 과부 “오라버니는 너무 염치도 없소. 갑순이라도 시집을 가면 이름을 아니 부르실 터인데, 나이 삼십이 가까운 생질녀더러 서숙자라 부르실 수야 있소?”

구즉산 “나는 서가를 보면 만만하더라. 서숙자라 불러야 생질 같지, 김숙자라 하든지 박숙자라 하든지 달리 부르면 촌수가 멀어지는 것 같구나. 허허허, 실없는 말로 한 것이 아니라 이름을 부르고 해라를 하든지 말을 수수하게 하고 지내든지 마음이 제일이라, 친형제간 불목한 사람도 있고. 도원결의(桃園結義)한 의형제도 한날 한시에 죽으려는 마음이 있었으니, 우리가 숙질의를 믿거든 도원결의하던 사람의 마음만은 못하더라도 친숙질같이만 알았으면 좋겠다. 자, 그 말은 더 할 것 없다. 평양 이야기나 좀 들어 보자. 아까 말하다가 그쳤지마는, 평양의 옥련이라 하는 여학생은 칭찬하는 사람도 많이 있고 헐어 말하는 사람도 있으니 뉘 말이 옳은지 아는 대로 이야기 좀 하여라."

서숙자가 상긋상긋 웃으며,

서숙자 "옥련의 이야기를 하려면 내 집안의 흉이 드러나는걸."

구즉산 "이상한 말이로구. 옥련의 이야기를 하려면 내 집안 흉이 드러나다니."

서숙자 "그러한 일이 있습니다. 긴한 말은 아니니 천천히 들으시지요. 내가 서울 와서 살면, 아저씨 뫼시고 시골 이야기는 많이 하겠습니다. 그러나 옥련의 이야기는 어른 앞에서 말씀하기 좀 어려운 일이 있어요. 아저씨께서 그런 계집아이 말씀은 들어 무엇하십니까?"

구즉산이 그 말을 듣고 생각한즉, 옥련이는 정녕 온전치 못한 계집아이라 갑갑증이 나서,

구즉산 "내가 옥련의 말을 물어볼 일이 있어서 물었는데, 그렇게 말하기 어려워할 것이 무엇이란 말이냐. 참 외삼촌으로 알 터이면, 그보다 더한 말을 묻더라도 얼른 대답할 터인데."

서숙자 "그렇게 미안히 여기실 줄 알았으면 벌써 말씀하였지요. 내가 옥련의 말하기를 어려워하는 것이 아니라, 내 동생 서일순이가 옥련에게 빠져서 패가할 지경에 간 이야기를 하려면 책 한 권을 지어도 말이 남을 터이올시다. 내가 서울로 이사하려는 것도 서일순의 몸 망하는 것을 내 눈으로 보기가 싫어서 평양을 떠나려는 것이올시다. 옥련의 이야기를 좀 들어 보시렵니까? 인물이 일색이요, 재조가 표일한 중에 동양으로 다니며 본 것도 많고, 들은 것도 많고, 실지

공부로 보통교육도 받고 고등교육까지 받은 계집아이라. 이름 어찌 널리 났던지 평양 바닥의 오입하는 소년들은 아홉 용이 여의주(如意珠) 다투듯이 옥련이 하나를 엿보는데, 그 요악한 옥련이가 가장 높은 절개나 있는 듯이 방탕한 사람은 사람으로 여기지 아니하고 항상 하는 말이, 자기는 미국 있을 때에 혼인 정한 곳이 있는데, 십 년 간이나 서로 언약을 지키고 있을 터이라, 하는 고로 누가 옥련이를 칭찬 아니하는 사람이 없던 터이라. 서일순을 삿갓 씌울 줄을 누가 꿈이나 꾸었겠소. 옥련의 부친 되는 김관일도 고얀 놈이요, 김관일의 마누라도 요악한 여편네이지. 딸을 팔아먹기로 그렇게 팔아먹는 사람이 어디 있으며, 남의 집 젊은 아이의 돈을 받아먹기로 그렇게 몹시 받아먹는 사람이 어디 있겠습니까. 이야기는 차차 하려니와, 옥련의 사진 좀 보시렵니까?"

하더니 행장 속에서 사진 한 장을 내어놓으니, 구즉산의 눈과 구 과부의 눈동자가 사진에로 몰렸는데 그 사진은 서일순의 집 초당 앞에서 세 사람이 같이 박인 사진이라.

교의들을 놓고 여편네들이 나란히 걸터앉았는데 왼편에는 서숙자요, 오른편에는 옥련이요, 옥련의 뒤에 선 것은 서일순인데, 초당 앞 꽃나무 밑에서 박인 사진이라. 그 사진 박일 때에 옥련이는 천진의 마음으로 서숙자의 권하는 마음을 어기지 못하여 박인 것이나, 구즉산의 눈에는 옥련의 행실 부정한 증거물같이 보는 터이라.

구즉산 "오, 그렇단 말이었다. 이애 돌놈아, 너 우리 집에 가서 너의 아주머니더러 미국서 온 사진 달라 하여서 가지고 얼른 오너라. 그러

나 저 놈이 오늘 심부름을 하고 심부름 값으로 신을 얻어 신을 터이
라지? 나는 아이들 심부름 값은 아니 주고 심부름 잘 못하는 놈의
종아리는 잘 때린다.”

돌놈이는 그날 흥이 난 끝이라 쏜살같이 다녀오더니, 사진을 들고
방으로 뛰어들어오며,

돌놈 “평양 누님, 요 어여쁜 사진 하나 구경하려오. 이 사진이 즉산
댁 새아주머니 될 사람의 사진이오.”

서숙자 “이리 다고, 구경 좀 하자.”

돌놈 “즉산댁 영감님과 둘이 박은 사진도 있고, 새아주머니 될 사
람 혼자 박은 사진도 있소. 호콩을 많이 사와야 이 사진 구경하오.”

서숙자 “호콩이 어떤 콩이냐? 내 사 줄 터이니 어서 사진 내어놓아
라.”

돌놈이는 과부의 자식으로 응석만 받고 자라는 아이라.

서숙자 앞에 웬 사진 한 장 놓인 것을 보고 펄썩 주저앉더니 손가
락으로 서숙자의 사진을 가리키며,

“요것은 평양 누님, 요것은 즉산 댁 새아주머니 될 사람이요, 새아
주머니 등뒤에 꼭 붙어 선 놈이 웬 놈이야. 머리 깎은 중 녀석이 즉산
댁 새아주머니 등뒤에 섰네, 하하하”

웃으면서 구즉산 집에서 가져온 사진을 던지고 문 밖으로 뛰어나
간다. 그 사진은 구즉산의 아들 구완서가 미국에서 보낸 사진인데
구완서의 사진도 십여 장이요, 옥련의 사진도 칠팔 장이라.

서숙자가 장성한 옥련의 모양은 보았으나, 어린 옥련의 모양은 못

본 터이라. 옥련의 열한 살부터 열일곱 살까지 미국에 있을 때에 연년이 박인 사진인데, 옥련이는 그 사진을 보존하여 둔 것이 하나도 없으나, 구완서는 그 사진을 낱낱이 보존하여 두었다가, 옥련이가 고향에 돌아간 뒤에 구완서가 그 사진을 자기 본 집에 보낸 것이라.

구즉산의 이름은 구연식인데, 즉산은 그 직함이라. 차함(借銜)하던 옛 시절에 원차함을 얻어하고 큰 공명으로 아는 완고라.

구완서는 구연식의 아들인데, 아비는 완고요, 아들은 개화 극정도에 이른 사람이라.

대체 구연식이 같은 완고가 구완서같이 개화한 아들의 말을 듣는 것은 마음에 좋아서 듣는 것이 아니라, 삼대 독자 귀애하는 자정에 응석받듯이 듣는 터이라. 서울서 배고픈 양반 중에 과년한 딸을 두고 구혼하는 사람들이, 구연식이 재산도 있고 아들도 두었다는 소문을 듣고 구즉산 집으로 중매를 보내서 혼인 언론하는 사람도 많이 있는데, 그 언론하는 중에 구즉산이 앙혼으로 알고 얼른 허락하고 싶은 곳도 혹 있으나, 그 아들이 몇만 리 밖에 있어서 돌아올 기약은 묘연한 중에, 수년 전에 그 아들의 편지를 본즉 옥련이와 혼인 언약을 맺었다 하는지라, 그때 구즉산의 마음에는 서울 친구의 집과 혼인을 지내고 싶으나, 그 아들의 뜻을 빼앗지 못할 줄을 알고, 내외간에 무수히 의논한 후에 승낙하는 편지 답장을 하여 보낸 것이 있는지라. 그러나 구즉산 내외의 마음에는, 옥련이 같은 며느리 마음은 선뜻 받은 것같이 알던 터라. 구즉산이 서숙자에게 옥련의 자세한 일을 얻어듣고. 서숙자더러 전후 사정의 이야기를 다 하려고 옥련의 사진을 가져온 것이라.

구즉산이 그 아들의 미국 갈 때의 일부터 이야기를 하다가 말을 그치고 돌놈이를 부르더니, 두어 자 편지를 써 주어서 자기 집에 심부름을 시키고 하던 말을 다시 시작한다.

돌놈이가 심부름 간 지 이십 분 동안이 못 되었는데, 웬 신교 탄 부인이 안마당까지 타고 들어와서 마루끝에서 내리는데, 구 과부가 마루에로 뛰어나가더니 웬 첨을 그리 하는지, 형님 소리를 열 번을 하는지 스무 번을 하는지 헛웃음을 웃으면서 허둥지둥하는 모양이 별 손님이나 온 듯이 친절히 맞아들이는 것은 구즉산의 부인이라.

앞머리는 희뜩희뜩 세고, 이마전은 훨씬 넓고, 얼굴은 둥글고, 앞니는 조금 버드러지고, 말할 때는 눈에 웃음빛을 띠었는데. 외면을 잠깐 보아도 옹색치 아니한 여편네요, 조금 수다한 듯한 여편네라. 방으로 들어오며,

부인 "오늘 돌놈이가 우리 집에 세 번이나 왔는데, 처음에는 즉산댁 아저씨를 여쭈러 왔다 하고, 그 다음에는 즉산 새아주머니 될 사람의 사진을 가지러 왔다 하고, 이번에는 즉산댁 아주머니를 부르러 왔다 하니 오늘 무슨 일이 있었소?"

구 과부 "차차 말씀할 터이니 어서 아랫목으로 가서 앉으시오."

부인이 사양치 아니 하고 아랫목으로 가서 앉으며,

부인 "돌놈의 말에 손님이 오셨다 하니 손님 대접하시는 덕에 나도 좀 잘 얻어먹으러 왔는데 무엇을 주시려누?"

구 과부 "손님 대접은 고사하고, 손님에게 얻어먹은 이야기를 하려

면······.”

부인 “염치도 없소. 손님 대접은 아니하고 손님에게 얻어먹다니, 어서 이야기 좀 하오.”

구 과부 “다른 이야기는 천천히 할 터이니 손님과 인사나 하시고, 형님이 항상 알려고 하시던 평양 사돈집 이야기나 자세히 들으시오.”

부인이 그 말을 듣더니 신부의 선이나 보고 온 사람을 맞는 듯이 인사 한 마디 한 후에, 옥련의 말을 두서없이 물으니, 구즉산이 떡국이 농간하여 서숙자에게 친절한 체를 하느라고,

구 과부 “내가 마누라더러 급히 오라 한 것은, 그런 말하려고 부른 것이 아니오.”

부인 “그러면 무슨 일로 부르셨소?”

구 과부 “생질녀 하나이 더 생겼기로, 어서 바삐 만나보고 우리 집으로 데리고 가서 외국 구경이나 시키고 대접이나 잘 하라고 불렀소.”

부인 “생질녀라니.”

구 과부 “······.”

부인 “그러면 나도 아주머니 노릇이나 하여 볼까? 여보게 생질녀, 하하하.”

구 과부 “나는 저렇게 단정히 말할 수가 없더니······.”

부인 “초면에 허게 한다고 책망하는 말인가 보마는, 생질녀더러 허우 하는 법이 어디 있어? 그러면 갑순이더러도 허우 하란 말이지.”

서숙자 “즉산댁 아주머니 말씀이 옳은 말씀이올시다. 부령댁 아주

머니는 나더러 조카님 하시면서 허우를 하시니 적조카를 보더라도
그렇게 공손할 것은 없습니다.”

부인 “부령댁 아주머니는 정 없는 아주머니요, 즉산댁 아주머니가
다정한 아주머니니 우리 집으로 가세, 하하하. 농담이 아니라 참 우리
집으로 가세. 서울로 이사하러 왔다 하니 집 사기 전에는 내 집에
같이 있게. 이 댁에는 집도 좁고 여러 아이들이 법석을 하는 터에
불편한 일이 많을 터이나, 내 집에는 아이들도 없고 집도 과히 좁지
아니하고 부리는 종도 두엇 있으니, 모처럼 온 생질녀 하나 대접하기
는 어렵지 아니한 터일세. 두말 말고 내 집으로 가서 집 구경이나
하세.”

구즉산이 그 소리를 듣고 허허 웃으며,

구즉산 “마누라도 수단이 대단한 사람이야. 숙자가 만일 마누라의
마음을 알 지경이면 아니 따라갈 걸.”

서숙자가 어리광을 피우듯이,

서숙자 “아저씨, 그것이 무슨 말씀이오. 나는 그 말을 자세히 알고
갈 터이야.”

구즉산 “허허허, 마누라의 흉을 좀 볼까?”

부인 “남편이라고 믿을 수 있소. 있는 허물도 감추어 주실 터인데,
없는 흉을 보시려고?”

구즉산 “점잖은 터에 없는 말을 할 리가 없지. 마누라가 외아들을
기를 때에 딸 하나만 더 있었으면 고적치 아니하겠다 하면서 완서를
귀애하더니, 그 금옥같이 알던 외아들이 미국으로 도망한 후에 고적

한 마음을 이기지 못하여 실성할 지경에 숙자를 만나보고 딸이나 삼촌 욕심으로 데리고 가려는 모양이니, 숙자야, 속지 마라. 너의 외숙모가 욕심꾸러기다, 허허허."

부인 "믿는 나무에 곰이 핀다더니 방망이는 왜 들으시오? 서숙자가 내 딸 노릇을 하기로 영감께 해로운 것이 무엇이오? 여보, 돌놈 어머니는, 돌놈 어머니는 딸이 셋이나 되지. 서숙자는 내게 양녀로 보내주시오."

하면서 능갈친 소리를 하는 것은 서숙자를 데리고 자기 집에 가서 옥련의 소문을 자세히 들으려는 경영이라.

본래 서숙자의 경영은 구즉산의 매씨를 잘 사귄 후에 옥련의 험언을 하려 하였더니, 일이 쉽게 되느라고 구즉산의 내외를 직접으로 만나보고 또 기회 좋게 옥련의 험언을 하였는데, 옥련의 험언하는 서숙자가 애를 쓰는 것이 아니라, 옥련의 험언을 듣고자 하는 구즉산의 내외가 애를 무척 쓴다.

남에게 속거든 천진으로 속았으면 좋으련마는, 서숙자를 생질녀이니 딸이니 하며 자기 집으로 데리고 가서 시집갔던 딸이 근친이나 온 듯이 정답게 구는데, 서숙자는 본래 남더러 형이니 아우니 아주머니니 조카니 하며 요악을 잘 부리던 계집이라. 서부령 집에서 외삼촌이니 외숙모니 하던 사람더러 새로이 어머니, 아버지 하며 철없는 아이같이 말을 함부로 하기도 하고, 소갈머리 없는 소리도 잘 하는 것은 그것도 서숙자의 깊은 꾀라.

그날 밤에는 구즉산의 내외가 옥련의 말을 듣지도 아니하고 건넌방을 정하게 치워서 서숙자를 재우고, 구즉산은 밤들도록 안방에서 그 부인과 의논이 분분하더니, 밤 한 시 친 후에 구즉산이 사랑으로 나가는데 세 사람이 있기는 각 방에 있으나, 우연히 잠이 덜 들어서 그날 밤에 잠을 잘 못 자기는 세 사람이 일반이라.

그 이튿날은 구즉산이 아침 식후에 어디 출입을 하더니, 날이 저문 후에 술 취하여 돌아와서 안방에는 들어오지도 아니하고 사랑에서 일찍 자는데, 부인도 서숙자더러 옥련의 말을 묻지 아니하였더라.

서숙자가 구즉산 집에 간 지 사흘만에 구즉산이 그 부인과 같이 안방에 앉고 서숙자를 부르더니, 무슨 잔치나 하는 듯이 음식을 차려 놓고 오찬(午餐)을 먹으면서,

구즉산 "이애 숙자야, 내 집에 경사가 났다. 오늘은 술 한잔 아니 먹을 수 없어서 안주를 장만하였는데, 이 술은 네 손으로 따라주어야 맛이 있게 먹겠다."

서숙자가 술을 따라서 구즉산 앞에 놓으며,

서숙자 "무슨 경사가 있습니까?"

구즉산 "하마터면 집이 망할 것을 네 덕에 아니 당하였으니, 내 집에는 그런 경사가 없다."

서숙자 "집이 망칠 것을 내 덕에 아니 망하였다는 말씀이 무슨 말씀인지 모르겠습니다."

구즉산 "그러한 일이 있지. 술이나 어서 부어라. 한 잔 더 먹고 자세한 말을 하겠다. 여보 마누라, 숙자가 우리 집에 은인이 아니오?"

부인 "글쎄요, 숙자를 못 만났다면 옥련의 행실을 까맣게 모를 뻔

하였소그려. 내가 완서를 배었을 때에 음식을 먹어도 바로 베인 것을 먹었고, 자리에 앉아도 바로 놓인 자리에 앉았고, 눈에 괴악한 것을 보지 않고 귀에 음란한 소리를 듣지 아니하였는데, 뼛속에 있을 때부터 가르친 자식을 길러서, 만일 옥련이같이 못된 계집아이 년에게 장가를 들 지경이면 내가 애통이 터져 죽을 터이오. 에그, 그 생각을 하면 소름이 죽죽 끼치지. 그런 괴악한 계집아이 년과 내 아들과 혼인을 정하다니, 다시 그런 소리를 입에 옮기기도 싫소. 오늘이라도 완서에게 편지를 부치고, 김관일인지 무엇인지 그 자에게 파혼한다는 기별을 하시오. 영감은 먼저 하실 일을 나중 하십디다. 어제 출입하신 것은 완서의 혼인말 하던 곳에 가서 완정한 언약을 하셨다 하니, 옥련인지 잡년인지 그 년에게 파약을 먼저 하셔야지."

구즉산이 두서없이 일을 하다가, 그 부인의 말을 듣고 생각하니, 그 말이 옳기는 옳으나 무안한 마음에 군색한 발명으로 헛 큰소리가 나온다.

구즉산 "편지, 편지, 완서에게 편지? 혼인을 정하더라도 내 마음으로 정하고, 파혼을 하더라도 내 마음으로 할 일이지, 완서에게 편지는 할 것 무엇 있나? 어렸을 때에 응석은 받으려니와, 장성한 자식이 아비 말을 아니 들어? 그 자식이 당초에 미국 갈 때에 부모의 허락 없이 가는 것이 사람 못 될 놈. 기왕 간 것을 학비를 아니 보내주면 만리 타국에서 굶어 죽을 터인 고로, 학비를 보냈으니 내가 아비된 도리는 극진히 하였는데, 그 자식이 그 아비 뜻을 받지 아니하고 무슨 일을 제 마음대로 하여? 내가 당초에 옥련의 학비까지 보조하여 줄 일이 아니나 내 자식을 귀애하는 마음에 남의 자식까지 불쌍한 생각도 들고, 또 철없는 아이들이 언어를 통치 못하는 외국에 가서 옥련이는 완서에게 의지하고, 완서는 옥련에게 의지하여 있는 것이 다행한 일인 고로 두 아이가 고생 아니하도록 돈을 보내준 것이라. 완서로 말할진대, 소위 양반의 자식이 가정 교육을 배치(背馳)하는 자식이라. 재작년 팔 월에 옥련이가 제 고장에 돌아갈 때에 여비나 넉넉히 주어 보낼 뿐인데, 저희끼리 혼인을 정하였다고, 아비에게 그 따위 편지를 하다니! 어, 생각할수록 그 자식의 응석을 그대로 받다가는 집을 망하지. 자유결혼이란 것이 무엇인고. 그런 소리는 처음부터 내 귀에 거슬리나, 그러나 몇 해 동안에 완서의 편지를 볼 때마다 옥련이를 기리는 말만 얻어들었는지라, 내 마음에 옥련이는 재조도 있고, 덕의심도 있고, 절개도 높은 계집아이인데, 그 중에 학문이 고명하여 조선 부인 사회에서 법 받을 만한 계집아이인 줄로 안 것이다. 완서의 편지를 믿은 터이라. 어, 자식이 그럴 줄은 몰랐지. 아비를 속였으면 불효자요, 제가 속았으면 그런 흐린 자식이 어디 있어? 그러나 그 자식이 부모에게 불효할 자식은 아니라, 제가 그릇 보았지. 여보 마누라, 자식 둔 사람은 걱정이 끊어질 때가 없소 그려. 내 자식은 믿으나 세상은 믿을 수가 없는 터이라, 믿지 못할 세상에 자식이 문 밖에만 나가도 걱정이 될 터인데, 나는 자식을 육만 리 밖에 보내놓고 마음을 놓을 수가 있소. 이 후에는 제 말을 들을 리가 만무하니 걱정 마오. 나는 완서에게 편지도 할 것 없고 김관일의 집으로 혼인 파약한다는 통지만 할 터이니, 완서에게 알리고 싶거든 마누라나 편지를 부치시오.”

본래 완고라 하는 것은 굳을 고(固)자이나, 구즉산 같은 완고는 굳지 못한 완고이라. 개화꾼의 말을 들으면 그 말도 옳을 듯싶고, 완고 친구를 대하면 개화 좋다 하는 사람들은 버린 사람으로 돌리고. 고담 준론만 하는 중무소주(中無所主) 완고라.

삼 년 전에 그 아들이 옥련이와 혼인을 정하였다는 편지한 것을 본 후에, 친구에게 그 아들의 개화를 자랑하느라고 아들의 편지 본 이야기를 하다가, 친구의 반대를 만나서 잘 대답을 못하고 자기 집에 돌아와서, 그 아들에게 편지 답장을 하되, 자가가 결단한 말은 없고, 친구가 반대하던 말뿐이라. 그 후에 구완서가 그 편지 답장을 하였는데 자유결혼이 옳은 줄로 말할 뿐 아니라, 만일 옥련이와 혼인 파약을 할 지경이면 불교(佛敎)를 숭상하여 독신주의로 일평생을 보내는 것이 또한 가하다 한 일이 있었는지라.

구즉산은 그때 일을 다 잊었던지 부인은 그 일을 낱낱이 생각하는데, 부인의 생각에는 혼인 파약이 용이치 못할 줄로 알고 있는 고로, 옥련의 행실 부정한 것을 낱낱이 조사하여 그 아들에게 기별하려는 마음으로 서숙자를 자기 집으로 데려왔는데, 그날은 옥련의 말을 물어볼 차로 음식을 차려놓고 서숙자를 불러 앉힌 터이라.

그러나 구즉산은 황소같이 날뛰는 성정에 숙자에게 더 물어볼 겨를 없이 일 조처를 다한 것같이 말하는지라.

부인이 그 남의 뜻을 굳게 하느라고,

부인 “영감 말씀 한 마디면 그만이지, 집안에서 누가 어길 사람이 있겠소? 그러나 영감은 아들을 무서워하시는 터에 영감 마음대로 될 는지?”

구즉산의 얼굴이 벌개지며,

구즉산 “아들을 무서워하다니, 아들 무서워하는 사람도 있나? 또 내 마음대로 못 된다는 말은 무슨 말이오?”

부인 “자식을 무서워한다 하면 말은 좀 상스러우나, 영감께서는 완서를 너무 무서워하십디다.”

구즉산 “내가 자식을 무서워하여, 허허허.”

부인 “완서가 미국 갈 때에, 부모에게 알리지 아니하고 갔으나, 영 감께서 걱정 한 마디 아니하셨지요. 학비를 보내라 하면 제 학비나 보내달라 할 것이지, 웬 계집아이 학비까지 보내달라 하는 것은 저의 아버지를 무서워하는 자식 같으면 그런 소리가 나오겠소? 그러나 영 감께서는 완서의 말을 어기지 못하시고 육칠 년 동안에 돈은 적게 보냈소? 돈은 얼마를 썼든지 그 까짓것을 교계하는 말은 아니오. 완 서가 기탄 없이 자라난 자식이 되어서 장가를 들어도 제 마음대로 들려 하니 그런 변이 어디 있겠소? 지금 영감 말씀에 완서에게는 편 지도 아니하시고 파혼을 한다 하시나 내 마음에는 그 말이 믿음성 없소. 만일 완서가 그런 말을 듣고 고집을 부리면 어떻게 조처하실 터이오?”

구즉산 “고집을 부릴 수도 없고. 제 고집을 내가 받을 리도 없지.”

부인 “말씀은 시원한 말씀이오마는, 완서가 고집을 아니 부릴 리도 없고, 영감께서 그 고집을 꺾지도 못하리라.”

구즉산 "두고 보면 알지."

부인 "글쎄, 두고 보면 알지요. 완서가 옥련이가 아니면 장가를 들지 아니하고 일평생에 불도나 숭상하겠다는 편지도 올 터이오. 영감이 그 편지를 보시면 절손할 수는 없으니 내버려두겠다 하시는 소리도 날 터이니 두고 보시오."

구즉산 "마누라도 험구야. 내가 자식의 말을 잘 들었기로 자식을 무서워한다는 말은 망발이지. 내가 완서의 혼인을 파약한다는 말은 믿음성이 없어서 나를 격동하는 말이지마는, 이런 일에 당황하여서는 나를 격동시킬 것 없지. 또 완서로 말할지라도, 처음에 옥련의 행실이 그러할 줄은 모르고 정한 혼인이지, 그런 소문을 들으면 파혼하자는 말이 제 입에서 먼저 나올 걸. 어떡하든지 마누라가 염려할 일은 아니오. 양반의 집에서 설마 그러한 혼처를……."

부인 "영감께서 일 조처를 범연히 하실 리는 없지마는, 여편네 좁은 소견에 결례를 아니한다 할 수가 없어서 말이오. 옛날 남원부사(南原府使)의 아들 이도령이 춘향에게 반하듯이 완서도 옥련에게 반한 모양이라. 에그, 춘향이가 욕보았다, 그 못된 옥련에게 비하여 말을 하였지. 대체 젊은 아이들이 계집에 반하면 제정신을 잊어버리는 것이라. 살면 같이 살고, 죽어도 같이 죽으려는 마음이 있을 지경이면 혹 신명을 맞히는 일이 있으니, 우리 완서가 꼭 그렇다는 것은 아니오마는 의심도 나고 염려도 되오. 영감 말씀에는 완서가 옥련의 행실 부정한 것을 알면, 파혼하자는 말이 제 입에서 먼저 나온다 하시니 점잖은 말씀이오마는, 물정에는 소활하신 말씀이오. 남자가 계집에게 반할 지경이면, 그 계집의 행실이 어떠하든지 마음에 교계가 없나 봅니다. 기생 노릇을 하였든지 덥추 노릇을 하였든지, 남의 첩으로 돌아다니며 사람의 등골을 빼었든지 얼굴만 어여쁘고 사람의 간장만 잘 녹이면 남자가 혹하는 것이라. 내 생각에는, 옥련이가 인물도 어여쁘고 마음이 요악하여 장부의 간장을 녹이는 위인이라. 그렇지 아니하면 우리 완서가 그렇게 혹할 리가 없고, 숙자의 동생 되는 서일순 씨가 그렇게 반할 리가 없는 터이라. 요악한 계집에게 한번 반하면 그 마음을 돌리기가 어려운 것이니, 그러한 정을 자세히 아시고 일을 잘 조처하시는 것이 좋겠소.”

구즉산 “그럼 마누라 마음에 어찌하면 좋겠다는 말이오?”

부인 “파혼을 하더라도 완서가 옥련에게 혹한 마음을 돌릴 도리를 하는 것이 좋을 듯하니, 영감께서 내 말을 좇아 주실 것 같으면, 완서가 옥련이를 잊어버리게 할 도리가 있으니 내 말을 들으실 터이오?”

구즉산 “허허허, 어진 아내가 있으면 집이 흥하는 법이라. 말을 듣다 뿐이오. 이애 숙자야, 내가 여장군(女將軍)에게 졌다. 내 집의 참모총장이나 되어서 저 여장군을 잘 도와주어라. 여보 마누라, 나는 술이나 먹고 사랑으로 나갈 터이니 숙자를 데리고 의논 잘 하시오.”

부인 “의논을 어떻게 하든지 영감이 계셔야 말이 얼른 끝이 날 터이니, 나가시지 말고 옥련의 이야기나 더 들어 봅시다. 이애 수양딸아, 아버지 앞에서 옥련의 이야기나 좀 자세히 하여라. 대체 그것이 어떠하게 되었기로 사나이들이 그렇게 반한단 말이냐?”

은세계

  겨울 추위 저녁 기운에 푸른 하늘이 새로이 취색하듯이 더욱 푸르렀는데, 해가 뚝 떨어지며 북서풍이 슬슬 불더니 먼 산 뒤에서 검은 구름 한 장이 올라온다. 구름 뒤에 구름이 일어나고, 구름 옆에 구름이 일어나고, 구름 밑에서 구름이 치받쳐 올라오더니, 삽시간에 그 구름이 하늘을 뒤덮어서 푸른 하늘은 볼 수 없고 시커먼 구름 천지라. 해끗해끗한 눈발이 공중으로 회회 돌아 내려오는데, 떨어지는 배꽃 같고 날아오는 버들개지같이 힘없이 떨어지며 간 곳 없이 스러진다. 잘던 눈발이 굵어지고, 드물던 눈발이 아주 떨어지기 시작하며 공중에 가득 차게 내려오는 것이 눈뿐이요, 땅에 쌓이는 것이 하얀 눈뿐이라. 쉴새없이 내리는데, 굵은 쳇구멍으로 하얀 떡가루 쳐서 내려오

듯 솔솔 내리더니 하늘 밑에 땅 덩어리는 하얀 흰무리 떡 덩어리같이
되었더라.

사람이 발 디디고 사는 땅 덩어리가 참 떡 덩어리가 되었을 지경이
면 사람들이 먹을 것 다툼 없이 평생에 떡만 먹고 조용히 살았을는지
도 모를 일이나, 눈구멍 얼음 덩어리 속에서 꿈적거리는 사람은 다
구복(口腹)에 계관(係關)한 일이라. 대체 이 세상에 허유(許由)같이 표주
박만 걸어놓고 욕심 없이 사는 사람은 복이 있다더라.

강원도 강릉 대관령은 바람도 유명하고 눈도 유명한 곳이라. 겨울
한철에 바람이 심할 때는 기왓장이 훌훌 날린다는 바람이요, 눈이
많이 올 때는 지붕 처마가 파묻힌다는 눈이라. 대체 바람도 굉장하고
눈도 굉장한 곳이나, 그것은 대관령 서편의 서강릉이라는 곳을 이른
말이요, 대관령 동편의 동강릉은 잔풍향양(潺風向陽)하고 겨울에 눈도
좀 덜 쌓이는 곳이라. 그러나 일기도 망령을 부리던지 그날 눈과 바
람은 서강릉도 이보다 더 할 수는 없지 싶을 만하게 대단하였는데,
갈모봉(帽峯)이 짜그러지게 되고 경금 동네가 폭 파묻히게 되었더라.
경금은 강릉에서 부촌으로 이름난 동네이라, 산 두메 사는 사람들이
제가 부지런하여 손톱 발톱 닳도록 땅이나 뜯어먹고 사는데, 푼돈
모아 양돈 되고, 양돈 모아 궷돈 되고, 송아지 길러 큰 소 되고, 박토
긁어 옥토를 만들어서 그렇게 모은 재물로 부자 된 사람이 여럿이라.
그 동네 최본평 집이 있는데 동네 사람들의 말이,

"저 집은 소문 없이 부자라. 최본평의 내외가 억척으로 벌어서 생
일이 되어도 고기 한 점 아니 사먹고 모으기만 하는 집이라, 불과

몇 해 동안에 형세가 버썩 늘었다. 우리도 그 집과 같이 부지런히 모아 보자.”
하며 남들이 부러워하고 본받으려 하는 사람이 많은 터이라.

대체 최본평 집은 먹을 것 걱정 입을 것 걱정은 아니 하는 집이라. 겨울에 눈이 많이 와도 방 덥고, 배 부르고, 등에 솜조각 두둑한 터이라. 그 눈이 내년 여름까지 쌓여 있더라도 한 해 농사 못 지어서 굶어 죽을까 겁날 것은 없고, 다만 겁나는 것은, 염치없는 불한당이나 들어올까 그 염려뿐이라. 바람은 지동치듯 불고 최본평 집 사립문 안에서 개가 콩콩 짖는데, 밤사람의 자취로 아는 사람은 알았으나 털 가진 짐승이라도 얼어죽을 만하게 춥고 눈보라 치는 밤이라, 누가 내다보는 사람은 없고 짖는 개만 목이 쉴 지경이라. 두메 부잣집도 좀 얌전히 잘 지은 집이 많으련마는 경금 최본평 집은 참 돈만 모으려고 지은 집인지 울타리를 너무 의심스럽게 하였는데, 높이가 길반이나 되는 참나무로 틈 하나 없이 튼튼하게 한 울타리가 옛날 각 골 옥담 쌓듯이 뺑 둘렀는데 앞에 사립문만 닫히면 송곳같이 뾰족한 수가 있는 도적놈이라도 뚫고 들어갈 수 없이 되었더라. 그 울 안에 행랑이 있고 그 행랑 앞으로 지나가면 사랑이 있으나, 사립문 밖에서 보면 행랑이 가려서 사랑은 보이지 아니하니 여간 발씨 익은 과객이 아니면 그 집에 사랑 있는 줄은 모르고 지나가게 된 집이러라.

밤은 이경이 될락말락하였는데 웬 사람 오륙 인이 최본평 집 사립문을 두드리며 문 열어 달라 소리를 지르나 앞에서 부는 바람이라, 사람의 목소리가 떨어지는 대로 바람에 싸여서 덜미 뒤로만 간다.

주인은 듣지 못한 고로 대답이 없건만은 문 밖에서는 문 열어 달라 하는 사람은 골이 어찌 대단히 났던지 악을 써서 주인을 부르는데 악 쓰는 아가리 속으로 눈 섞인 바람이 한 입 가득 들어가며 기침이 절반이라. 사립문이나 부술 듯이 발길로 걷어차니 사립문 위에 얹혔던 눈과 문틈에 잔뜩 끼었던 눈이 푹 쏟아지며 사람의 덜미 위로 눈 사태가 내려온다. 행랑방에서 기침 소리가 쿨룩쿨룩 나며 개를 꾸짖더니 무엇이라고 두덜두덜하며 나오는 것은, 최본평 집에서 두 내외 머슴 들어 있는 자이라. 바지춤 움켜쥐고 버선 벗은 발에 나막신 신고 나가서 사립문을 여니 문 밖에 섰던 사람이 골이 잔뜩 나서 누구든지 닥치는 대로 분풀이를 하려던 판이라. 와락 들어오며, 머슴 놈을 때리며 발길로 걷어차며 무슨 토죄를 하는데, 머슴이 눈 위에 가로 떨어져서 살려달라고 빈다.

머슴의 계집은 웬 영문인지도 모르고 겁에 질려서 행랑방 뒷문을 열고 버선발로 뛰어나와서 눈이 정강이까지 푹푹 빠지는 마당으로 엎드러지며 곱드러지며 안으로 들어가니 그때 안중문은 걸려 있는지라. 안뒤꼍으로 들어가서 안방 뒷문을 두드리며,

"본평 아씨, 본평 아씨, 불한당이 들어와서 천쇠를 때려서 죽게 되었습니다."

하는 소리에 본평 부인이 베틀 위에서 베를 짜다가 북을 탁 던지고 일어나려 하나, 허리에 찬 베틀 끈이 걸려서 빨리 내려오지 못하고 겁결에 잠든 딸을 부른다.

"옥순아, 옥순아! 어서 일어나거라. 불한당이 들어온다!"

하며 일변으로 허리에 매인 베틀 끈을 끄르더니 방문을 열고 나가니,
자다가 깨인 옥순이는 어머니를 부르며 우나 부인이 대답도 아니하
고 버선 바닥으로 뛰어나가서 사랑문을 두드리며 남편을 부르는데,
본평 부인이 어렸을 때에 그 친정에서 듣고 보고 자라나던 말투이라.

"옥순 아버지, 옥순 아버지, 불한당이 들어온다 하니, 이를 어찌한
단 말이오?"

하며 벌벌 떠는 소리로 감히 크게 못하더라. 원래 그 집 사랑방에서
안으로 들어오는 문이 있는데 그 문은 앞뒤로 종이를 어찌 두껍게
많이 발랐던지 문 밖에서 가만히 하는 소리는 방 안에서 자세히 들리
지 아니하는지라 그 남편이 대답을 아니 하고 부인이 그 말을 거푸거
푸 한다. 그때 최본평은 덧문을 척척 닫고 자리를 펴놓고 들기름 등
잔에서 그을음이 꺼멓게 오르도록 돋아놓고 앉아서 집뼘 한 뼘씩이
나 되는 숫가지 늘어놓고 한 짐 두 뭇이니 두 짐 닷 뭇이니 하며 구실
돈 셈을 놓다가 문 두드리는 소리를 듣고 정신없이 아니 놓을 수 한
가지를 덜컥 더 놓으며 고개를 번쩍 드는데 부인의 말소리가 최본평
의 귓구멍으로 쏙 들어갔다.

최본평 "응, 불한당이라니, 불한당이 어디로 들어와?"

하며 벌떡 일어나서 안으로 난 문을 와락 여는데, 부인은 문에 얼굴
을 대고 섰다가 문이 얼굴에 부딪쳐서 부인이 애코, 소리를 하며 푹
고꾸라지니, 최씨가 문설주를 붙들고 내다보며 당황히 어, 어, 소리만
하고 섰는데, 그때 마침 행랑 앞에서 머슴을 치던 사람들이 사랑 앞
으로 와서 마루 위로 올라서던 차이라. 안으로 난 문 여는 소리를

들고 주인이 도망하려는 줄 알고,

"들거라!"

소리를 하며 마루를 쾅쾅 구르고 들어오며 사랑문을 열어젖히더니, 제비같이 날쌘 놈이 번개같이 달려 들어오니 본래 최본평은 도망가려는 생각이 아니라 불한당이 들어오는 줄로만 알고 안으로 들어가서 집안 사람들이 놀라지 아니하게 안심시키려던 차에, 부인이 얼굴을 다치고 넘어진 것을 보고 나가서 일으키려 하다가 사랑방에 그 광경 나는 것을 보고 도로 사랑으로 들어서며,

"웬 사람들이냐?"

하고 묻는데 그 사람들은 대답도 없고 최씨를 잡아 묶어 놓으며 사람의 정신을 빼는데, 최 부인은 그 남편이 곤경당하는 소리를 듣고 얼굴 아픈 생각도 없고 내외할 경황도 없이 사랑방을 들여다보며 벌벌 떨고 섰는데, 나이 이십칠팔 세쯤 된 어여쁜 부인이라.

그날 밤에, 최본평 집에 들어와서 야단치던 사람들은 강원 감영 장차(將差)인데 영문 비관(秘關)을 가지고 강릉 경금 사는 최병도(崔秉陶)를 잡으러 온 것이라. 최병도의 자는 주삼(朱三)이니 강릉서 수대 사는 양반이라. 시골 풍속에 동네 백성들이 벼슬 못한 양반의 집은 그 양반의 장가든 곳으로 택호(宅號)를 삼는 고로, 그때 강원 감사의 성은 정씨인데, 강원 감사로 내려오던 날부터 강원 일도 백성의 재물을 긁어들이느라고 눈이 벌개서 날뛰는 판에 영문 장차들이 각 읍의 밥술이나 먹는 백성을 잡으러 다니느라고 이십육 군 방방곡곡에 늘어섰는데, 그런 출사 한 번만 나가면 우선 장차들이 수나는 자리라.

장차가 최병도를 잡아놓고 차사례(差使例)를 추어내는데 염라국 사자 같은 영문 장차의 눈에 여간 최병도 같은 양반은 개 팔아 두 냥 반만치도 못하게 보고 마구 다루는 판이라 두 손목에 고랑을 잔뜩 채우고 차사례를 달라 하는데, 최씨가 차사례를 아니 주려는 것이 아니라, 여간 돈을 주마 하는 말은 장차의 귀에 들어가지도 아니하고, 제 욕심을 다 채우려 든다.

대체 영문 비관을 가지고, 사람 잡으러 다니는 놈의 욕심은, 남의 묘를 파서 해골 감추고 돈 달라는 도적놈보다 몇 층 더 극악한 사람이라. 가령 남의 묘를 파러 다니는 도적놈은 겁이 많지마는 영문 장차들은 겁 없는 불한당이라. 더구나 그때 강원 감영 장차들은 불한당 괴수 같은 감사를 만나서 장교와 차사들은 좋은 세월을 만나 신이 나는 판이라. 말끝마다 순사도(巡使道)를 내세우고 말끝마다 죄인 잡으러 온 자세를 하며 장차의 신발값을 달라고 하는데, 말이 신발값이지 남의 재산을 있는 대로 다 빼앗아 먹으려 드는 욕심이라. 열 냥을 주마 하여도 코웃음이요, 백 냥을 주마 하여도 코웃음이요, 이백 냥, 삼백 냥을 주마 하여도 코웃음인데, 그때는 엽전 시절이라, 새끼 밴 큰 암소 한 필을 팔아도 칠십 냥을 받기 어렵고 좋은 봇돌논 한 마지기를 팔아도 삼사십 냥에 넘지 아니할 때이라.

최씨가 악이 버썩 나서 장차에게 돈 한푼 아니 주고 배기려만 든다. 장차는 죄인에게 전례돈 뺏어 먹기에 졸업한 놈이라. 장교가 최씨의 그 눈치를 채고 사령을 건너다보며,

"이애 김달쇠야, 네가 명색이 사령이냐 무엇이냐? 우리가 비관을

메고 올 때에 순사도 분부에 무엇이라 하시더냐? 막중 죄인을 잡으러 가서, 만일 실포(失捕)할 지경이면 너희들은 목숨을 바치리라 하셨는데, 지금 죄인을 잡아서 저렇게 헐후(歇后)히 하다가 죄인을 잃으면, 우리들은 순사도게 목숨을 바치잔 말이냐? 우리들이 이런 장설(壯雪)을 맞고 이 밤중에 대관령을 넘어올 때 무슨 일로 왔느냐? 오늘 밤에 우리가 곤하게 잠든 후에 죄인이 도망할 지경이면, 우리들은 죽는 놈이다. 잘 알아차려라."

그 말이 뚝 떨어지며 사령이 맞넉수가 되어 신이 나서 그 말 대답을 하며 달려들더니, 역적 죄인이나 잡은 듯이 최병도를 꼼짝 못하게 결박을 하는데 장차 어미나 아비나 쳐죽인 원수같이 최씨의 입에서 쥐 소리가 나도록, 두 눈이 툭 솟도록, 은근히 골병이 들도록 동여매느라고 사랑방에서 새로이 살풍경이 일어나는데 안마당에서 본평 부인의 울음소리가 난다.

부인 "애고! 이것이 웬일인고! 이를 어찌하잔 말인고? 애고 애고, 평생에 남에게 싫은 소리 한 번 아니 하고 사는 사람이 무슨 죄가 있어서 이 지경을 당하노? 애고, 애고, 하나님 하나님, 죄 없는 사람을 살게 하여 줍시사! 애고, 애고, 여보, 옥순 아버지, 돈이 다 무엇이란 말이요, 영문 장차가 달라는 대로 주고 몸이나 성하게 잡혀가시오." 하며 우는데 옥순이는 어머니를 부르며 악마구리같이 따라 운다. 최병도가 제 몸 고생하는 것보다 그 부인과 어린 딸의 마음을 위로하기 위하여 장차에게 돈 칠백 냥을 주기로 작정이 되었는데, 장차들의 욕심이 흠쭉하게 찼던지 결박하였던 것도 끌러놓을 뿐만 아니라, 맹

세 지거리를 더럭더럭 하며 말을 함부로 하던 입에서 말이 너무 공손히 나온다.

　장교 "최 서방님, 아무 염려 마시오. 우리가 영문에 가서 순사도께 말씀만 잘 아뢰면 아무 탈 없이 될 터이니 걱정 마시오. 들어앉으신 순사도께서 무엇을 아시겠습니까? 염문(廉問)하여 바친 놈들이 몹쓸 놈이지요. 우리가 들어가거든 호방 비장(裨將) 나리께도 말씀을 잘 여쭙고 수청 기생 계화더러도 말을 잘 하여서 서방님이 무사히 곧 놓여오시게 할 터이니 우리만 믿으시오. 압다, 일만 잘 되게 만들 터이니 호방 비장 나리께 약이나 좀 쓰고 계화란 년은 옷 하여 입으라고 돈 백 냥이나 주시구려. 압다, 요새 그년이 뽐내는 서슬에 호사 한 번 잘 시키고 그 김에 계화란 년 상관이나 한 번 하시구려. 촌에 사는 양반이 그런 때 호강을 좀 못해 보고 언제 하시겠소? 그러나 딴 구멍으로 청할 생각 마시오. 원주 감영 놈들이란 것은 남의 것을 막 떼어 먹으려 드는 놈들이요. 누가 무엇이라 하던지 당초에 상관을 마시오. 서방님 같은 양반이 영문에 가시면 못된 놈들이 공연히 와서 지분지분할 터이니 부디 속지 마시오."
하더니 다시 사령을 건너다보며,

　장교 "이애 사령들아! 너희들도 영문에 들어가거든 꼭 내가 시키는 대로 이렇게만 말하여라. 강릉 경금 사는 최본평이란 양반은 아까운 재물을 결단냈더라. 그 어림없는 양반이 서울 가서 누구 꾀임에 빠졌던지? 지금 세상에 쩡쩡거리는 공사청(公事廳) 내시들의 노름하는 축에 가서 무엇을 얻어먹겠다고 그런 살얼음판에 들어앉아서 노름을 하였던지, 부자 득명하고 살던 재물을 죄 잃어버리고 아무것도 없다네. 대체 노름빚이 얼마나 되었던지 내시 집에서 노름빚을 받으려고 최본평이라는 그 양반 집으로 사람을 내려보내서 전장문서(田莊文書)[1]를 전부 뺏아가고 남은 것은 한 이십 칸 되는 초가집 하나와 황소 한 필뿐이라 하니, 아무리 시골 양반이 만만하기로 남의 재물을 그렇게 뺏아먹는 법이 있느냐? 하면서 풍을 치고 다니어라. 그러면, 나는 호방 비장 나리께 들어가서 어떻게 말씀을 여쭙던지 열기(熱氣) 없이 속여넘길 터이다. 이애, 우리끼리 말이지 우리 영문 사또 귀에 최 서방님이 패가하셨다는 소문이 연방 들어갈 지경이면 당장에 백방(白放)하실 터이다. 또 요사이는 죄인이 어찌 많던지, 옥이 툭 터지게 되었으니 쓸데없는 죄인은 곧잘 놓아주신다. 이애, 일전에도 울진 사는 부자 하나 잡혀 왔을 때 너희들도 보았지? 그때 옥이 좁아서 가둘 데가 없다고 아뢰었더니, 죄는 있고 없고 간에 거지 같은 놈은 다 내놓았더라. 이 애들, 별말 말고 우리가 최 서방님 일만 잘 보아드리자. 우리들이 서방님 일을 이렇게 잘 보아드리는데 서방님께서 무슨 처분이 계시지, 설마 그저 계시겠는냐?"

그렇게 제게 당길심[2] 있는 말을 하면서 최씨를 위하여 줄 듯이 말을 하나, 최씨가 도망 못 가도록 잡아두라 하는 것은, 처음과 조금도 다를 것이 없는지라.

---

1) 전장문서 : 소유하는 논밭 문서.
2) 당길심 : 끌어당기는 힘.

그날 밤에는 그런 소요로 그럭저럭 밤을 새우고, 그 이튿날 장차의 전례돈을 다 구처(區處)하여 원주 감영으로 환전(換錢)을 붙인 후에, 최씨를 앞세우고 곧 떠나려 하는데, 본래 최병도는 경금 동네에서 득인심(得人心)한 사람이라, 양반·상인 없이 최씨의 소문을 듣고 최씨를 보러 온 사람이 많으나 장차들이 최씨를 수직하고 앉아서, 누구든지 그 방에 사람이 들어가지 못하게 하는 터이라. 본평 부인이 그 남편 떠나는 것을 좀 보고자 하여 그 종 복례를 사랑으로 내보내서 장차에게 전갈로 청을 하는데 촌양반의 집 종이 영문 장차를 어찌 무서워하던지 사랑뜰에 우두커니 서서 말을 못한다. 그때 마침 동네 사람들이 최씨를 보러 왔다가 보지 못하고 떠나갈 때에, 길에서 얼굴이나 본다 하고 최씨 집 사립문 밖에서 서성거리고 있는 사람도 많은 터이라.

그 중에 웬 젊은 양반 하나이 정자관(程子冠) 쓰고 시골 촌에서는 물표 다를 만한 가죽신 신고 서양목(西洋木) 옥색 두루마기에 명주로 안을 받쳐 입고, 얼굴은 회오리밤 벗듯 하고3), 눈은 샛별 같고, 나이는 삼십이 막 넘은 듯한 사람이 담뱃대 물고 마당에 섰다가, 복례의 모양을 보고 복례를 불러 묻는다.

"이애 복례야, 너 왜 거기 우두커니 서서 주저주저 하느냐?"

복례 "아씨께서 서방님께 좀 뵈옵겠다고 사랑에 나가서 그 말씀 좀 하라서요."

---

3) 회오리밤 벗듯 하고 : 몸에 거리낄 것 없이 모든 세속 시비를 벗어나 깨끗해 졌다는 뜻.

관 쓴 양반이 그 말을 듣더니 사랑 마루 위로 썩 올라서면서 기침 한 번을 점잖게 하며 사랑방 지게문을 뚝뚝 두드리며, 영문 장교더러 할 말이 있으니 잠깐 좀 내다보라 하니, 본래 영문 장차가 감사의 비관을 가지고 촌양반을 잡으러 나가면, 암행어사 출도나 한 듯이 기승스럽게 날뛰는 것들이라 장교가 불미한 소리로,

"웬 사람이 어디를 와서 함부로 그리 하느냐?"

하며 내다보기는 고사하고 사령더러 잡인들을 다 내쫓으라 하니 사령 하나이 문을 열어젖뜨리며 와락 나오더니, 관 쓴 양반의 가슴을 내밀며 갈범같이 소리를 지르는데 관 쓴 양반이 눈에서 불이 뚝뚝 떨어지도록 부릅뜨고 호령 한 마디를 하더니, 다시 마당에 섰는 웬 사람을 내려다보며,

"이애 천쇠야, 너 지금내로 이 동네 백성들을 몇이 되든지 빨리 모아 데리고 오너라."

하는데, 천쇠는 어젯밤에 장차들에게 얻어맞던 원수를 갚는다 싶은 마음에 신이 나서 목청이 떨어지도록 소리를 지른다.

"아랫말 김 진사 댁 서방님께서 동네 백성들을 모으라신다. 빨리 모여들어라."

하면서 사립문 밖으로 나가는데, 그때는 눈이 길길이 쌓인 때라. 일 없는 농군들이 최본평 집에 영문 장차가 나와서 야단을 친다 하는 소리를 듣고 구경을 하러 왔다가 장차가 못 들어오게 하는 서슬에 겁이 나서 못 들어오고 이웃 농군의 집에 들어앉아서 까마귀 떼같이 지껄이고 있는 터이라.

“본평댁 서방님이 영문에 잡혀가신다지?”

“그 양반이 무슨 죄가 있어서 잡아가누?”

“죄는 무슨 죄, 돈이 있는 것이 죄이지.”

“요새 세상에 양반도 돈만 있으면 저렇게 잡혀가니 우리 같은 상놈들이야 논마지기나 있으면 편히 먹고 살 수 있나?”

“이런 놈의 세상은 얼른 망하기나 했으면…… 우리 같은 만만한 백성만 죽지 말고 원이나 감사나 하여 내려오는 서울 양반까지 다 같이 죽는 꼴 좀 보게.”

“원도 원이요, 감사도 감사거니와 저런 장차들부터 누가 다 때려죽여 없애버렸으면.”

하면서 남의 일에 분이 잔뜩 나서 지껄이고 앉았던 차에, 천쇠의 소리를 듣고 우우 몰려나오면서 천쇠더러 무슨 일이 있느냐 묻는데, 천쇠는 본래 호들갑스럽기로 유명한 놈이라, 영문 장차가 김 진사 댁 서방님을 죽이는 듯이 호들갑을 부리며 어서 본평 댁으로 들어가자 소리를 어찌 황당하게 하던지, 농군들이,

“자아, 들거라!”

소리를 지르고 최본평 집 사랑 마당에 들어오는데, 제 목소리에 제가 정신을 못 차릴 지경이라.

경금 동네가 별안간에 발끈 뒤집으며, 최본평 집에 무슨 야단났다 소문이 퍼지며, 양반·상인·아이·어른 없이 달음박질을 하여 최본평 집에 몰려오는데, 마당이 좁아서 나중에 오는 사람은 들어오지 못하고 사립문 밖에 서서 궁금증이 나서 서로 말 묻느라고 야단이다.

그때 최본평 집 사랑 마당에서는 참 야단이 난 터이라. 김씨의 일 호령에 원주 감영 장차들을 마당에 꿇려 앉혔는데, 김씨의 호령이 서리 같다.

김치일 "너희들이 명색이 영문 장차라는 거냐? 영문 기세만 믿고 행악을 할 대로 하던 놈들은 내 손에 좀 죽어 보아라. 민요(民擾)가 나면 원과 감사가 민요에 죽는 일도 있고, 군요(軍擾)가 나면 세도 재상이 군요에 죽는 일이 있는 줄을 너희들이 아느냐? 내가 너희들에게 실례하기는 하였다. 너희들에게 할 말이 있으면 내 집 사랑에서 너희 들을 불러서 이를 일이나, 지금 당장에 이 댁 최 서방님이 영문으로 잡혀가시는 터에, 급히 너희들더러 청할 말이 있는 고로, 내가 여기 서서 방에 있는 너더러 좀 나오라 하였다가 내가 너희들에게 욕을 보았다. 오냐, 여러 말 할 것 없다. 너희들 같은 놈은 어디 가서 기승 을 부리다가 남에게 맞아죽는 일이 더러 있어야, 이 후에 다른 장차 들이 촌에 나가서 조심하는 일이 생길 터이니, 오늘 너희들은 살려 보낼 수 없다."
하더니 다시 동네 백성들을 내려다보며,

김치일 "이애, 이 동네 백성들 들어 보아라. 나는 오늘 민요 장두(狀 頭)로 나서서 원주 감영 장차 몇 놈을 '때려죽일 터이니, 너희들이 내 말을 들을 터이냐?"

경금 백성들이 신이 나서 대답을 하는데 마당이 와글와글한다.

백성 "네에, 소인들이 내일 감영에 다 잡혀가서 죽더라도 서방님 분부 한 마디만 있으면 무슨 일이든지 하라시는 대로 거행하겠습니다."

　김치일 "응, 민요를 꾸미는 놈이 살 생각은 하여서는 못 쓰는 법이라. 누구든지 죽기를 겁내는 사람이 있거든 여기 있지 말고 나가고, 나와 같이 강원 감영에 잡혀가서 죽을 작정하는 사람만 나서서 몽둥이 하나씩 가지고 장차들을 막 패죽여라."

　그 소리 뚝 떨어지며 동네 백성들이 몽둥이는 들었든지 아니 들었든지 아우성 소리를 지르며 장차에게로 달려드는데, 장차의 목숨은 뭇 발길에 떨어질 모양이라.

　사랑방에 앉았던 최병도는 발바닥으로 뛰어내려오고, 안중문 안에서 중문을 지치고 서서 내려다보던 본평 부인은 내외가 다 무엇인지 불고염치하고 뛰어나와서 장차들을 가리고 서고, 최씨는 동네 백성을 호령하여 나가라 하나, 호령은 한 사람 목소리요, 아우성 소리는 여러 사람의 목소리라. 앞에 선 백성은 멈추고 섰으나, 뒤에서는 물밀듯 밀고 들어오는데 장차들은 어찌 위급하던지 본평 부인의 뒤에 가서 벌벌 떨며 살려 달라 소리만 한다.

　최병도가 동네 백성이 손에 들고 있는 지게 작대기를 쑥 뺏아 들고 백성을 후려 때리려는 시늉을 하나 백성들이 피할 생각은 아니하고 섰으니, 그때 마루 위에 섰던 김씨가 동네 백성들을 내려다보며,

　김치일 "이애, 그리하여서는 못쓰겠다. 장차들을 이 댁 사랑 마당에서 때려죽일 것이 아니라, 내 집 사랑 마당으로 잡아다가 죽이든지 살리든지 하자."

　마당에 섰던 백성들이 일변 대답을 하며 그 대답 소리에 이어서

소리를 지른다.

"저 놈들을 잡아가지고 김 진사 댁 마당으로 가자!"

하더니 장차를 붙들러 우우 달려드니, 장차가 최본평 집 안 중문으로 뛰어들어가는데, 본평 부인이 뒤에 따라 들어가며 중문을 닫아 건다. 최씨가 사랑 마루 위로 올라가며 김씨의 손목을 턱 붙들고 웃으면서,

최본평 "여보게 치일이, 자네다 무슨 해거(駭擧) 4)를 이렇게 하나? 동네 백성들을 내보내고 방으로 들어가세."

하더니 최씨가 일변 동네 사람들더러 다 나가라고 다시 천쇠를 불러서 사립문을 안으로 걸라 하고, 장차들은 행랑방에 들여앉히라 하고 최씨는 김씨와 같이 사랑방으로 들어가는데, 장차들은 목숨 산 것만 다행히 여겨서 최씨의 하라는 대로만 하는 터이라. 천쇠를 따라 행랑방으로 나가 앉아서, 감히 사립문 밖으로 나갈 생각을 못하고 천쇠에게 첨을 하느라고 죽을 애를 쓴다. 그때 김씨는 최씨의 사랑방에 앉아서 단 둘이 공론이 부산하다.

김치일 "여보게 주삼이, 자네나 나나 여기 있다가는 며칠이 못 되어 큰일이 날 터이니 우리들이 서울이나 가서 있다가 이 감사 갈린 후에 내려오세."

최본평 "자네는 이번에 일을 장만한 사람이니 불가불 좀 피해야 쓰려니와, 나는 어디 갈 생각은 조금도 없으니 자네만 어디로 피하게."

---

4) 해거 : 해괴한 짓.

김치일 "자네가 아니 피할 까닭이 무엇인가?"

최본평 "응, 자네는 이번에 이 일을 석 삭(朔) 동안만 피하면 그만이라, 자네같이 논 한 마지기 없이 가난으로 패호(牌號)⁵⁾한 사람을 감영에서 무엇을 얻어먹겠다고 두고두고 찾겠나? 나는 돈냥이나 있다고 이름 듣는 사람이라, 이 감사가 갈려 가더라도 또 감사가 내려오고, 내가 타도에 가서 살더라도 그 도에도 감사가 있는 터이라, 돈푼이나 있는 백성은 죄가 있든지 없든지 다 망하는 이 세상에 내가 가면 어디로 가며, 피하면 어느 때까지 피하겠나, 응? 뺏으면 뺏기고, 죽이면 죽고, 당하는 대로 앉아 당하지. 말이 났으니 말이지, 백성이 이렇게 살 수 없이 된 나라가 아니 망할 수 있나, 응? 말을 하자 하면 하루 이틀, 한 달 두 달에 다 못할 일이라. 그 말은 그만두고 우리들의 일 조처할 말이나 하세. 자네는 돈 한 푼 변통하기 어려운 사람인데, 이번에 망나니 같은 감사에게 미움받을 짓을 하고 여기 있을 수야 있나? 그러나 어디로 가든지 돈 한 푼 없이 어찌 나서겠나? 내가 표 하나를 써서 줄 터이니 내 마름을 불러서 이 돈을 찾아 가지고 어디든지 잘 가 있게. 나는 이 길로 장차를 따라서 영문으로 잡혀갈 터일세."

하면서 엽전 천 냥 표를 써서 김씨를 주고 벌떡 일어나며,

"응, 친구도 작별하려니와 우리 마누라도 좀 작별하여야겠네."

하더니 안으로 들어가는데, 김씨는 앞에 놓인 돈표를 거들떠보지도

---

5) 패호 : 좋지 못하게 남들이 붙여 부르는 별명.

아니하고 고개를 푹 수그리고 한참 동안을 앉았다가 고개를 번쩍 들
며,

김치일 "응, 그럴 일이야. 주삼이 떠나는 꼴은 보아 무엇하게?"
하더니 돈표를 집어서 부시쌈지 속에 넣고 안으로 향하여 소리 한
마디를 꽥 지른다.

김치일 "여보게 주삼이, 나는 먼저 가네. 죽는 놈은 죽거니와 사는
놈은 살아야 하느니, 세상이 망할 듯하거든 흥할 도리 하는 사람이
있어야 쓰는 법이라. 다 각각 제 생각 도는 대로 하여 보세."
하면서 나가는데, 최씨는 안에서 목소리를 크게 해 외마디 대답이라.

최본평 "어어, 알아들었네. 잘 가게그려!"
하는 말은 최씨와 김씨 두 사람만 서로 알아들을 뿐이라. 김씨는 어
디든지 멀리 달아날 작정이요, 최씨는 감영으로 잡혀갈 마음으로 작
별하는데 부인이 울며,

부인 "여보 옥순 아버지, 무슨 죄가 있어서 원주 감영에서 잡으러
내려왔소?"

최본평 "응, 죄는 많이 지었지."

부인이 깜짝 놀라면서,

부인 "여보, 그것이 무슨 말씀이오? 무슨 죄를 그렇게 많이 지으셨
단 말이오? 열 길 물 속은 알아도 한 길 사람의 속은 모른다더니 나는
내외간이라도 그러실 줄은 몰랐소그려. 삼순구식(三旬九食)을 못 얻어
먹는 사람이라도, 제 마음만 옳게 가지고 그른 일만 아니하고 있으면,
어느 때든지 한 때가 있을 것이오. 만일 그른 마음먹고 남에게 적악

을 하든지 나라에 죄 될 일을 할 지경이면 하늘이 미워하고 조물이 시기하여, 필경 그 죄를 받을 것이니 사람이 죄를 짓고 죄 받는 것을 어찌 한탄한단 말이오? 말으시오, 말으시오. 무슨 죄를 짓고 저 지경을 당하시오?"

최씨 "응, 죄를 나 혼자 지었다구? 두 내외 같이 지었지."

부인 "여보, 남의 애매한 말 말으시오. 나는 철난 후로 죄 될 일을 한 것 없소. 손톱 발톱이 닳도록 벌어 놓은 재물을 아껴 먹고 아껴 쓰면서, 배고픈 사람을 보면 내 배를 덜 채우고 한술밥이라도 먹여 보내고 동지 섣달에 살을 가리지 못하고 얼어죽게 된 사람을 보면 내가 입던 옷 한 가지라도 입혀 보내고 손톱만치도 사람을 속여본 일도 없고 털끝만치도 남을 해치려는 마음을 먹은 일이 없소. 없소 없소, 죄 될 일은 아무것도 한 것 없소. 여보시오, 여편네라고 업신여기지 마시고 내 말 좀 들어 보시오. 죄 될 일을 하실 때에 하나님 버력도 무섭지 아니하고 귀신의 앙화도 겁나지 아니하더라도 처자가 부끄러워서 죄 될 일을 어찌 하셨단 말이오? 영문에서까지 알고 잡으러 온 터인데 나 하나만 기이면 무엇하오?"

최본평 "응, 마누라는 죄를 지어도 알뜰하게 잘 지었지, 우리 죄는 두 가지 죄이라, 한 가지는 재물 모은 죄요, 한 가지는 세력 없는 죄."

부인 "여보, 그것이 무슨 죄란 말이오?"

최본평 "응, 우리 나라에서는 녹피에 가로왈자같이 법을 써서 죽이고 싶은 사람이 있으면 없는 죄를 만들어 뒤집어씌우고, 살리고 싶은 사람이 있으면 있는 죄도 벗겨 주는 세상이라. 이러한 세상에 재물을 가진 백성이 있으면, 그 백성을 다스리는 관원이 그 재물을 뺏아 먹으려고 없는 죄를 만들어서 남을 망해놓고 재물을 뺏아먹는 세상이니 그런 줄이나 알고 지내오. 그러나 마누라가 지금 태중이라지? 언제가 산월이오?”

부인 “…….”

최본평 “아들 낳거든 공부나 잘 시켜야 할 터인데…….”

부인 “여보, 그런 말씀은 지금 할 말이 아니오. 몇 달 후에 낳을 어린아이의 말과 몇 해 후에 그 아이 공부시킬 일을 왜 지금 말씀하신단 말이오? 옥순 아버지가 영문에 잡혀가시더라도 죄 없는 사람이라, 가시는 길로 놓여 나오실 터이니 왕환(往還)하는 동안이 불과 며칠이 되겠소? 집의 일은 걱정 마시고 부디 몸조심하여 속히 다녀오시오.”

최본평 “응, 그도 그러하지. 그러나 내가 객기(客氣)가 많고 이상한 사람이야. 요새 세상에 돈만 많이 쓰면 쉽게 놓여 나오는 줄은 알지마는 나라를 망하려고 기를 버럭버럭 쓰는 놈의 턱밑에 돈표를 써서 들이밀고 살려달라, 놓아달라, 그따위 청을 하고 싶은 마음은 없는걸. 죽이거나 살리거나 제 할 대로 하라지.”

부인 “여보시오, 그것이 무슨 말씀이오? 쉽게 놓여 나올 도리만 있으면 영문에 잡혀가던 그날 그 시로 놓일 도리를 하실 일이지, 딴 생각을 하실 까닭이 있소? 재물이 다 무엇이란 말이오? 우리 재물을 있는 대로 다 떨어주더라도 무사히 놓여 나올 도리만 하시오. 여보, 재물은 없더라도 부지런히 벌기만 하면 굶어죽지는 아니할 터이니 재물을 아끼지 말고 몸조심만 잘 하시오. 만일 우리 세간을 다 떨릴 지경이어든 사랑에서는 기직도 매고 짚신도 삼으시고, 나는 베도 짜고 방아품도 팔았으면 호구(糊口)하기는 염려 없을 터이니, 먹고 살 걱정을 말으시고 영문에서 횡액만 아니 당할 도리만 하시오."

최본평 "허허허, 좋은 말이로구. 마누라는 마음을 그렇게 먹어야 쓰지. 내 마음은 어떻게 들어가든지 되어 가는 대로 두고 봅시다. 자, 두말 말고 잘 지내오. 나는 원주 감영으로 가오."

하면서 벌떡 일어나서 나가더니 영문 장차들을 불러서 당장에 길을 떠나자 하니 장차들은 혼이 떴던 끝이라, 최씨 덕에 살아난 듯하여 별안간에 소인(小人)을 개 올리며6) 말을 한다.

장차 "소인들은 이번에 서방님 덕택에 살았습니다. 소인 등이 서방님을 못 잡아가고 소인 등이 영문 사또 장하에 죽는 수가 있더라도 소인들만 들어갈 터이오니 이 동네에서 무사히 잘 나가도록만 하여 주십시오."

최본평 "너희 말도 고이치 아니한 말이다마는 그렇게 못 될 일이 있다. 너희들이 나를 잡아가지 아니할 지경이면 너희들의 발뺌을 하느라고 경금 동네 백성들이 소요 부리던 말을 다 할 터이니 너의 영문 사또께서 그 말을 들으시면 경금 동네는 뿌리가 빠질 터이라. 차라리 나 한몸이 잡혀가서 죽든지 살든지 당할 대로 당하고 동네 백성들이나 부지하게 하는 일이 옳은 일이라. 너희들이 나를 고맙게 여길

---

6) 개 올리다 : 상대편을 높여 대하다, 몸을 낮추고 쩔쩔매면서 말하다.

진대 이 동네 백성들을 부지하게 하여다고. 또 실상으로 말할진대 경금 동네 백성들이야 무슨 죄가 있느냐? 김 진사 댁 서방님이 시키신 일인데, 그 양반은 벌써 어디로 도망하였을는지 이 동네에 있을 리가 만무한 터이라. 죄 지은 사람은 어디로 도망하였는데 무죄한 여러 사람에게 그 죄가 미쳐서야 쓰느냐? 그러나 관속이라는 것은 믿을 수가 없는 일이라. 너희들이 이 동네 있을 때는 좋은 말로 내 앞에서 대답을 하였더라도 영문에 들어가면 필경 만만한 경금 동네 백성들을 결단내려 들 줄을 내가 짐작한다. 만일 너희들이 내 말대로 아니할 지경이면 나는 너희들이 내 집에 와서 작폐(作弊)하던 말을 낱낱이 하고, 내가 너희들에게 차사례 뺏기던 일도 낱낱이 하여 너희들을 순사도 눈 밖에 나도록 말할 터이니 너희 몸의 이해를 생각하여 나 하나만 잡아가고 경금 동네 백성에게는 일 없도록만 하여다고. 그러나 너희들이 하룻밤이라도 이 동네 있는 것이 부끄러운 일이니 날이 저물었더라도 지금으로 떠나자.”

하더니 장차는 앞에 서고 최씨는 뒤에 서서 사랑 마당으로 나가는데 안 중문간에서 부인과 옥순의 울음소리가 난다. 부인이 한참 동안을 정신없이 울다가 옥순이를 데리고 사립문 밖으로 나가더니, 그 남편 간 곳을 우두커니 바라보고 섰는데 남편은 간 곳 없고 대관령만 높았더라.

원주 감영에 동요가 생겼는데, 그 동요가 너무 괴악한 고로, 아이들이 그 노래를 할 때마다 나이 많은 사람들이 꾸짖어서 그런 노래를 못하게 하나 철모르는 아이들이 종종 그 노래를 한다.

내려왔네, 내려왔네, 불가사리가 내려왔네

무엇하러 내려왔나, 쇠 잡아먹으러 내려왔네

그런 노래하는 아이들은 무슨 의미인지 모르고 하는 노래이나, 듣는 사람들은 불가사리라 하는 것이 감사를 지목한 말이라 한다.

그것은 무슨 곡절인고? 거짓말일지라도 옛날에 불가사리라 하는 물건 하나이 생겨나더니 어디든지 뛰어다니면서 쇠란 쇠는 다 집어먹은 일이 있었다 하는데, 감사가 내려와서 강원도 돈을 싹싹 핥아먹으려 드는 고로 그 동요가 생겼다 하는지라. 이때 동요는 고사하고 진남문 밖에 익명서가 한 달에 몇 번씩 걸려도 감사는 모르는 체하고 저 할 일만 한다.

그 하는 일은 무슨 일인고? 긁어서 바치는 일이라. 긁기는 무엇을 긁으며 바치기는 어디로 바치는고?

강원 일도에 먹고사는 재물을 뺏아다가 서울 있는 상전들에게 바치는 일이라. 상전이라 하면 강원 감사가 남의 집에 문서 있는 종이 아니라 무서워하기를 상전같이 알고, 믿기를 상전같이 믿고, 섬기기를 상전같이 섬기는데 그 상전에게 등을 대고 만만한 사람을 죽여내는 판이라.

대체 그런 상전 섬기기는 어렵고도 쉬운 터이라. 어려운 것은 무엇인고? 만일 백성을 위하여 청백리 노릇만 하고 상전에게 바치는 것이 없을 지경이면 가지고 있는 인(印) 꼭지를 며칠 쥐어 보지도 못하고 떨어지는 터이요, 또 전정이 막혀서 다시 벼슬이라도 얻어 하여 볼 수가 없는 터이라. 그런 고로, 그 상전 섬기기가 어렵다 하는 것이라.

쉬운 것은 무엇인고? 우물고누 첫수[7]로 백성의 피를 긁어 바치기만 잘하면 그만이라. 이때 강원 감사가 그 일을 썩 쉽게 잘하는 사람인데 또 믿을 만한 상전도 많은지라. 많은 상전을 누구누구라고 열명을 할진대 종 문서같이 사전 문서장이나 있어야 그 상전을 다 기억할지라. 세도 재상도 상전이요, 별입시(別入侍)도 상전이요, 긴한 내시도 상전이요, 그 외에도 상전 낱이나 있는데, 그 중에 믿을 만한 상전 하나이 있다.

상전 부모라 하니 어머니 어머니 불렀으면 좋으련마는 원수의 나이 어머니라기는 남이 부끄러울 만한 터인 고로, 누님 누님 하는 여상전(女上典)이라. 그 상전의 힘으로 감사도 얻어 하고 그 상전의 힘을 믿고 백성의 돈을 불한당질 하는데, 그 불한당 밑에 졸개 도적은 졸남생이[8] 따르듯 하였더라.

강원 감영 아전은 본래 사람의 별명 잘 짓기로 유명한 사람들이라. 감사의 식구를 별명 지은 것이 있었는데 골고루 잘 모인 모양이라.

순사도는 쇠귀신
호방 비장은 구렁이
예방 비장은 노랑 수건

---

7) 우물고누 첫수 : 한 가지 방법밖에 달리 변통할 재주가 없음을 뜻함.
8) 졸남생이 : 줄남생이. 물가 양지쪽에 볕을 받으려고 죽 늘어앉은 남생이. 남생이는 민물에 사는 거북과 비슷한 길한 동물.

병방 비장은 소경 불한당

공방 비장은 초라니

회계 비장은 갈강쇠

별실마마는 계집 망나니

수청 기생은 불여우

　별명은 다 다르나 심정은 똑같은 위인이라. 무슨 심정이 같으냐 할 지경이면 괴수나 졸개나 불한당질 할 마음은 일반이라. 대체 잔치하는 집에 떡 부스러기·국수 갈구랑이·실과 낱 헤어지듯이, 감사가 돈 먹는 서슬에 여간청9) 거간(居間)이나 한두 번 얻어 하면 큰 돈머리는 감사가 다 집어먹고 거간꾼은 중비만 얻어먹더라도 수가 문청문청 난 사람이 몇인지 모르는 판이라. 감사도 눈이 벌겋고 조방(助幇)꾼이도 눈이 벌개 날뛰는데, 강원도 백성들은 세간이 뿌리가 쑥쑥 빠질 지경이라. 강원 감영 선화당 마당에는 형장 소리가 끊어지지 아니하고 선화당 위에는 풍류 소리가 끊어질 때가 없다. 꽃 같은 기생들이 꾀꼬리 같은 목청으로 약산동대(藥山東臺) 야지러진 바위를 부르면서 옥 같은 손으로 술잔을 드리는데, 수염이 희끗희끗한 늙은이가 웬 계집을 그렇게 좋아하던지 침을 꽤 흘리며 기생의 얼굴만 쳐다보며, 술잔을 받아 먹는 감사의 얼굴도 구경 삼아 한 번 쳐다볼 만하다.

---

9) 여간청 : 여각청·곡식·약종·어물 따위에 매매를 알선하고 하주(荷主)를 유숙케 하는 영업.

거문고는 두덩실, 양금(洋琴)은 증지당, 피리는 닐리리, 장구는 꿍하는데, 꽃밭에 흩날리는 나비같이 너울너푼 너울너푼 춤추는 것은 장번(長番) 수청 기생 계화이라. 때때로 여러 기생들이 지화자 부르는 소리는 꾀꼬리 세계에 야단이 난 것 같다.

감사는 놀이에 흥이 날 대로 나고, 기생에게 정신이 빠질 대로 빠지고, 그 중에 술이 얼근하여 산동(山東)이 대란(大亂)하더라도 심상한 판이라. 산동은 남의 나라 땅이거니와 우리 나라 영동이 대단하더라도 심상하여 그 놀음놀이만 하고 있을 터이라. 그런 때는 영문에 무슨 일이 있든지 아전들이 그 일을 감사에게 거래(去來)를 아니하고 그 노래 끝나기를 기다리든지 그 이튿날 조사 끝에 품든지 하지마는, 만일 감사에게 제일 긴한 일이 있으면 불류시각(不留時刻)하고 품하는 터이라.

목청 좋은 급창(及唱)이가 섬돌 위에 올라서서 웅장한 소리를 쌍으로 어울러서,

"강릉 출사 갔던 장차 현신 아뢰오."

하는 소리에 감사의 귀가 번쩍 띄어서 내다본다. 풍류 소리가 별안간에 뚝 그치고 급창의 청령(聽令) 소리가 연하여 높았더라.

"형방 영리 불러라. 강릉 경금 사는 최병도(최본평) 잡아들여라. 빨리 거행하여라."

영이 뚝 떨어지며 사령들은 일변 긴 대답을 하며 풍우 같이 몰려 들어오고, 최병도는 난전(亂塵) 몰려 들어오듯 잡혀 들어오는데, 영문이 발끈 뒤집는다. 죄는 있고 없고 간에 최병도의 간은 콩만하게 졸

아지고 감사의 간(肝) 잎은 자라 몸뚱이 같이 널부러진다. 콩만하게 졸아드는 간은 겁이 나서 그러하거니와, 자라 몸뚱이같이 널부러지는 간은 무슨 곡절인고? 흥이 날 대로 나서 조개 입술 내밀 듯이 너울거리고 있다.

감사의 마음은 범이 노루나 사슴이나 잡아놓은 듯이 한 밥 잘 먹겠다 싶은 생각에 흥이 나고, 최병도의 마음은 우렁이가 황새나 외가리나 만나서 이제는 저 놈에게 찍히겠다 싶은 생각에 겁이 잔뜩 난다.

사령(辭令) 좋은 형방 영리는 감사의 말을 받아서 내리는데 최병도의 죄목이라.

"여보아라, 최병도, 분부 듣거라. 너는 소위 대민 명색으로 부모에게 불효하고 형제에게 불목하니 천지간에 용납치 못할 죄라, 풍화소관(風化所關)에 법을 알리겠다."

하는 선고(宣告)이라 좌우에 늘어선 사령들은 분부 듣거라 소리를 영문이 떠나가도록 지르는데, 여간 당돌한 사람이 아니면 정신을 차릴 수 없는지라. 최병도가 그 말을 듣고 기가 막혀서 땅을 두드리며 대답을 하는데 본래 글 잘하는 사람이라, 즉 말을 냅뜰 때마다 문자이요, 문자마다 새겨서 말을 한다.

최병도 "옛말에 하였으되, 부혜생아, 모혜국아, 용보지덕, 호천망극(父兮生我, 母兮鞠我, 欲報之德, 昊天罔極), 아버지가 나를 낳으시고 어머니가 나를 기르셨으니, 은혜를 갚고자 할진대 호천망극이라 하였으니, 부모의 은혜를 갚지 못한 사람은 천지간 죄인이라. 그러한즉 생은 부모의 은혜를 갚지 못하였으니 그런 죄가 어디 있겠습니까? 생의 모친이 초산에 생을 낳고 해산 후 더침10)으로 생의 삼칠일 안에 죽었는데, 생의 부친이 생을 기르느라고 앞뒷집으로 안고 다니며 젖을 얻어먹이다가 생이 자라나는 것을 못 보고 생의 돌 전에 죽고, 생은 이모의 손에 길렸사온즉, 생이 장성한 후에 생의 손으로 죽 한 모금 밥 한 술을 부모께 봉양치 못하였으니 그런 불효가 천지간에 또 어디 있겠습니까? 오형지속, 삼천이죄막, 대어불효(五刑之屬 三千而罪莫, 大於不孝)라, 즉 다섯 가지 형법에 죄가 불효보다 더 큰 것이 없다 하였으니 생이 부모의 은혜를 갚지 못한 그런 큰 죄를 어찌 면코자 하겠습니까? 또 옛말에 형제기흡, 화락차심(兄弟旣翕 和樂且湛)이라, 형제가 이미 화합하여야 화락하고 또 맑다 하였는데, 생은 본래 삼대 독자로, 자매도 없는 사람이라 단독 일신이 혈혈고고(孑孑孤孤)하여 평생에 우애라고는 모르고 지냈으니 그런 부제(不悌)가 또 어디 있겠습니까? 생이 효도 못하여 보고 우애도 못하여 보았느니 불효·부제의 죄목이 생에게 원통치는 아니하나 그런 죄는 생이 짐짓 지은 것이 아니요, 하늘이 지어주신 죄이니 순사도께서 생의 죄를 어떻게 다스리시고 법을 어떻게 알리시려는지 모르거니와 죄가 있는지 없는지 의심나는 것은 오직 가벼웁게 다스린다는 말이 있사오니 순사또께서는 밝은 법으로 다스려 주시기를 바랍니다."

그렇게 하는 말이 폭포수 떨어지듯 쉴새없이 나오는데 듣고 보는 사람들이,

---

10) 더침 : 낫거나 나아가던 병세가 다시 더하여짐.

"최병도가 죄 없는 사람이라."

"애매히 잡혀온 사람이라."

"그 정경이 참 불쌍한 사람이라."

하여 수군거리는 소리는 사람마다 있는 측은한 마음에서 나오는 말이라. 그러나 그 중에 측은한 마음이 조금도 없는 사람은 감사 하나뿐이라. 부끄러운 생각이 있던지 얼굴이 벌개지며 두 볼이 축 처지도록 율기(律己)를 잔뜩 뽐고 앉아서 불호령을 하는데, 최병도의 죄목은 새 죄목이라. 무슨 죄가 삽시간에 생겼는고? 최씨는 순리로 말을 하였으나 감사는 그 말을 듣고 관정발악(官庭發惡)11) 한다 하면서, 형틀을 들여라, 별형장(別刑杖)을 들여라, 집장 사령을 골라 세라 하는 영이 떨어지며, 물 끓듯 하는 사령들이 이리 몰려가고 저리 몰려가고 갈팡질팡하더니, 일변 형틀을 들여놓으며 일변 산장(散杖)을 끼웠더니, 최병도를 형틀 위에 동그랗게 올려매고 형문(刑問)을 친다.

형방 영리는 목청을 돋워서 첫 매부터 피를 묻혀 올리라 하는 영을 전하는데 형문 맞는 사람은 고사하고 집장 사령이 죽을 지경이라. 사령은 젖 먹던 힘을 다 들여 치건마는 감사는 헐장(歇杖)한다고 벼락령이 내린다. 집장 사령의 죽지를 떼어라, 오금을 끊어라 하는 서슬에 집장 사령이 매질을 어떻게 몹시 하였던지 형문 한 치에 최병도가 정신이 있으락 없으락 할 지경인데, 그러한 최병도를 큰 칼을 씌워서 옥중에 내려 가두니 그 옥은 사람 하나씩 가두는 별옥이라. 별옥이라

---

11) 관정발악 : 관청에서 관원에게 악을 쓰고 욕설을 하는 것.

하면 최씨를 대접하여 특별히 편히 있을 곳에 가둔 것이 아니라 부자를 잡아오면 가두는 곳이 따로 있는 터이라.

무슨 까닭으로 별옥을 지었으며 무슨 까닭으로 부자를 잡아오면 따로 가두는고? 대체 그 감사가 백성의 돈 뺏아 먹는 일에는 썩 솜씨 있는 사람이라. 별옥이 몇 칸이나 되는 옥인지 부민(富民)을 잡아오면 한 칸에 사람 하나씩 따로따로 가두고 뒤로 사람을 보내서 으르고 달래고 꾀이고 별 농락을 다하여 돈을 우려낼 대로 우려내는 터이라.

최병도가 그런 옥중에 여러 달 동안을 갇혀 있는데 장처(杖處)가 아물만 하면 잡혀 들어가서 형문 한 치씩 맞고 갇히나, 그러나 최씨는 종시 감사에게 돈 바치고 놓여 나갈 생각이 없고 밤낮으로 장독 나서 앓는 소리와 감사를 미워서 이 가는 소리뿐이라. 옥중에서 그렇게 세월을 보내는데 엄동설한에 잡혀갔던 사람이 그 이듬해가 되었더라.

하지 머리에 비가 뚝뚝 떨어지며 시골 농가에서는 눈코 뜰 새 없이 바쁜 터이라. 밀·보리 타작을 못다 하고 모심기 시작되었는데, 강릉 대관령 밑 경금 동네 앞 논에서 농부가가 높았더라. 보리 곱살미 댓 되밥을 먹은 후에 곁두리로 보리 탁주를 사발로 퍼먹은 농부들이 북통 같은 배를 질질 끌고 기역자로 꾸부리고 서서 왼손에 모춤을 들고 오른손으로 모포기를 찢어 심으며 뒷걸음을 슬슬 하여 나가는데 힘들고 괴로운 줄은 조금도 모르고 흥이 나서 소리를 한다. 그 소리는 선소리꾼이 당장 지어 하는 소리인데 워낙 입심이 썩 좋은 사람이라, 서슴지 아니하고 소리를 먹이는데 썩 듣기 좋게 잘하는 소리러라.

서어 마지기 방석밤이 산골 논으로는 제법 크다.

여어허 여어허 어여라 상사디이야.

한일자로 늘어서서 입구자로 심어 가세.

여어허 여어허 어여라 상사디이야.

불볕을 등에 지고 진흙 물에 들어서서 이 농사를 지어서 누구하고 먹자 하노?

여어허 여어허 어여라 상사디이야.

늙은 부모 봉양하고 젊은 아이 배 채우고 어린 자식 길러내서 우리도 늙게 뉘움 보세.

여어허 여어허 어여라 상사디이야.

하나님이 사람 내고 땅님이 먹을 것 내서 우리 생명 보호하니 부모 같은 덕택이라.

여어허 여어허 어여라 상사디이야.

신농씨 교육 받아 논밭 풀어 농사하고 수인씨(燧人氏) 법을 받아 화식한 이 후에 사람 생애 넉넉하여 퍼지느니 인종일세.

여어허 여어허 어여라 상사디이야.

쟁반 같은 논배미에 지뼘 한 뼘 물을 싣고 어레 같은 씨레발로 목침 같은 흙덩이를 팥고물같이 풀어놓았네.

여어허 여어허 어여라 상사디이야.

흙 한 덩이에 손이 가고 벼 한 포기에 공이 드니 이 공덕을 생각하면 쌀 한 톨을 누구를 주며 밥 한 술을 누구를 줄까?

여어허 여어허 어여라 상사디이야.

바특바특 들어서서 촘촘히 잘 심어라, 이 논이 토박(土薄)하고 논

임자는 가난하여 봄 양식 떨어지고 굶기에 골몰하여 대관령 흔한 풀에 거름조차 못하였다.

여어허 여어허 어여라 상사디이야.

우리 동네 박 첨지, 올해 농사 또 잘 되었네. 한 섬지기 농사, 사흘 갈이 밭농사에 백 짐 풀을 베어 넣고 그것도 부족하여 쇠두엄을 더 폈다네.

여어허 여어허 어여라 상사디이야.

염려되네 염려되네 박 첨지 집이 염려되네. 지붕 처마 두둑하고 볏섬이나 쌓였다고 앞뒤 동네 소문났네. 관가 영문에 들어가면 없는 죄에 걸려들어 톡톡 털고 거지 되리.

여어허 여어허 어여라 상사디이야.

우리 동네 최 서방님 굳기는 하지마는 그른 일은 없더니라. 벼 천이나 하는 죄로 영문에 잡혀가서 형문 맞고 큰칼 쓰고 옥중에 갇혀 있어 반 년을 못 나오네.

여어허 여어허 어여라 상사디이야.

삼대 독자 최 서방님 조실부모하였으니 불효·부제 죄목 들기 그 아니 원통한가? 순사도 그 양반이 정씨 성을 가지고 돈 소리에만 귀가 길고, 원망 소리에는 귀먹었네.

여어허 여어허 어여라 상사디이야.

우리 동무 내 말 듣게. 이 농사를 지어서 먹고 입고 남거든 돈 모을 생각말고 술 먹고 노름하고 놀대로 놀아 보세. 마구 뺏는 이 세상에 부자 되면 경치느니.

여어허 여어허 어여라 상사디이야.

한참 그렇게 흥이 나서 소리를 하다가 저녁 곁두리 술 한 참을 또 먹는데, 술동이 앞에 삥 돌아앉아서 양대로 막 퍼먹고 모심기를 시작한다. 그때는 선소리꾼이 자진가락으로 소리를 먹이는데 얼근한 김에 흥이 한층 더 나서 되고 말고 한 소리를 함부로 주워대는데, 나중에는 최병도의 노래뿐이라.

일락 서산 해 떨어진다. 모춤을 들어라, 모포기를 찢어라, 얼른얼른 쥐애 쳐서 저 논 한 뼘 더 심어 보자.
여어허 여어허 어여라 상사디이야.
저기 선 저 아주머니 치마 뒤에 흙 묻었소. 동그마니 치켜 걷고 다부지게 심어 보오. 먹고 사는 생애 일에 넓적다리 남 뵈기로 무엇이 그리 부끄럽소.
여어허 여어허 어여라 상사디이야.
고수머리 저 총각 음침하기는 다시없네. 낮전부터 보아도 개똥 어머니 뒤만 따른다. 개똥 아버지가 살았던들 날라리뼈 분질러 퉁솟대를 팠을라.
여어허 여어허 어여라 상사디이야.
최풍헌 집 머슴 녀석 이리 와서 내 말 좀 들어라. 물갈이 논에 건갈이하기, 찬물받이에 못자리 하기, 물방아 찧다가 낮잠 자기, 보릿단 훔쳐다가 술 사먹기, 제반 악증은 다 가진 놈이 최풍헌이 잔소리하고, 주인 마누라 죽 자주 쑨다고 무슨 염치에 흥을 보아.
여어허 여어허 어여라 상사디이야.
모춤 나르는 강 생원 얼굴 좀 들어서 나를 쳐다보오. 그따위로

행세를 하다가, 체뽈관 쓰고 몽둥이 맞으리. 코훌쩍이 술장사년 무엇이 탐나서 미쳤소. 밀 한 섬 팔아서 치마 해주고, 아씨 강샘을 만나서 노랑 수염을 다 뽑히고 도쿄 강 생원이 되었데.

여어허 여어허 어여라 상사디이야.

이 논 임자 배춘보, 인심 좋기는 다시없네. 저 먹을 것은 없어도 일꾼 대접은 썩 잘하네. 보리 탁주 곁두리 실컷 먹고 또 남았네. 배춘보야, 들어 보아라. 네가 참 잘 알아챘다. 다 막 먹고 막 써서 부모 세덕(世德) 다 없애고 가난뱅이 되었으니 네 신상에는 편하니라. 벳백이나 하던 재물 지금까지 지녔던들 걸렸을라 걸렸을라, 영문 고밀개에 걸렸을라. 강원 감사 정등내(政等內) 곰배정짜는 아니마는 고밀개는 가지고 왔데. 앞으로 끌고 뒤로 끌고, 이리 끌고 저리 끌고, 자나 굵으나 굵으나 자나, 득득 긁어 들이는 판에, 너조차 걸려들어 사령에게 고랑맛, 사또 앞에 태장맛, 이 세상에 따가운 맛 볼 대로 다 본 후에 네 재물 있는 대로 툭툭 떨어 다 바치고 거지 되어 나왔을라.

여어허 여어허 어여라 상사디이야.

못 볼러라 못 볼러라. 불쌍하여 못 볼러라. 우리 동네 최 서방님, 불쌍하여 못 볼러라. 옥 부비(浮費) 보낼 때에 내가 갔다 어제 왔다. 옥사장에게 인정 쓰고 겨우 들어가 보았다.

여어허 여어허 어여라 상사디이야.

거적 자리 북덕이는 개국 원년에 간 것인지, 더럽기도 하려니와 밑에서는 썩어나데, 사람 자는 아랫목은 보리알 같은 이 천지요, 똥 누는 윗목에는 꽁지벌레 천지라, 설설 기어다니다가 사람에게로 기어오네.

여어허 여어허 어여라 상사디이야.

그 속에서 잠자고 그 속에서 밥 먹는 최 서방님을 볼진대 눈물 나서 못 보겠네, 우리 눈이 무디지마는 오지랖이 다 젖었다.

여어허 여어허 어여라 상사디이야.

누렇게 뜬 얼굴 눈두덩이 수북한데 살이 찐 줄 알았더니 부기가 나서 그러하데.

여어허 여어허 어여라 상사디이야.

빗지 못한 협수머리 갈기머리가 되어서 눈을 덮고 귀를 덮어, 귀신같이 된 모양 꿈에 볼까 겁나데.

여어허 여어허 어여라 상사디이야.

형문 맞은 앞정강이 살이 폭폭 썩어나고 하얀 뼈가 드러나서 못 볼러라 못 볼러라. 소름끼쳐 못 볼러라.

여어허 여어허 어여라 상사디이야.

독하더라 독하더라, 순사도가 독하더라. 아비 쳐죽인 원수라도 그렇게는 못할네. 목을 베면 베었지, 사람을 어디 썩혀 죽이나. 여어허 여어허 어여라 상사디이야.

글 잘하는 양반이 말을 하여도 남과 다르데. 최 서방님이 나를 보고 순사도를 욕하는데, 나라 망할 놈이라고 이를 북북 갈고 피를 벅벅 토하면서, 우리 나라 백성들이 불쌍하다고 말을 하니, 그 매를 그렇게 맞고 그 고생을 그리 하면서 내 몸 생각은 조금도 없고 나라 망할 근심이데,

여어허 여어허 어여라 상사디이야.

못 살러라 못 살러라, 최 서방님 못 살러라, 장독 나서 못 살러라,
먹지 못해 못 살러라, 최 서방님 살거들랑 내 손톱에 장 지져라.
여어허 여어허 어여라 상사디이야.
최본평 댁 아씨께는 이런 말도 못했다, 남이 들어도 눈물을 내니
그 아씨가 들으시면 오죽 대단하시겠나.
여어허 여어허 어여라 상사디이야.
그 서방님이 돌아가면 그 댁 일도 말 못되네. 아들 없고 딸뿐인데
과부 아씨가 불쌍하다.
여어허 여어허 어여라 상사디이야.
최 서방님 죽었다고, 통부(通訃) 오는 그날로 동네 백성 우리들이
송장 찾으러 여럿이 가서 기구 있게[12) 메고 오세.
여어허 여어허 어여라 상사디이야.
장사를 지낼 때도 우리들이 상여꾼이 되어 소방상(小方牀) 대틀에
기구 있게 메고 가며 상두 소리나 잘해 보세.
여어허 여어허 어여라 상사디이야.
무덤을 지을 때도 우리들이 달굿대 들고 달구질이나 잘해 보세.
여어허 여어허 어여라 상사디이야.
죄 없는 최 서방님, 원주 감영 옥중에서 원통히 죽은 넋두리는
입담 좋고 넉살 좋은 김헐렁이 내가 하마.
여어허 여어허 어여라 상사디이야.

---

12) 기구 있게 : 보기에 모든 것들이 골고루 갖추어져 대단하게.

그 농부가 소리가 최병도 집 안방에서 낱낱이 들리는 터이라. 해는 뚝 떨어져서 땅거미가 되고 저녁 연기는 슬슬 몰려서 대관령 산 밑에 한일자로 비꼈는데 농부가는 뚝 그치고 최병도 집 안마당에서 울음소리가 쌍으로 일어난다. 하나는 최병도 부인의 울음소리요, 또 하나는 그 딸 옥순이가 그 어머니를 따라 우는 소리라. 최병도의 부인이 목을 놓아 울며 원통한 사정을 말한다.

"이애 옥순아, 저 농부의 노랫소리를 너도 알아들었느냐? 너희 아버지께서 원주 감영 옥중에서 돌아가시게 되었다는구나. 너의 아버지께서 일평생에 그른 일 하시는 것은 내 눈으로는 못 보고, 내 귀로는 못 들었다. 무슨 죄가 있다고 강원 감사가 잡아다가 땅땅 때려죽인단 말이냐? 에그, 이를 어찌하잔 말이냐? 너의 아버지께서 귀신 모르는 죽음을 하신단 말이냐? 감사도 사람이지 남의 돈을 뺏아 먹으려고 무죄한 사람을 잡아다가, 돈이 나오도록 제반 악형을 모두 하고 옥중에 가두었다가 돈을 아니 준다고 필경 목숨까지 없애버린단 말이냐? 이애 옥순아 옥순아, 너의 아버지께서 병이 들어 돌아가시더라도 청춘과부 되는 내 평생에 설움이 한량없을 터인데, 생때같이 성한 너의 아버지가 남의 손에 몹시 돌아가시면 내 평생에 한 되는 마음이 어떠하겠느냐? 옥순아 옥순아, 너의 아버지가 참 돌아가시면 나는 너의 아버지를 따라 죽겠다."

하며 기가 막혀 우는데, 옥순이가 그 말을 듣더니 그 어머니 무릎 위에 올라앉아서 어머니를 얼싸안고 울며,

"어머니 어머니, 어머니가 죽으면 나 혼자 어찌 사노? 어머니가 죽

으려거든 나 먼저 죽여주오.”

하며 모녀가 마주 붙들고 우는 소리에 그 동네 사람들은 그 울음소리를 듣더니, 최병도가 죽었다는 기별을 듣고 우는 줄 알고, 최병도가 죽었다고 영절스럽게 하는 말이 한 입 건너 두 입, 두 입 건너 세 입, 그렇게 온 동네로 퍼지면서 말이 점점 보태이고 점점 와전이 되어, 회오리바람 불 듯 뺑뺑 돌아들고 돌아들어서 한 사람의 귀에 세 번 네 번을 거푸 들리며, 사람마다 그 말이 진적(眞的)한 소문인 줄로 여겼더라. 이웃에 사는 늙은 할미 하나이 두어 달 전에 외아들 참척(慘慽)을 보고, 제 설움이 썩 많은 사람이라, 최병도 집에 와서 안방 문을 열고 와락 들어오며,

　할미 “에그, 이런 변이 있나? 이 댁 서방님이 돌아가셨다네.”

하더니 청승 주머니가 툭 터지며 목을 놓고 우니, 그때 부인이 울고 앉았다가 그 소리에 깜짝 놀라서 고개를 번쩍 들며,

　부인 “응, 그것이 무슨 말인가? 그 말을 뉘게 들었나? 이 사람, 이 사람, 울지 말고 말 좀 자세히 하게.”

하면서 정작 설워할 본평 부인은 정신을 차려서 말을 하나, 그 할미는 대답할 경황도 없이 우는지라, 동네 농군의 계집들이 할미 대신 대답을 하는데, 나도 그 말을 들었소, 나도 들었소, 나도, 나도 하는 소리에 부인이 그 말을 더 물을 경황도 없이 기가 막혀 울기만 한다. 본래 그 동네에서 최병도가 무죄히 잡혀간 것은 사람마다 불쌍히 여기는 터이라. 최병도가 인심을 그렇게 얻은 것은 아니나, 강원 감사에게 학정(虐政)을 받고 사는 백성들의 마음이라, 초록은 한 빛이 되어

감사를 원망하고 최병도의 일을 원통히 여기던 차에 최병도 죽었다는 말을 듣고, 남의 일 같지 아니하여 동네 사람들이 남녀노소 없이 최병도 집에 와서 화톳불을 질러놓고 밤을 새우면서 공론이 부산하다.

최병도 집은 외무주장(外無主張)하게 된 집이라, 동네 사람들이 제 일같이 일을 보는 것이 도리에 옳다 하여 일변으로 송장 찾으러 갈 사람들을 정하고, 일변으로 초상 치를 의논하는 중에 박 좌수라 하는 노인이 오더니 그 일 주장하는 사람이 되었더라.

본래 박 좌수는 십 년 전에 좌수(座首)13)를 지내고, 일도 아는 사람이라, 최병도 죽었다는 기별이 왔느냐 물으며, 그 말 들은 곳을 캐는데, 필경은 풍설인 줄을 알고 일변으로 계집 사람을 안으로 들여보내서 최 부인에게 헛소문이라는 말을 자세히 하고, 일변으로 원주 감영에 전인하여 알아보라 하니, 헛소문이라는 말을 듣고, 어떻게 기쁘던지 눈에는 눈물이 떨어지며 얼굴에는 웃음빛이 띠었더라.

그때는 밤중이라 감영에로 급주(急走)를 띄워 보내더라도 대관령 같은 장산(長山)을 사람 하나이나 둘이나 보내기는 염려된다 하여 장정 사오 인을 뽑아 보내려 하는데, 최 부인이 그 남편 생전에 얼굴 한 번을 만나보겠다 하여 교군을 얻어 달라 하거늘, 몸 수고 아끼지 아니하는 농부들이 자원하여 교군꾼으로 나서니 비록 서투른 교군이나 장정 여덟 명이 번갈아가며 교군을 메고 들장대질을 하는데 주마

---

13) 좌수 : 조선시대 때 지방의 주·부·군·현에 두었던 향청의 우두머리.

(走馬)같이 빠른 교군을 타고 가면서 날개 돋쳐 날아가지 못함을 한탄하는 사람은 그 교군 속에 앉은 최 부인 모녀이라.

유문(留門) 주막에서 서(西)로 마주보이는 먼 산 밑에 푸른 연기 나고, 나무 우둑우둑 선 틈으로 사람의 집이 즐비하게 보이는 것은 원주 감영이라. 교군꾼이 교군을 내려놓고 쉬면서 최 부인더러 들어 보라는 말로, 저희끼리 원주 감영을 가리키며 십 리쯤 남았느니, 거진 다 왔느니, 여기 앉아서 땀이나 들여가지고, 한참에 원주 감영을 가느니 하면서 능장을 부리고 앉았는데, 최 부인이 교군 틈으로 원주 감영을 바라보다가 그 남편의 일이 새로이 염려가 되어 가슴이 두근두근하고, 몸이 벌벌 떨리면서 눈물이 떨어지니, 옥순이가 그 어머니 낙루하는 것을 보고 마주 눈물을 흘린다.

치악산 비탈로 향하여 가는 나무꾼 아이들이 지게 목발을 두드리며 노래를 하는데 근심 있는 최부인의 귀에 유심히 들린다.

낭14)이라데 낭이라데, 강원 감영이 낭이라데, 두리 기둥·검은 대문 걸려들면 낭이라데, 애에고 날 살려라.
도둑질을 하더라도 사모 바람에 거드럭거리고, 망나니짓을 하여도 금관자(金貫子) 서슬에 큰 기침한다. 애에고 날 살려라.
강원도 두멧골에 살찐 백성을 다 잡아먹어도 피똥도 아니 누고 뱃병도 없다네. 애에고 날 살려라.

---

14) 낭 : 낭떠러지.

아귀 귀신 내려왔네, 아귀 귀신 내려왔네, 원주 감영에 동토(動土)
가 나서 아귀 귀신 내려왔네, 애에고 날 살려라.
고사떡을 잘해 놓으면 귀신 동토(동티)는 없지마는 먹을 양식을
다 없애고 굶어 죽기가 원통하다. 애에고 날 살려라.
아귀 귀신 환생을 하여 당나귀가 되었네. 강원 감영이 망괘(亡掛)
가 들어서 선화당(宣化堂) 마루가 마판(馬板)이 되었네. 애에고 날
살려라.
귀웅을 득득 뜯고, 굽통을 탕탕 치다가 먹을 것만 주면 코를 확확
내분다. 애에고 날 살려라.
물고 차는 그 행실에 사람도 많이 상했지마는 남의 집 삼대 독자
죽이는 것은 악착한데, 애에고 날 살려라.
명년 삼월 치악산에 나무하러 오지 마세, 강릉 사람이 못 돌아가
고 불여귀새가 되면 밤낮 슬피 울 터이라, 불여귀 불여귀 불여귀
구슬픈 그 새 소리를 누가 듣기 좋을손가, 애에고 날 살려라.

그러한 노랫소리가 최 부인의 귀에 들어가며 부인의 오장이 살살
녹는 듯하여 남편을 보고 싶던 마음이 없어지고, 앉은 자리에서 눈
녹듯이 녹아지고 스러져, 이 세상을 몰랐으면 좋겠다 싶은 생각뿐이
라.
교군꾼들은 저희들끼리 잔소리를 하느라고 나무꾼 아이들이 무슨
노래를 하는지 모르고 있던 터이라. 담뱃대를 탁탁 떨고 교군을 메고,
원주 감영으로 살 가듯 들이모는데, 젖은 담배 한 대 탈 동안이 될락
말락하여 원주 감영으로 들어가더라.

최병도는 강릉 바닥에서 재사로 유명하던 사람이라. 갑신년 변란15) 나던 해에 나이 스물두 살이 되었는데 그해 봄에 서울로 올라가서 개화당의 유명한 김옥균을 찾아보니, 본래 김옥균은 어떠한 사람을 보든지, 옛날 육국 시절에 신릉군이 손 대접하듯이 너그러운 풍도(風道)가 있는 사람이라. 최병도가 김씨를 보고 심복이 되어서 김씨를 대단히 사모하는 모양이 있거늘, 김씨가 또한 최병도를 사랑하고 기이하게 여겨서 천하 형세도 말한 일이 있고, 우리 나라 정치 득실(得失)도 말한 일이 많이 있으나 우리 나라를 개혁할 경륜은 최병도에게 말하지 아니하였더라. 갑신년 시월에 변란이 나고 김씨가 일본으로 도망한 후에 최씨가 시골로 내려가서 재물 모으기를 시작하였는데, 그 경영인즉 재물을 모아 가지고 그 부인과 옥순이를 데리고 문명한 나라에 가서 공부를 하여 지식이 넉넉한 후에 우리 나라를 붙들고 백성을 건지려는 경륜이라. 최병도가 동네 사람들에게 재물에는 대단히 굳은 사람이라는 말을 들었으나 최병도의 마음인즉, 한두 사람을 구제하자는 일이 아니요, 팔도 백성들이 도탄에 든 것을 건지려는 경륜이 있었더라.

그러나 최병도가 큰 병통이 있으니 그 병통은 죽어도 고치지 못하는 병통이라. 만만한 사람을 보면 숨도 크게 쉬지 아니하는 지체 좋은 사람이 양반자세 하는 것을 보든지, 세력 있는 사람이 세력으로

---

15) 갑신년 변란 : 고종 21년(1884) 10월 17일 김옥균·박영효·홍영식 등의 개
    화당이 우정국 개국 축하 만찬회를 틈타 일으킨 정변.

누르려든지 하는 것을 당할 지경이면 몸을 육포(肉脯)를 켠다 하더라
도 지고 싶은 마음은 조금도 없는 위인이라.

원주 감영으로 잡혀갈 때에 장차에게들 무슨 마음으로 돈을 주었
던지 감영에 잡혀간 후에 감사에게 형문을 그리 몹시 맞으면서도 하
고 싶은 말을 낱낱이 하고 반년이나 갇혀 있어도 감사에게 돈 한 푼
줄 마음이 없는지라. 동네 사람이 혹 문옥하러 와서 그 모양을 보고
최병도를 불쌍히 여겨서 권하는 말이, 돈을 아끼지 말고 감사에게
돈을 쓰고 놓여 나갈 도리를 하라 하는 사람도 있으나, 최병도가 종
시 듣지 아니한 터이라.

찍으려는 황새나 찍히지 아니하려는 우렁이나 똑같다 하는 말이
정 감사와 최병도에게 절당(切當)한 말이라. 감사는 기어이 최씨의 돈
을 먹은 후에 내놓으려 들다가, 최씨가 돈을 아니 쓰려는 줄을 알고
기가 나서 날뛰는데, 대체 최병도의 마음에는 찬밥 한 술이 아까운
것이 아니라, 고양이 버릇이 괘씸하다는 말과 같이, 돈이 아까운 것이
아니라 백성을 못살게 구는 놈은 나라에도 적이요, 백성의 원수라,
그런 몹쓸 놈을 칼로 모가지를 썩 도리고 싶은 마음뿐이요, 돈 한
푼이라도 먹이고 싶은 마음이 없었더라.

최씨가 마음이 그렇게 들어갈수록 입에서 독한 말만 나오는데 그
소문이 감사의 귀로 낱낱이 들어가는지라. 감사가 욕먹고 분한 마음
과 돈을 못 얻어먹어서 분한 마음과, 두 가지로 분한 생각이 한번에
나더니, 졸라매인 망건 편자가 탁 끊어지며 벼락령이 내리는데, 영문
이 발끈 뒤집는다.

“대좌기를 차려라. 강릉 최 반(崔班)을 잡아들여라. 불연목을 들어
라.”

하더니 기를 버럭버럭 쓰며 최병도를 당장에 물고(物故)를 시키려 드
니, 최병도가 감사를 쳐다보며 소리소리 지른다.

“무죄한 백성을 무슨 까닭으로 잡아왔으며, 형문을 쳐서 반년이나
가두어 두는 것은 무슨 일이며, 상처가 아물 만하면 잡아들여서 중장
하는 것은 웬일이며, 오늘 물고를 시키려는 일은 무슨 죄이오니까?
살일불고 형이불고(殺一不辜 刑二不辜), 즉 죄 없는 사람 하나를 죽이며
죄 없는 사람 하나를 형벌하는 것은 만승 천자라도 삼가서 아니하는
일이요, 또 못하는 일이올시다. 강원도 백성이 순사도의 백성이 아니
라 나라 백성이올시다. 만일 생이 나라에 죄를 짓고 죽을진대 나라
법에 죽는 것이요, 순사도의 손에 죽는 것은 아니올시다마는, 지금
순사도께서 생을 죽이시는 것은 생이 사형에 죽는 것이요, 법에 죽는
것은 아니오니, 순사도가 무죄한 사람을 죽이시면 나라에 죄를 지으
시는 것이올시다. 맙시사 맙시사, 그리를 맙시사. 생의 한 몸이 죽는
것은 조금도 아까울 것이 없으나, 생의 몸 밖에 아까운 것이 많습니
다. 순사도께서 어진 정사로 백성을 다스리지 아니하시고, 옳은 법으
로 죄를 다스리지 아니하시면, 강원도 백성들이 누구를 믿고 살겠습
니까? 백성이 살 수가 없이 되면 나라가 부지를 할 수가 없을 터이오
니 널리 생각하시고 깊이 생각하셔서, 이 백성을 위하여 줍시사. 옛말
에 하였으되 백성은 나라의 근본이라, 굳어야 나라가 편안하다 하니,
그 말을 생각하셔서 이 백성들을 천히 여기지 말으시고, 희생같이

알지 말으시고, 원수같이 대접을 맙시사. 순사도께서 이 백성들을 수족같이 알으시고, 동생같이 여기시고, 어린 자식같이 사랑하시면 이 백성들이 무궁한 행복을 누리고, 이 나라가 태산과 반석같이 편안할 터이오나, 만일 그렇지 아니하여 백성이 도탄에 들을 지경이면 천하의 백성 잘 다스리는 문명한 나라에서 인종(人種)을 구한다는 옳은 소리를 창시하여 그 나라를 뺏는 법이니, 지금 세계에 백성 잘못 다스리던 나라는 망하지 아니한 나라가 없습니다. 이집트라는 나라도 망하였고, 폴란드라는 나라도 망하였고, 인도라는 나라도 망하였으니, 우리 나라도 백성에게 포학한 정사를 행할 지경이면 나라가 망하는 것은 순사도는 못 보시더라도 순사도 자제는 볼 터이올시다.”

그렇게 하는 말이 폭포수 떨어지듯 쉬지 않고 나오는데, 감사는 최병도 죽일 마음만 골똘하여 무슨 말이든지 트집잡을 말만 나오기를 기다리던 판에, 나라가 망한다는 말을 듣고 낚시에 고기가 물린 듯이 재미가 나서 날뛰는데, 다시는 최병도의 입에서 말 한 마디 못 나오게 하며 물고령이 내린다.

“응? 나라가 망한다니! 그 놈의 아가리를 짓찧고 당장에 물고를 내어라!”

하는 영이 뚝 떨어지며, 좌우 옆에서 사령들이 벌떼같이 달려들며 주장(朱杖)대로 최병도의 입을 콱콱 짓찧으니, 바싹 마른 두 볼에서 웬 피가 그리 많이 나던지 입에서 선지피가 쏟아지며 이는 부러지고 잇몸은 깨어지고 아래턱은 어그러지면서 최병도가 다시는 아무 소리도 못하고, 매가 떨어지는 대로 고개만 끄덕거린다.

그때 마침 최 부인이 원주 감영으로 들어가는데 교군꾼은 뙤약볕에 비지땀을 뚝뚝 떨어뜨리면서, 유문 주막집에서 먹은 막걸리가 원주 감영에 들어올 무렵에 얼근하게 취하여 오는데, 그 무거운 교군을 메고 무슨 흥이 그렇게 나던지 엉덩춤을 으슬으슬 추며, 오그랑 벙거지 밑으로 고갯짓을 슬슬 하며, 앞의 교군꾼은 엮음시조 하듯이 잔소리가 연하여 나온다.

"채암돌이 촘촘하다. 건너서라 개천이다. 조심하여라 외나무다리다. 발 잘 맞추어라 교군 잘 모셔라."

그렇게 지껄이며 유문 주막에서 단참에 원주 읍내로 들어가는데, 원주 감영에 무슨 일이 있는지 없는지 모르고 쏜살같이 들어가며, 사처는 진남문 밖 주막집으로 정할 작정이라. 진남문 밖에 다다르니 사람이 어찌 많이 모였던지 헤치고 들어갈 수가 없는지라, 교군꾼이 교군을 메고 서서 좀 비켜 달라 하나, 모여 선 사람들이 비켜서기는 고사하고 사람끼리 기름을 짜고 서서, 뒤에 선 사람은 앞에 선 사람을 밀고, 앞에 선 사람은 더 나갈 수가 없으니 밀지 말라 하며 와글와글하는 중이라. 대체 무슨 좋은 구경이 있어서 그렇게 모였는지 뒤에 선 사람들은 송곳눈을 가졌더라도 뚫고 볼 수가 없는 구경을 하고 섰는데, 그 구경인즉 진남문 앞에서 죄인 때려죽이는 구경이라. 그날은 원주 읍내 장날인데 장꾼들이 장은 아니 보고 송장 구경을 하러 왔던지 진남문 밖에 새로 장이 섰다. 교군꾼이 길가에 교군을 내려놓고 구경꾼더러 무슨 구경을 하느냐 묻다가 깜짝 놀라서 교군 앞으로 와락 달려들며,

"본평 아씨, 진남문 밑에서 본평 서방님을 때려죽인답니다."

하는 소리에 기가 막혀서 교군 속에서 목을 놓아 우는데, 큰 길가인지 인해(人海) 중인지 모르고 자기 안방에서 울듯 운다. 섧고 원통하고 악이 나는 판이라, 감사는 고사하고 하늘에서 뚝 떨어져 내려온 사람일지라도 겁나는 마음이 조금도 없이 원망과 악담하며 운다.

진남문 근처의 사람은 최병도 매맞는 경상을 구경하고, 최 부인의 교군 근처에 섰는 사람은 최 부인 울음소리를 듣고 섰다. 최병도 매맞는 구경하는 사람들은 끔찍끔찍한 마음에 소름이 죽죽 끼치고, 최 부인의 울음소리 듣는 사람들은 남의 일에 콧날이 시큰시큰하며 눈물이 슬슬 돈다. 남의 일에 눈물 잘 나는 사람이 따로 있다 하지마는 최 부인이 울며 하는 소리 듣는 사람은 목석 같은 오장을 타고났더라도 그 소리에 오장이 다 녹을 듯하겠더라. 최 부인의 우는 소리는 모기 소리같이 가늘더니, 설운 사정 하는 소리는 청청하게 구름 속으로 뚫고 올라가는 것 같다.

"맙시사 맙시사, 그리를 맙시사. 감사도 사람이지, 남의 돈을 뺏아먹으려고 무죄한 사람을 잡아다가 갖은 악형을 다 하더니 돈을 아니 준다고 사람을 어찌 죽인단 말이냐? 지금 내로 날까지 잡아다가 진남문 밑에서 때려죽여다고. 아비 쳐죽인 원수라더냐? 어미 쳐죽인 원수라더냐? 저렇게 죽일 죄가 무엇이란 말이냐? 애고 애고, 애고, 이 몹쓸 도적놈아, 내 재물 있는 대로 가져가고 우리 남편만 살려다고. 네가 남의 재물을 그렇게 잘 뺏아먹고 천 년이나 만 년이나 살 듯이 극성을 부리지마는 너도 초로 같은 인생이라. 꿈결 같은 이 인생을 다 지내고 죽는 날은 몹쓸 귀신 되어 지옥으로 들어가서, 저 죄를 다 받느라면 만겁 천겁(萬劫千劫)을 지내더라도 네 죄는 남을 것이요, 네 고생은 못 다할 것이니, 우리 내외는 원귀 되어 지옥 맡은 옥사장이나 되겠다. 애고 애고, 이 설운 사정을 누구더러 하며 이 원정(原情)을 어디 가서 하나? 형조에 가서 정(呈)하더라도 쓸데없는 세상이요, 격증을 하더라도 나만 속는 세상이라 이 원수를 어찌하면 갚는단 말이냐? 옥순아 옥순아, 나와 같이 죽어서 하나님께 원정이나 가자. 사람을 이렇게 지원절통(至冤切痛)하게 죽이는 세상에 너는 살아 무엇하겠느냐? 가자 가자, 하나님께 원정을 가자. 우리 나라 백성들은 다 죽게 된 세상인가 보다. 하루바삐, 한시바삐 한시바삐 어서 가서 하나님께 이런 원정이나 하여 보자. 애고 설운지고, 사람이 저 살 날을 다 살고 병들고 죽더라도 처자 된 마음에는 섧다 하거든, 생 목숨이 남의 손에 맞아죽느라고 아프고 쓰린 경상을 당하는 사람의 마음은 어떠할꼬? 하나님 하나님, 굽어보고 살펴봅시사."

하며 우는데, 읍내 바닥 중늙은이 여편네가 교군 앞뒤로 늘어서서 그 일을 제가 당한 듯이 눈물을 흘리며, 감사가 몹쓸 양반이란 말을 하고 섰는데, 별안간 사람들이 우우 몰려 헤어지며, 영문 군로 사령이 들끓어 나와서 강릉 경금서 온 교군꾼을 찾더니, 당자에 교군을 메고 원주 지경을 넘어가라 하며, 교군꾼들을 후려 때리며 재촉하거늘, 교군꾼들이 겁이 나서 교군을 메고 유문 주막을 향하고 달아나는데 북문 밖 너른 들로 최 부인의 모녀 울음소리가 유문 주막을 향하고 나간다.

탐장(貪臟)하는 감사의 옆에는 웬 조방꾼과 염문꾼의 속살거리는 놈이 그리 많던지 청 한 가지 못 얻어 하여 먹는 위인들일지라도 아무쪼록 긴한 체하느라고 못된 소문은 곧잘 들어갔다가 까바치는 관속과 아객(衙客)이 허다한 터이라. 최 부인이 울며 감사에게 악담과 욕하던 소문이 감사의 귀에 들어갔는데, 만일 남자가 그런 짓을 하였을 지경이면 무슨 큰 거조(擧措)가 또 있었을는지 모를 터이나 대민(大民)의 부녀이라 어찌할 도리가 없는 고로 축출경외(逐出境外)하라는 영이 나서 최 부인의 교군이 쫓겨나갔더라.

그때 날은 한나절이 될락말락하고 최병도의 명은 떨어질락말락한데 호방 비장이 무슨 착한 마음이 들었던지 감사의 앞으로 썩 들어서더니, 최병도의 공송(公誦)을 한다.

호방 "최병도를 죽일 터이면 중영(中營)으로 넘겨서 죽이는 일이 옳지, 감영에서 죽일 일이 아니올시다. 또 최병도가 죽은 후에 누가 듣든지, 아무 죄 없는 사람이 죽었다 할 터이니 사또께서 일시의 분을 참으셔서 물고령을 거두시면 좋겠습니다."

감사 "그래, 그 놈을 살려 보내자는 말인가?"

호방 "지금 백방을 하더라도 살 수 없는 터이니, 최가가 숨 떨어지기 전에 빨리 놓아 보내시면, 사또께서는 무죄한 백성을 죽이셨다는 말도 아니 들으실 터이요, 최가는 말이 놓여 나간다 하나 미구에 숨이 떨어질 모양이라 합니다. 지금 최병도의 처가 어린 딸을 데리고 큰 길가에서 그런 효상(爻象)을 부리다가 쫓겨나가고, 최병도는 오늘 영문에서 장폐(杖斃)하면 제일 소문이 좋지 못할 터이니, 물고령을 거두시는 것이 좋을 일이올시다."

감사가 그 말을 듣더니 호방의 얼굴을 물끄러미 쳐다보다가 무슨 생각을 하는 모양이라. 호방의 얼굴은 왜 쳐다보며, 생각은 무슨 생각을 하는지, 감사가 말은 아니하나 구렁이 다 된 호방이 최가의 돈을 먹고 청을 하나 의심이 나서 보는 것이요, 무슨 생각하는 것은 호방이 돈을 먹었던지 아니 먹었던지, 방장(方將) 숨이 넘어가게 된 최병도를 죽여도 아무 유익(有益)은 없는 터이라, 어찌하면 좋을까 하는 그런 생각이라.

호방이 무슨 말을 다시 하려는데 감사가 기침 한 번을 하더니, 최병도 물고령을 거두고 밖으로 내놓으라 하는 영이 내리더라. 치악산 높은 봉을 안고 넘어가는 저녁볕에 울고 가는 까마귀 한 마리가 휘휘 돌아 내려오더니 원주 유문 주막집 앞에 휘어진 버들가지에 앉으며 꽁지는 서천에 걸린 석양을 가리키고 너울너울 흔들며 주둥이는 동으로 향하여 운다.

"까막 까막 깍깍, 까옥 까옥 깍깍."

가지각색으로 지저귀는데 그 버들 그림자는 어떤 주막집 사처방 서창에 드렸고, 그 까마귀 소리는 그 방에 하룻밤 숙소참으로 든 최부인 귀에 유심히 들린다. 귀가 쏘는 듯, 뼈가 죄는 듯 오장이 녹는 듯하여 눈물이 비 오듯 하나 주막집에서 울음소리 놔둘 수는 없는지라. 다만 흑흑 느끼기만 하며 철없는 옥순이를 데리고 설운 한탄을 한다.

"옥순아 옥순아, 까마귀는 군자 같은 새라더니 옛말이 옳은 말이로구나. 너의 아버지께서 산도 설고 물도 설고 이전에 아는 사람 하나 없는 원주 감영에 와서 원통히도 돌아가시는데 어느 때 운명을 하셨는지? 통부(通訃) 전하여 줄 사람 하나 없지마는, 영물의 까마귀가 너의 아버지 통부를 전하여 주느라고 저렇게 짖는구나. 우리는 영문 사령에게 축출경외를 당하고 여기까지 쫓겨오느라고 정신없이 왔으나 사람이나 좀 보내 보자."

하더니 정신없는 중에 정신을 차려서 배행(陪行) 하인으로 데리고 온 하인 천쇠를 불러서 원주 감영에 새로이 전인(專人)을 한다.

천쇠가 이태 삼 년 머슴 들었던 더부살이라 주인에게 무슨 정성이 그렇게 대단할 것은 없으나, 주인의 사정을 어찌 불쌍히 여겼던지, 먼 길에 삐쳐 와서 되짚어 유문 주막 십 리를 나온 사람이 곤한 것을 잊어버리고 달음박질을 하여 원주 감영으로 향하고 들어가며 노래를 하는데 무식한 농군의 입에서 유식한 소리가 나온다.

"치악산 상상봉에 넘어가는 저 햇빛, 너 갈 길도 바쁘지마는 본평 아씨 사정을 보아서 한참 동안만 가지 말고 그 산에 걸렸거라. 본평 서방님 소식 알러 김천쇠가 급주(急走)를 간다. 오늘 밤 내로 못 다녀오면 본평 아씨가 잠 못 자고 옥순 아기를 데리고 울음으로만 밤을 새운다. 우산락조(牛山落照) 제경공(齊景公)도 햇빛을 멈추고 삼사를 갔다."

하며 몸에서 바람이 나도록 달아나는데 너른 들 풀밭 속에 석양은 묘묘하고 노래는 청청하다. 웬 교군 한 채가 동으로 향하여 폭풍우 같이 몰려오는데, 교군은 몇 푼짜리 못 되는 세보교(貰步轎)이나 기구는 썩 대단한 모양이라. 오그랑 벙거지 쓴 교군꾼 십여 명이 들장대를 들고 두 발자국, 세 발자국만에 들장대질을 한 번씩 하며, 주마같이 달려오는 교군을 보고 천쇠가 길가로 비켜서며, 앞장 든 교군 속을 기웃기웃 건너다보다가, 천쇠가 소리를 버럭 질러서 본평 서방님을 불렀더라.

그 교군은 최병도의 교군이라. 최병도가 그날 백방이 되어 주막집으로 나왔는데 전신이 핏덩어리라, 누가 보든지 살지는 못하겠다 하고, 최씨의 마음에도 살아 날 수는 없으나, 그러나 정신은 말갛게 성한지라, 목숨이 혹 이삼 일만 부지하여 있을 지경이면 집에 가서 처자나 만나보고 죽겠다 하고, 교군 삯은 달라는 대로 주마 하고 원주 읍내에서 교군 잘하는 놈으로 뽑아 세우니, 세상에 돈이 참 장사요, 돈이 제갈량이라. 삼백삼십 리를 온 이틀이 다 못 되어 들어가겠다 장담하고 나서는 교군꾼이 십여 명이라. 해질 때에 떠났으나, 가다가 횃불을 잡히더라도 삼사십 리는 갈 작정이라. 천쇠가 무슨 소리를 지르는지 아니 지르는지, 교군꾼들은 들은 체도 아니하고 달아난다. 천쇠가 교군 뒤로 따라오며 소리소리 질러서 교군을 멈추라 하니, 최씨가 그 소리를 알아듣고 교군을 멈추고 천쇠를 불러 말을 묻다가 그 부인과 딸이 유문 주막에 있다는 말을 듣고 대장부 눈에서 눈물이 떨어지며 피묻은 옷깃이 다시 눈물에 젖었더라.

유문 주막은 최씨의 내외 상봉하고, 부녀 상봉하는 곳이라. 슬프던 끝에 기쁜 마음 나고, 기쁘던 끝에 다시 슬픈 마음이 나는데, 누가 더하고 누가 덜하다 할 수가 없는 터이나, 최병도는 기운이 탈진하여

통성(痛聲)도 없이 누워 있고, 옥순이는 어린아이라 울다가 그 어머니 무릎에 기대고 잠이 들었는데, 부인은 잠 못 이루어 등잔을 돋우고 그 남편 앞에 앉아서 밤을 새운다. 하지머리 짜른(짧은) 밤도 근심으로 밤을 새우려면 그 밤이 별로히 긴 것 같은 법이라. 그 남편이 운명을 하는가 의심이 나서 불러 보고 불러 보다가, 그 남편이 대답을 한 번 하려면 힘이 드는 모양같이 보이는 고로 불러 보지도 못하고 앉아서 속만 탄다. 이 몸이 의원이나 되었다면, 맥이나 짚어 보고 싶고, 이 몸이 불사약이나 되었으면 남편의 목숨이나 살려 보고 싶고, 이 몸이 저승에 갈 수가 있으면 내가 대신 죽고 남편의 목숨이나 살려 보고 싶고, 이 몸이 저승에 갈 수가 있으면 내가 대신 죽고 남편을 살려달라고 축원을 하여 보고 싶고, 이 몸이 구름이나 되었으면 남편을 곱게 싸가지고 밤 내로 우리 집에 가서 안방 아랫목에 뉘어놓고 피 묻고 땀 배인 저 옷도 갈아입히고 병 구원이나 마음대로 하여 보련마는, 그 재주 다 없고, 주막집 단칸 사처방에서 꼼짝을 못하고, 물 한 그릇을 떠오라 하더라도 어린 옥순이를 심부름시키는 터이라. 남편이 숨이 넘어가는 지경에 무엇을 가릴 것이 있으리요마는, 팔도 모산지배(募算之輩)가 다 모여 자는 주막이라, 사람을 겁내고 사람을 부끄러워 하며 삼십 년을 규중(閨中)에서 자라난 여자의 몸이라 아무렇든지 요 방구석에 들어앉아서 저 지경 된 남편의 병도 구원하기 어려운 터이라. 날이나 밝으면 그 남편을 교군에 싣고 강릉으로 갈 마음뿐이라. 먼동 트기를 기다리느라고 문을 열고 동편 하늘을 바라보니 샛별은 소식도 없고, 머리 위 처마 밑에서 홰를 탁탁 치고 꼬끼오 우는 것은 첫닭 우는 소리라.

산도 자고 물도 자고 바람도 자고 사람도 자는 밤중이라. 적적 요요한 이 밤중에 설움 없고 눈물 없이 우는 것은 꼬끼오 소리하는 저 닭이요, 오장이 녹는 듯 눈물이 비 오듯 하며 소리 없이 우는 것은 최 부인이라. 그 밤을 그렇게 새다가, 새벽녘에 다 죽어가는 남편을 교군에 싣고 길을 떠나가는데, 그날부터는 교군 삯 외에 중상을 주마 하고 밤낮없이 몰아가는 터이라. 옛말에 향기 나는 미끼 아래 반드시 죽는 고기가 있고, 중상 아래 반드시 날랜 사람이 있다 하더니, 과연 그 말과 같이 장장하일(長長夏日) 하루 해에 일백육십 리를 가서 자고, 그 이튿날 저녁때에 대관령을 넘어간다.

해는 서산에 기울어졌는데, 대관령 고개 마루턱 서낭당 밑에 교군 두 채를 나란히 놓고 쉬면서 교군꾼들이 갈모봉을 가리키며, 저 산 밑이 경금 동네라, 빨리 가면 횃불 아니 잡히고 일찍 들어가겠다 하니, 그 소리가 최 부인의 귀에 반갑게 들리련마는 반가운 마음은 조금도 없고 새로이 기막히고 끔찍한 마음이 생긴다. 최병도가 종일을 정신없이 교군에 실려 오더니, 저녁때 새로이 정신이 나서 그 부인과 옥순이를 불러서 몇 마디 유언을 하고 대관령 고개 위에서 숨이 떨어지는데, 소쇄(瀟灑) 황량한 서낭당 밑에서 부인과 옥순의 울음소리가 처량하고, 깊은 산 푸른 수풀 속에서는 불여귀(不如歸) 우는 소리가 슬펐더라. 최병도의 산지(山地)는 지관(地官)이 잡아준 것이 아니라 최병도가 운명할 때에 손을 들어 대관령에서 보이는 제일 높은 봉을 가리키며, 저기 저 꼭대기에 묻어 달라 한 묏자리라.

무슨 까닭으로 그 꼭대기에 묻어 달라고 하였는고? 죽은 후에 높은 봉에 묻혀 있어서 이 세상이 어떻게 되는 것을 좀 내려다보겠다 한 유언이 있었더라.

그 유언에 소문내기 어려운 말이 몇 마디가 있으나 최 부인이 섧고 기막힌 중에 함부로 말을 하였더라.

죽은 지 칠 일 만에 장사를 지내는데, 인근 동 사람들까지 남의 일 같지 아니하고 사람마다 제가 당한 일 같다 하여 회장(會葬) 아니 오는 친구가 없고 부역 아니 오는 백성이 없으니, 토사호비(兎死狐悲)라, 토끼 죽은데 여우가 슬퍼했다는 말과 같은 것이라. 상여꾼들이 연포(軟泡)국과 막걸리를 실컷 먹고, 술김에 흥이 나는 것이 아니라 처량한 마음이 나서 상여를 메고 가며 상두 소리가 높았더라.

  워어허 워어허
  이 길이 무슨 길인고 북망 가는 길이로다
  워어허 워어허
  이 죽음이 무슨 주검인고 학정(虐政) 밑에 생주검일세
  워어허 워어허
  생때 같은 젊은 목숨, 불연목에 맞아죽었네
  워어허 워어허
  이 양반이 죽을 때에 눈을 감고 죽었을까
  워어허 워어허
  처자의 손목 쥐고 유언할 제 어떨손가
  워어허 워어허

고향을 바라보고 낙루가 마지막일세

워어허 워어허

한을 품고 죽은 사람 썩지도 못한다네

워어허 워어허

대관령에서 운명할 때 불여귀가 슬피 울데

워어허 워어허

가이인이 불여조(可以人而 不如鳥)아 우리도 일곡하세

워어허 워어허

애고 불쌍하다 죽은 사람 불쌍하다

워어허 워어허

공산야월(空山夜月) 거친 무덤 그대 얼굴 못 보겠네

워어허 워어허

단장천리한천(斷腸天離恨天)에 그대 집은 공규(空閨)로다

워어허 워어허

함원귀천(含冤歸泉) 그대 일을 누가 아니 슬퍼할까

워어허 워어허.

하며 나가는 것은 새벽 발인 때 메고 나서는 상여꾼의 소리라. 그 소리를 들으면서 들은 체도 않고 저 갈 데로 가는 것은 최병도라. 명정(銘旌)은 앞에 서고 상여는 뒤에 서서 대관령을 향하고 올라가는 데, 상여 소리는 끊어지고 발등거리 불빛만 먼 산에서 반짝거린다.

　깊은 산 높은 봉에 사람의 자취 없는 곳으로 속절없이 가는 것도 그 처자 된 사람은 무정하다 할는지, 야속하다 할는지, 섧고 기막힌

생각뿐일 터인데, 그 산중에 들어가서 더 깊이 들어가는 곳은 땅 속이라. 최병도 신체가 땅 속으로 쑥 들어가며 달고 소리가 나는데,

어어여라 달고
처자 권속 다 버리고 혼자 가는 저 신세 이제 가면 언제 오리 한정 없는 길이로다
어어여라 달고
북망산이 멀다더니 지척에도 북망산이로구나 황천이 멀다더니 폇장 밑이 황천이로구나
어어여라 달고
인간 만사 묻지 마라 초목만도 못하구나 춘초(春草)는 연연(年年) 녹(綠)이요, 왕손은 귀불귀(歸不歸)라
어어여라 달고
인생이 이러한데 천명을 못다 살고 악형 받아 횡사하니 그대 신명 가긍토다
어어여라 달고
살일불고(殺一不辜) 아니하고 형일불고(刑一不辜) 아니 할 때 그 시대의 백성들은 희호세계(熙皞世界)[16] 그 아닌가
어어여라 달고
희생 같은 우리 동포 살아도 고생이나 그대같이 죽는 것은 원통하기 특별하네

16) 희호세계 : 백성이 태평하고 나라가 화평한 세상.

어어여라 달고

관 위에 횡대 덮고 횡대 위에 회판일세 풍채 좋은 그대 얼굴 다시
얻어 못 보겠네

어어여라 달고

보고지고 보고지고 그대 얼굴 보고지고 공산(空山) 낙월(落月)의 달
빛을 보고 고인 안색으로 비겨 볼까

어어여라 달고

철천한 한을 품고 유언이 남았거든 죽지사(竹枝詞) 전하듯이 꿈에
나 전해주게

어어여라 달고

그 달고질 소리가 마치매 둥그런 뫼가 이루어졌더라. 그 뫼는 산봉우리 위에 섰는데 형상은 전기선(電氣線) 위에 새가 올라앉은 것같이 되었더라. 뫼 쓸 때에 최씨의 유언을 들어서 관 머리는 한양을 향하고 발은 고향으로 뻗었으니 그 뜻인즉, 한양은 우리 나라 오백 년 국도(國都)라 나라를 근심하여 일하장안(日下長安)을 바라보려는 마음이요, 고향은 조상의 분묘도 있고, 불쌍한 처자도 있고, 나라를 같이 근심하던 지기(知己)하는 친구도 있는 터이라, 사정은 처자에게 간절하나 나라를 붙들기 바라는 마음은 그 친구에게 있으니, 그 친구는 김정수라. 최병도가 죽은 영혼이 발을 저겨 디디고 김씨가 나라를 붙들기를 기다리고 바라보려는 마음에서 나온 일이러라. 그러나 사람은 죽으면 그만이라, 최병도는 인간을 하직하고 한량없이 먼 길을 가고, 본평 부인은 청산백수(靑山白水)에 울음소리로 세월을 보내더라.

최 부인이 그 남편 죽던 날에 따라 죽을 듯하고, 그 남편 장사 지내던 때에 땅 속으로 따라 들어갈 듯한 마음이 있으나, 참고 있는 것은 두 가지 거리끼는 일이 있어서 못 죽는 터이라.

한 가지는 여덟 살 된 딸자식을 버리고 죽을 수가 없고, 또 한 가지는 아홉 달 된 복중 아이라. 혹 아들이나 낳으면 최씨가 절사(絕嗣)나 아니할까, 바라는 마음으로 살아 있는지라.

그러나 부인은 밤낮으로 설운 생각 뿐이라. 산을 보아도 설운 생각이 나고, 물을 보아도 설운 생각이 나고, 밥을 먹어도 눈물을 씻고, 먹고, 잠을 자도 눈물을 흘리고 자는 터이라. 간은 녹는 듯, 염통은 서는 듯, 창자는 끊어지는 듯, 가슴은 칼로 에이는 듯한데 근심을 말자 말자 하고, 슬픔을 참자 참자 하면서도 솟아나는 마음을 임의로 못하고, 새로이 근심 한 가지가 더 생긴다. 무슨 근심인고? 내 속이 이렇게 썩을 때에 뱃속에 있는 어린것이 다 녹아 없어지려니 싶은 근심이라. 그러나 그 근심은 모르고 뱃속에서 무럭무럭 자라나는 어린아이는 열 달 만에 인간에 나오면서,

"응아 응아."

우는데, 최 부인이 오랜 지친 끝에 해산을 하고 기운 없고 정신없는 중에도 아들인지 딸인지 어서 바삐 알고자 하여 해산 구원하는 사람더러,

"여보게, 아들인가 딸인가?"

묻는다. 그때 해산 구원하는 사람은 누구인지, 본평 부인이 묻는 것을 불긴(不緊)히 여기는 말로,

"그것은 물어 무엇하셔요? 순산하셨으니 다행이지요."

하는 소리가 본평 부인의 귀에 쏙 들어가며 부인이 깜짝 놀라서 낙심이 된다. 딸이 아니면 병신 자식이라, 의심이 나고 겁이 나더니 바라던 마음은 어디로 가고 설운 생각이 일어나며 베개에 눈물이 젖는다.

부인이 본래 약질로 그 남편이 감영에 잡혀가던 날부터 죽던 날까지, 죽던 날부터 부인이 해산하던 날까지, 말을 하니 살아 있는 사람이요, 밥을 먹으니 살아 있는 사람이지 실상은 형해만 걸린 것이, 불면 날아갈 듯 쥐면 꺼질 듯하게 된 중에 해산 구원하는 사람의 말을 듣고 놀라더니, 산후 제반 악증이 생긴다. 펄펄 끓는 첫 국밥을 부인 앞에 놓고,

"아씨 아씨, 국밥 좀 잡수시오."

권하는 것은 천쇠의 계집이라. 부인이 감았던 눈을 떠서 물끄러미 보다가 눈물이 돌며,

"먹고 싶지 아니하니, 이따가 먹겠네."

하더니 다시 눈을 스르르 감고 돌아눕는데 얼굴에 핏기가 없고 찬 기운이 돈다. 눈에는 헛것이 보이고, 입에는 군소리가 나오더니, 평생에 얌전하기로 유명하던 본평 부인이 실진(失眞)이 되어 제명오리[17] 같이 되었더라.

그 소생이란 아이는 옥동자 같은 아들이라. 그러한 아이를 무슨 까닭으로 해산 구원하던 사람이 부인의 귀에 말을 그렇게 놀랍게 하

---

17) 제명오리 : 계명워리. 행실이 얌전치 못한 계집.

여 드렸던고? 해산 구원하던 사람은 부인을 놀래려고 그러한 것이 아니라, 어디서 그런 구기(口氣)를 얻어 배웠던지, 아들 낳은 것을 감추고, 딸이라 소문을 내면 그 아이가 명이 길다 하는 말이 있어서 아들이라는 말을 아니하려고 그리한 것인데, 위하여 주려는 마음에서 병을 주는 말이 나온 것이라. 병이 들기는 쉬우나 낫기는 어려운 것이라. 당귀(當歸)·천궁(川芎)·숙지황(熟地黃)·백작약(白灼藥)·원지(遠志)·백복신(白茯神)·석창포(石菖蒲) 등속으로 청심보혈(淸心補血)만 하더라도 심경열도(心經熱度)는 점점 성하고 병은 골수에 든다.

옥동자 같은 유복자는 그 어머니 젖꼭지를 물어도 못 보고 유모에게 길리는데, 혼돈세계로 지내는 핏덩어리 아이는 아무것도 모르고 젖만 먹으면 잠들고 잠 깨면 젖먹고 무렁무렁 자라지마는 불쌍한 것은 철 알고 꾀 아는 옥순이라. 그 어머니가 미친 증이 날 때마다,

"어머니 어머니, 어머니 어머니가 이것이 웬일이여? 어머니 날 좀 보오, 내가 옥순이오."

하며 울다가 어린 마음에 무서운 생각이 들어서 복례를 부를 때가 종종 있다. 부인은 옥순이를 보아도 정 감사라고 식칼을 들고 원수를 갚는다 하며 쫓아다니는 때가 있는 고로, 밤낮없이 안방에 상직(常直)으로 있는 사람들이 잠시도 부인의 옆을 떠날 수가 없는 터이라.

유복자의 이름은 누가 지어 주었던지 옥 같은 남자라고 옥남이라 지었더라.

애비가 원통히 죽었든지 어미가 몹쓸 병이 들었든지, 가고 가는 세월에 자라는 것은 어린아이라, 옥남이가 일곱 살이 되도록 그 어미

얼굴을 모르고 자랐더라. 그 어미가 죽고 없어서 못 보았는가? 그 어미가 두 눈이 둥그렇게 살아 있는 터에 만나보지 못한다.

차라리 어미 없이 자라는 아이 같으면 어미까지 잊어버리고 모를 터이나 옥남의 귀에 옥남 어머니는 살아 있다 하는데 옥남이가 그 어미를 못 보았더라. 그것은 무슨 곡절인고? 본래 본평 부인이 실진이 되었을 때에 옥남의 집의 일동일절을 다 보아주던 사람은 김정수(김치일)이라, 옥남의 유모는 또한 그 동네 백성의 계집이나, 본평 부인의 병이 얼른 낫지 아니하는 고로 김씨의 말이, 옥남이가 그 어미 있는 줄을 모르고 자라는 것이 좋다 하고, 옥남의 유모에게 먹고 살 것을 넉넉히 주어서 멀리 이사를 시켜주었더라.

김씨는 이전에 최병도가 감영에 잡혀갈 때에 영문 장차들을 죽이느니 살리느니 하며 야단치던 사람이라. 그때 잠시간 몸을 피하였다가 최병도가 죽었다는 말을 듣고 김씨가 악이 나서 영문에 잡혀갈 작정하고 경금 동네로 돌아와서 최씨의 초상 치르는 것까지 보고 있으나, 본래 피천 대푼 없는 난봉이라. 가령 영문에서 잡으러 오더라도 장차가 삼백여 리나 온 수고 값도 못 얻어먹을 터이요, 돈이 있어도 줄 위인도 아니라. 또 김씨가 영문 장차에게 야단치던 일은 벌써 묵장된 일이라 그런 고로 영문에서 잡으러 나오는 일도 없고, 제 집에 있었더라.

제 자식보다 남의 자식을 더 귀애하고 소중히 여긴다는 말은 거짓말 같으나, 김씨는 자기 아들보다 옥남이를 더 귀애하고 더 소중히 여기는 터이라. 옛날 정영(程嬰)이가 조무(趙武)를 구하려고 그 아들을 버리더니, 김씨가 옥남이를 보호하려는 마음이 정영이가 조무를 위하는 마음만 못지 아니한지라. 옥남이 있는 곳은 경금서 삼십 리라. 김씨가 옥남이를 보러 삼십 리를 문턱 드나들 듯 왕래하는데, 옥남이가 김씨를 보면 저의 아버지를 본 듯이 반가워서 쫓아나오며,

"아저씨, 아저씨!"

하고 따른다.

옥남이가 핏줄도 아니 켕기는 터에 그렇게 따르는 것은 김씨에게 귀염받는 곡절이요, 김씨가 옥남이를 그렇게 귀애하는 것은 최병도의 정분을 생각하여 그럴 뿐 아니라, 옥남의 영민한 것을 볼수록 귀애하는 마음이 깊어 간다.

율곡(栗谷)은 어렸을 때부터 이치를 통한 군자라는 말이 있었고, 매월당(梅月堂)18)은 어렸을 때부터 문장이라는 말이 있었으니, 옥남이를 그러한 명현에는 비할 수 없으나 옥남이를 보는 사람의 말은,

"일곱 살에 요렇게 영민한 아이는 고금에 다시없지."

하면서 칭찬을 한다.

"아저씨, 나는 아저씨 보러 왔소."

하며 김씨 집 마당으로 달음박질하여 들어오는 것은 옥남이라.

"응, 거 누구냐, 네가 어찌 여기를 왔느냐?"

하며 문을 열고 내다보는 것은 김씨라.

---

18) 매월당 : 김시습(1435~1493)의 호.『금호신화』의 작가. 조선 왕조 단종 때 생육신의 한 사람.

옥남이는 앞에 서고 유모는 뒤에 서서 들어오는데, 김씨가 반가운 마음은 없던지, 눈살을 찌푸리고 무슨 생각을 하는 모양이라.

유모 "애기가 어머니 보러 온다고 어찌 몹시 조르던지 견디지 못하여 데리고 왔습니다."

김씨가 아무 대답 없이 옥남이를 물끄러미 보다가 고개를 푹 숙인다.

옥남 "아저씨, 내가 삼십 리를 걸어왔소. 내가 장사지?"

김씨 "어린아이가 그렇게 먼 데를 어찌 걸어왔단 말이냐? 날더러 그런 말을 하였으면 교군을 보냈지."

옥남 "어머니를 보러 오느라고 마음이 어찌 좋든지, 다리 아픈 줄도 몰랐소."

김씨가 무슨 말을 하려는지 고개를 들더니 아무 소리 없이 입맛을 다신다.

옥남 "아저씨, 아저씨 내 소원을 풀어주오. 우리 어머니가 살아 있다는데, 내가 어머니 얼굴을 못 보니 어머니를 보고 싶어 못 살겠소. 어머니가 나를 낳고 미친 병이 들었다 하니, 내가 아니 났다면 어머니가 아니 미쳤을 터이지……"

하더니 훌쩍훌쩍 우니, 유모가 그 모양을 보고 따라 운다. 김씨의 부인이 옥남의 머리를 쓰다듬으며,

"에그, 본평댁이 불쌍하지. 신세가 그렇게 되고 그런 몹쓸 병이 들어서……"

하더니 목이 멘 소리로 말끝을 마치지 못하고 눈물이 떨어진다. 김씨

의 머리는 점점 수그러지더니, 염불하다가 앉아서 잠든 중의 고개같이 아주 푹 수그러졌다.

부인이 김씨를 건너다보며,

"여보 여보, 옥남이가 처음부터 그 어머니가 살아 있는 줄을 몰랐으면 좋으려니와, 알고 보려 하는 것을 아니 뵈일 수 있소? 오늘 내가 데리고 가서 만나보게 하겠소. 이애 옥남아, 너의 어머니를 잠깐 보고, 너는 도로 유모의 집으로 가서 있거라. 네가 너의 어머니를 보고 어머니 앞을 떠나기가 어려워서 너희 집에 있으려 할 터이면 내가 아니 데리고 가겠다."

김씨가 고개를 번쩍 들며,

"응, 마누라가 데리고 갔다 오시오."

그 말 한 마디에 옥남이와 유모와 김씨 부인이 눈물이 가득한 눈으로 웃음빛을 띠었더라.

앞뒤에 쌍창문 척척 닫쳐 두고 문 뒤에는 긴 널빤지를 두이자 석삼 자로 가로질러서 두 치 닷 푼씩이나 되는 못을 척척 박아서 말이 문이지 아주 절벽같이 만들어놓고 안마루로 드나드는 지게문으로만 열고 닫게 남겨둔 것은 최본평 집 안방이라. 그 방 속에는 세간 그릇 하나 없고 다만 있는 것은 귀신 같은 사람 하나뿐이라.

머리가 까치집같이 헙수룩하고 얼굴은 몇 해 전에 씻어 보았든지 때가 켜켜이 끼었는데, 저렇게 파리하고도 목숨이 붙어 있나 싶을 만하게 뼈만 남은 위인이 혼자 앉아서 중얼거리는 사람은 본평 부인이라.

무슨 곡절로 지게문만 남겨놓고 다른 문은 다 봉하였던고? 본평 부인이 광증이 심할 때에는 벌거벗고 문 밖으로 뛰어나가려 하기도 하고, 옥순이도 몰라보고 방망이를 들고 때리려 하기도 하는 고로, 옥중에 죄인 가두듯이 안방에 가두어두고 수직(守直)하는 노파 이삼 인이 옥사장같이 지켜 있고 다른 사람은 그 방에 드나들지 못하게 하는 터인데, 적적하고 캄캄한 방 속에 죄 없이 갇혀 있는 사람은 본평 부인이라. 그러한 그 방 지게문을 펄쩍 열고,

"어머니."

부르면서 들어오는 것은 옥남이요, 그 뒤에 따라 들어오는 사람은 김씨의 부인과 옥남의 유모이라. 건너방에서 옥순이가 그것을 보고 한걸음에 뛰어나와 안방으로 따라 들어온다. 그때 본평 부인은 아랫 목에 혼자 앉아서 베개에 식칼을 꽂아놓고, 무엇이라고 중얼거리는 소리가 그 남편 죽이던 놈의 원수 갚는다는 말이라. 옥남이가 그 어 머니 모양을 보더니 울며, 그 어머니 앞으로 달려들어서 어머니를 부르며 울기만 하는데, 옥순이는 일곱 해 동안을 건너방 구석에서 소리 없는 눈물로 자란 계집아이라, 참았던 울음소리가 툭 터져나오 면서 옥남이를 얼싸안고 자지러지게 우니, 김씨의 부인과 유모가 옥 남이를 왜 데리고 왔던고 싶은 마음뿐이라. 김씨의 부인이 눈물을 흘리고 본평 부인 앞으로 바싹 다가앉으며,

"여보 본평댁, 이 아이가 본평댁의 아들이오, 여보 여보, 정신 좀 차려서 이 아이 좀 보오. 어찌하여 저런 병이 들었단 말이오? 여보, 저 베개에 칼은 왜 꽂아놓았소? 저런 쓸데없는 짓을 말고 어서 병이

나 나아서 옥순이 잘 가르쳐 시집이나 보내고, 옥남이를 길러서 며느
리나 보고, 마음을 붙여 살 도리를 하시오. 돌아가신 서방님은 하릴없
거니와 불쌍한 유복자를 남의 손에 기르기가 애닯지 아니하오? 본평
댁이 어서 본 정신이 돌아와서 옥남이를 길러 재미를 보게 하오. 에
그, 그 얌전하던 본평댁이 이렇게 될 줄 누가 알았단 말인고?”
하며 목이 메어 하던 말을 그친다. 본평 부인이 무슨 정신에 김씨의
부인을 알아보던지 비죽비죽 울며,

“여보 회오골댁, 이런 절통(切痛)한 일이 어디 있소? 댁 서방님이
우리 집에 오셔서 영문 장차를 다 때려죽이려 드시는 것을 내가 맨발
로 뛰어나가서 말렸더니, 영문 장차 놈들이 그 공을 모르고 옥순 아
버지를 잡아다 죽였소그려. 내가 옥황상제께 원정을 하였소. 옥황상
제께서 그 원정을 보시더니, 내 소원을 다 풀어주마 하십디다. 염라대
왕을 부르시더니 정 감사를 잡아다가 천근이나 되는 무쇠 두멍을 씌
워서 지옥에 집어넣고 우리 집에 나왔던 장차들은 금사망(金絲網)을
씌워서 구렁이가 되게 하고 옥황상제께서 날더러 하시는 말이 ‘너는
나가서 있으면, 내가 인간에 죄지은 사람들을 다 살펴서 벌을 주겠
다’ 하십디다. 회오골댁, 내 말을 자세히 들어 두시오. 몇 해만 되면
세상에 변이 자꾸 날 터이오, 극성을 부리던 사람들은 꼼짝을 못하게
되고, 백성들은 제 재물을 제가 먹고 살게 될 터이오, 두고 보오, 내
말이 맞나 아니 맞나…… 옥순 아버지가 대관령에서 운명할 때에 하
던 말이 낱낱이 맞을 터이오.”

그렇게 실신한 말만 하다가 나중에는 그 소리 할 정신도 없이 눈을

감더니 부처님의 감중련(坎中連)[19] 하는 손과 같이 손가락을 짚고 가만히 앉았는데, 그 앞에는 옥순의 남매 울음소리뿐이라.

태평양 너른 물에 크고 큰 화륜선이 살 가듯 떠나는데 돛대 밖에 보이는 것은 파란 하늘뿐이요, 물 밑에 보이는 것은 또한 파란 하늘 그림자뿐이라. 해는 어디서 떠서 어디로 지는지? 배는 어디서 와서 어디로 가는지? 오던 곳을 살펴보아도 하늘에서 온 것 같고, 가는 곳을 살펴보아도 하늘로 향하여 가는 것만 같다. 바람은 괴괴하고 물결은 잔잔하고, 석양은 묘묘한데, 화륜선 상등실에서 갑판 위로 웬 사람 셋이 나오는데 앞에 선 것은 옥남이요, 뒤에 선 것은 옥순이요, 그 뒤에는 김씨라. 옥남이가 갑판 위로 뛰어다니면서,

"누님 누님, 누님이 이런 좋은 구경을 마다하고 집에서 떠날 때 오기 싫다 하였지? 집에 들어앉았으면 이런 구경을 하였겠소?"
하면서 흥이 나서 구경을 하는데, 옥순이는 아무 경황없이 뱃머리에서 오던 길만 바라보고 섰다. 옥순이가 수심이 첩첩하여 남에게 형언하지 못하는 한탄이라.

'어머니는 어떻게 되셨누? 내가 집에 있을 때도 어머니 병 구원하는 할미들이 어머니를 대하여 소리를 꽥꽥 지르며 움지르는 것을 보면 내 오장이 무너지는 듯하지마는, 그 할미들더러 애쓴다, 고맙다, 칭친하는 것은 빈말이 아니라, 그렇게 되신 우리 어머니를 밤낮없이

---

19) 감중련 : 8괘 중 김괘와 같은 형상을 이름.

그만치 보아드리기도 어려운 터이라. 그러나 나도 없으면 어떻게들 할는지……'

그런 생각을 하다가 구슬 같은 눈물이 쌍으로 뚝뚝 떨어지는데, 고개를 숙여보니 만경창파에 간 곳 없이 스러졌다. 근심에 근심이 이어 나고, 생각에 생각이 이어 난다.

'갈모봉이 어디로 가고, 대관령은 어디로 갔누? 아버지 돌아가실 때에 대관령을 넘는데 천하에는 산뿐이요, 이 산에 올라서면 온 천하가 다 보이는 줄 알았더니, 에그 그 산이 그 산이……'

그렇게 생각하고 섰는데, 대관령이 옥순의 눈에 선하게 보이는 듯하다. 산은 무정물(無情物)이라, 옥순이가 산에 무슨 정이 들어서 간절히 생각하는고?

대관령 상상봉에는 눈 못 감고 돌아가신 아버지가 말없이 누우셨고, 대관령 밑 경금 동네에는 살아 있는 어머니가 돌아가신 아버지 신세만 못하게 되어 계시니, 그 어머니 형상은 잊을 때가 없는지라. 잠들면 꿈에 보이고, 잠이 깨면 눈에 어린다. 거지를 보더라도 본 정신으로 다니는 사람을 보면, 우리 어머니는 저 신세만 못하거니 싶은 생각이 나고, 병신을 보더라도 본 정신만 가진 사람을 보면 우리 어머니가 차라리 눈이 멀었던지 귀가 먹든지, 팔이나 다리가 병신이 되었더라도 옥남이나 알아보고 세상을 지내시면 좋으련마는 하며 한탄하는 마음이 생기는 옥순이라. 옥순이가 사람을 보는 대로 그 어머니가 남과 같지 못한 생각이 나는 것은 오히려 예사이라. 날짐승 길벌레를 보더라도 처량한 생각이 든다.

'저것은 짐승이지마는 기뻐하는 마음, 성내는 마음, 슬퍼하는 마음, 즐겨하는 마음, 사랑하는 마음, 미워하는 마음, 욕심나는 마음, 그런 마음이 다 있을 터인데, 어찌하여 우리 어머니는 사람으로 그런 마음을 잃으셨누? 아버지는 세상을 버리시고 어머니는 세상을 모르시는데, 의지(依持) 없는 우리 남매를 자식같이 사랑하고 불쌍히 여기는 사람은 회오골 사는 아저씨 내외이라. 헝겊붙이나 되어 그러하면 우리도 오히려 예사로울 터이나, 과갈지의(瓜葛之誼)20)도 없는 김가·최가이라. 우리 남매가 자라서 그 은혜를 어떻게 갚을는지…… 부모 같은 은혜가 있으나 아버지라 부를 수는 없는 고로 아저씨라 부르지마는, 우리 남매 마음에는 아버지 같이 알고 따르는 터이라. 그러나 눈치보고 체면 차리는 것은 아무리 한들 친부모와 같을 수는 없는지라. 내 근심을 다 감추고 좋은 기색만 보이는 것이 내 도리에 옳을 터이라.'

하고 옥순이가 그런 생각을 하면서 다시 아니 울 듯이 눈물을 썩썩 씻고, 고개를 들어서 오던 길을 다시 바라보니 망망한 바다 위에 화륜선 연기만 비꼈더라.

옥순이가 잠시간 화륜선 갑판 위에 나와 구경할 때라도 그런 근심 그런 생각을 하는 터이라. 고요한 밤 베개 위와 적적한 곳 혼자 있을 때는 더구나 더구나 옥순의 근심거리라.

김정수의 자는 치일이니 최병도와 지기(知己)하던 친구라. 내 몸을

---

20) 과갈지의 : 친척의 의리를 말함.

가볍게 여기고 나라를 소중하게 아는 사람인데, 김씨가 천성이 그렇던 사람은 아니라 최씨에게서 천하 형세를 자세히 들어 안 이후로 어지러운 꿈 깨듯이 완고의 마음을 버리고 세상을 자세히 살펴보는 사람이요, 최씨는 김옥균의 고담준론을 얻어들은 후에, 크게 깨달은 일이 있어서 나라를 붙들고 백성을 살릴 생각이 도저하나 일개 강릉 김 서방이라. 지체가 좋지 못하면 사람 축에 들지 못하는 조선사람 되어, 아무리 경천위지(經天緯地)[21]하는 재주가 있기로 어찌할 수 없는 고로 고향에 돌아가서 재물 모으기를 시작하였는데, 그 재물을 모으려는 뜻은 호의호식하고 호강하려는 것이 아니라 그 재물을 모을 만치 모은 후에 유지(有志)한 사람 몇이든지 데리고 외국에 가서 공부도 시키고, 최씨는 김옥균과 같이 우리 나라 정치 개혁하기를 경영하려 하던 최병도라.

김씨가 최병도 죽은 후에 백아(白牙)가 종자기 죽은 후에 거문고 줄을 끊듯이 세상 일을 단망(斷望)하고 있는 중에, 본평 부인이 그 남편의 유언을 전하는 것을 듣더니, 김씨의 눈에서 강개(慷慨)한 눈물이 떨어지고 최씨의 부탁을 저버릴 마음이 없었더라.

최씨가 세 가지 유언이 있었는데, 하나는 세상을 원망한 말이요, 또 하나는 그 친구 김정수에게 전하여 달라는 말이요, 또 하나는 그 부인에게 부탁한 말이라.

세상을 원망한 말은 최병도가 마지막 세상을 버리는 사람이 되어

---

21) 경천위지 : 온 천하의 일을 조직적으로 잘 계획하여 다스림.

말을 가리지 아니하고 함부로 한 터이라. 인구전파(人口傳播)하기가 어려운 마디가 많이 있었는데, 누가 듣던지 최씨와 김씨의 교분(交分)을 부러워하고 칭찬한다. 김씨에게 전하라는 말도 또한 세상에 관계되는 일이 많은 고로, 그 말을 얻어들은 사람들이 수군수군하고 쉬쉬하다가, 그 말은 필경 경금 동네서 스러지고 세상에 전하지 아니하였고, 다만 그 부인에게 부탁한 말만 전하였더라.

최씨 유언 "나는 천석 추수를 하는 사람이요, 치일이는 조석을 굶는 사람이라. 내가 죽은 후에 내 재물을 치일이와 같이 먹고 살게 하고, 내 세간을 늘이든지 줄이든지 치일의 지휘대로만 하고, 또 마누라가 산월(産月)이 머지 아니하니 자녀간에 무엇을 낳던지 자식 부탁을 치일이에게 하라."
하면서 마지막 눈물을 떨어뜨리고 운명을 하였는지라.

본평 부인이 실진하기 전부터 김씨가 최씨의 집 일을 제 집 일보다 십 배·백 배를 힘써서 보던 터인데, 본평 부인이 실진할 때는 옥순이가 불과 여덟 살이라. 최씨의 집 일이 더욱 망창(茫蒼)하게 된 고로, 김씨가 최씨의 집 논문서까지 자기의 집에 옮겨다 두고 최씨 집에서 쓰는 시량범절(柴糧凡節)까지라도 김씨가 차하하는 터이라. 형세가 늘면 어찌 그렇게 쉬 늘던지 최병도 죽은 지 일곱 해 만에 최병도 집 형세는 삼사 배가 더 늘었더라.

최씨는 죽고 그 부인은 그런 병이 들었으니 화패(禍敗)가 연첩(連疊)한 집에 패가(敗家)하기 쉬울 터인데 형세가 그렇게 는 것은 이상한 일이나, 김씨가 최씨 집 재물을 가지고 세간살이 하는 것을 보면 그 세간이 늘 수밖에 없는지라. 가령 천석 추수를 하면, 백 석쯤 가지고 최씨와 김씨 두 집에서 먹고 살아도 남는 터이라, 구백 석은 팔아서 논을 사니 연연이 추수가 늘기 시작하여 그 형세가 불 일어나듯 하였는데, 옥남이 일곱 살 되던 해에 그 어머니를 만나본 후로 옥순의 남매가 밤낮 울기만 하고 서로 떨어져 있지 아니하려는 고로, 김씨가 최병도 생전에 모은 재산만 남겨두고, 김씨의 손으로 늘인 전장(田莊)은 다 팔아서 그 돈으로 옥남의 남매를 미국에 유학시키러 가는 길이라. 워싱톤에 데리고 가서 번화하고 경치 좋은 곳은 대강 구경시킨 후에 옥순의 남매 공부할 배치를 다 하여 주었는데, 옥남이는 어린아이라 좋은 구경에 정신이 팔려서 집 생각을 아니하나, 옥순이는 꽃을 보아도 눈물을 머금고 보고, 달을 보아도 눈물을 머금고 보고, 달을 보아도 눈물을 머금고 보고, 박물관·동물원 같이 번화한 구경을 할 때에도 경황없이 다니면서 고국 생각만 한다.

김씨가 고향을 떠나서 오래 있기가 어려운 사정이나 기간사(期間事)는 전혀 생각지 아니하고, 옥순의 남매를 공부 성취시킬 마음과, 자기도 연부역강(年富力强)한 터이라. 아무쪼록 지식을 늘릴 도리에 힘을 쓰고 있는지라. 그렇게 다섯 해를 있는데 물가 비싼 워싱턴에서 세 사람의 학비가 적지 아니한지라. 또 옥순의 남매를 아무쪼록 고생 아니 되도록 할 작정으로 의외의 돈이 너무 많이 쓰인 고로 십여 년 예산이 불과 다섯 해에 돈이 거진 다 쓰이고 몇 달 후면 학비가 떨어질 모양이라. 본래 김씨가 경금서 떠날 때에 또 최씨 집 추수하는 것을 연연이 작전(作錢)하여 늘리도록 그 아들에게 지휘하고 온 일이 있는데, 김씨가 떠날 때에는 그 아들이 나이 스물한 살이라. 그 후에 다섯 해가 지났으니 그때 나이 스물여섯 살이라. 김씨 생각에 내가 집에 있어서 그 일을 본 해만은 못하더라도, 그 후에 우리 나라의 곡가가 점점 고등하였으니 내 지휘대로만 하였으면 돈이 많이 모였을 듯하여, 김씨가 학비를 구처(區處)할 마음으로 고국에 돌아오는데 왕환(往還) 동안은 속하면 반년이요, 더디더라도 팔구 삭에 지나지 아니한다 하고, 옥순의 남매를 작별하였더라. 김씨가 고국에 돌아와서 본즉 최씨 집에는 전과 같은 일도 있고 전만 못한 일도 있다.

본평 부인의 실진한 병은 전과 같아 살아 있을 뿐이요, 그 집의 재물은 바싹 졸아서 전만 못하게 되었더라. 김씨가 다시 자기 집을 자세히 살펴보니, 뜻밖에 전보다 다른 것이 두 가지라. 한 가지는 그 아들의 난봉이 늘고, 또 한 가지는 그 아들의 거짓말이 썩 대단히 늘었더라.

부모가 믿기를 태산같이 믿고 일가 친척이 칭찬하고, 동네 사람들이 우러러보던 그 아들이 그다지 그렇게 될 줄은 꿈 밖이라, 제 마음으로 그렇게 되었던가, 남의 꾀임에 빠져서 그렇게 되었던가? 제 마음이 글러서 그렇게 된 것도 아니요, 남이 꾀어서 그렇게 된 것도 아니라. 그러면 어찌하여 그렇게 되었던가? 그때는 갑오(甲午) 이후라 관제가 변하여 각 읍의 원은 군수가 되고, 팔도는 십삼도 관찰부가 된 때라. 어떤 부처님 같은 강릉 군수가 내려왔는데, 뒷줄이 튼튼치 못한 고로, 백성의 돈을 펼쳐놓고 뺏어 먹지는 못하나, 소문 없이 갉아먹는 재주는 신통한 사람이라. 경금 사는 김정수의 아들이 남의 돈이라도 수중에 돈 천, 돈 만이나 좋이 가지고 있다는 소문을 듣고 존문(存問)을 하여 불러들여 치켜세우고, 올려세우고, 대접을 썩 잘하면서 돈 몇천 냥만 꾸어달라 하니, 김 소년의 생각이 그 시행을 아니하면 하늘 모르는 벼락을 맞을 듯하여 겁이 나서 강릉 원에게 돈 몇천 냥을 소문 없이 주고, 벙어리 냉가슴 앓듯 하고 있는 중에 강릉 군수보다 존장(尊長) 할아비 치게 세력 있는 관찰사가 불러다가 웃으며 뺨치듯이 면새 좋게 뺏어 먹는 통에, 김 소년이 최씨 집 추수 작전한 돈을 제 것같이 다 써 없애고 혼자 심려가 되어 별 궁리를 다 하다가, 허욕이 버썩 나서 그 모친이 맡아 가지고 있는 최씨 집 논문서를 꺼내다가 빚을 몇만 냥을 얻어가지고 울진으로 장사하러 내려가서 한 번 장사에 두 손 툭툭 떨고 돌아왔더라.

처음에 장사 나설 때는 이번 장사에 군수와 관찰사에게 취하여 준 돈을 어렵지 아니하게 벌충이 되리라 싶은 마음뿐이러니, 울진 가서 어살을 하다가 생선 비린내만 맡고 돈은 물 속에 다 풀어넣고, 장사라 하면 진저리치게 되었는데, 그렇게 낭패 본 것을 그 부친에게 알리지 아니하고 편지할 때마다 거짓말만 하였더라.

본래 착실하던 사람이 거짓말하기 시작하면 엉터리없는 거짓말이 그렇게 잘 늘던지, 김 소년이 저의 부친에게만 그렇게 거짓말하는 것이 아니라 남에게까지 거짓말을 하고 빚을 상투고가 넘도록 졌는데, 최씨 집 재산을 결단내 놓고 사람을 속여먹으려고 눈이 뒤집혀 다니는 모양이라.

김정수가 기가 막혀서 말이 아니 나오는데, 아들이 난봉된 것은 오히려 둘째가 되고, 옥남의 남매가 몇만 리 밖에서 굶어죽게 된 일을 생각하면 잠이 아니 온다. 옥남의 남매를 데려올 작정으로 노자를 판출(辦出)하려는데, 본래 김씨는 가난하던 사람으로 최씨의 재물을 맛 본 후에 남에게 신용이 생겼더니 최씨 집 재물이 없어진 후에 그 신용이 떨어질 뿐 아니라, 그 아들이 난봉 패호한 후에 동네 사람의 물의가, 김치일의 부자(父子)는 최씨 집을 망하려는 사람이라고 소문이 떡 벌어졌는데, 누구더러 돈 한 푼 꾸어 달라 할 수도 없이 되고, 섣불리 그런 말을 하면 남에게 욕만 더 얻어먹을 모양이라.

김씨가 며칠 밤을 잠을 못 자고 헛 경륜(經綸)만 하다가 화가 어찌 몹시 나던지 조석 밥은 본 체도 아니하고 날마다 먹느니 술뿐이라, 술이 깨면 별 걱정이 다 생기다가 술을 잔뜩 먹고 혼몽 천지가 되면 아무 걱정 없이 팔자 좋게 세월을 보내는 터이라.

김씨가 집에 돌아온 지 몇 달 동안에 술 취하지 아니하는 날이 한 달 삼십 일 동안에 몇 시가 못 되더니 필경에는 그 몇 시간 동안에 정신 있던 것도 없어지고 세상을 아주 모르게 되었다.

술을 먹어 정신을 모르는 것이 아니요, 병이 들어 정신을 모르는 것도 아니라, 긴 잠이 길게 들어서 이 세상을 모르게 되었더라.

그 전날까지도 고래 물 켜듯이 술을 먹던 터이요, 아무 병 없이 사지 백체가 무양(無恙)하던 터이라, 병 없이 죽었으나 죽는 것이 병이라. 김씨가 죽던 전날 그 부인과 아들을 불러 앉히고 옥순 남매를 데려올 말을 하는데 순리의 말은 별로 없고 억지 말만 있었더라.

몇 푼짜리 되지도 아니하는 집을 팔면 옥순 남매를 데려올 듯이,

집도 팔고 식구마다 남의 종으로 팔려서 그 돈으로 옥순 남매를 데려
오겠다 하면서, 코를 칵칵 지지르는 독한 소주를 맑 물 켜듯하는데,
그때가 여름 삼복중이라, 하루 종일 소주만 먹더니 날이 어슬하게
저물 때에 앞뒷문을 활짝 열어놓고 자다가, 몸에 불이 일어날 듯이
번열증(煩熱症)이 나서 냉수를 찾는데, 미처 대답할 새가 없이 재촉하
여 냉수를 떠오라 하더니 냉수 한 사발을 한숨에 다 먹고 콧구멍에
새파란 불이 나면서 당장에 죽었더라.

　김씨는 옛 사람이 되었으나, 지금 이 세상에 밤낮으로 기다리고
있는 사람은 옥순이와 옥남이라. 김씨 집에서 김씨가 죽었다고 옥순
에게로 즉시 전보나 하였으면 단념하고 기다리지 아니할 터이나, 김
씨 아들이 시골서 생장한 사람이라, 전보할 생각도 아니하고 있는
고로 김씨가 죽은 지 오륙 삭이 되도록 옥순이는 전혀 모르고 있었더
라. 옥순의 남매가 학비가 떨어져서 사고무친(四顧無親)한 만리 타국에
서 굶어죽을 지경이라. 편지를 몇 번 부쳤으나 답장 한 장이 없더니,
하루는 옥남이가 펄펄 뛰며,

　"누님 누님, 조선서 편지가 왔소. 어서 좀 뜯어 보오."
하면서 옥순의 앞에 놓는데, 옥순이가 어찌 반갑고 좋던지 겉봉에
쓴 것도 자세 보지 아니하고 뚝 떼어보니 편지한 사람은 김씨의 아들
이요, 편지 사연은 김씨가 죽었다는 통부(通訃)라.

　그때 옥순이는 열아홉 살이요, 옥남이는 열두 살이라. 부모같이 알
던 김씨의 통부를 듣고 효자·효녀가 상제된 것 같이 서러워하다가
그 설움은 잠깐이어니와 돈 한 푼 없는 옥남의 남매가 제 설움이 생

긴다.

정신병이 들어서 아무것도 모르는 그 어머니를 살아 있을 때에 한 번 다시 만나볼까 하였더니, 그 어머니 죽기 전에 옥순의 남매가 먼저 죽을 지경이라. 옥순이가 옥남이를 붙들고 울며,

"이애 옥남아, 세상에 우리 남매같이 기박한 팔자가 또 어디 있단 말이냐! 돌아가신 아버지 일을 생각하든지, 살아 계신 어머니 일을 생각하든지, 우리 남매는 일평생에 한(恨) 덩어리로 자라나서, 아버지 산소에 한 번도 못 가보고 어머니 얼굴을 한 번 다시 못 보고 여기서 죽는단 말이냐? 어머니 생전에 우리가 먼저 죽으면 불효가 막심하나 그러나 만리 타국에 와서 먹을 것 없이 어찌 산단 말이냐?"
하면서 울다가, 옥순의 남매가 자결하여 죽을 작정으로 나섰더라. 옥순의 남매는 본래 총명한 아이인데, 김씨가 어찌 잘 인도하였던지, 어린아이들의 마음일지라도 아무쪼록 남보다 공부를 잘하여 고국에 돌아간 후에 나라에 유익한 백성이 될 마음이 골똘하여 일심정력으로 공부를 하였는데, 옥순이는 옥남이보다 일곱 살이나 더하나, 고국에 있을 때에 아무 공부 없기는 일반이라. 미국 가서 심상소학교에도 같이 들어갔고 심상과 졸업도 같이 하고, 그때 고등소학교 일년생으로 있는데, 공부 정도는 같으나 열두 살 된 아이와 열아홉 살 된 아이의 지각 범절은 현연히 다른지라. 그 아버지를 생각하기도 옥순이가 더하고, 그 어머니 정경을 생각하는 것도 옥순이가 더하는 터인데, 더구나 옥순이는 여자의 성정(性情)이라 어린 동생을 데리고 죽으려 할 때에 그 서러워하는 마음은 옥순이더러 말하라 하더라도 형용하

여 다 말하지 못할지라.

기숙(寄宿)하던 호텔은 다섯 해 동안에 주객지의(主客之誼)가 있었는데, 김씨가 옥순의 남매를 데리고 돈을 흔히 쓰고 있을 때는 그 호텔 주인은 형제같이 친하게 지내고 보이들은 수족같이 말을 잘 듣더니, 학비가 떨어지고 호텔 주인에게 요릿값을 못 주게 된 후에는 형제같던 주인이나, 수족 같던 보이나 별안간에 변하기로 그렇게 대단히 변하던지, 돈 없이는 하루라도 그 집에 있을 수가 없는 터이라. 그러나 호텔에서 두어 달 동안이나 외자로 먹고 있기는, 주인의 생각에 옥순의 집에서 돈을 정녕 보내주려니 여기고 있는 고로, 옥순의 남매가 그날 그때까지 그 집에 있던 터이라.

대체 옥순의 남매가 그렇게 두어 달을 지낸 끝이라, 십 리만 가려 하더라도 전차 탈 돈도 없고, 다만 있는 것은 옥순의 몸의 금시계 하나와 금반지 하나뿐이라. 옥순의 남매가 그 호텔 주인에게 어디로 간다는 말도 없이 가만히 나섰는데, 그 길은 죽으러 가는 길이라.

지는 해는 서천에 걸렸는데 내왕하는 행인은 각 사회에서 일 마치고 돌아가는 사람이라. 옥순의 남매가 해지기를 기다려서 기차 철로로 향하여 가는데, 사람의 자취 드문 곳으로만 찾아간다. 땅은 검을락 말락하고 열 칸 동안에 사람은 보일락말락한데, 옥순의 남매가 철도 옆 언덕 위에서 철도를 내려다보며 기차 지나가기를 기다린다. 옥순이가 옥남의 손목을 붙들고 울며,

"이애 옥남아, 너는 남자이라, 이렇게 죽지 말고 살다가 남의 보이 노릇이라도 하고, 하루 몇 시간이든지 공부를 착실히 한 후에 우리

나라에 돌아가서, 병든 어머니나 다시 뵙고 어머니 생전에 봉양이나 착실히 할 도리를 하여 보아라. 나는 여자라, 살아 있더라도 우리 최가의 집에 쓸데없는 인생이니, 죽으나 사나 소중한 것 없는 사람이나, 너는 아무쪼록 살았다가 조상의 뫼나 묵지 말게 하여라.”

옥남 “여보 누님, 우리 나라 이천만 생명의 성쇠(盛衰)가 달린 나라가 결단나게 된 생각은 아니하고, 최가의 집 하나 망하는 것만 그리 대단히 아오? 내가 살았다가 우리 나라 일이나 잘하여 볼 도리가 있으면 보이 노릇은 고사하고 개 노릇이라도 하겠소마는, 최씨의 뫼가 묵은 것은 꿈 같소.”

옥순 “오냐, 기특한 말이다. 네 마음이 그러할수록 죽지 말고 살았다가 나라를 붙들 도리를 하여 보아라.”

옥남 “여보 누님, 그 말 마오. 사람이 죽을 마음을 먹을 때에, 오죽 답답하여 죽으려 하겠소? 김옥균은 동양의 영웅이라 하는 사람이 우리 나라 정치를 개혁하려다가 역적 감태기만 뒤집어쓰고 죽었는데, 나 같은 위인이야 무슨 국량(局量)22)이 있어서 나라를 붙들어볼 수 있소? 미국 와서 먹을 것 없어서 고생되는 김에 진작 죽는 것이 편하지. 누님이나 고생을 참고 남의 집에 가서 심부름이나 하고 밥이나 얻어먹고 살아 보오.”

그 말이 맞지 못하여 기차 하나이 풍우같이 몰려들어 오는데, 옥남이가 언덕 위에 도사리고 섰다가 눈을 딱 감고 철로를 내려뛰니, 옥

---

22) 국량 : 일을 처리하는 능력.

순이가 따라서 철도에 떨어지는데, 웬 사람이 언덕 아래서 소리를 지르고 쫓아오나, 그 사람이 언덕에 올라올 동안에 살같이 빠른 기차는 벌써 그 언덕 앞을 지나간다. 그 후 이틀만에 워싱턴 어느 신문에,

<조선 학생 결사 미수
재작일 오후 칠 시에 조선 학생 최옥남 연 십삼(年十三), 여학생 최옥순 연 십구(年十九), 학비(學費)가 떨어짐을 고민히 여겨서, 철도에 떨어져서 죽으려다가 순사 캘라베루 씨의 구한 바가 되었다. 그 학생이 언덕 위에서 수작할 때에, 순사가 그 동정을 수상히 여겨서 가만히 언덕 밑에 가서 들으나 말을 알아듣지 못하는 고로 먼저 동성을 살피는 차에, 그 학생이 기차 시나가는 걸 보고 철도에 떨어졌는지라. 순사가 급히 쫓아가 보니 원래 그 언덕은 불과 반 길쯤 되고 철로는 쌍선이라 언덕 밑 선로는 북행(北行)차의 선로요, 그 다음 선로는 남행(南行)차의 선로인데 그 학생이 남행차 자나가는 것을 보고, 그 차가 언덕 밑 선로로 가는 줄만 알고 떨어졌다가 순사에게 구한 바 되었더라.>

그러한 신문이 돌아다니는데, 그 신문 잡보(雜報)를 유심히 보고 그 정경을 불쌍히 여기는 사람이 있다. 그 사람의 이름은 씨에키 아니쓰인데, 하나님을 아버지 삼고 세계 인종을 형제같이 사랑하고 예수교를 진심으로 믿는 사람이라. 신문을 보다가 옥순의 남매에게 자선심이 나서, 그 길로 옥순의 남매를 찾아 데려다가, 몇 해든지 공부할 동안에 학비를 대어 주마 하니, 그때 옥순이와 옥남이의 마음은 공부

할 생각보다 고국에나 돌아가도록 하여 주었으면 좋겠다 싶은 마음
이 있으나, 씨에키 아니쓰는 공부를 주장하여 말하는 고로, 옥순의
남매가 고국에 가고 싶다는 말은 차마 하지 못하고, 미국에서 다시
공부를 한다.

본래 옥순이와 옥남이가 김씨 살았을 때 학과서(學科書)는 학교에
다니며 배웠으나, 마음 공부는 전혀 김씨의 교육을 받은 사람이라.
성은 각성이나 김씨가 옥순의 남매에게는 부형 같은 사람이라, 옥순
의 남매가 김씨의 교육받은 것을 가정 교육이라 하여도 가한 말이라.

그 마음 교육이라 하는 것은 어떠한 마음인고?

본래 최병도와 김정수는 국가사상(國家思想)이 머리에 가득 찬 사람
이라. 만일 최씨가 오래 살았더면, 김씨와 같이 나라 일에 죽었을 사
람이라. 그러나 최씨가 죽은 후에 외손뼉이 울기 어려운지라, 김씨가
강릉 구석산 두메골에서 제 재물이라고는 돈 한 푼 없이 지내면서
꼼짝할 수도 없는 중에 저버릴 수 없는 최씨의 유언으로 최씨의 집을
보아주느라고 헤어나지를 못한 고로, 세상에서 김씨의 유지한 줄을
몰랐더라. 그러한 위인으로 일평생에 뜻을 얻지 못하여 말이 나오면
불평한 말뿐인데 그 불평한 말인즉, 국가를 위하는 말이라.

옥순이와 옥남이가 자라나는 새 정신에 날마다 듣느니 국가를 위
하는 말뿐인 고로, 옥순이와 옥남이는 나라라 하는 말이 뇌에 박히고
정신에 젖었더라. 그 후에는 다시 씨에키 아니쓰의 교육을 받더니
마음이 한층 더 넓어지고, 목적 범위가 한층 더 커져서, 천하를 한
집같이 알고 사해(四海)를 형제같이 여겨서, 몸은 덕의상(德義上)에 두

고 마음은 인애적(仁愛的)으로 가져서 구구한 생각이 없고 활발한 마음이 생기더니, 학문에 낙을 붙여서 고향 생각을 잊어버린다.

그러나 그것은 옥남의 마음이 그러하단 말이요, 옥순의 일은 아니라. 옥순이는 여자의 편성(偏性)으로 처음에 먹었던 마음이 조금도 변치 아니하였는데, 그 처음에 먹었던 마음은 무슨 마음인고? 고국을 바라보고 오장이 살살 녹는 듯한 근심하는 마음이라.

아버지가 강원 감영에 잡혀가던 모양도 눈에 선하고, 어머니가 나를 붙들고 기가 막혀 울던 모양도 눈에 선하고, 아버지가 대관령 위에서 운명하던 모양도 눈에 선하고, 어머니가 옥남이를 낳고 실신하던 모양도 눈에 선하고, 김씨 부인이 옥남이를 데리고 왔을 때에 어머니가 그 옥남이를 몰라보고, 베개에 식칼을 꽂아놓고 강원 감사의 이름을 부르면서 원수 갚는다 하던 모양도 눈에 선하다.

그렇게 하는 근심이 끊어지다가 이어나고, 스러지다가 생겨난다. 바라보는 것은 고국 산천이요, 생각하는 것은 그 어머니라. 공부도 그만두고 하루바삐 고국에 가고 싶으나 씨에키 아니쓰에게 이런 발설을 하기 어려운 터이라. 근심으로 날을 보내고 근심으로 해를 보내는데, 그렇게 보내는 세월 가운데 옥순의 남매가 고등소학교를 마치고 졸업장을 타 가지고 와서 졸업장을 펴놓고 마주 앉아서 옥순이가 옥남이를 돌아다보며,

"이애 옥남아, 사람이 무엇을 위하여 공부를 하느냐? 우리가 외국에 와서 오래 공부만 하고 있을 수도 없는 정세 아니냐? 어머니가 본 마음을 가지고 계시더라도 자식 된 도리에 여러 해를 슬하에 떠나

있으면 어머니 보고 싶은 마음이 간절할 터인데, 하물며 우리 어머니
는 남다른 병환이 들어서 생활의 낙을 모르고 살아 계시니, 우리가
공부는 그만하고 고국에 돌아가서 어머니 생전에 병 구원이나 하여
드리자. 너는 어머니를 떠나서 유모의 집에서 일곱 살이 되도록 어머
니 얼굴도 모르다가 일곱 살 되던 해에 어머니를 처음 뵈옵고 그 후
에 즉시 미국에 와서 있으니 어머니 정경을 다 모르는 터이라, 이애
옥남아.”

부르다가 목이 메어서 말을 못하고 흑흑 느끼니, 옥남이가 마주 우는
데 눈물이 비 오듯 한다. 옥순이가 한참 진정하고 다시 말 시작하는
데, 옥순이는 하던 말을 다 마칠 마음으로 느끼던 소리와 솟아나던
눈물을 억지로 참고 말을 하나 옥남이는 의구히 낙루한다.

　옥순 “이애 옥남아, 자세히 들어 보아라. 사람이 귀로 듣는 일과
눈으로 보는 일이 다르니라. 너는 우리 집 일을 귀로 들어 알았거니
와, 나는 내 눈으로 낱낱이 보고 아는 일이라. 아버지께서 그렇게 원
통히 돌아가시고, 어머니께서는 그 원통한 일로 인연하여 그런 몹쓸
병환 중에 지내시던 일은 원통히 돌아가신 아버지보다 몇 갑절이나
불쌍하신 신세이라. 이애 옥남아, 이야기 하나 들어 보아라. 어머니
병드시던 이듬해에 우리 집에 조그만한 강아지가 있었는데, 그 강아
지가 어디서 북어 대강이 하나를 물고 오더니 납죽이 엎드려서 앞발
로 북어 대가리를 누르고 한참 재미있게 뜯어먹는데, 웬 청삽사리개
한 마리가 오더니 강아지를 노려보며 드뭇드뭇한 하얀 이빨이 엉크
렇게 드러나도록 아가리를 벌리고 응응 소리를 하다가 와락 달려들

어 강아지를 물어 박지르고 북어 대가리를 뺏어 가니 누가 보든지 그 큰 개가 밉살스럽기는 하지마는, 우리 어머니는 남다른 한을 품고 남다른 병이 들어서 무엇이 무엇인지 모르고 지내는 터에, 개가 강아지를 물어 박지르는 것을 보고 별안간에 실신하셨던 병 증세가 더 복발이 되어서 하시는 말이, '저 놈이 강원 감사로구나! 남을 물어 박지르고 먹을 것을 뺏어 가니, 그래 만만한 놈은 먹고 살지도 말란 말이냐? 이 몹쓸 놈아, 네가 강원 감사로 있어서 백성을 다 죽여내더니 강아지까지 못살게 구느냐? 이 놈, 나도 네게 원수척을 지은 사람이라, 내가 오늘 네 원수를 갚겠다' 하시더니 소리를 버럭버럭 지르면서 개를 쫓아가시는데 그때는 겨울이라, 어머니 가신 곳을 알지 못하여 웬 집안 사람들이 있는 대로 다 나서서 어머니를 찾으러 다니느라고 하룻밤을 새웠다. 그러하던 그 어머니를 우리가 이렇게 떠나서 있는 것이 자식 된 도리가 아니라. 이애, 별 생각 말고 씨에키 씨에게 좋게 말하고 고국으로 돌아갈 도리를 하자. 이애 옥남아, 나는 몸이 여기 있으나, 내 눈에는 어머니가 실진하여 하시던 모양만 눈에 선하다."

하면서 다시 느껴 운다. 옥남이가 한참 동안을 앉아 울다가 주먹으로 테이블 바닥이 쪼개지도록 내리치더니, 양복 포켓 속에서 착착 접은 하얀 수건을 내서 눈물을 썩썩 훔치고, 눈방울을 두리두리하게 굴리고 이를 악물고 앉았더니 다시 기운을 내어서 천연히 말한다.

"여보 누님, 누님이 문명한 나라에 와서 문명한 신학문을 배웠으니 문명한 생각으로 문명한 사업을 하지 아니하면 못 씁니다. 누님, 누님이 내 말을 좀 자세히 들어 보시오. 사람이 부모에게 효성을 하려면 부모 앞에서 부모 봉양만 하고 들어앉았는 것이 효성이 아니라, 부모의 은혜를 받은 이 몸이 나라의 국민의 의무를 지키고 국민의 직분을 다하는 것이 부모에게 효성이라. 우리 나라에는 세도 재상이니, 별입이니, 땅별입시니, 무엇이니, 무엇이니 하는 사람들이 성인 같으신 임금의 총명을 옹폐하고 국권을 농락하여 나라는 망하든지 흥하든지 제 욕(欲)만 채우고 제 살만 찌우려고 백성을 다 죽여내는 통에, 우리 아버지가 그렇게 몹시 돌아가시고, 우리 어머니도 그 일을 인연하여 그런 몹쓸 병환이 들으셨으니 그 원인을 생각하면 나라의 정치가 그른 곡절이라. 여보, 우리 나라에서 원통한 일 당한 사람이 우리뿐 아니라 드러나게 당한 사람도 몇천 몇만 명이요, 무형상(無形狀)으로 죽어나고 녹아나서 삼천리 강산에 처량한 빛을 띠고, 이천만 인민이 도탄에 들어서 나라는 쌓아놓은 닭의 알같이 위태하고, 인종은 봄바람에 눈 녹듯 스러져 없어지는 때라. 이 나라를 붙들고 이 백성을 살리려 하면 정치를 개혁하는 데 있는 것이니, 우리는 아무쪼록 공부를 많이 하고 지식을 넓혀서 아무 때든지 개혁당이 되어서 나라의 사업을 하는 것이 부모에게 효성하는 것이오. 여보 누님, 우리가 지금 고국에 돌아가서 어머니를 모시고 있더라도 어머니 병환이 나으실 리도 없고, 아버지 산소에 가도 아버지가 살아오실 리가 없으니, 아무리 우리 집에 박절한 사정이 있더라도 그 박절한 사정을 돌아보지 말고 국민 동포에게 공익(公益)을 위하여 공부를 더하고 있습시다. 우리 나라의 일만 잘 되면 눈을 못 감고 돌아가신 아버지께서 지하에서 눈을 감을 것이요, 철천지한을 품고 실진까지 되셨던 어머니께서도 한이 풀리시면 병환이 나으실는지도 모를 일이니, 어머니를 위할 생각을 그만하고 나라 위할 도리를 하시오. 누님이 만일 그런 생각이 잦고 하루바삐 고국에 돌아가서 어머니나 뵙고 누님이 시집이나 가서 편히 잘 살려는 생각이 간절하거든 오늘일지라도 떠나가시오. 노잣돈은 아무 때든지 씨에키 씨에게 신세 짓기는 일반이니, 내가 말하여 얻어드리리다."

옥순이가 그 말을 듣고 가만히 앉아 생각을 하더니 옥남의 말을 옳게 여겨 근심을 참고 공부에 착심(着心)하여 해외 풍상에 몇 해를 더 지냈던지, 옥순이는 사범학교까지 졸업한 후에 근심을 잊어버리기 위하여 음악학교에서 공부하고, 옥남이는 중학교를 마친 후에 경제학을 공부하면서 한편으로 사회철학을 깊이 연구하더라. 백면서생의 책상머리는 반딧불 창과, 눈 쌓인 밤에 어느 때든지 맑고 고요치 아니한 때가 없지마는, 세계 풍운은 날로 변하는 때라. 더구나 우리나라에서는 세상이 어찌 되어가는지 모르고 괴상 극악한 짓만 하다가, 세계 풍운이 변하는 서슬에 정신이 번쩍번쩍 나는 판이라. 일러전쟁 이후로 옥남이가 신문만 정신들여 날마다 보는데 신문을 볼 때마다 속만 터진다. 어찌하여 그렇게 속이 터지는고?

옥남의 마음에 우리 나라 일은 놀부의 박 타듯이 박은 타는데 경만치게 된 판이라고 생각한다. 박을 타는 것 같다 하는 말은 웬 말인고? 옛날 놀부의 마음이 동포 형제는 다 빌어먹게 되더라도 남의 것을 뺏어서 내 재물만 삼으면 좋을 줄로 알던 사람이라. 일평생에 악한 기운이 두리두리 뭉쳐서 바람 풍 자 세 가지 쓰인 박씨 하나가 되었더라. 그 바람 풍 자 풀기를 올풍·졸풍·망풍이라 하였으나, 옥남이 같은 신학문 있는 사람의 마음에는 그 바람 풍 자가 북풍이 아니면 시풍이요, 서풍이 아니면 남풍이라. 대체에는 바람에 경은 치든지 큰 바람이 불고 말리라 싶은 생각이나, 그러나 바람 불기 전에는 어느 바람이 불는지 모르는 것이요, 박을 타기 전에는 무엇이 나올지 모르는 터이라.

대체 그 박씨가 어느 바람에 불려 온 것인고? 한식 동풍에 어류가 비꼈는데, 왕사 당전에 날아드는 제비들이 공량(空樑)에 높이 앉아 남남(喃喃)히 지저귀고 강남 소식을 전하면서 박씨를 떨어뜨린다.

주인이 그 박씨를 주워다가 심었는데 주인이 거름을 어찌 잘하였든지 넝쿨마다 마디 지고, 마디마다 꽃이 피고, 꽃마다 열매 맺어, 낱낱이 잘 굳으니 그 박이 박복한 박이라. 팔월단호(八月斷瓠) 팔월에 박을 따서 놀부가 그 박을 타는데, 톱질을 하여도 합질할 생각으로 박을 타더라.

한 통을 타면 초상상제(初喪喪制)가 나오고, 또 한 통을 타면 장비(張飛)가 나오고, 또 한 통을 타면 상전이 나오니, 나머지 박은 겁이 나서 감히 탈 생각을 못하나 기왕에 열려서 굳은 박이라, 놀부가 타지 아니하더라도 제가 저절로 박 속에 든 물건은 다 나오고 말 모양이라. 놀부가 필경 패가하고 신세까지 망쳤는데, 도덕 있고 우애 있는 흥부의 덕으로 집을 보전한 일이 있었더라. 그러한 말은 허무한 옛말이라. 지금 같은 문명한 세상에 물리학으로 볼진대 박 속에서 장비가 나오고 상전도 나올 이치가 없으니, 옥남이가 그 말을 참말로 믿는 것이 아니라. 그러나 옥남의 마음에 옛날 우리 나라에 이학박사(理學博士)가 있어서 우리 나라 개국 오백 년 전후사를 추측하고 비유하여 지은 말인가 보다, 그렇게 생각하여 의심나고 두려운 마음이 주야 잊지 못하는 것이 옥남의 일편(一片) 충심이라.

옥남의 마음에 우리 나라에는 놀부의 천지라 세도 재상도 놀부의 심장이요, 각 도 관찰사도 놀부의 심장이요, 각 읍 수령도 놀부의 심장이라. 하루바삐 개혁당이 나서서 일반 정치를 개혁하는 때에는 저 허다한 놀부 떼가 일시에 박을 타고 들어앉았으려니 생각한다.

옥남이가 날마다 때마다 우리 나라에 개혁되기만 기다리는데, 그 기다리는 것은 놀부 떼를 미워서 개혁되기를 기다리는 것도 아니요, 국가의 미래 중흥(未來重興)을 바라고 인민의 목하 도탄(目下塗炭)을 면하게 되는 것을 바라는 마음이라. 그러나 우리 나라 일은 깊은 잠 어지러운 꿈과 같아야 불러도 아니 깨고 몽둥이로 때려도 아니 깨는 터이라. 어느 때든지 하늘이 뒤집히도록 천변이 나고 벼락불이 뚝뚝 떨어지기 전에는 저 꿈 깨기가 어려우리라 싶은 것도 옥남의 생각이라.

서력 1907년은 우리 나라 개국 560년이라. 그 해 여름이 되었는데 하늘에서 불빛이 뚝뚝 떨어진다. 그 불빛이 미국 워싱턴 어느 호텔 객실에 비추었는데, 그 객실은 동남향이라. 동남 유리창에 아침볕이 들이쪼인다. 그 유리창 안에는 백포장을 드리웠고 백포장 밑에는 침대(寢臺)가 놓였고, 침대 위에는 여학생이 누웠는데 그 여학생은 옥순이라. 옥 같은 얼굴이 아침별 더운 기운에 선 앵두빛같이 익어서 도화색이 지고, 땀이 송송 나서 해당화에 이슬 맺힌 듯하였는데 어여쁘기는 일색이나, 자세 보면 얼굴에 나이 들어서 삼십이 가까운 모양이라. 늦잠을 곤히 자다가 기지개를 켜고 눈을 떠서 벽상에 걸린 자명종을 쳐다보더니 바스스 일어나며,

"에그, 벌써 여덟 시가 되었구나. 아무리 일요일이라도 너무 염치 없이 잤구나."

하면서 옷을 고쳐 입고 세수하고 식전에 하는 절차를 다 한 후에 거울을 들여다보다가 탄식을 한다.

"세월도 쉽다, 내가 벌써 이렇게 되었단 말인가? 우리 아버지 돌아가시던 해에 어머니 나이, 지금 내 나이쯤 되셨고, 나는 그때 불과 여덟 살이러니, 내가 자라서 이렇게 되었으니 어머니께서 얼마나 늙으셨누? 사람이 세상에 생겨나려거든 좋은 때에 생겨날 것이지, 무슨 팔자가 그리 기박하여 이런 때에 생겨났던고? 희호세계(熙皞世界)에 나서 밭 갈아 먹고 우물 파 마시고 재력(財力)을 모르던 백성들은 우리 아버지같이 원통히 죽은 사람도 없을 것이요 우리 어머니같이 포원(抱寃)하고 미친 사람도 없으렸다. 에그, 나는……."

하다가 말끝을 마치지 아니하고 아무 소리 없이 앉았는데 기색이 좋지 못한 모양이라. 문 밖에서 문을 뚝뚝 두드리는 소리가 나며 문을 열고 들어오는 사람은 옥남이라. 옥순이가 좋지 못하던 얼굴빛을 감추고 천연히 앉았으나, 옥남이가 옥순의 기색을 보고 근심하던 눈치를 알았던지 교의 위에 턱 걸터앉으며,

옥남 "누님, 오늘 신문 보셨소?"

옥순 "이애, 신문이 다 무엇이냐? 지금 일어나서 겨우 세수하였다."

옥남 "밤에 너무 늦게 주무시면 식전 잠이 많으시지요. 그러나 요새는 밤 몇 시까지 공부를 하시오?"

옥순 "공부하려고 밤을 샐 수야 있느냐? 어젯밤에는 열두 시까지 책을 보다가 새로 한 시에 드러누웠더니, 어머니 생각이 나기 시작하여 잠이 덧들었다가 밤을 새웠다."

옥남 "그러나 참, 오늘 신문 보셨소? 오늘 신문은 썩 재미있던 걸……."

옥순 "무엇이 그렇게 재미있단 말이냐? 어느 신문에 무슨 말이 있단 말이냐?"

하며 테이블 위에 놓인 신문을 보려 하니, 옥남이가 신문지를 누르면서,

옥남 "여보시오 누님, 여러 신문을 다 찾아보려 하면 시간이 더딜 터이니 내게 잠깐 들으시오. 자, 자세 들어 보시오. 신문 제목은 여학생의 아침잠이라, 워싱턴 세맨쓰 호텔에 투숙한 한국 여학생 최옥순이는 동방이 샐 때를 초저녁으로 알고 해가 삼장(三丈)이 높았을 때를 밤중으로 알고 자는 여학생이라 하였는데, 대체 그 아래 마디까지 다 외지는 못하오."

옥순 "이애, 그것은 너의 거짓말이다. 낸들 근심을 잊어버리고 밤에 잠을 잘 자도록 권하려고 네가 나를 조롱하는 말인가 보다. 이애 옥남아, 내가 근심을 하고 싶어서 일부러 하겠느냐? 어젯밤에도 열두

시까지 책을 보다가 침대에 드러누웠더니 우연히 고국 생각이 나기 시작하여 동방에 계명성(啓明星)이 올라오도록 잠 못 이루어 애를 쓰다가 먼동이 틀 때에 겨우 잠이 들었다. 근심을 잊어버리자고 결심하고 있는 네 마음이나 잊어버리지 못하는 내 마음이나 다를 것이 없으니, 나는……."

하다가 말을 맺지 못하고 눈물이 옷깃에 떨어진다.

　옥남 "여보 누님, 다른 말씀 마시고 신문을 좀 보시오."

　옥순이가 그 소리를 듣더니 참 제 말이 신문에 난 듯이 의심이 나서 급히 신문지를 집어서 앞에다 놓으니, 옥남이가 옥순의 앞으로 다가앉으며 각 신문을 뒤적거리다가, 옥남의 손가락이 신문지 위에 뚝 떨어지며,

　옥남 "이것 좀 보시오."

하는 소리에 눈이 동그래지며 옥남의 손가락 가리키는 곳을 본다. 본래 옥순이가 고국 생각을 너무 하고 밤낮 근심으로 보내는 고로, 옥남이가 옥순이를 볼 때마다 옥순이를 웃기고 위로하던 터이라. 그 신문의 기재한 제목은 한국 대개혁(韓國大改革)이라 하였는데, 대황제 폐하 전위하시던 일이라. 옥순이가 그 신문을 다 본 후에 옥남이와 옥순이가 다시 의논이 부산하다.

　옥순 "이애 옥남아, 세계 각국에 개혁 같은 큰일이 없고 개혁같이 어려운 일은 없는 것이라. 우리 나라에서 수십 년 내로 개혁에 착수하던 사람들이 나라에 충성을 극진히 다하였으나, 우리 나라 백성은 역적으로 알고 적국 백성은 반대하고 원수같이 미워한 고로, 개혁당

의 시조 되는 김옥균 같은 충신도 자객의 암살을 면치 못하였고, 그
후에 허다한 개혁당들도 낱낱이 역적 이름을 듣고 성공치 못하였는
데 지금 이렇게 큰 개혁이 되었으니, 네 생각에 앞일이 어찌 될 듯하
냐?”

옥남이가 한참 동안을 말 없이 가만히 앉았다가 우연 탄식이라.

옥남 “지금이라도 개혁만 잘 되면 몇십 년 후에 회복될 도리가 있
지요. 내가 이때까지 누님께 듣기 좋은 말만 하고 조금도 걱정되는
일은 말하지 아니하였더니 오늘 처음으로 내 마음에 있는 말을 다
하리다. 만일 우리 나라가 칠십 년 전에 개혁이 되어서 진보를 잘하
였다면, 우리 나라도 세계 일등 강국이 되어 블라디보스톡에 러시아
사람이 저러한 근거지를 잡기 전에 우리 나라가 먼저 착수하였을 것
이오. 만일 오십 년 전에 개혁이 되었다면 블라디보스톡에 러시아
사람에게 양도하였으나, 청국 만주는 우리 나라 세력 범위 안에 들었
을 것이오. 만일 사십 년 전에 개혁이 되었으면 우리 나라 육해군의
확장이 아직 일본만 못하나, 또한 당당한 문명국이 되었을 것이오.
만일 삼십 년 전에 개혁이 되었으면 삼십 년 동안에 또한 중등(中等)
강국은 되었을지라. 남으로 일본과 동맹국이 되고 북으로 러시아 세
력이 뻗어나오는 것을 틀어막고 서로 청국의 내버리는 유리(遺利)를
취하여 장차 대륙에 전진의 길을 열어서 불과 기년에 또한 일등 강국
을 기약하였을 것이오. 만일 이십 년 전에 개혁이 되었으면 이십 년
동안에 나라 힘이 크게 떨치지는 못하였더라도 인민의 교육 정도와
생활의 길이 크게 열려서 국가의 독립하는 힘이 유하였을 것이오.

만일 십 년 전에 개혁이 되었을 지경이면 오호만의(嗚呼晚矣)라, 나라 일 하기가 대단히 어려운 때이라. 비록 남의 힘을 빌지 아니하고 내 힘으로 개혁을 하였더라도 백공천창(百孔千創)의 꿰매지 못할 일이 여러 가지라. 그러나 개혁한 지 십 년만 되었더라도 족히 국가를 보존할 기초가 생겼을 터이라. 그러한즉 우리 나라의 개혁 조만(改革早晚)이 그 이해(利害)가 이러하거늘, 정치 개혁은 아니하고, 도리어 나라 망할 짓만 하였으니 그런 원통한 일이 있소? 지금 우리 나라 형편이 어떠하냐 할진대, 말 한 마디로 그 형편을 자세히 말하기 어려운지라. 가령 한 사람의 집으로 비유할지대, 세간은 다 판이 나고 자식들은 다 난봉이라, 누가 보든지 그 집은 꼭 망하게만 된 집이라. 비록 새 규모를 정하고 치산(治産)을 잘할 도리를 하더라도 어느 세월에 남의 빚을 다 청장(淸帳)하고, 어느 세월에 그 난봉 된 자식들을 잘 가르쳐서 사람 치러 다니고 형제간에 싸움만 하고 밤낮으로 무슨 일만 저지르던 것들이 지각이 들어서 집안에 유익 자식(有益子息)이 되도록 하기가 썩 어려울지라. 우리 나라의 지금 형편이 이러한 터이라. 황제 폐하께서 등극하시면서 일반 정치를 개혁하시니 만고의 영걸하신 성군(聖君)이시라. 우리도 하루바삐 우리 나라에 돌아가서 우리 배운 대로 나라에 유익한 사업을 하여 봅시다."
하더니 옥순의 남매가 그 길로 씨에키 아니쓰 집에 가서 그 사정을 말한다. 그때 씨에키 아니쓰는 나이 많고 또 병중이라. 그 재물을 다 흩어서 고아원과 자선 병원에 기부하고 그 자손은 각기 그 학력(學力)으로 벌어먹으라 하고 옥남의 남매에게 미국 지화 오천 류(五千留)를 주며 고국에 가라 하니, 옥순이와 옥남이가 그 돈을 고사하야 받지 아니하고, 다만 여비(旅費)로 오백 류만 달라 하여 가지고 미국을 떠나는데, 씨에키 아니쓰는 그 후 삼 삭만에 세상을 버리고 먼 천당 길을 갔더라.

옥순이와 옥남이가 부산에 이르러서 경부 철도를 타고 서울로 향하여 오는데, 먼 산을 바라보고 소리 없는 눈물이 비 오듯 한다. 토피(土皮) 벗은 자산(赭山)에 사태가 길이 난 것을 보면 저 산의 토피를 누구들이 저렇게 몹시 벗겨먹었누 하며 옛일 생각도 나고 저 산이 언제나 수목이 울밀하게 될꼬 하며 앞일 생각도 한다. 산 밑 들 가운데 길가에 게딱지같이 납작한 집을 보면 저것도 사람 사는 집인가 싶은 마음이 든다. 옥순의 남매가 어렸을 때 그런 것을 보고 자라났지마는 처음 보는 것같이 기막히는 마음뿐이라.

그러나 한 가지 위로되는 마음은, 융희 원년은 황제 폐하께서 정치를 개혁하신 해라. 다시 마음을 활발히 먹고 서울로 올라와서 하루도 쉬지 아니하고 그 길로 강릉으로 내려간다. 강릉 경금 동네에 웬 양복 입은 남자와 양복 입은 부인이 교군을 타고 오다가 동네 가운데에서 교군을 내려 나오더니 최본평 집을 묻는데 그 동네에서 양복 입은 부인을 처음 보던지, 구경꾼이 앞뒤로 모여들고 개짖는 소리에 말소리가 자세 들리지 아니한다.

그 양복 입은 부인은 옥순이요, 남자는 옥남이라. 동네 사람들이 옥순의 남매가 왔다는 말을 듣고 따라 서서 본평 집으로 데리고 가는데 사람이 모여들고 모여든다.

김정수의 부인은 어디서 듣고 그렇게 빨리 쫓아오던지 달음박질을
하다가 짚신짝이 앞으로 팽개를 치는 듯이 벗어져 나가다가, 길 아래
논에 뚝 떨어지는 것을 보고 건질 새도 없이 버선 바닥으로 쫓아와서
옥순이와 옥남이를 붙들고 울며 본평 집으로 간다.

이때는 가을이라, 서리 맞은 호박잎은 울타리에 달려 있어 바람에
버썩버썩하는 소리뿐이요, 마당에는 거친 풀이 좌우로 우거졌는데,
이 집에도 사람이 있나 싶은 그 집이 본평 집이라.

옥남이는 생각나는 일도 있고 잊어버린 일도 많지마는 옥순이는
눈에 보이는 물건이 차차 볼수록 어제 보던 물건 같고 옛일을 생각할
수록 어제 지내던 일같이 생각이 난다.

옥순의 남매가 그 어머니 방으로 들어가는데, 그 어머니는 살아
있으나 뼈만 앙상하게 남고, 그 중에 늙어서 머리털은 희뜩희뜩하고
귀신 같은 모양으로 미친 증세는 이전에 볼 때보다 조금도 다를 것이
없는지라. 옥순이가 어머니 앞으로 달려들며,

"어머니 어머니, 옥순이 옥남이가 어머니를 떠나서 만리 타국에
공부하러 갔다가 오늘 집에 돌아왔소. 어머니 어머니, 어머니가 어찌
하여 지금까지 병환이 낫지 못하셨단 말이오!"
하며 기가 막혀 우느라고 다시 말을 못하는데, 옥남이가 그 어머니
앞에 마주 앉아 울며,

"어머니, 날 좀 자세히 보시오. 내가 어머니 아들이오. 아버지께서
원통히 돌아가신 후에 어머니가 철천지한을 품고 계신 중에 유복자
로 나를 낳으시고 이런 병이 들으셨다 하니, 나 같은 불효자가 아니

났다면 어머니가 저런 병환이 아니 들으셨을 터인데……."

그 말끝을 마치지 못하여 본평 부인이 소리를 버럭 지른다.

"무엇이냐 응, 불효라니? 이 놈 네가 뉘 돈을 뺏어 먹으려고 누구더러 불효 부제라 하느냐? 이 놈, 이때까지 아니 죽고 살아서 백성의 돈을 뺏어 먹으려 든단 말이냐?"

하며 미친 소리를 한다. 옥남이가 목이 메어 울며,

"어머니 어머니, 어머니가 저런 마음으로 병이 들으셨소그려. 지금은 백성의 재물 뺏어 먹을 사람도 없고 무리하게 백성을 죽일 사람도 없는 세상이오."

본평 부인이 이 말을 어찌 알아들었든지,

"응, 무엇이냐? 그 강원 감사 같은 놈들이 다 어디 갔단 말이냐?"

옥남 "어머니가 그 말을 알아들으셨소. 지금 세상은 이전과 다른 때요, 황제 폐하께서 정치를 개혁하셨는데 지금은 권리 있는 재상도 벼슬 팔아먹지 못하오. 관찰사·군수들도 잔학생민(殘虐生民)하던 옛 버릇을 다 버리고 관항(官沆)돈23) 외에는 낯선 돈 한 푼 먹지 못하도록 나라 법을 세워놓은 때올시다. 아버지께서 이런 때에 계셨더라면 재물을 아무리 많이 가졌더라도 그런 화를 당할 리가 없으니 아버지께서도 지하에서 이런 줄 알으실 지경이면 천추의 한이 풀리실 터이니, 어머니께서도 한 되던 마음을 잊어버리시고 여년(餘年)을 지내시오. 나는 어머니 유복자 옥남이오."

---

23) 관항돈 : 지방관의 녹봉.

본평 부인이 정신이 번쩍 나서 옥남이와 옥순이를 붙들고 우는데, 첩첩한 구름 속에 묻혔던 밝은 달 나오듯이 본 정신이 돌아오는데 운권청천(雲捲靑天)이라. 옥남이를 붙들고 울며,

"이애, 네가, 네가 하늘에서 떨어졌느냐? 땅에서 솟았느냐? 내 속에서 나온 자식이 이렇게 자라도록 내가 모르고 지냈단 말이냐? 옥남아, 네 이름이 옥남이란 말이냐? 어디로 갔다가 이제야 왔느냐? 너의 아버지 돌아가실 때도 젊으셨던 때라 네 얼굴을 보니, 너의 아버지를 닮은들 어찌 그렇게 천연히 닮았느냐? 이애 옥순아, 너는 너의 아버지 돌아가실 때에 어린아이라, 어렸을 때 일을 자세히 생각할는지 모르겠다마는 너는 너의 아버지 얼굴을 못 생각하거든 옥남이를 보아라. 이애 옥순아, 네가 벌써 자라서 저렇게 되었단 말이냐? 내가 본 정신으로 너희들을 다시 만나보니, 오늘 죽어도 한을 잊어버리고 죽겠다. 그러나 너의 아버지께서 살았다가 저런 모양을 보셨으면 오죽 좋아하셨으며, 또 평생에 나라를 위하여 근심하시고, 우리 나라 백성을 위하여 근심하시더니, 탐관오리들이 다 쫓겨서 산 깊이 들어앉았는 이 세상을 보셨으면 오죽 좋아하시겠느냐? 나와 같이 절에나 올라가서 너의 아버지가 연화세계(蓮花世界)로 가시도록 불공이나 하고 너희들은 너희 아버지 계신 연화세계로, 이 세상이 태평세계 되었다고 축문이나 읽어라."

옥순의 남매가 뜻밖에 어머니 병이 나은 것을 보더니 마음에 어찌 좋던지, 그 이튿날 그 어머니를 모시고 절에 가서 불공을 한다.

극락전 부처님은 말 없이 가만히 앉았는데 만수향 연기는 맑은 바

람에 살살 돌아 용틀임하고 본평 부인이 축원하는 소리는 처량하다.

절 동구 밖에서 총 소리 한 번이 탕 나면서, 웬 무뢰지배 수백 명이 들어오더니 옥남의 남매를 붙들어 내린다.

옥순이와 옥남이는 학문과 지식이 넉넉한 사람이라 조금도 겁나는 기색이 없고 천연히 붙들려 나가는데, 그 무뢰지배가 옥순의 남매를 잡아놓고 재약한 총부리를 겨누면서,

무뢰 "네가 웬 사람이며 머리는 왜 깎았으며, 여기 내려오기는 무슨 정탐을 하러 왔느냐? 우리는 강원도 의병이라 너 같은 수상한 놈은 포살하겠다."

하며 기세가 당당한지라. 옥남이가 천연히 나서더니 일장 연설을 한다.

"여보시오 우리 동포, 들어 보시오. 나는 동포를 위하여 공변(公辨)되게 하는 말이니, 여러분이 평심서기(平心舒氣)하고 자세히 들으시오. 의병도 우리 나라 백성이요, 나도 우리 나라 백성이라. 피차에 나라 위하고 싶은 마음은 일반이나 지식이 다르면 하는 일이 다른 법이라. 이제 여러분 동포께서 의병을 일으켜서 죽기를 헤아리지 아니하고 하시는 일이 나라에 이롭고자 하여 하시는 일이요, 나라에 해를 끼치려는 일이오? 말씀을 하여 주시오. 내가 동포를 위하여 그 이해(利害)를 자세히 말하면, 여러분의 마음과 같지 못한 일이 있어서 나를 죽이실 터이나, 그러나 내가 그 이해를 알면서 말을 아니하면 여러분 동포가 화를 면치 못할 뿐 아니라 국가에 큰 해를 끼칠 터이니, 차라리 내 한몸이 죽을지라도 여러분 동포가 목전의 화를 면하고, 국가

진보에 큰 방해가 없도록 충고하는 일이 옳을 터이라. 여러분이 나를 죽일지라도 내 말이나 다 들은 후에 죽이시오. 여러분 동포가 의리를 잘못 잡고 생각이 그릇 들어서 요순(堯舜) 같은 황제 폐하 칙령을 거스르고 흉기를 가지고 산야로 출몰하며 인민의 재산을 강탈하다가 수비대 일병 사오십 명만 만나면 수십 명 의병이 더 당치 못하고 패하여 달아나거나, 그렇지 않으면 사망 무수하니 동포의 하는 일은 국민의 생명만 없애고 국가 행정상에 해만 끼치는 일이라. 무엇을 취하여 이런 일을 하시오? 또 동포의 마음에 국권을 잃은 것을 분하게 여긴다 하니, 진실로 분한 마음이 있을진대 먼저 국권 잃은 근본을 살펴보고 장차 국권이 회복될 일을 하는 것이 옳은 일이라. 우리 나라 수십 년래 학정(虐政)을 생각하면 이 백성의 생명이 이만치 남은 것이 뜻밖이요, 이 나라가 멸망의 화를 면한 것이 그런 다행한 일이 있소. 우리 나라 수십 년래 학정은 여러분이 다 같이 당한 일이니, 물으실 리가 없으나 나는 내 집에서 당하던 일을 말씀하리다. 내 선인(先人)도 재물냥이나 있는 고로 강원 감영에 잡혀가서 불효 부제로 몰려서 매 맞고 죽은 일도 있고, 그 일로 인연하여 집안 화패(禍敗)가 무수하였으니, 세상에 학정같이 무서운 건 없습니다. 여보, 그런 한심한 일이 있소? 이야기를 좀 들어 보시오. 내가 미국 가서 십여 년을 있었는데, 우리 나라 사람 하나를 만나서 말을 하다가 그 사람이 관찰사를 지낸 사람이라 하는 고로, 내가 내 집안에서 강원 감사에게 학정당하던 생각이 나서 말하나니 탐장하는 관찰사는 죽일 놈이니 살릴 놈이니 하였더니, 그 사람이 하는 말이, '그런 어림없는 말 좀 마오. 관찰사를 공으로 얻어먹는 사람이 몇이나 되오? 처음에 할 때도 돈이 들려니와, 내려간 후에 쓰는 돈은 얼마나 되는지 알고 그런 소리를 하오? 일 년에 몇 번 탄신에 쓰는 돈은 얼마나 되며 그 외에는 쓰는 돈이 없는 줄로 아오? 그래, 몇 푼 되지 못하는 월급만 가지고 되겠소? 백성의 돈을 아니 먹으면 그 돈 벌충을 무슨 수로 하오? 만일 관찰사로 있어서 돈 한 푼 아니 쓰고 배기려 들다가 벼락은 누가 맞게?' 하는 소리를 듣고 내가 기가 막혀서 말대답을 못하였소. 대체 그런 사람들이 빙공영사(憑公營私)24)로 백성의 돈을 뺏으려는 말이오. 탐장을 예사로 알고 하는 말이라. 그러한 정치에 나라가 어찌 부지하며 백성이 어찌 부지하겠소? 그렇게 결단난 나라를 황제 폐하께서 등극하시면서 덕을 헤아리시고 힘을 헤아리셔서 나라 힘[國力]에 미쳐갈 만한 일은 일신 개혁하시니, 중앙 정부에는 매관 매직하던 악습이 없어지고, 지방에는 잔학생령(殘虐生靈)하던 관리가 낱낱이 면관이 되니, 융희 원년 이후로 황제 폐하께서 백성에게 학정하신 일이 무엇이오? 여보 동포들, 들어 보시오. 우리 나라 국권을 회복할 생각이 있거든 황제 폐하 통치하에서 부지런히 벌어먹고 자식이나 잘 가르쳐서 국민의 지식이 진보될 도리만 하시오. 지금 우리 나라에 국리민복(國利民福) 될 일은 그만한 일이 다시없소. 나는 오늘 개혁하신 황제 폐하의 만세나 부르고 국민 동포의 만세나 부르고 죽겠소."
하더니 옥남이가 손을 높이 들어,

---

24) 빙공영사 : 공사(公事)를 빙자하여 사리(私利)를 도모함.

"대황제 폐하 만세, 만세, 만세! 국민 동포 만세, 만세, 만세!"

그렇게 만세를 부르는데 의병이라 하는 봉두돌빈(蓬頭突鬢)[25]의 여러 사람들이 아우성을 지르며,

"저 놈이 선유사(宣諭使)[26]의 심부름으로 내려온 놈인가 보다. 저 놈을 잡아가자."

하더니 풍우같이 달려들어서 옥남의 남매를 잡아가는데, 본평 부인은 극락전 부처님 앞에 엎드려서 옥남의 남매를 살게 하여줍시사, 하는 소리뿐이라.

---

25) 봉두돌빈 : 쑥대강이같이 막 흐트러진 머리털.
26) 선유사 : 옛날 병란이 있을 때 임금님의 명을 받들어 백성을 훈유하던 임시 벼슬.

작품 해설

근대를 향한 왜곡된 꿈

국초 이인직(菊初 李人稙 ; 1862-1916)은 1862년 경기도 이천에서 출생했다. 그는 1900년부터 3년 간 도쿄정치학교에서 수학하고 러일전쟁 당시 일본 육군성의 한국어 통역으로 종군했다. 1906년 일진회 기관지 ≪국민신보≫ 주필이 되어 처녀작 「백로주강상촌」을 연재한다. 그리고 얼마 후 이인직은 ≪만세보≫ 주필로 자리를 옮기고 「혈의 누」와 「귀의 성」을 발표한다. 1907년에는 이완용의 후원으로 ≪만세보≫를 인수해 ≪대한신문≫을 창간, 사장에 취임한다.

이 후 그는 이완용 일파의 하수인으로 한일합방을 추진하는 비밀스러운 작업을 수행한다. 하지만 정작 합방이 되었을 때, 이인직은 경학원 사성이라는 한직으로 밀려나고 만다.

이 시기 작품으로는 「빈선랑의 일미인」과 미완의 작품 「모란봉」이 있다. 한국의 근대문학사를 논할 때에, 제일 앞에 자리하는 작가가 이인직이다. 우선 그는 우리에게 신소설을 개척해 낸 작가로 알려져 있다.

신소설은 고전문학에서 현대문학으로, 유교적 세계관에서 근대의 합리적 세계관으로 변해 가는 중간에 위치한 과도기적 문학양식이다. 신소설에 대해서 좀더 구체적으로 살펴보자.

새로운 소설

신소설은 개화기 당시, 이전 소설과는 다른 새로운 소설이라는 뜻으로 사용된 용어이다. 이 용어가 문학사적 개념으로 정착하게 된 것은 김태준과 임화에 의해서이다.

김태준은 신소설을 조선조 소설이 끝난 이후부터 이광수의 소설이 시작되기 전까지 나오던 소설이라고 정의하였다. 그러면서 신소설은 우리 문학의 전통을 바탕으로 하여 나온 소설이며, 고전문학과 현대문학을 이어주는 교량적 역할을 담당한 소설이라는 측면에 의의를 부여하였다. 임화는 신소설을 새롭게 창조된 양식을 지칭하는 용어로 풀이했으며 신소설 양식의 창조자가 이인직이라고 했다. 이처럼 신소설이라는 용어는 김태준과 임화를 거치면서 문학사적 개념으로 정착되었다.

이후로 신소설은 이인직의 소설 이후부터 이광수의 『무정』 이전까지 쓰여졌던 새로운 소설들, 즉 고전소설의 틀을 벗어나서 현대소설로 넘어가기 이전까지 창작된 소설들을 가리키는 문학사적 용어가 되었다.

지금까지 이야기한 것을 정리하면 신소설은 고전소설의 양식에서 벗어난 새로운 양식의 소설들을 지칭하는 용어이다. 그렇다면 고전소설과 다른 신소설의 양식적 특질이 무엇인지 자세히 알아보자.

첫째, 구소설에서 착한 사람 아니면 나쁜 사람으로 양분되어 나타나던 인물 유형이 신소설에서는 개성적인 인물들로 변화한다. 또 영웅적인 면모를 지닌 인물을 주인공으로 삼던 구소설의 고정적 방식에서 벗어나 평범한 인물을 주인공으로 내세우기도 한다. 그러므로 인물 유형의 변화는 구소설의 전형적 인물 유형에서 신소설의 개성적 인물로 발전한다고 보면 되겠다.

둘째, 소설의 주제에 있어서도 많은 차이를 보이는데, 구소설의 주제가 천편일률적으로 권선징악적이었던 데 반해 신소설은 인간의 다양한 정서를 드러낸다.

셋째, 가장 혁신적인 변화라고 할 수 있는 것으로 문체의 변화를 꼽을 수 있다. 신소설은 언문일치의 새로운 문체를 보여준다. 구소설에서는 실제로 쓰는 언어와 글로 쓸 때의 언어가 달랐다. 신소설은 글로 쓸 때의 언어인 문어체를 과감히 버리고 실제 우리가 사용하는 언어와 글로 쓰는 언어의 통일을 시도한 것이다. 하지만 언문일치는 하루아침에 이루어질 수는 없는 것이어서, 신소설의 경우라도 문어체의 흔적을 남기고 있다. 예를 들면 ～이라, ～하더라, ～지라 등의 종결어미는 글에서만 사용하던 언어인데 이인직의 「혈의 누」에 아직 이러한 표현이 잔존하고 있다. 또 다른 문체의 변화로 대화 문장과 묘사 문장, 특히 인물의 성격 묘사 및 심리 묘사 등을 사용하기 시작했다는 점을 들 수 있다.

넷째, 신소설은 소재를 갑오경장 당시의 사회에서 구함으로써 그 실상을 여실히 보여준다. 이런 특징은 이야기의 내용이 당대적이라는 것과 더불어 구체적이고 현실적인 내용을 다룬다는 점에서 설득력을 획득하는 방법이다.

다섯째, 전통적으로 유교문화에서 비롯한 문학경시 경향을 바꾸어 놓았다는 것이다. 소설을 부녀자의 심심풀이나 천박한 희롱의 도구로 생각하던 기존의 개념을 깨고 진지한 인생 문제를 다루는 방식으로 생각을 바꾸게 된 것이 구소설과 구별되는 특색이다.

신소설을 창작한 주요 작가로는 이인직을 필두로 이해조, 최찬식, 구연학 등이 있으며, 이들은 신소설 작품을 통해 과거 비판과 새로운 시대 찬양에 주력한다. 이들은 서양과 일본을 이상적인 모델로 삼고, 여성 해방과 남녀 평등론, 합리주의 추구를 가열차게 제기한다. 또 근대문명을 예찬하기 위해 조금도 머물거나 물러서서는 안 된다고 믿고 변혁에 대한 일방적인 지향성만을 강조한다.

개화와 남녀평등 사상

이제 신소설의 대표 작가인 이인직의 소설을 통해 위에서 살핀 신소설의 특징들을 함께 살펴보기로 하자.

「혈의 누」는 1906년에 연재를 시작한 소설로, 배경은 청일전쟁으로 말미암아 아비규환을 이룬 평양 일대이다. 이 와중에 일곱 살 난 옥련은 피난길에서 부모와 헤어지게 되고 부상을 입게 된다. 어쩌다 일본군에게 구출된 옥련은 이노우에라는 군의관의 도움으로 일본에 건너가 소학교를 다니는데, 이노우에가 전사하자 그 소식을 들은 이노우에의 부인은 변심하여 양녀로 거두었던 옥련이 때문에 재가하지 못함을 분하게 여기며 옥련을 구박하기 시작한다. 이에 옥련은 죽기로 결심하고 집을 나오지만 어디로 갈 바를 몰라 방황한다. 그러던 중 구완서를 만나 그와 함께 미국으로 건너가 공부를 하게 된다. 옥련은 워싱턴에서 극적으로 아버지 김관일을 만나게 되고, 이어 구완서와 약혼한다. 한편 평양에 있던 옥련의 어머니는 죽은 줄 알았던 딸의 편지를 받고 꿈만 같이 생각한다. 이렇게 전쟁으로 인해 뿔뿔이 흩어졌던 가족이 서로 연락을 취하고 감격하는 것을 끝으로 이 소설은 막을 내린다.

「혈의 누」는 청일전쟁 당시 평양의 참상을 시발로 하여, 그 후 10년의 시간이 흐르는 동안 한국, 일본, 미국을 무대로 삼아 옥련과 그의 일가, 그리고 구완서라는 인물을 통해 한 가족의 기구한 운명과 개화기의 시대상을 그리고 있다. 지금까지 많은 연구자들이 「혈의 누」의 주제를 자주독립의식의 고취, 사회와 정치의 개혁, 신학문의 섭취와 교육의 필요성 역설, 남녀평등사상의 고취, 자유결혼, 조혼 폐지, 재가 허용 등으로 파악해 왔다. 「혈의 누」가 이러한 내용을 담고 있는 것은 사실이다. 하지만 소설의 내면을 자세히 살펴보면, 일관되게 나타나는 주제는 없다고 할 수 있다.

　이인직은 이 소설에서 청일전쟁이 조선에서 일어난 것은 우리 민족이 약하기 때문이라고 생각하고 우리 민족이 약한 이유는 일본처럼 근대화하지 못했기 때문이라고 믿는다. 또 청일전쟁에서 일본은 조선을 도와주기 위한 시혜자의 역할을 하고 있다고 파악하고 일본인을 착한 이웃의 모습으로 그리고 있다. 일본이 우리 나라를 식민지로 삼으려 할 때 그런 일본을 두고 우리를 돕는 착하고 강한 나라로 생각하고 우리도 그들처럼 강해져야 한다는 모순된 논리를 펼치고 있는 것이다. 그 이유는, 이인직은 일본말고는 다른 어떤 근대화도 알고 있지 못한 때문이다. 개화기는 단기간에 급격한 변화가 이루어진 시기였다. 이러한 때에 무지몽매한 상태의 조선과 조선인을 보는 일본 유학생의 심정은 답답하기 그지없었을 것이다. 그래서 조선이 근대화하고 강해지기 위해서, 이인직은 의도하고 계획하지 않고도 당연히 친일문학을 친일활동을 펼쳤다. 그에게는 그것이 애국이었던 것이다.

　이렇듯 왜곡된 사상으로 표현된 작품이 「혈의 누」이다. 「혈의 누」는 표면적으로 남녀 평등의 사상과 자유 결혼, 조혼 폐지 등을 주장하고 있다. 하지만 결국에는 개화사상과 연관된 주제를 드러내기 위한 것에 지나지 않으며 마찬가지 이유로 우리의 습속이나 가치관 등은 지나치게 비하하는 우를 범한다. 그리고 여성 인물들의 경우도 남녀평등사상을 받들어 개화한 듯한 포즈를 취하지만 결국은 아버지의 뜻, 남편의 뜻에 복종하는 모습을 보여준다. 깊이 각인되어 몸에 밴 습관은 쉽게 고쳐지지 않는다. 「혈의 누」의 여성 인물들 역시 철

저한 여필종부사상의 기반 위에서 행동하고 사고할 뿐이다. 다음은 구완서가 옥련에게 이야기하는 부분으로 구완서의 생각을 잘 요약해서 보여주는 부분이다.

"너는 나더러 종시 해라 소리를 아니 하니 나도 마주 하오를 할 일이로구, 허허허. (중략) 우리 나라 사람들이 조혼하는 것이 옳은 일이 아니라. (중략) 우리 나라 사람들이 짐승같이 제 몸이나 알고 제 계집 제 새끼나 알고, 나라를 위하기는 고사하고 나라 재물을 도둑질하여 먹으려고 눈이 벌겋게 뒤집혀서 돌아다니는 것이 다 어려서 학문을 배우지 못한 연고라. 우리가 이 같은 문명한 세상에 나서 나라에 유익하고 사회에 명예 있는 큰 사업을 하자 하는 목적으로 만리 타국에 와서 쇠공이를 갈아 바늘 만드는 성력(誠力)을 가지고 공부하여 남과 같은 학문과 같은 지식이 나날이 달라 가는 이때에 장가를 들어서 색계상에 정신을 허비하면 유지한 대장부가 아니라."

이를 통해서 볼 때, 지금까지 이야기한, 서구 지향의 왜곡된 근대화의 모습과 우리의 습속 및 가치관 비하의 모습, 여필종부사상을 적나라하게 보여주는 대목으로 생각된다. 그러므로 「혈의 누」의 문학사적 가치는 내용적인 측면보다는 문체의 변화와 문장 기법의 발전이라는 형식적 측면에서 찾는 것이 바람직하다고 할 수 있다.

이 작품에서 작가는 완벽하지는 않지만 구어체 문장을 사용하여 언문일치 지향의 태도를 보이고 있으며 또한 묘사와 비유의 새로움도 이 작품이 가지는 특징이라는 것은 앞서 말한 바 있다.

전통적 문학양식의 계승

「은세계」는 정 감사로 대표되는 봉건지배층의 수탈에 저항하다 비참한 최후를 맞이하는 최병도의 비극적인 삶을 통해 봉건 말기 시민계급의 운명을 암시하는 전반부와 최병도의 자식인 옥순, 옥남 남매가 미국에 유학하고 돌아오는 내용의 후반부로 되어 있다. 전반적인 줄거리는 다음과 같다.

강릉 두메산골에 사는 최병도는 김옥균의 감화로 구국의 일념을 품고 그 자금을 준비하기 위하여 부지런히 일하여 재물을 모은다. 그러나 강원 감사는 그 재물을 빼앗기 위하여 최병도에게 억지 죄를 씌운다. 최병도는 강원 감사에게 저항하다가 모진 고문을 견디지 못하고 죽게 된다. 이에 충격을 받은 최병도의 부인은 유복자 옥남을 낳은 뒤 정신이상이 되고 만다. 이후 최병도의 친구인 김정수가 최병도 집안의 재산 관리를 하고 옥순과 옥남 남매를 거둔다. 그러나 남매의 미국 유학 도중 김정수의 아들이 최병도의 재산을 빼돌려 탕진한다. 김정수는 결국 아들 때문에 파산하고 죽는다.

옥순 남매는 고향의 사정을 알지 못하고 타향에서 돈 한 푼 없이 살 길이 막막하여지자 자살을 기도하는데 미수에 그치고 만다. 남매는 우연한 미국인의 도움으로 미국에서 학교를 졸업한 뒤 귀국한다.

남매를 만나고 최병도의 부인은 정신을 회복한다. 이 세 가족은 모두 함께 아버지의 불공을 드리러 갔다가 거기서 의병을 만난다. 이때 옥남이 그들을 설득하다가 결국 잡혀가는 데에서 이야기는 끝난다.

최원식은 「은세계」 전반부가 판소리를 발전적으로 계승한 1900년대 창극운동의 과정에서 만들어진 「최병두 타령」의 개작인데, 이인직이 이 작품에다 나름대로 후반부를 덧붙여 「은세계」를 만든 것이라고 했다. 「은세계」는 전반부에서 극적인 긴박감과 사실적인 묘사, 치열한 반봉건의식을 보인다.

그리고 곳곳에서 소설의 재미와 생동감을 돋우는 민요는 우리 평민문학의 훌륭한 전통을 차용한 결과이다. 「은세계」가 전통적인 문학 양식을 어떤 식으로 계승하고 있는지 다음의 인용문을 통해 살펴보자.

> "살일불고 형일불고(殺一不辜 刑二不辜), 즉 죄 없는 사람 하나를 죽이며 죄 없는 사람 하나를 형벌하는 것은 만승 천자라도 삼가서 아니하는 일이요, 또 못하는 일이올시다. 강원도 백성이 순사도의 백성이 아니라, 나라 백성이올시다. 만일 생이 나라에 죄를 짓고 죽을진대 나랏법에 죽은 것이요, 순사도의 손에 죽는 것은 아니올시다마는, 지금 순사도께서 생을 죽이시는 것은 생이 사혐(私嫌)에 죽는 것이요, 법에 죽는 것은 아니오니, 순사도가 무죄한 사람을 죽이시면 나라에 죄를 지으시는 것이올시다."

인용한 부분은 『춘향전』에서 춘향이 변사또에게 저항하는 장면을 연상시킨다. 춘향의 저항이 그 혼자만의 것이라기보다 당시 하층민 모두의 저항을 대변한 것으로 보아야 하듯이, 최병도의 저항도 역시 봉건세력의 수탈 속에서도 새로운 세계를 열고자 한 수많은 백성들의 의지가 집약되어 표출된 것이라고 할 수 있다. 이런 점에서 최병도는 조선 후기 사회에서 벗어나 새로운 세계를 지향하는 계층을 대표하는 전형적 인물이라고 할 수 있다.

이렇듯 「은세계」의 전반부가 보여 준 문학적 성취와는 달리 후반부는 옥순과 옥남의 미국 유학이라는 모순된 구성을 보인다. 이러한 구성은 전반부에 나타난 최병도의 죽음의 의미를 희석시키고 반봉건 근대화라는 시대적 요구가 단순한 서구 문명의 수입을 통해 해결될 수 있는 것처럼 사태를 왜곡한다. 이러한 서구 문명에 대한 무조건적 예찬은 「혈의 누」에서도 명료히 드러났던 것이다. 이인직은 당시 우리 나라가 안고 있던 많은 문제의 유일한 해결책으로 서구의 문화와 문명을 들여오는 것을 고집한다.

이러한 그의 관점은 일본의 근대화를 서구의 아류로 인정하고 나아가 그 힘에 복속하는 것이 당연하다는 논리로 귀결된다.

그러므로 소설의 말미에서 의병들을 향하여 동포의 하는 일은 국민의 생명만 없애고 국가 행정상 해만 끼치는 일이라고 하는 옥남의 발언은 이인직의 사고 속에서는 너무나 합당하다. 하지만 객관적으로 보면 의병전쟁의 반제국주의적 성격을 비하하려는 의도의 소산인 것을 어렵지 않게 알 수 있다. 이처럼 이인직의 판단은 너무나 일방

적이었다. 근대화는 일본이나 서구의 단순한 모방에서 이루어지는
것이 아니라 우리의 것 자체를 바탕으로 해야 하는 과정임을 이인직
은 자각하지 못했다. 그래서 그의 열망은 헛된 꿈에 불과할 수밖에
없었던 것이다.

개화사상에 대한 현실인식의 한계

「모란봉」은 「혈의 누」의 하편에 해당하는 소설이다. 이 작품은
1913년 2월 5일부터 ≪매일신보≫에 연재되다가 같은 해 6월 3일에
미완성인 채로 연재가 중단되었다.

「모란봉」의 내용은 「혈의 누」에서 미국으로 유학 갔던 여주인공
옥련이 아버지와 함께 귀국하면서부터 시작된다. 이 소설에서는 서
일순이라는 새로운 인물이 등장하는데, '서일순 — 옥련 — 구완서'라
는 삼각관계가 형성되며, 그 사이에 서숙자라는 모사꾼이 등장하는
등 다분히 고전소설적인 사건전개의 양상을 보인다.

또 상편인 「혈의 누」에서 옥련의 성격이 조국의 여성 교육을 위해
자신을 희생하고자 하는 대의를 품고 있는 반면 하편 「모란봉」에서
의 옥련은 서일순과의 애정 문제에 매달려 자신이 품었던 큰 뜻을
모두 잊고 있는 듯한 인상을 준다. 이는 「모란봉」이 「혈의 누」보다
인물의 형상화 면에서도 퇴보했다는 의미이기도 하다.

연재 도중 이유도 명백히 밝혀지지 않은 채 갑자기 중단되어 미완

성으로 끝났기 때문에 이 소설을 제대로 평가한다는 것은 어려운 일이다. 하지만 연재된 내용만을 살펴보아도 「모란봉」이 「혈의 누」보다 통속적인 면을 강하게 보이는 점을 지적할 수 있으며, 이것은 또 「모란봉」이 1910년대 이후 신소설의 통속화 경향을 보여주는 소설임을 나타내는 것이다.

　「혈의 누」와 「모란봉」 두 편이 상하로 짝을 이룬다지만 사실 두 작품의 관계는 별개로 보아도 큰 무리가 없을 만큼 독립성을 가지고 있다. 이 독립성을 이인직 문학의 특성과 연관지어 생각해 보자.

　이인직의 작품은 처음부터 정치적 성향이 짙었다. 그러면서도 동시에 애정문제와 같은 내용을 포함시킴으로써 흥미성을 추구했다. 「혈의 누」가 이 두 성격을 그나마 잘 조화시키고 있다면 「은세계」는 정치적 성향 쪽에, 「모란봉」은 흥미 위주에 더 치우쳐 있다고 볼 수 있다. 이인직은 자신이 추구하던 정치와 흥미라는 두 경향 중에서 마침내는 흥미와 손을 잡았다. 그리고 이것이 의미하는 바는 개화사상에 대한 그의 현실인식이 한계를 보인 것이라고 할 수 있겠다.

～ 생각하는 갈대

- 신소설과 고전소설의 차이점을 생각해 보자.
- 「혈의 누」의 한계를 지적해 보자.
- 「은세계」의 어떤 부분이 고전소설의 영향을 받았는지를 이야기해 보자.
- 인물의 성격 유형 중 전형적 인물과 개성적 인물에 대해 생각해 보고, 이인직의 소설에 등장하는 인물 중 하나를 예로 들어 성격 유형을 서술해 보자.
- 「모란봉」과 「혈의 누」는 주제의식에 있어 큰 차이를 드러낸다. 그 차이가 무엇인지 생각해 보자.

작가 연보

1862(1세)　한산 이씨 윤기(胤耆)와 전주 이씨 사이의 차남으로 태어
　　　　　　남. 친족의 양자로 들어가 경기도 음죽군 (현 이천군) 거
　　　　　　문리에서 성장. 한문 수학. 5세 때 친부, 11세 때 양모,
　　　　　　18세 때 친모를 잃음. 외로운 성장기를 보냄.

1900(39세)　관비 유학생으로 일본에 파견됨. 도쿄정치학교 입학. 일
　　　　　　본 여자와 결혼, 은좌(銀座)에서 요정을 경영하였다 함.

1903(42세)　미야코(都)신문 견습생으로 근무.「과부의 꿈(寡婦の夢)」
　　　　　　발표. 이 경험이 이후 신문사 경영과 신소설 집필에 일정
　　　　　　한 영향을 주었을 것임. 도쿄정치학교 졸업.

1904(43세)　일본 육군성 소속 한국어 통역으로 러일전쟁 종군. 통역
　　　　　　에서 해고. 귀국.

1906(45세)　국민신보 주필.「백로주강상촌」을 발표. 만세보 주필로
　　　　　　자리를 옮김. ≪만세보≫에「혈의 누」,「귀의 성」연재.
　　　　　　≪소년 한반도≫에「사회학」연재.

1907(46세)　『혈의 누』를 황학서포에서 발간. 재정난에 빠진 ≪만세
　　　　　　보≫를 이완용의 후원으로 인수, ≪대한신문≫을 창간,
　　　　　　사장에 취임. (≪대한신문≫은 이완용 친일내각의 선전기관
　　　　　　역할을 함)「강상선」을 ≪대한신문≫에 연재.『귀의 성』

(상권)을 김상만책사서 발간.

1908(47세)　일본 연극계 시찰이란 명목으로 도일.(한일합방과 관련된
　　　　　　모종의 임무를 수행했을 가능성이 있음) 원각사에서 창극
　　　　　　「은세계」 공연. 『귀의 성』(하권)을 중앙서관에서 발간.
　　　　　　『치악산』(상권)을 유일서관에서 발간. 연극소설이란 표제
　　　　　　로 동문사에서『은세계』 발간.

1909(48세)　공자교회(친일적 유교단체) 설립에 발기인으로 참가. 한
　　　　　　일간을 오가며 합방을 위한 사전 작업에 골몰.

1910(49세)　8월 4일 합방을 위한 마지막 막후 작업으로 이후 총독부
　　　　　　외사국장이 되는 고마쓰(小鬆綠)와 밀담, 상당한 역할을
　　　　　　함.

1911(50세)　일제가 성균관에 설치한 경학원의 사성(司成)으로 임명
　　　　　　됨. 경학원 편찬 겸 발행인을 겸직.

1912(51세)　단편 「빈선랑의 일미인」을 ≪매일신보≫를 통해 발표.

1913(52세)　「혈의 누」 하편에 해당하는 「모란봉」을 연재하다 중단.
　　　　　　전라도 등지를 시찰하며 유림을 대상으로 의병을 규탄하
　　　　　　는 강연을 하였다 함.

1914(53세)　경학원 직원들과 함께 대정박람회 및 일본 각지 시찰.

1915(54세)　주로 경학원 업무에 치중.

1916(55세)　11월 25일 사망. 평소 신봉하던 천리교 예식으로 화장됨.